ハヤカワ・ミステリ文庫
〈HM501-1〉

詐欺師はもう嘘をつかない

テス・シャープ
服部京子訳

JN084128

早川書房
8905

日本語版翻訳権独占
早　川　書　房

©2023 Hayakawa Publishing, Inc.

THE GIRLS I'VE BEEN
by
Tess Sharpe
Copyright © 2021 by
Tess Sharpe
All rights reserved including the right of
reproduction in whole or in part in any form.
Translated by
Kyoko Hattori
First published 2023 in Japan by
HAYAKAWA PUBLISHING, INC.
This book is published in Japan by
arrangement with
G.P. PUTNAM'S SONS,
an imprint of PENGUIN YOUNG READERS GROUP,
a division of PENGUIN RANDOM HOUSE LLC,
through JAPAN UNI AGENCY, INC., TOKYO.

わたしを救ってくれた女の子たちへ。エリザベス・メイ、
フラニー・ゲーデ、メルセデス・マークス。愛をこめて。
——T／N

目次

詐欺師はもう嘘をつかない

登場人物

ノーラ……………………………わたし

レベッカ
サマンサ
ヘイリー
ケイティ
アシュリー
……………………わたしだった女の子たち

アイリス・モールトン………ノーラの恋人
ウェス……………………………ノーラの元恋人
リー・アン・オマリー………ノーラの姉
プレンティス……………………クリアクリーク町長。ウェスの父
ジェシカ・レノルズ…………クリアクリークの保安官補
アダムス…………………………クリアクリークの保安官
セオドア・フレイン…………銀行の支店長
ケイシー・フレイン…………セオドアの娘
ハンク……………………………警備員
オリヴィア………………………窓口係
レッドキャップ
グレイキャップ
………………強盗
レイモンド・キーン…………ノーラの義父
アビゲイル（アビー）
・デヴロー……ノーラの母。詐欺師

第一部

真実は武器（最初の八十七分）

1　八月八日　午前九時九分

二十分ですむだろう。

今朝目覚めたとき、そう独り言をつぶやいた。ほんの二十分ですむはずだと。銀行の駐車場で落ちあって、なかに入り、現金を預ける。気まずいし、ものすごく居心地が悪いだろうけど、最大でも二十分ですむだろうと。

元彼といまの彼女と過ごす二十分をなんとか生き延びてみせる。気まずくったってなんだって、なんとかしてみせる。人を煙《けむ》に巻くのは得意中の得意だ。

昨晩いちゃついているところに踏みこまれた件をひとまず棚にあげてもらおうとドーナツまで買った。起きてしまった事態を軽く考えているとの自覚はある。揚げた菓子ごときですべてを解決できるとは思っていないけれど、もしかしたらってこともある。誰だってドーナツには目がないんだから。とくにチョコチップがちりばめられたやつとか……ベーコンをのせたやつとか。もしくはその両方とか。だからドーナツを買ってきた。それとコーヒーも。アイリスは朝のコーヒーを飲まないと、基本的にグリズリーなみに狂暴になる。わたしはといえば、ドーナツのせいで当然、遅刻。銀行の駐車場に入っていくと、ふたりはすでにそこにいる。

　長身でブロンドのウェスはトラックから降りていて、塗装の剝げたテールゲートにもたれかかり、昨晩集めた現金がすべて入ったジッパーつきのポーチは荷台に置かれている。水色のドレス姿のアイリスはボルボのボンネットに腰かけ、巻き毛を揺らして、このあいだ線路で見つけたライターをいじっている。このぶんでいくと、いつの日かきれいに梳《と》かした髪に火をつけることになりそうだ。

「遅刻だぞ」わたしが車を降りると、ウェスがさっそくそう言ってくる。

「ドーナツを持ってきた」アイリスにコーヒーを手渡すと、彼女はボンネットから飛び降りる。

「ありがと」

「さっさとやってしまおう」ウェスが言う。ドーナツには目を向けもしない。胃が締めつけられる。わたしたちはまえみたいになれるだろうか。でも、どうやったら戻れる？　あれやこれやがあったあとなのに。

イライラしているふうに見えないよう、唇をぎゅっと引き結ぶ。「わかった」ドーナツの箱を車のなかに置く。「行こう」ウェスのトラックの荷台からポーチをさっとつかむ。

銀行は開店したばかりで、前に並んでいる客はふたりだけ。アイリスが預金伝票に必要事項を書きこみにいき、わたしは後ろにウェスを従えて列に並ぶ。

列が動くと同時にアイリスが預金伝票を手に近づいてきて、わたしからポーチを受けとり、自分のバッグのなかに押しこむ。それからなにかを探る目つきでウェスを見て、次にこっちを見る。

わたしは唇を噛む。もう少しの辛抱だ。

アイリスがため息をつく。「ちょっと」腰に両手をあててウェスに言う。「きみが知ってしまった事実がお気に召さないのはわかる。だからといって――」

ふいに、アイリスの言葉がさえぎられる。

でもさえぎったのはウェスじゃない。

さえぎったのはわたしたちの前にいる男。いったいなに？　男はここぞとばかりに銃を取りだして、いきなり銀行強盗に早変わりする。

わたしが最初に思ったのは〝ヤバい！〟次に思ったのが〝伏せろ〟三番目に思ったのが

〝ベーコン・ドーナツを待っていたせいで、みんな死んじゃう〟

2 午前九時十二分（人質になって十五秒）

強盗――白人、身長六フィートくらい、茶色のジャケット、黒いTシャツ、赤の野球帽《レッドキャップ》、色素のうすい茶色の目と眉――の第一声「床に伏せろ！」は、ご存じのとおり銀行強盗の定番のセリフ。わたしたちは床に伏せる。この銀行にいる人間はみんな操り人形で、男が糸をぜんぶバチンと切ったとでもいうように。

恐怖のあまり胃と胸と喉に大きなかたまりができて、一瞬息ができなくなる。熱いかたまりがやわらかい部分に引っかかり、咳払いをしたくてたまらないが、男の注意を引きそうで怖くてできない。

危険人物の注意を引きたがる者は誰もいない。こういう目に遭うのははじめてじゃないからわかる。銀行強盗の真っただ中に居あわせたことはないけれど、ときどき自分は銃弾が飛び交うなかに生まれたみたいだと感じることがある。

誰かに銃口を向けられたとき、現実は映画のなかとはまるでちがう。最初の数秒間は勇気を奮い起こすなんて絶対にできない。ガタガタ震え、恐ろしくてパンツのなかにちびっちゃうほど。アイリスの腕がこっちの腕に押しつけられ、彼女が震えているのがわかる。手をのばして手を握ってやりたいが、ぐっとこらえる。武器に手をのばしたと思われたらどうする？　クリアクリークでは各家庭の母親を含め、誰もが銃を持っている。疑われるようなリスクは冒せない。

　反対側からはウェスが緊張しているようすが伝わってきて、わたしは一瞬でその理由に気づく。ウェスは隙を突いて男に跳びかかろうとしている——元彼が元彼女のために。ウェスは衝動的に勇敢なふるまいをしがちで、厄介な事態に出くわすと、いまみたいなよろしくない判断を下す。

　今回はわたしが動く。動かなきゃならない——そうしないとウェスが撃たれてしまう。ウェスの太腿をつかんで、ちょうどパンツの縁《へり》のあたりの皮膚に爪を食いこませる。さっとこっちを向いたウェスを睨みつけ、〝ばかなまねはやめて〟と目で伝える。一度首を振って、さらに睨みつける。ウェスは眉を吊りあげて〝でも、ノーラ……〟と無言で伝えてきたあと、少ししてようやくあきらめて顔を伏せる。

　オーケー、それでよし。呼吸をする。集中。

　強盗はというと、窓口係に向かってわめいている。窓口係——ひとりしかいないの？

なんでひとり？――は中年のブロンド女性で、水色のチェーンがついた眼鏡をかけている。いきなり頭が急速に回転しはじめ、あとで必要になりそうなものが次々と脳裡に書きこまれていく。

強盗は銀行の支店長がどうのこうのとわめいている。何を言っているのかよく聞きとれない。窓口係がなりふりかまわず泣き叫んでいるから。頬を真っ赤にした彼女の両手があまりにも激しく震えているので、無音警報装置《サイレントアラーム》は偶然に押されないかぎり作動しそうにない。顔に銃を突きつけられて、窓口係は完全にパニックに陥っている。彼女を責めることはできない。どう反応するかなんて、実際に銃を突きつけられてみないとわからない。

わたしたち三人のうち、まだ誰も気を失っていないから、けっこう上出来だと思う。いまのところは。わたしたち、かなりすごい。

一方、客を救うとなると、窓口係では無理。誰かがアラームを押さないかぎり保安官事務所の面々は来てくれない。できるだけ頭を動かさずに、視線だけ左のほうへ向ける。どこかにもうひとり、窓口係が隠れていないだろうか。警備員はどこ？　この支店にだってひとりくらいはいるよね？

後ろから足音が聞こえてくる。わたしは身体をこわばらせ、アイリスは小さく息を呑む。

自分の腕を彼女の腕にもっと強く押しつける。肌を触れあわせていれば、だいじょうぶだよってきっと伝えられる。でも銃を見せつけられているいま、あんまりだいじょうぶじゃないかもしれない。

ちょっと待って。足音――急いでやってくる。足音が通りすぎるときに少しだけ顔をあげると、片手に銃身を切りつめたショットガンを持った男が、ぐるっとまわりこんで前へ進むのが目に入る。胸に動揺が走り、ゆっくりと恐怖が広がって気分が悪くなる。ひとりじゃなかった。ふたりだ。

ふたりの強盗犯。両方とも白人。洗濯したばかりらしきジーンズに、重たそうなブーツ。黒いTシャツ、ロゴはなし。

舌打ちしたいところを我慢する。口は砂漠みたいにカラカラで、心臓は〝死んじゃう、死んじゃう、もうすぐ死んじゃう〟のリズムでタップダンスを踊っている。

両手が汗ばむ。拳を握りしめ――どれくらいたった？　二分？　五分？　視界のなかで銃が揺れるのを見ながら床に突っ伏していると、時間の感覚がおかしくなってくる――いまはじめて、リーのことを考える。

どうしよう。リー。

撃たれるわけにはいかない。姉に殺される。でもそのまえに、姉は妹を撃った人物を追跡してつかまえることをみずからの命を賭《と》した使命とするだろう。使命を与えられると、リーは恐ろしい人物になる。経験上、それはたしかだ。わたしが十二歳のとき、ペテンの女王の母でさえも察知できなかった入念なペテンを仕掛けて、リーはママからわたしを引き離した。彼女はいま刑務所にいる……リーではなく、ママが。

わたしは母親の刑務所送りに手を貸した。

ここで恐怖に呑まれてはいけない。冷静に解決策を見つけださねば。それが緊急課題。答えを見つけて、この厄介な状況を突破しろ。

銀行内に入ってきたとき、窓口係のほかに誰がいた？　記憶をたどって考える。列の先頭に女性がひとりいた。レッドキャップはその女性を押しのけてわめきはじめた。いま彼女はわたしの左側に伏せていて、バッグは一フィート離れたところに投げだされている。灰色の野球帽《グレイキャップ》は背後からあらわれた。順番待ちの客用の椅子にすわっていたにちがいない。

もうひとり、そこに子どもがすわっていたことを思いだし、胃がひっくりかえる。あの女の子がどこにいるか、いまは首をめぐらせて確認できないが、入ってきたときたしかに少女を見た。

十歳か、十一歳くらいの子。列の先頭にいた女性の子どもだろうか。そう考えるのが自然だ。

いや、自分が立っていた場所から女性の姿がはっきり見えていたけれど、彼女は子どもがすわっている椅子のほうには一度も目を向けなかった。

オーケー。大人になりかけも含めた五人の大人。子どもがひとり。銀行強盗犯がふたり。銃は少なくとも二挺、おそらくもっとある。

数的にはかなり不利。

「おれたちは地下室に用がある」レッドキャップは窓口係の顔に銃口を向けているが、どうやらそれは逆効果のようだ。威嚇しつづけても、彼女は泣き叫ぶばかり……

「わめくのはやめろ」

グレイキャップがはじめて口を開く。しわがれ声。わざとそうしているのではなく、もともとそういう声らしい。長年の生活ですっかり声が嗄《しゃが》れ、気づいたらこんな声になっていたとでもいうような。すぐさまレッドキャップが後ろにさがる。

「カメラを切れ」グレイキャップが命じる。レッドキャップはロビーをぐるりと見やったあとで窓口カウンターの向こうをのぞきこみ、防犯カメラのスイッチを切って相棒の横につく。

アイリスがつついてくる。彼女はわたしと同じくらい真剣な目でふたりを見ている。つつきかえして、わかっていると知らせる。

最初に動いたのはレッドキャップかもしれないけれど、場を仕切っているのはグレイキャップだ。

「フレインはどこだ？」グレイキャップが訊く。

「まだ来ていません」窓口係が答える。

「嘘も大概にしろ」レッドキャップがあざ笑う。でも唇をなめている。来ていないと言われて動揺したらしい。

それにしても、フレインって誰？

「見てこい」グレイキャップが命じる。

レッドキャップのブーツが目の前を通りすぎ、ロビーから強盗犯のひとりがいなくなる。

レッドキャップの姿が消えたのを確認し、グレイキャップが窓口係に気をとられている隙を逃さず、首を右に向ける。子どもは順番待ちエリアのまんなかに置かれたコーヒーテーブルの下にいて、少し離れたところから見ても震えているのがわかる。

「あの子」ウェスがささやきかけてくる。彼の目も少女に向けられている。

〝わかってる〟わたしは声を出さずに口を動かす。あの子がこっちと目をあわせてくれれば、〝だいじょうぶだよ〟と安心させる合図を送ってあげられるんだけど、少女は茶色いカーペットに顔を押しつけている。

足音が聞こえてくる。レッドキャップが戻ってきたとたんに、不安が胸の谷間を蹴りあげる。「支店長室は鍵がかかっている」

パニックの気配を含んだレッドキャップの声がかすれる。

「フレインはどこだ？」グレイキャップがもう一度訊く。

「遅れているんです！」窓口係が甲高い声で答える。「支店長はもうひとりの窓口係のジュディを迎えにいかなきゃならなくて。彼女の車のエンジンがかからないとかで。とにかく支店長は遅れているんです」

雲行きがあやしい。やつらがなにを企んでいるか知らないが、はじめの一歩でつまずいたとみえる。経験から言うと、計画が台無しになりかけたとき、人はふたつのうちどちらかの行動に出る。逃げだすか、力技に出るか。

ふと、やつらは逃げだすのではないかという考えが浮かぶ。わたしたちは悪夢じみた状況から抜けだして物語は幕をおろし、あとはそれぞれ、この先の人生で参加するパーティーで今回の件をおもしろおかしくしゃべる。しかしそう考えた直後に、望みはあえなく砕け散る。

一連の動きがスローモーションで目に映る。銀行のドアが開き、どこにいるのか気がかりだった警備員が、両手にコーヒー入りのカップを持って入ってくる。

レッドキャップが放りだしてスタンガンに手をやる間《ま》もなく、レッドキャップ——びっくりして、おそらく動揺している——にいきなり撃たれる。

カップが床に落ちる。同時に警備員自身も床に倒れる。肩口に血の花が咲き、ほどなくして小さなシミはどんどん大きくなる。

警備員に勝ち目はない。ラテのカップを放りだしてスタンガンに手をやる間もなく、

事態がめまぐるしく動き、パラパラ漫画を見ているような気分。現実に目を戻してみる。引き金が引かれるまえなら、ほんの少しだけどなんとかできるチャンスはある。じゃあ、引き金が引かれたあとは？　あまりチャンスはない。

警備員が倒れると、誰か——窓口係——が叫び声をあげる。ウェスはアイリスとわたしのほうに身体を投げだしてふたりを守る盾となり、わたしたちは身体を丸め、そうしているうちに脚と腕がもつれあい、本来なら冷静にならなきゃいけないのに恐怖と痛みに呑みこまれる。どうにかしなくちゃ。どうしたらいい？

ジーンズのポケットのなかにある携帯電話をつかむ。次のチャンスが訪れるかどうかはわからない。グレイキャップが悪態をつき、もつれあっているわたしたちの前を通りすぎて警備員のスタンガンを奪い、レッドキャップをどなりつけているあいだに、ポケットから携帯を取りだす。ウェスに乗っかられているから腕をほとんど動かせないけれど、なんとかリーへのメッセージを打ちこむ。

〝オリーヴ〟四つの文字。言っとくけど、わたしの好きな食べ物じゃない。厳密に区分すると、オリーヴはトマトと同様に果物。

自由を取りもどすための鍵。姉と出会ってからずっと、これはわたしたちのＳＯＳの合図。嵐への備えは万全、それがわたしたち姉妹。

リーはきっと来てくれる。いつだってそうだから。

騎兵隊を引き連れて。

3 リー・アン・オマリーとジェシカ・レノルズ保安官補の電話での通話記録

八月八日　午前九時十八分

レノルズ保安官補：レノルズです。

オマリー：ジェス、リーです。銀行でサイレントアラームが押されたかどうか確認してくれる？　ミラー・ストリートの、去年移転した古いドーナツ屋のとなりの支店で。

レノルズ保安官補：仕事の関係？　なんかあった？

オマリー：仕事じゃないの。ノーラがＳＯＳを送ってきたのよ。

レノルズ保安官補：あなたたち、ＳＯＳの合図を決めてるの？

オマリー：あの子はまだティーンエイジャーでしょ。もちろんＳＯＳの合図を決めてる。オフィスに来るまえにノーラから聞いた話では、昨晩みんなで集めたお金を銀行に預けにいくってことだった。携帯の位置情報をチェックしたら——ノーラはまだ銀行にいる。

レノルズ保安官補：さっき無線で銀行の話をしている者がいたけれど、アラームの話はしていなかったと思う。ちょっと確認させて……ああ、あった。銀行の支店長が通勤の途中で車の事故に遭ったみたい。支店長は病院に搬送されたって。ＳＯＳって、ノーラがいたずらしてるんじゃないの？

オマリー：あの子はそういうことはしない。わたし、銀行へ行ってみる。

レノルズ保安官補：あっちで合流する。わたしが行くまでなかに入らないようにね。わかった？

［沈黙］

レノルズ保安官補：わかった？

［通話終了］

4　午前九時十九分（人質になって七分）

ふたりはもめている。レッドキャップとグレイキャップが。レッドは警備員が仰向けに倒れてカーペットを血で濡らしているのを見てビビっているようす。ありがたいことに、警備員は腕を撃たれただけ。おそらく死ぬことはないだろう。いまのところは。でも傷口を圧迫して止血しなくちゃいけないのに、ふたりは知らんぷりをしている。

「言っただろ、こんな計画じゃうまくいかないって。誰も痛い目には遭わせないって、おまえ、言ったよな。フレインを地下室に連れていって、あけさせる――」

「黙れ」グレイキャップがうなり、こっちをちらりと見る。

わたしは顔を伏せているけれど、目だけはやつらのほうに向けてひと言ももらさず話を聞いている。

ふたりは貸金庫について話しているにちがいない。貸金庫は地下室にある。ああいう箱は秘密の宝庫だ。みんな貸金庫のようなところにものを隠すのが好きで、なにが入っているかを他人には秘密にしておきたがる。でも、貸金庫がある地下室に出入《ではい》りできるのが支店長だけだとしたら……

だから、こいつらは支店長が必要なんだ。で、彼があらわれなかったら？

計画はおじゃんになる。

だからパニックになって、つい発砲しちゃったわけだ。誰かが銃声を耳にしていたらいいんだけど、この銀行はかつてはにぎわっていた小さなショッピングモールに残された唯一の店舗だし。誰も銃声を聞いていなくても……テキストメッセージはリーに届いている。すぐにでも、オマリー探偵社の名にかけて、リーがこのふたりに天罰を下してくれるだろう。おそらくリーは保安官事務所を説き伏せるはず。保安官事務所の面々はたいして仕事はできないけど、銃は携行している。

けれども銃が増えると、ろくなことにならないのもたしか。たいていの場合、銃の数が多くなるとすべてが悪化の一途をたどる。さらに警官がかかわると、物ごとは悪いほうへ向かう。しかし、たとえリスクを負ってでも、異変をリーに知らせてこっちへ来てもらわなくちゃならない。

「ドアに鍵をかけて、駐車場を見てこい」グレイキャップが命じる。レッドキャップはすることができてよろこんでいるらしく、ほいほいと応じる。

突いて崩れるのはレッドのほうだろう。標的にするなら、レッドだ。静かな池に平たい石で水切りをするように、頭のなかでなにかが跳ね、ピシッ、ピシッと計画が形をなしていく。

「おまえ」グレイキャップが大声で言う。ウェスの身体がこわばる。頭の上に乗ったままの彼の胸の筋肉が収縮するのが感じられ、グレイキャップがウェスに話しかけているのだとわかる。「おまえ、ガタイがいいな。警備員を窓の近くから引きずってこい」

ウェスが下をのぞきこみ、一瞬、視線を投げてきてから立ちあがる。顔には〝心配するな〟という表情が浮かんでいる。

彼の表情を見て動揺せざるをえない。ウェスはいったいなにをするつもり？　いまは強盗の指示に従ったほうがいい。

グレイキャップは警備員のもとへ進むウェスに銃口と視線を向けつづけ、わたしはそのようすを見て心底ゾッとする。アイリスが握ってくれている手が離れそうになると、彼女はぎゅっと握りなおしてだいじょうぶだと伝えてくるけれど、安心できそうな材料はひとつもない。

ウェスは腰をかがめ、ためらいを見せる。どうすればあまり痛みを感じさせずに警備員を動かせるか、考えているのだろう。ややあって一気に警備員の身体を持ちあげる。背が高くて力もあるウェスは、そのガタイのよさが役に立つときもあるけれど、いまは強盗犯にとって最大の脅威になりかねず、わたしは下唇を嚙みしめてグレイキャップのほうを向くウェスを見つめる。

「彼をどこへ運べばいいんだ？」

「そっちだ」グレイキャップはロビーの順番待ちの椅子が並んでいるほうを銃で示す。同じ場所にあるテーブルの下には少女が隠れている。

ウェスの逡巡《しゅんじゅん》を見てとり、胃がのたうつ。グレイキャップはすばやくウェスに向け、アイリスがとなりで静かに息を呑む。

「聞こえなかったのか？」グレイキャップが言う。よし。声に怒りの気配がまじっている。わたしはそれをずっと待っていた。それを耳にするまでは、どっちつかずの状態で判断を迷っていた。

銃を持った怒れる男ほどすばらしいものはない。わたしはまえにそれを学んだ。

「痛むだろうが、我慢してくれ」ウェスが警備員の身体をさらに持ちあげると、すぐに苦痛のうめき声がもれだし、ウェスの顔がゆがむ。ウェスはできるかぎりそっと相手の身体を動かす――細心の注意を払っているのがわかる。彼はいつでも慎重だ――が、警備員をガラスのドア付近からロビーまで動かして横たえた拍子に、新たに流れでる血が警備員の腕を伝う。

グレイキャップは抵当権つき住宅ローンの看板広告を掲げている重そうな支柱をつかみ、看板の部分を引きはがして、出入口のドアの取っ手に金属製の支柱をくぐらせ、ドアをあけにくくすると同時に外から突入しにくくする。

刻々と状況が悪くなっていく。クリアクリークには警察署はない。ここは小さな田舎町だから。保安官事務所があって、そこには保安官と六人の保安官補がいて、そのうちのふたりはパートタイマー。いちばん近くにいる特殊武装戦術チーム《SWAT》は……やだ、どこにいるんだろう。サクラメント（カリフォルニア州の州都）、とか？　何百マイルも離れているうえ、山脈をはさんでいる。

「全員、椅子のところに集まれ」グレイキャップが警備員と少女がいるあたりを指し示す。わたしたちは従う。そのなかには窓口係もいて、涙で顔を濡らしたまま、横たわる警備員を見つめている。アイリスがさっとカーディガンを脱いで警備員の肩のあたりに押しつけると、窓口係はようやく気力を取りもどしたようで、震えながらうなずき、警備員の面倒をアイリスから引き継ぐ。

「だいじょうぶよ、ハンク」窓口係が警備員に声をかける。止血しようとすると、相手は苦痛に口をゆがめる。

「だいじょうぶ?」わたしは少女に訊く。見開かれた目には生気がない。女の子はさっと顔をそむける。

「すぐにここから出られるよ」ウェスが少女に言う。

「全員、口を閉じろ。携帯、かばん、鍵、財布、とにかくすべての所持品をそこに集めろ」グレイキャップが銃でロビーのテーブルを指し示す。

わたしは携帯と財布をテーブルに置き、ウェスもそれにならう。

アイリスは籐《とう》のバスケットふうバッグをわたしとウェスの持ち物の横に置く。アイリスの震えが伝わったのか、持ち手についている合成樹脂でできた赤いさくらんぼが揺れる。彼女は椅子に腰かけ、目を輝かせてこっちを見つめてくる。わたしはテーブルの上にさしだされなかったものに気づき、胃が締めつけられる。アイリスは銀のライターをまだ持っている。駐車場でポケットに入れたライターを。古風なクリノリンスタイルのドレスのフリルに隠れているポケットのなかに。ふくらんだスカートが二段目のクリノリンに覆いかぶさっていて、ドレスはコットンのフリルの層にポケットが隠れるようオーダーメイドされている。

〝もうこんなふうなドレスをつくる人はいないでしょ、ノーラ〟はじめて会ったときにアイリスはそう言い、金色の渦巻き柄の赤いスカートをふくらませてくるくるまわった。スカートは魔法みたいに彼女のまわりで燃えはじめ、彼女自身が烈火になるまえのちろちろと燃える炎のようで、この人が自分にとって特別な存在になってくれたらどんなにいいだろうと思うあまり、わたしは息ができなくなった。

あのときの思いはいまも変わらない。アイリスがいてこそ、わたしのいまがあり、未来がある。そのアイリスが、コットンとチュールの層に唯一の武器となるものを隠し持っている。ライターが自由への鍵となると考えて、希望に目をきらめかせている。

〝了解〟と知らせるために小さくうなずく。ほんの一瞬、アイリスは口の端をくいっとあげて、えくぼを見せる。

隠し財産#1：ライター

5　アイリスについて

アイリス・モールトンに会った瞬間、衝撃を受けて恋に落ちた、わけではなかった。実際のところは、体当たりを受けて、わたしは地面に転んだのだった。

去年のある週末、リーに頼まれて町なかでファイルを運んでいる途中、わたしは前をしっかり見ていなかった。気がつくと、足首をひねって倒れる寸前で、紙はあちこちに散乱、ヒッチコックの映画から抜けでてきたような恰好の、顔にそばかすが散ったブルネットの女の子ともつれあっていた。

非の打ちどころのない運命の出会いだった。ただし、同性を好きな女子、じゃない女の子にとっては。同性を好きな女子なら、手放しでよろこべない。だって相手が自分と同じ気持ちじゃなかったらどうする？　男子とつきあう女の子は、この人でだいじょうぶかと相手の要注意点《レッドフラッグ》を探すけれど、同性を好きな女の子はつねに多様性の象徴たるレインボーフラッグを探している。

彼女とは友だちになれると思った。実際に最初はそうなった。それが精いっぱいだと自分に言い聞かせた。ウェスとのことがあったあとだけに……その先へ行くのは無理だとみずからに納得させた。関係を壊さずにすべてを説明できる方法を見つけるまでは無理だと。でも、それは不可能だとわかっていた。だから、わたしは禁欲的で、かわいそうで、本心を隠した生活を送らざるをえなかった。

一方のアイリス。ふわふわした五〇年代ふうのサンドレスを着て、カエルの形をした籐のバッグを持った女の子。放火捜査員になりたいという本人の希望を知らなかったら、彼女の火への病的な執着をうす気味悪いと思っただろう。

数カ月かかった。アイリスが微妙な恋の駆け引きをゆっくり進めていることにこっちはまるで気づかず、ある日、なにが起きているのかわからないまま、わたしは彼女とデートしていた。ジェーン・オースティンの『高慢と偏見』のミスター・ダーシーとエリザベス・ベネットさながらに、〝はじまったと知るまえに真っただ中にいた〟。わたしがダーシーでアイリスがエリザベス。とはいえ、わたしはダーシーみたいに生真面目でもないし、紳士気取りの態度とも無縁だ。ところがどうやらダーシーなみの愚かさは持ちあわせていたみたいで、ディナーのなかほどを過ぎてようやく、これはデートかもしれないと気づいた。それまで気づきもしなかったのは、〝これがデートであるわけがない〟とずっと自分に言い聞かせていたから。

それでもまだ確信が持てないままだった帰り道、ほかに歩行者のいない横断歩道の途中でアイリスがこちらを向いて足をとめ、こっちのウエストにするりと腕をまわし、そこが自分の居場所だとでもいうように唇を軽く触れあわせてきて、わたしは全身で彼女の存在を感じた。唇と唇が重なるまえに最後に見えたのは彼女の瞳に映った青信号の明かりで、アイリスは不機嫌な人間をあやすみたいにキスしてきた。相手がキスをせがんできているんだからしてあげなくちゃ、といったふうに。

火花が散った。火花が散るのを実際に感じるなんて思いもよらなかった。キスとは美しい原石がきらりと輝くようなものかと思っていたけれど、とつぜんアイリスがくちづけしてきて、そんなんじゃないと教えてくれた。そう、アイリスとのキスは暗闇に光が弾けて、ぱっと明るくなる、そんな感じがした。

瞬間的にビビッと衝撃を受けて、アイリスに恋したわけじゃなかった。

アイリスがこの世の果てで、わたしは一個の星、そんなふうだった。地殻変動が起きてふたりとも砕け散り、もうまえと同じではいられなかった。けっしてもとには戻らなかった。

ふたりいっしょに戻ろうとしないかぎり。

6　午前九時二十四分（人質になって十二分）

ライター一個、ノープラン

「これはなんだ？」

　グレイキャップがアイリスのバッグからジッパーつきのポーチを引っぱりだした。ジッパーをあけ、ぶ厚い札束をしげしげと眺めてから、視線をアイリスに向ける。

「動物の保護施設建設のために集めたお金」あわててわたしが答える。グレイキャップの視線がアイリスからこっちに向くと、安堵感が肋骨をノックする。リーが取り付けた、ハチの形をしたまぬけなノッカーが家の玄関ドアを叩くみたいに。「資金集めのイベントがあって。持っていっていいですよ。三千ドルくらい入っているから」

　グレイキャップが声を立てて笑う。銃を見ておぞけを震うのと同じく、この声を聞いたら誰もがゾッとするだろう。残忍さと蔑《さげす》みでゆがんでいるのだから。身体にまとわりつき、銃を前にしたときと同様の無力感を覚えさせるよう、わざとつくられた声。

でも、もう恐怖は通りすぎている。なくなってはいないけれど、がんじがらめになることはない。いまは自分にできることをやるだけ。

「大金を譲るってか？」

こいつがしゃべれば、そのぶんこっちは学習できる。だからしゃべらせておかなきゃならない。「それはわたしたちが集めたものだから」

グレイキャップはジッパーをあけたままポーチをテーブルに放り、その拍子に飛びだした札束が磨かれた卓上に扇のように広がる。「あいにくと、こっちがほしいのはこいつじゃないんでね」

そう言い放ったあとで、テーブルをつかんで引っぱっていき、みんなの携帯電話もろともわたしたちから引き離す。

〝あんたはなにがほしいの？〟それが問題だよね？ ママはよく言っていた。〝相手がほしがっているものを渡すの。そうすればそいつを意のままに操れる〟計画の雲行きがあやしくなっている強盗相手ならなおさら、効果があるはず。

こいつらの目当ては支店長。いまはここにいない。つまり、強盗がほしがっているのは、支店長が渡してくれるはずのもの。

貸金庫へのアクセス。

それをどうやってこいつらに渡す？　はたして渡すべき？　それとも、こっちからそれを渡せると思わせとけばいい？

ポーチの電灯に集まってくる虫みたいに、ひとつの計画が頭のなかでせわしなく動いているけれど、すべてのピースがどうはまるかはまだよくわからない。もう少し考えなくては。もっと情報がいる。手がかりも。ふたりのあいだの力関係を見きわめる時間も。

でも、その時間はなさそう。ドア付近にいるレッドキャップが、驚きと不安が入りまじった声を出す。

「誰か来る」見張りに立っている場所から呼びかける。「女だ」

グレイキャップの視線がわたしからドアにさっと動く。

ドアがガタガタ鳴る音がしーんと静まりかえった行内に響くなか、わたしたち七人はひとかたまりになって身体をこわばらせる。音は壁を伝わって広がり、ふいにやむ。静寂に押しつぶされそうな何秒間かが過ぎる。

「女が自分の車に戻っていく」

「気づかれないようにしろ」グレイキャップがぴしゃりと言う。

息詰まる時間が過ぎ、ようやく息を吐こうとしたちょうどそのとき……

駐車場のほうでなにかがハウリングしている。銀行のなかにいてもはっきりと聞こえ、やがてメガホンで拡大された彼女の声が壁を震わせはじめる。

「銀行内で銃を所持している人に申しあげます。わたしの名はリー。数秒後に行内の電話が鳴ります。わたしからの電話です。かならず出てください。そうすれば、あなた自身も陥っている目下の問題への解決策をともに考えることができます。電話に出ない場合は？　まあ、そういう選択肢もありでしょう。しかし、あなたはそういう選択をなさりたいとは思っていないはずです」

声がやむとすぐに、わたしは心のなかでカウントダウンをしはじめる。

〝十、九、八〟

レッドキャップは急いでドアから離れ、今度は窓から外をのぞく。

〝七、六、五〟

グレイキャップが人質を順に見やる。撃たれた警備員、怯えきっている窓口係、年配の女性、互いにムカつきあっている三人のティーンエイジャー、そして少女。

〝四、三、二〟

グレイキャップの銃が持ちあがる。口が開く。怒りのうなり声がこぼれでる。危険な兆候。

〝――〟

窓口カウンターの向こうの電話が鳴りはじめる。

〝出て〟

7 問題の姉

ここでわたしの姉について詳しく説明しておこう。そう、彼女はいつでもメガホンを装備しているタイプの女性だ。銃弾のかわりにビーンバッグ弾（暴徒鎮圧用の銃弾）が発射されるショットガンと、お遊び程度のスパーリングをしているときでさえ鉛みたいに感じられる拳も。リーはわたしより二十歳ほど年上で、わたしが生まれる数年前にはすでに家を出て、ママを見捨てていた。わたしたちは同じ父親を持つ姉妹ではないが、ねじ曲がった詐欺師の遺伝子で結びつけられている。

リーが子どものころは、ママは詐欺をはたらいていなかった。リーのパパは一点の曇りもないまっとうな男だったが、死んでしまった。そういうわけで、ママはペテンの世界に足を踏み入れた。それまでのライフスタイルを維持するために。

仕掛けたそばから詐欺は失敗に終わった。人間が落ちる場合、高いところからだとそのぶんダメージは深刻になる。再起をかけてママがなにをしたかというと……リーはそのころのことについては話さない。少なくとも、素面《しらふ》のときには。

わたしが批判するとでも思っているのだろうか。わたしに批判できるとリーがどうして思うのかがわからない。生き延びるためにわたしがなにをしなければならなかったか、リーはよく知っているのに。

リーもわたしも、どちらも小さいころは壊れていて、成長してからは、ひび割れているところを修繕して表面を滑らかにしたみたいな人間になっている。

わたしは生まれついての詐欺師だった。母親と同じように、唇に嘘を、にっこり笑って人をとりこにする能力とともにこの世にあらわれた。〝魅力〟と人は呼ぶ。実際には〝便利な道具〟なんだけど。誰かの心のなかをのぞきこんで、こっちの都合のいいように瞬時に調節し、心を手玉にとるためのものなんだよ？　それって才能でもおまじないでもない。単なる道具。

自分の知るかぎり、ママが誰かに詐欺を仕掛けていないときはなかった。愛してくれるパパがいたことも。ほんの短いあいだでさえ。わたしは嘘の外にある人生を知らなかった。

はじめてリーに会った日のことは覚えている。わたしは六歳で、リーは……強かった。動き方や立ち居振る舞いも、恰好も、わたしが学校に行っていない言い訳をママが話しだしたときの鋭い目つきも……

ママを黙らせることができる人間を見たのははじめてだった。ママは誰であろうと、魔法をかけて相手を言いなりにさせる人だったから。

リーは魔法を使う必要はなかった。命令すれば、それでよかったから。

あんなにも一瞬のうちに〝この人とつながっている〟と感じた瞬間は、それまで一度も経験したことがなかった。それでも、すぐには彼女を好きになれなかった。人を好きになるのをとても警戒していたから。一方で、彼女のなかに見えるあるものに気づいていた。自分でもそうなりたいと思っているのに、口に出して言えないものに。それは、自由だった。

あの日、リーが計画を胸に秘めて去っていったことを、当時は知らなかった。わたしがママの支配下に置かれているという事実が、リーを悩ませていた。リーは苦悩を放っておいたりはしない人だ。満を持して計画を実行に移すまでに六年かかった。使命を帯びると、リーは恐ろしいほどの集中力を発揮する。わたしをママから引きはがすことがリーの使命となった。

いまは？　銀行からわたしを脱出させることがリーの使命だ。でもわたしはもう十二歳じゃないし、今回はリーもひとりじゃない。

姉にはわたしがいる。

8　午前九時二十八分（人質になって十六分）

ライター一個、ノープラン

グレイキャップのショットガンは揺るがないけれど、視線は揺らいでいる。七人の人質から鳴りつづける電話へ、それからドア付近にいるレッドキャップへと、あちこちに向けられる。自分の怒りをどこにぶつけるべきか、決めかねているようだ。

カチリ、とスイッチが入ったのがわかる。グレイキャップの視線はわたしたちの左側にいる窓口係に向けられ、ショットガンの銃口の照準が彼女にあわせられる。「おまえが警報器のボタンを押したのか？」

サンドイッチの具のようにアイリスとウェスにぴたりとはさまれているので、ウェスが身体をこわばらせ、アイリスが息を呑んだとき、音や動きから聞こえたり感じたりするだけじゃなく、肌をとおしてふたりのストレスが直接伝わってくる。リーがすぐ外にいるということは、つまりわたしが警報器を（比喩的に）鳴らしたのだと、ふたりは知っている。

「いいえ、ちがう、わたしは押していません！」窓口係は答える。

グレイキャップが人質が集められている狭い場所に近づいてくる。わたしたちには隠れるスペースなんかなくて、とっさに後ずさりもできない。

「女はパトカーに乗っているのか？」グレイがレッドに訊く。レッドは壁にぴたりと張りついて、外から見られないようにしながら窓の外をのぞいている。

レッドが首を振る。「銀色のトラックに乗ってる。着ているのも制服じゃない」

「銃は？」

いくつも持っている。でも必要に迫られないかぎり、リーは抜こうとしないだろう。

「見えない」

グレイキャップは誰かを撃ちたくてムズムズしているらしい。顔の皺《しわ》、一本一本からその欲求が読みとれる。こういう表情をわたしは知っている。

電話は鳴りつづけている。姉はすぐ外にいて、距離を目測し、ようすをうかがっている。リーはいつでもわたしの安心の源であり、いまは幼いころに戻ったみたいに姉を必要としている。なにもかもがめちゃくちゃになったあの夜に、姉を必要としたのと同様に。

いまはあのときよりも成長したのだと無理やり自分に言い聞かせる。ごついブーツを履き、髪をぼさぼさにして、傷痕として残るダメージを強さに変えてきた、もうほとんど大人の女なのだと。〝死にそうなくらいつらい経験は人をより強くする〟なんてフレーズは大嫌い。そんなわけない。過酷な経験をすると、人は悪い方向へ向かうこともある。ほんとうに死んじゃったほうがいいと思うこともある。それほどのつらい経験をしたせいで人生が破壊され、残ったものでしのぐため、生きることとイコール闘いになる。死にそうなくらいつらい経験で、わたしは強くはならなかった。死にそうなくらいつらい経験によって、わたしは犠牲者になった。

わたしを強くしたのは自分自身。生き延びさせたのも。

まあ、自分の力だけじゃなく、リーと、我慢強いセラピストのおかげもあるけど。

「電話に出たほうがいいんじゃないでしょうか」窓口係が声を震わせながら言う。「警察が――あなたのお望みのものをくれると思います」グレイキャップが身体の向きを変え、彼女を睨みつけてまた銃口を向けると、とたんに窓口係は口を閉じる。

「名前は？」グレイキャップが訊く。

「オリヴィアです」

グレイキャップが前かがみになって言う。「これだけは言っておく。強盗に襲われたときのマニュアルがあったとしてもだ、それは忘れたほうがいいぞ、スウィートハート。あんたらのやり口はわかっている――おまわりどものの出方《でかた》もな。なにからなにまで」

「お願いですから」窓口係がすすり泣く。

このぶんでいくとやつは窓口係を撃つだろう、そう思って立ちあがりかけたところで、電話の呼び出し音がやみ、いきなり沈黙が降りて、グレイキャップの視線が窓口係からそれる。

アイリスの肩がこっちの肩に押しつけられる。グレイキャップは音がやんだほうを向く。さぞかし驚いたにちがいない。レッドキャップがうちの姉からの電話に出ているのだから。

「この、ばか――」グレイキャップは言いかけたところで言葉を呑みこみ、電話のところに急いで行って、レッドキャップの手から受話器をひったくる。

一瞬のためらいの間。グレイキャップは首を絞めてやるといわんばかりに受話器を握りしめ、カウンターに受話器を叩きつけるつもりなのか、肩を怒らせる。

しかしすぐに肩をおろし、叩きつけるかわりに電話を耳もとへ持っていく。

「二十秒、やる」

9　リー・アン・オマリーが人質犯#1（ホスティジ《H》・テイカー《T》1）と会話したときの通話記録

八月八日　午前九時三十三分

HT1：二十秒、やる。

オマリー：本題に入りましょう。わたしはさっき自己紹介した。あなたの名前は？

HT1：おれの名前なんてどうだっていい。十秒経過。

オマリー：そっちの望みは？

HT1：こっちには人質が七人いる。セオドア・フレインはどこだ。ここへ来させろ。いますぐ。さもないと、人質を撃つ。

［通話終了］

10　午前九時三十四分（人質になってから二十二分）

ライター一個、ノープラン

「全員を立たせろ」グレイキャップはリーと単に話したのではなく、ねじ伏せてやったとばかりにガチャリと電話を切り、すぐさま命令する。警察の出方はわかっているとさっき話していたけれど、ほんとうに知っているようには思えない。手のうちはあかさず、といったふうもなく、さっさと切れるカードをリーに投げただけ、という感じ。

「立て！　そこのガキ——警備員を運べ」レッドキャップがピストルをわたしたちに突きつけ、こっちはこいつがやたらと銃を撃ちたがる人間だとわかっているから、急いで命令に従う。わたしはウェスの近くに行って警備員を運ぶ彼に手を貸し、ふたりでなんとか警備員を廊下に出したところで、ほかの人質たちといっしょに銀行の奥のオフィスエリアへ行けとレッドキャップに追い立てられる。

「お子さまはそっちだ」グレイキャップが左側のオフィスを指し示す。「大人のみなさまはこっち」〝子ども部屋〟の向かいのオフィスを指さす。

「子どもたちをどうする——」窓口係のオリヴィアが見開いた目をこっちに向けてしゃべりだす。

「口を閉じてろ。警備員を〝大人部屋〟に入れろ」グレイキャップがウェスとわたしに命じる。

ふたりでオフィスのカーペットの上に警備員をおろすと、わたしはウェスに手を取られ、廊下の向かい側のオフィスへ引っぱっていかれる。

「みんな、だいじょうぶだから」オリヴィアがわたしたち三人と少女にそう言うものの、言った本人が怯えきっていて、こっちは安心するどころか不安をかきたてられる。グレイキャップが大人の人質たちとともにオフィスに入ってドアを閉め、わたしたちはなすすべもなく、レッドキャップにべつのオフィス、つまり子ども部屋に押しこめられる。やつはデスクにあった電話を持ちあげ、コードを引き抜いてから腋の下にはさみこむ。

アイリスはレッドキャップが動くたびに自分も動き、少女の前に身体を張って立ちふさがる。

「おとなしくしてろ」レッドキャップが言い捨てて、部屋を出ていく。ドアが閉まったとたん、床をこする音が聞こえてくる——おそらくなにかを引きずってきて、ドアをブロックしているのだろう。

オフィスのドアに鍵はないが、押し開いてみるのはやめておく。いまはまだ。レッドキャップが外にいるかもしれないから。ドアに耳を押しつけると、廊下の向こう側のドアがカチリと開く音が聞こえた気がするけれど、定かではない。強盗のふたり組が廊下にいて、ドアノブがまわるのを目にしたら……

アイリスが震える吐息をつく。少女は声を殺して泣いている。ウェスの目はいままで見たこともないほど暗い。

「頭を働かせなきゃ」わたしが言った言葉が、自分たちにのしかかる不安から生じた緊張を払ったようだ。「あきらめちゃだめ」彼らにではなく、自分自身に言い聞かせているつもりだったけれど、少女を除いた三人がいっせいにふーっと息を吐きだしたので、わたし自身だけでなく、ふたりにも効果があったらしい。わたしたちは少女より年上で、落ち着かなきゃならない。だって、この子は小さくて怯えているから。わたしだって、小さいときにこんな状況にぶちこまれたら怯えていたはず。

「そうだね」アイリスが明るい声で言い、胸を張る。コットンとチュールの水色のドレスではなく、鎧を身につけているみたいに。

オフィス内をぐるりと見まわす。窓はなし。ほかの部屋へつづくドアもなし。デスクが一台。

「おれ、この子の気をそらしとく」ウェスが小声で言う。

「デスクがあるね」アイリスが言う。

ウェスは女の子のそばへ行き、しゃがみこんで低い声で話しはじめ、アイリスとわたしはデスクのほうを向く。電話は持っていかれてしまったが、なにか役に立つものがなかにあるかもしれない。

「武器になりそうなものを探そう」アイリスを連れてデスクへと急ぎ、彼女は左側の、わたしは右側の引き出しを探りはじめる。

「あいつらは防犯カメラをオフにした」アイリスが小声で言う。「いまごろは脅威をもたらしそうな人を撃っているかも」

引き出しを引っぱる手をとめる。いちばん上の引き出しには付箋とペンが何本か、それと、いざというときにこん棒として使えそうな大型のホチキス。でも耳はアイリスの言葉をとらえている。

「そうだね」わたしはぽつりと答える。

アイリスが手をのばし、こっちの手首をつかんでぎゅっと握る。それは〝きっと、だいじょうぶ〟という合図じゃない。たったいま、だいじょうぶとは反対のことを言ったばかりなんだから。そうじゃなく、〝わたしがそばにいる〟という合図で、もうそれだけで充分。充分だと思わなくては。いまはそう伝えあうしかないのだから。

アイリスはさっと手を引っこめて、ふたたびデスクの左側を向き、引き出しのなかを調べていく。

「お酒」とアイリス。飛行機のなかで提供されるような、安いウォッカのミニボトルを三本、掲げる。

「発火させるのに使えそう？」

「たぶん」アイリスはミニボトルをドレスのポケットにしまいこむ。

隠し財産#2：ウォッカのミニボトル三本

わたしは再度かがみこんで、二番目の引き出しをあける。入っているのはファイルだけだけど、紙の束のあいだになにかが隠されているかもしれないので、なかをくまなく探す。なにもなし。

「はさみ！」最後の引き出しからはさみをつかみだしたものの、ばかでかくて、アイリスのポケットにはおさまりそうにない。残念ながら、彼女のドレスはメリー・ポピンズのボストンバッグとはちがう。

「ちょっと貸して……」アイリスははさみを受けとると、ドレスの襟もとから内側に突っこもうとする。なかにはなんとも複雑なつくりの下着が待ち受けているはず。ヴィンテージもののランジェリーはたっぷりできていて、本物志向のアイリスは、もちろんそういうのを愛用している。けれども、今日彼女が身につけている、なんとかっていうアンティークの下着でも、はさみを横向きにしまっておくのは無理らしい。

「貸して」アイリスからはさみを返してもらい、それをバギージーンズのウエストバンドの内側にさしこみ、ベルトの上から出ている柄をフランネルのシャツで覆って隠す。アイリスが見ているなかで腰を右に左に動かす。「はさみの形が見えちゃう？」

アイリスが首を振る。

「よかった。これでだいじょうぶ」

隠し財産#3：はさみ

「ほかになんかある？」

はさみを取りだしたあと、あけっぱなしにしていた最後の引き出しはもうからっぽ。

「なにもない」

目を見あわせ、アイリスのブラウンとわたしのブルーがぶつかり、その瞬間、ふいにふたりともうろたえる。なにやってんの。うろたえている場合じゃないでしょ。

アイリスは唇をなめ、わたしは肩を怒らせて、互いにさっと視線をはずす。

「情報がいるね」とアイリス。

「そうだね」わたしは答えながら、女の子のほうに目を向ける。「あの子の親とか、付き添いの大人とかは、どこにいるんだろう」ふいに疑問が口をつく。

「えっ？」

「人質がロビーに集められたとき、あの子は大人のもとへ駆け寄ったりしなかった」思いだしつつ言う。「あの子がこっちのオフィスにわたしたちといっしょに押しこめられたとき、あわてて抗議の声をあげた人はいなかった。自分の子どもと別々にされたら、ふつうあわてるよね？」

アイリスは首をかしげ、眉根を寄せる。それからなにも言わずにウェスと女の子のところへ行き、やさしげな笑みを浮かべて腰をかがめる。

「ヘイ、ハニー。わたしはアイリス。あなたの名前は？」

「ケイシー」女の子が答える。「ケイシー・フレイン」

いきなり胃がずしりと重くなる。銀行の支店長と同じラストネーム。「あなたはここでパパを待っているの?」自分の声が震えるのがわかる。ケイシーがうなずくまえから答えはわかっている。

「パパは支店長?」

ケイシーがもう一度うなずく。

アイリスとウェスを見る。おそらくわたしの顔はふたりにとって鏡になっているにちがいない。三人の顔には〝マジ、カンベンして、もっとややこしくなっちゃう〟と書いてある。

問題点#1:銀行強盗は不機嫌になっている。いるはずの支店長がいないから。

問題点#2:銀行強盗はどこにもいない支店長に対する強力な切り札を手にしている……でも本人たちはその事実を知らない。

わたしは渾身のつくり笑いを顔に張りつける。「ケイシー、デスクの二番目の引き出しをチェックしてきてくれないかな。ファイルがぎっしり詰まっている引き出し。なにかを見落としている気がするんだよね」

「わかった」

ケイシーがデスクへ向かい、声が届かないくらい離れると、すぐにウェスが口を開く。

「やつらは支店長をつかまえたがってた」

アイリスが付け加える。「あいつら、窓口係に金を寄こせって言わなかった。金庫室の〝き〟の字も口にしなかった。言ったのは〝地下室〟と〝支店長〟だけ。なにか妙なことが進行している。これはふつうの〝金を奪って逃げる〟タイプの銀行強盗じゃない」

「おれたち、どうすればいい？」ウェスが訊く。

わたしは肩ごしにケイシーを見やる。彼女はデスクの脇にしゃがみこんで、ファイルとファイルの隙間を探っている。

「もっと情報がいる。やつらは金庫室には用がなくて、ほかのことで支店長をつかまえたがっているんじゃないかな。あんなにしつこく支店長はどこだって訊くくらいだから」

「銀行強盗が自分たちの計画をおれたちに話すとは思えないよ、ノーラ」とウェスが言う。

今朝、駐車場で会ったときからずっとかかえている、いまにも爆発しそうな不満が声ににじみでていて、こっちは思わず頬が熱くなる。

そう。ウェスはまだわたしに腹を立てている。ものすごく、マジで、真剣に、キ、レ、て、い、る。

そうなっても無理はない。元恋人との邂逅《かいこう》にもいろいろなパターンがあるけれど、元彼女に会いに相手の部屋へ行ったら、その子は女子といちゃついていて、しかも両者ともに自分の友だち、とくれば、ふつうは顔をピシャリとひっぱたかれたも同然の衝撃を受けるだろう。さらに悪いことに、ウェスにはもう嘘をつかないという約束をわたしは破った。お互いにその約束を守りあっていたのに。まえにわたしが原因でふたりの仲が壊れて、つらい思いをかかえながらもなんとかパーツをつなぎあわせ、友人同士に戻れてからはけっして誓いを破らなかったのに。〝つぎはぎだらけの友だち同士〟ウェスはこのジョークを気に入っていて、聞くたびにわたしも笑ってしまう。だってそれが真実だから……仲直りしたふたりがこれからもうまくやっていくには、ひねりのきいたブラックユーモア――つぎはぎだらけの友だち同士――が必要だから。

でもいま目の前にいるウェスにはユーモアのかけらもなく、アドレナリンが光の速さで身体を駆けめぐっていなければ、わたしは恐ろしくてしかたなかっただろう。とはいえ、次の五分間を生き延びられるかどうかもわからない状況なのだから、ひとまずその件は脇へおく。さあ、考えて。

こんな状況のなかで、ひとりの女の子の正体をどうやって隠せばいいか。

強盗犯はわたしたちの名前を知りたがるだろう。まだ人質たちそれぞれの身分証明書《ID》を確認しおえていなければの話だが。まずい。この子のＩＤ。

「ケイシー、今日は自分のＩＤを持ってきた？」

ケイシーが引き出しから顔をあげて首を振る。「わたし、ママの家にかばんを置いてきちゃったの。だからママ、怒っちゃって。今日は会議があって、わたしのかばんを取りにもどる時間はないって。わたしの携帯電話もそのなかに入ってる」

「よかった」わたしがそう言うと、ケイシーは眉をひそめる。

「聞いて。外にいるふたりのどっちかに名前を訊かれても、ケイシーのほんとうの名前を言っちゃだめ。あなたのパパが誰かも。自分のラストネームはモールトンだって言って。あなたはアイリスの従妹。わかった？」

ケイシーの表情がさらに困惑の度を増す。この子は理解していないようだけど、説明している時間はない。ドアの外から床をこする音が聞こえてきている。やつらのうちどっちかが戻ってくる。

「ケイシー、わたしの言うとおりにして」あわててそう言うと、ケイシーが目を丸くする。つまり、理解していないってこと。〝騙しのテクニック〟がわたしみたいに血や脳に組みこまれていないんだからしかたない。

「わたし――」

「ケイシー・モールトン。言ってみて」

ドアノブがまわる。

「ケイシー・モールトン」小さな声。

ドアが勢いよく開く。

11 レベッカ：かわいい、おとなしい、笑顔

子どものころのもっとも鮮明な記憶のひとつが、母が鏡の前にわたしを立たせ、わたしのブロンドの髪を梳いて肩にかけながら〝レベッカ。あなたの名前はレベッカ。さあ、言ってみて、スウィーティ。レベッカ・ウェイクフィールド〟と言っていたこと。

不思議に思われているといけないから言っておくと、わたしの名前はレベッカじゃない。ほんとのところ、ノーラでもない。でもクリアクリークではわたしはノーラという名前で知られている。

ゲームだと思っていた。〝レベッカ〟のことだけど。でも、名前を訊かれてレベッカ以外の名前を言うとママにピシャリと腕を叩かれて、これはゲームじゃないんだとわたしは学ぶことになる。

これが自分の人生なのだと。

レベッカ。サマンサ。ヘイリー。ケイティ。アシュリー。

わたしだった女の子たち。標的をペテンにかけるために母がなりすました女性たちの完璧な娘たち。

どの子もわたしだったけれど、ちがった。〝もっともすぐれたペテンには真実の種がひと粒入っている〟母に叩きこまれた格言。抜きだした真実を紡《つむ》いで物語をつくれば、誰も疑問に思わない、真実味のある話ができあがる。

レベッカは髪を垂らし、カチューシャをつけている。これはママがわたしの髪を整えるだけでカットはさせなかったころの話。リーが連れだしてくれた十二歳のときには、髪は腰のあたりまでのびていて、ときどき見知らぬ人がママかわたしを呼びとめて、ほんとうにきれいな髪、と言った。レベッカは全身ピンクのものを着る。紫は好きだけどピンクは好きじゃない、とママに言うと、レベッカはピンクが好きで、ピンクがお気に入りの色なの、と返ってくる……そのあとで、レベッカはピンクが好き云々《うんぬん》、を繰りかえせと命じられる。

ふたりだけのとき、ママはいろんなことをわたしに繰りかえさせる。ママが言うには、わたしの脳はスポンジだそうで、世界がどんなものか、早い時期に学んだほうがいいらしい。〝あなたとわたしはチームなのよ、ベイビー。わたしたちは立派な人になる〟つまるところ〝立派な人〟は犯罪者ってこと。

レベッカはジャスティンの娘。ジャスティンはわたしのママだけど、ママじゃない。彼女は茶色のコンタクトレンズをつけて、ペンシルスカートをはき、ママとはちがう生き生きとした声でまわりの人たちを〝シュガー〟と呼ぶ。ジャスティンは保険会社の受付係として働き、目下のターゲットは最高財務責任者《CFO》のケネス。彼は会社の金庫から金を横領していて――保険業ではもうそれほどボロ儲けはできないけれど、それはまたべつの話――指をパチンと鳴らしているあいだに、ジャスティンは横領の件でケネスを恐喝しはじめ、金をふんだくる。

その時点のわたしはまだ幼い。まだ学習中。だからそれほどすることはなく、ただジャスティンにオフィスへ連れていかれるときにかわいくして、魅力を振りまくだけ。それだけでジャスティンへの印象がやわらぎ、愛らしい少女を連れたやさしげな未亡人の受付係を、誰も疑惑の目で見たりはしない。

レベッカになることで、わたしは嘘のつき方を学ぶ。口から出る言葉にひとつも真実がまじっていないときに、どうやって相手の目をのぞきこめばいいかも。自分の言葉に嘘はないと思いこんで目を見つめれば、相手はほんとうだと思ってくれる。いくらもたたないうちにわたしの技術は研ぎ澄まされ、真実と嘘の境界線をぼやかせることができるようになっていく。わたしはクッキーを盗みたくて目をまん丸にして嘘をつく、単にかわいいだけの七歳じゃない。わたしは人を巧みに操る子ども。どう動けば理想的な反応を得られるか、どう笑えば相手の笑顔を引きだせるか、よくわかっている七歳。愛嬌たっぷりにくるくるまわって踊れば、オフィスの年配の女性たちが拍手をし、キャンディをくれることをちゃんと知っている。ジャスティンがこっそり書類を盗んだりするときに、わたしが駄々をこねてしくしく泣けば、ほかの人の目をそらせることも。

レベッカになりすますとほんとうの自分を忘れてしまうけれど、ママとふたりきりになって、呪文じみた言葉を投げかけられたら、即座にスイッチを切り替えて自分に戻らなければならず、切り替えのたびに頭が混乱する。たしかなものはなにひとつない。踏みしめても揺るがない地面はどこにもない。しかたなく傾いた地面で踊ることを覚える。

ママは潮時をつねに熟知していて、ケネスが復讐心に燃えて金を取りもどしにくるか、こっそりためこんだ金を使ってママを殺させるかするまえに、わたしたちは街も名前も捨てて姿をくらます。そのすぐあとに、ママは新たなターゲット探しの調査をはじめ、新しい街の鏡の前にわたしを立たせ、髪型を新しいものに直して言う。〝サマンサ。あなたの名前はサマンサ〟

ママは性悪《しょうわる》な男を選ぶ。本人が言うには、悪人たちが身ぐるみ剝がされて屈辱を味わうのは当然の報いらしい。お金がすべてという男たちは、そうされるのがお似合いだと。そして金の尽きた男にはもう用はない。

しかし年月が過ぎ、女の子の名前のリストが長くなってくると、隠された真実が見えはじめる。ママが性悪な男を選ぶのは、性悪な男が好きだから。悪辣な男と、彼らのせいで生じるリスクに惹かれるのは、ママ本人がリスクのかたまりで、いつでもフルスロットルだから。そういうわけで、リスクに乗っかり、有無を言わせず娘をつきあわせる。〝この親にしてこの子あり〟という具合に、成長してわたしは性悪な男を引き寄せるようになる。

ママとわたしにはひとつだけ違いがある。ママが性悪男に惹かれるのは、本心ではそういう男を愛したいと思っているから。相手からも愛されたいと思っているから。

わたしは性悪男を愛したいと思わないし、そいつらに愛されたいとは死んでも思わない。性悪男から得られるのは痛みしかないと、ごく初期に学んだ。

わたしから性悪男にしてやれるのは、本人を叩きつぶすことぐらいだ。

12　午前九時四十七分（人質になってから三十五分）

ライター一個、ウォッカのミニボトル三本、はさみ、ノープラン

オフィスに入ってきたのは、今回はグレイキャップ。

手の甲に血がついている。まずそれに気づき、急いでケイシーのもとへ行ってグレイキャップから少女を隠したくなる。

こいつは誰を痛めつけたのか。またしても警備員？　手はじめに窓口係？　それとも、全員がロビーに集められているあいだずっと無表情で泣いていた女性？

どうすればいいか、いったいどうすればと、思考があちこちに飛んでぐるぐるまわり、ふいに気づく。ケイシーの真の身元をばれないようにするのがこの子にとってはいちばん安全で、だからその点に集中しよう。ケイシーを隠せ。

はさみがある。必要に迫られたら、使う。

そう考えると、首筋に震えが走る。長い時間をかけて女の子たちに教わったことから、わたしはずっと逃げてきた。リーが連れ去ってくれた最初の年、眠りにつくために女の子たちの名前をつぶやいていた。〝レベッカ。サマンサ。ヘイリー。ケイティ。アシュリー〟

長いあいだ、その必要はなくなっていた。いま、あの子たちの名前をつぶやきたくてしかたないけれど、集中しろと自分を叱咤《しった》する。グレイキャップがなにか言っている。

「隅に集まれ」

命令に従って隅に集まったわたしたちの前にウェスが立ちふさがり、女子たちを守ろうとするウェスに対して、グレイキャップが口もとをゆがめる。

「調べろ」グレイキャップが命じる。わたしは一瞬、困惑するが、そのすぐあとにレッドキャップがオフィスに入ってくる。

レッドキャップがオフィスのなかを漁り、デスクの引き出しのなかを調べ、奥の壁に設《しつら》えられた、きっちりふさがれていてキャビネットには見えないキャビネットの扉を次々にあけていく。

「クソッ」レッドキャップが言う。「ない」

そのときふいに気づく。やつらは部屋にある武器を回収しようとしているんじゃない。

なにかを探しているのだ。

〝ほしがっているものをターゲットに渡せ〟ペテンの第一歩。それで信頼を勝ちとれる。相手がほしがっているものを見きわめて、それを提供しろ。

レッドキャップはオフィスを出ていき、グレイキャップがあとを追う。わたしは身を乗りだして廊下をのぞいてみるが、むだな努力に終わる。なにも見えない。

「どこかに工具箱があるはずだ」ドアが閉まる寸前にレッドキャップのつぶやきが聞こえてきて、そのあとすぐに、なにかは知らないがドアをブロックするものをもとの位置へ引きずる音がする。

急いでドアに耳をぴたりと押しつけたとき、声ではなく、サイレンが聞こえてくる。保安官事務所の面々が到着したらしい。事態がすごい速さで動いている。時間が必要なのに足りない。とりあえず、想定される事柄を整理しておこう。

想定#1：外の二人組の目的は金ではない。支店長だけがアクセス権を持つなにかを狙っている。予想では貸金庫。個々の扉を開くための鍵が必要。金庫室への侵入も狙っているかもしれない。

想定#2：二人組は支店長室に押し入ろうとしている。鍵が必要だから。

サイレンはやんでいるけれど、窓口で鳴っている銀行の電話の呼び出し音が聞こえてくる。保安官補たちがふたたび連絡をとろうとしているのだろう。時計の針はとまらない。時間が刻々と過ぎていく。ノーラ、なんでもいいから計画を立てろ。

「ケイシー」ケイシーがぐったりとすわりこんで泣いている隅のほうを向く。「あなたのパパについて知っていることを、ぜんぶわたしに話してほしいんだけど」

「パパについて……どういうこと？」

「ママがあなたを銀行で降ろしたって、さっき言ってたでしょ。ご両親は離婚しているの？」

「うん、もう三年になる」

「ケイシーはパパが好き？」

〝おかしなことを訊かないで〟と言わんばかりにケイシーは顔をしかめ、そのようすから多くのことがわかる。「もちろん。パパを愛してる」

「パパはお金に困ってる？　離婚したがったのはどっち？　パパ？　それともママ？」

「どうしてそんなことを訊くの？」

アイリスが目配せをしてきたあと、安心させるようにケイシーに笑みを向ける。「ハニー、廊下に男の人たちがいるでしょ。あの人たち、パパに用があるらしいの。現金が入った引き出しにも金庫にも興味がないみたいで。それって……へんだよね。だから、あなたが知っていることとか、耳にしたことを教えてくれたら、パパをトラブルに巻きこまれないようにできるかもしれない。わたしたち、あの男たちの目的がなんなのか、知りたいの。早くあいつらの目的を知ることができれば、そのぶん早く家に帰れる」

「わたしたち、家に帰れるの？」ケイシーはなんとか涙をこらえようとするけれど、やっぱりこらえきれなくてこぼれでた涙をぬぐい、わたしはケイシーを思いやって気づかないふりをする。この子は気丈にふるまおうとしているのだから。

ケイシーみたいな子は、銀行強盗に対処する訓練を受けていない。

ケイシーみたいな子が受けているのは、学校での銃乱射事件に対処するための訓練。

〝逃げる。隠れる。闘う〟

わたしたちはみんなその訓練を知っている。頭に叩きこまれているから。叩きこむ必要があるから。

いざとなったらどうする？　逃げるのは恥じゃない。あれこれ考えずに隠れろ。闘うのは、恐ろしすぎて無理。

でも、いまここには逃げるあてはない。隠れる場所もない。じゃあ、残る選択肢は？〝毒へビになるのよ、ベイビー。いつでも咬みかえす準備をしとかなきゃ〟そういうふうにわたしは育てられた。そうはいっても、たいていの人は緊急事態に直面するまでは自分が毒へビになれるかどうかなんてわからない。

「そう、わたしたちは家に帰るの」とアイリス。希望的観測だろうけれど、本気で言っているように聞こえる。「そのためには力をあわせなきゃならないの。なにか思いつくことはある？」

「パパはギャンブラーズ・アノニマス（ギャンブル依存症者のための自助グループ）に通ってたけど、行くのをやめた。ママが離婚の申請をしたときに」

「パパのおうちにいたときに、誰かが訪ねてきたことはある？」と訊いてみる。「お金を返せ、みたいなことを言って。ここ最近でパパは怪我を負ったりしていなかった？　痣とか は？　骨折は？　質《たち》の悪い借金取りみたいなやつらが乱暴をはたらいたことは？　じつはあのふたり組は借金取りで、だから顔を隠していないのかも」

「ううん、そんなことはなかったと思う」

「パパは夜にどこかへ出かけたりしていた？」

「パパに会うのは週に三回だけだから」とケイシー。「でも……まえは火曜日から木曜日までだったんだけれど、いまは週末から月曜日までに変わった。変更はパパの希望だったみたい。ママがわたしと週末を過ごせなくなるって怒っていたから。パパは新しいポーカー仲間を見つけたんだろうってママが叔母さんに言ってた」

頭のなかでなにかがねじれ、わたしは顔をしかめる。ウェスを見ると、彼も眉根を寄せている。

「きみのパパ、木曜日にポーカーをやってるよね」とウェスに訊く。

ウェスはうなずく。「オペラの理事会のために母さんがチコに行くときにね。友人同士でやっているって父親は言ってるけど、あいつの言うことだからな」

「そうだね、あの人の言うことだからね」自分を抑えきれず、不快感と嫌悪感をこめた言葉が口からこぼれる。プレンティス町長はわたしを心の底から嫌っているけれど、それはお互いさま。最初に嫌悪感を丸出しにしたのは町長のほうで、ショートヘアで、息子よりもたくさんフランネルのシャツを持っている女子とウェスがデートしているのが気に入らなかったらしい。〝あれ〟はまだつづいていた。恐ろしいことに！　わたしたちが別れたとき、あいつはわたしから仕掛けた闘いに勝ったと思っただろうけど、いつものとおり、ウェスの心の広さまでは計算に入れていなかった。別れてもふたりは友だち同士でいたから、やつは〝あれ〟をウェスにすることはできなかった。「そういう私的なポーカー大会でみんないくらくらいお金を注ぎこむと思う？」

「わからない。ここんところもう何年も、ポーカー大会のときに家にいたためしがないから」

「そうだね」小声で返す。傷口をつつくまねはしたくないけれど、いまはしかたなくもう一歩押してみる。「でもさ、ポーカー大会にやってきたメンバーを見たよね？」

ウェスはうなずく。

「レッドキャップかグレイキャップに似た人間はメンバーのなかにいた？」

「まさか」

「支店長はどう？」

「たぶん、いたかもな。顔見知り同士の会なら」とウェス。「なにを考えてる？」

「わからない。強盗犯たちはどこからか情報を得て、ケイシーのパパを知っている。パパがギャンブル好きなら、賭けごとをしながらうっかり自分の身元をしゃべったとも考えられる」

「カジノならあちこちにある」ウェスが付け足すように言う。

「銀行の支店長としては、姿を見られたくなかったはず。えーっと、ギャンブルのせいで結婚生活が破綻したんだよね」わたしは〝ごめんね〟という気持ちをこめてケイシーに目を向けるけれど、ケイシーはただ見つめかえしてくるだけ。「支店長は地域社会ではまだ敬意を払われている。自分の問題を秘密にしようとしている。町長とのプライベートなポーカー……カジノでスロットマシーンをやるのとはちがって、町長に招かれるのはわりと名誉なことで、世間の目を気にすることなくギャンブルができる」

「つまり、支店長はうちの父親が主催するポーカー大会で誰かに借金をつくり、その誰かが金を回収するために悪党を送りこんだと？」ウェスが訊く。

「ちがう。ただ……強盗犯はリーに支店長を連れてこいって言って、いまは工具箱を探している」

「探しているってことは、工具箱が必要になるとは思ってなかったってことじゃないかな」アイリスが言う。「支店長はここにいて、目当てのところまで案内してくれると思ってた」

「強盗犯は支店長室にあるなにかを必要としている。地下室の鍵だとわたしは思うけど、どうかな？　支店長室は施錠されたまま。彼はもうひとりの窓口係を迎えにいかなきゃならなくて、不在だから。ここにいる窓口係のオリヴィアは、おそらく鍵を持っていない。だから強盗犯は無理やりこじあけるしかない……」

「そのことと、わたしたちが助かるのと、どうつながるのかわからない」とケイシー。

「やつらがほしがっているものがわかれば、おれたちでそれを渡せる」ウェスが言う。「信頼を勝ちとる。そうすればこっちは時間を稼げるかもしれない」

わたしが伝えたことをウェスはいま繰りかえしているけれど、声は目と同様に活気を失っている。まだアイリスのことで腹を立てていて、おまえを生かしておくつもりはない、とか思ってる？　それならこっちは長く生きて、その考えを変えさせるしかない。でも天井を見あげてどうすればいいかあれこれ考えながら、そんなことができるだろうかと不安に思えてくる。

ふと視線が通気口に引きつけられる。古いレンガ造りの建物にしてはかなり大きな通気口。

この大きさなら入りこめるかも。

支店長室は三部屋先にあって、通気口を這っていけば行きつける。さっきドアに貼られた〝支店長室〟の表示を見たからたしかだ。音を立てずに動かなくては。しかもすばやく。

ドアごしにガシャンという音が聞こえてきて、鳴っていた電話の呼び出し音がふいにやむ。次にレッドキャップが姉の名を呼ぶ声が聞こえてくる。わたしがここではけっして口にはしないと決めている名前を。

拳を握りしめ、爪が肌に深く食いこんでも声をもらさないように気をつける。わたしはつねに爪を少し長くのばすことにしている。自分自身以外になにも武器になるものがないときにそなえて。

ふたたび通気口を見あげる。

間違った考えかもしれない。

最低な計画のひどい第一歩かもしれない。

でも考えうるかぎり、これしかない。

アイリスはケイシーと並んで床にすわりこみ、学校について問いかけはじめ、外の物音からケイシーの気をそらせようとしている。うまくはいっていないが、努力は認める。

オフィス内を横切って通気口のすぐ下へ行き、視線を上に向ける。

「なにしてる?」ウェスが近くへ寄ってきて小声で訊く。

わたしは通気口を指さす。「あそこに入れるよう、わたしを持ちあげられる?」

「通気口を伝っても外へは行けない」

「外へ行くんじゃないの。とにかくなかに入りたい」

ウェスの目が見開かれる。「支店長室へ行くつもりか?」

「強盗犯はそこに入りたいんだよね? レッドキャップが工具を探しているのは、ドアに向けて発砲したら警察がなだれこんでくるのがわかっているから。わたしがなかからドアをあければ……」

「危険すぎる」ウェスは一歩さがって腕を組む。強情さを示す全世界共通のサイン。それから口をゆがめる。こっちはおなじみの、ウェス限定の強情さを示すサイン。「無理だ」

「ウェス、ちょっと考えてみて」低い声で言う。「彼を見て誰を思いだす?」

〝彼〟がグレイキャップを指しているのをわざわざ言う必要はない。レッドキャップはへまをしがちで、なんにしても後手後手にまわると、わたしもウェスもすでに気づいている。グレイキャップはへまをしない。

グレイキャップは残忍。ウェスもわたしも〝残忍〟がどういうものかを知っている。知りたくもないのに、かなり詳しく。それを知っているのがわたしたちふたりだけならいいのに。わたしひとりだけならいいのに。でもその願いは届かない。

わたしのお尻には、湾曲した、ちょうど馬蹄の形の傷痕があるけれど、それは組織が大きく損傷しているウェスの肩の傷痕とは比べものにならない。ティーンエイジャーにもなっていないころにウェスがはじめてわたしの傷痕を見たとき、彼はそこに手をあてて〝誰に蹴られた?〟と訊いてきた。声は切迫していて、わたしはすぐにぴんときた。ブーツの踵《かかと》でむきだしの肌を蹴られると簡単にそういう痕がつくことを、ウェスは知っていると。互いに理解しあって心がうずくなかでわたしにできたのは、ウェスの肩全体に広がる、べルトのバックルで殴られたみたいな四角い痕がつづく箇所にてのひらをあて〝誰にぶたれたの？〟と訊きかえすことだけだった。

わたしたちがわかちあっていること。傷痕と、それができた理由《わけ》と、安全など望むべくもなかったという事実。なぜなら、わたしたちは腐ったリンゴが生《な》る木に実を結んだ、腐ったリンゴだったから。

ふたりの違いは、成長したウェスはもはや腐ったリンゴなんかじゃないのに対し、わたしはじょうずに隠してはいるけれど芯の部分が腐っている、という点。

「たしかに、強盗犯は目的のものを手に入れたがっている。やつらがそれを手にすれば……」そうであってほしいといわんばかりの口調でウェスが言う。

「あいつらはフェイスマスクで顔を隠してもいない」アイリスと話すときとはちがい、事実を事実としてはっきり言う。ウェスは息を呑み、胸が持ちあがる。察しているというサイン。こっちが次に言うことをウェスはわかっている。

とにかく言葉にしなくては。状況をはっきりさせるために。あいつらの仕事はうまくいっていない。すでにひとり撃っている。わたしたちは行動を起こさなければならない。

「あいつらは人質を何人か殺すつもりでいる」できるだけ冷静に言う。ウェスはまばたきすらせず、こっちは声を震わせもしない。「交渉の際に人質の命を駆け引きの道具として使うしかない。ロビーでどんな行動に出たか、見たよね」

「強盗犯はもう少しで窓口係を撃つところだった」

「レッドのほうは単なるばか。でももうひとりは……」

「嗜虐《しぎゃく》的」

暗号が解けたみたいに心のなかで安堵が広がる。ウェスは理解している。わたしとちがって、ウェスは人生のなかでそれほど多くのひどい人間と知りあってはいないかもしれないけれど、十七年間、最悪な男と暮らさねばならず、生き延びるために必要な忍耐力が、生きるための技をもたらしている。

今日、この場にヒーローは出現しないだろう。いるのは生存者のみ。生き延びるつもりなら、ウェスとアイリスの協力が不可欠だ。

「使える存在になる」わたしは話をつづける。「そうすれば、最初に撃たれることはない。使える人間の話に、やつらは耳を傾ける」

「おまえが使える人間なら、やつらはおまえに目を向ける」

「そのとおり」

「無茶だ、ノーラ」

ウェスが後ずさる。まるでわたしが有毒な黴《かび》で、その胞子が自分めがけて飛んでくるとでもいうように。彼がすべてを見つけだした日と同じように。女の子たちがわたしの顔にあらわれて、わたしの目に明かりを灯したにちがいない。懸命に隠しとおそうとしている女の子たちが。でもいまわたしには、ゆがんだ知識と、ブーツの踵で蹴られた傷痕と、つぎはぎだらけの心を持った、彼女たち全員が必要なのだ。

この場を乗りきるためにはどうしても。

「わたしを信じて」

「おまえはおれが知らないバージョンのノーラを信じろと頼んでいる」とウェス。ときとして、途中をすっ飛ばして真実にたどりつくウェスが、わたしは大嫌いになる。それでも返答する。

「好きじゃないだろうけど、きみはこのバージョンのノーラを知ってるはずだよ。こっちを信じようと信じまいと、ウェス、きみはわたしが誰か知っている。知っている唯一の人。秘密をひとつ残らずテーブルに並べて、拡大鏡でじっくりと見てもらったんだから」

「おれが見つけてしまったから、しかたなくそうしたんだろ」

「この件でまた言い争う気はないよ！」わたしは声を荒らげる。「通気口まで持ちあげてくれるの、くれないの？」

「持ちあげてやるよ」ウェスも声を荒らげる。「やればいいんだろ！」

「ちょっと訊くけど、なんでそんなに怒ってるの？」

「面と向かって嘘をつくおまえに頭にきてるんだよ！　何度も何度も」

「ああ、そう……それは悪かったね！」息を吸って、うまい受け答えを考えているうちに空気が抜けてくる。ウェスも同じようになっている。

「無茶だ、ノーラ」目でわかってくれと訴えつつ、ウェスがもう一度言う。「おれたち全員、殺される」

「一歩、先んじることができれば、そうはならないかもしれない」

「ショットガンを持っている男を相手に一歩先んじるなんてできないよ、ノーラ」

わたしはなにも返さない。

かつて一度、やったことがあるから。

あのときはちがう状況だった。

わたしはちがう人間だった。

でもやり遂げた。

いまもう一度、わたしはやり遂げなければならない。

13　つぎはぎだらけの友だち同士になる

（別名、ウェス＆ノーラの破局）

いまここで、ひとつ、はっきりさせておきたいことがある。ウェスとわたしが別れたのは、わたしに大いなる同性愛《ゲイ》の目覚めが訪れたからじゃない。わたしは完全にはゲイじゃないから。

わたしに大いなるバイセクシャルの目覚めが訪れたせいで、ふたりが別れたわけでもない。たとえわたしがバイだとしても。とはいえ、ウェスもわたしも、つきあうまえからそれはわかっていた。

わたしたちが別れたのは、わたしが嘘をついたから。自分のセクシャリティや感情に関しては嘘をついていなかった。でもほかのすべてについて、自分の名前に至るまで、わたしは嘘をついていた。ウェスは自力で事実を見つけだした——こっちが降参して白状したわけじゃない。ウェスとしてはそっちのほうがよかったかもしれない……わたしにとっては避けたい事態だっただろうけれど。いずれにしろ、ウェスが事実に気づいたあとでは、ふたりの仲は戻りようがなかった。それが原因で、ある日わたしたちの関係は一瞬にして崩れ去った。自分の嘘が小さなやさしい世界をぶち壊したあと、残された友情のかけらさえも失われるところだった。

五年前にリーに助けてもらって逃げだしたとき、リーの騙しのテクニックと骨折りのおかげでわたしはなんの罪にも問われずにすんだけれど、へたをするとすべてを台無しにしてしまうところだった。とりあえずのところ結果は得られた。あのときは、リーがママに知られずに進めていた複雑なチェスのゲームに加え、自分自身のゲームもプレイしなければならなかった。

わたしはさまざまなものを失い、新たなものを見つけては、また失った。

姉は何年もまえに自分自身の歴史を葬った。ママに探されても見つからないよう、新たな名前と身元をつくりあげ、丸ごと別人になりきった。こんなところまでは誰も探しにこないだろうという町に腰を落ち着け、クリアクリークの住人はリー・オマリーと自己紹介した人間の正体を知る由《よし》もなかった。ブロンドの髪を根元からきっちり染めてブルネットにし、町のなかにオフィスをかまえた。保安官事務所の保安官補と〝友だち〟になり、眠るときはかならずすぐ手の届くところにナイフを置いた。人は髪の色を変えられるし、新たな名前をでっちあげることもできるけれど、自分の根っこのところは隠しきれないし、夜の暗がりで学んだ教訓をきれいさっぱり忘れ去ることはできない。

家へ連れていくまえに、リーはママからのばしておくよう命じられていたわたしのブロンドの髪をばっさり切った。モーテルのシンクでわたしの髪と眉毛を茶色に染めながら、すでに用意してある、ベッドルームがふたつある町はずれの家について話してくれた。わたしの新しい部屋や新しい学校、新しい生い立ちについても。モーテルの部屋を出て、これから住みなれて家と呼ぶようになる場所に着くまでに、わたしは髪と同様にあっさりといままで自分だった女の子の殻を脱ぎ捨て……二言三言しゃべるうちにノーラ・オマリーは生まれ……彼女はそこに住むことになった。

わたしは自分に言い聞かせた。いままで自分だった女の子たちにはもう用はない。

自分の考えが間違っていたことをわたしはいやというほど思い知らされた。

14　午前九時五十九分（人質になってから四十七分）

計画：だいたい決まる

ライター一個、ウォッカのミニボトル三本、はさみ

「ヘイ、そこのふたり」アイリスが背後でパチンと指を鳴らし、わたしとウェスは振りかえる。彼女は腰に両手をあて、イライラしたようすで片足を踏み鳴らしてスカートを揺らし、じっと見つめてくる。「なんで言い争ってるの？」

「言い争ってなんかいないよ」ウェスが即座に答える。

「きみ、わたしたちに腹を立てているんでしょ」アイリスが言う。「文句があるなら、いまここで聞いてあげるけど？」

「そういうんじゃない」ウェスは歯を食いしばる。

アイリスが近づいてくる。これでひとまずケイシーには聞こえないだろう。「じゃあな

んなの？」低い声でウェスに迫る。「きみは完全にノーラのことは乗り越えたって言ってたよね。こっちは取り立ててどうこうするつもりはなかった……きみがちゃんとアマンダをデートに誘えばね！　わたしはアマンダとのはじめてのデートにきみが着ていく服を用意していた。気が変わったのか、頭がおかしくなって、わたしの言うことなんか聞いてられるかって気分になったのか知らないけどね、ウェス……」

　ウェスの顔が青ざめる。「ばか、ちがうよ。そんなんじゃない——おれはノーラのことは乗り越えている」そこでこっちを見る。「完全におまえのことは乗り越えてるよ」口調に悪意はこもっていないし、傷ついた心を必死に隠しているという感じでもない。ただ単に……意見を述べているだけ。事実を。わたしたちふたりとも了解している真実を。あっさりともう終わったことだと言われると、なんとなく悲しくなってくる。傷痕を強く押したら損傷した組織が生々しいころの傷をうっすら思いだすけれど、その感覚もほんの一瞬ですぐに消える、というふうに言われると。

「もしここから生きて出られたら、おれはアマンダをデートに誘う」ウェスが宣言する。

「おれは腹なんか立てていない」

「わたしたちがつきあっているのを隠していたことにきみが腹を立ててるとしても、わたしには自分の愛の日々《ラブライフ》をいちいちきみに説明する義務はないからね」とアイリス。「まだママにだってカミングアウトしていないんだから。秘密にしているのには理由があるの」

「きみにムカついているわけじゃない」とウェス。「そっちの言うとおりだ。もちろん理由があるんだろう。おれ、いやなやつだった、ごめん。反省する。当たられていやな思いをするいわれはきみにはない」そこで大きく息を吸いこみ、胸をふくらませる。「でもおれはこいつには腹を立てている」ウェスがつづける。「おれ自身がされたことに対してもだし、きみにしていることに対しても。アイリスはノーラを好きなんだと思う、とおれが言ったとき、こいつは面と向かって嘘をついた。だけど、頭にきてるのはそれだけじゃない」ウェスに睨みつけられて、わたしの顔は熱くなる。ウェスがアイリスのことをほのめかしてきたとき、わたしはどうしようもないほど愚かだったから。「きみのために、おれはこいつに怒っているんだ。かつてのおれと同じ位置にこいつはきみを置いているから」

声をかすれさせて睨みつけてくる。視線でこっちの頭に穴をあけてやるといわんばかりに。

アイリスが顔をしかめる。「いったいなんの話？」

「彼女にどこまで話した？」ウェスが訊いてくる。「まえに訊いたときは、まだなにも話していないと言って――」

「次に訊かれたときに言ったよね、自分なりに考えてから話すって」胸のなかで感情が燃えあがっている。怒りと後ろめたさで。「つきあってから三カ月で自分の秘密をなにもかも打ちあけなくちゃならないとは、悪いけど思いもしなかった。とにかくね、ウェス、きみにああだこうだと言われる筋合いはないよ」

深く心を傷つけられたとでもいうように、ウェスの目つきが鋭くなる。「そもそもおまえはおれに嘘をついちゃいけなかった」

「わたしは――」そこで口を閉じる。言い訳のしようがないから。たしかにわたしは嘘をついた。先月、ウェスが言ってきたときに。〝彼女、ノーラのことが好きみたいだな〟それから、からかうように肘でこっちをつついてきた。とっくにつきあいはじめているのにウェスが仲をとりもとうとしたのは、もうほとんどロマンチックコメディみたいで、その時点でわたしはすでにアイリスとキスしていた。懸命に顔を赤くしないようにして、首を振り、うんざりした声でこう言った。〝あのさ、彼女もわたしも女の子が好きだからっていって、わたしたちがお互いを好きになるとはかぎらないんだよ〟ウェスはとたんに顔を赤らめて謝ってきた。

それ以来、自分はなんてやつだろうと何週間も思いつづけていた。

「おまえはアイリスには言わなきゃならない」ウェスがつづける。わたし側《がわ》ではなくアイリスの側に立って。かつてウェスはアイリスがいまいる位置にいた。これから真実を見つけだしてしまう、心もとない位置に。

「ちょっと、ちょっと、きみたちね、なんだか喧嘩腰になっているようだけど、いますぐそれ、やめて。ただでさえびくついてるのに、もっとおっかなくなっちゃうでしょ。銀行強盗の人質になっているうえに、わたしは生理中で、不安と、チョコレートがほしくてたまらない気持ちがごっちゃになって、いまやハイになってるんだから」さらに足を踏み鳴らしながらアイリスが言う。

ウェスとわたしはふたりそろってアイリスのほうを向く。

「すわってたほうがいいんじゃないか」とウェスが言うのと同時に、わたしも「薬、持ってきた？　持ってきてるんなら、強盗犯にアイリスのバッグを返してくれって頼んでみる。薬を服《の》めるように」と言う。

「薬を服んだらふらふらになっちゃう。わたしはだいじょうぶ。コークの缶を握りつぶしてやりたいくらい生理痛がひどくて、月経カップがあふれそうだけど、我慢できる。きみたちふたりだけが理解できる暗号みたいな言葉で話すんじゃなく、ふつうの人がしゃべるようにしゃべってくれればね！」アイリスは身体を震わせて大きく息を吸いこむ。頰から血の気が引いている。絶対にすわったほうがいい。昨日は資金集めのイベントのために無理をして、いまは休んでいるべきなのにこんなところに閉じこめられている。

今朝、アイリスには家で休んでいてと言えばよかった。お金はわたしが預けてくるからと。でも、子宮内膜症だからといって気を遣わない、生理痛のために計画を変更しない、とアイリスに約束させられているので、彼女がだいじょうぶと言い張ってもとくに異は唱えないことにしている。ただエチケット袋とクラッカーと、アイリスが好きな、炭酸がきつくてドまずいジンジャーエールを忘れずにかばんに入れるだけ。それに、せっかく集めたお金は三人そろって預けにいきたかった。イベント会場に集まった人たちが保護動物をだっこして写真を撮れるようにしたのは、アイリスとウェスのアイデアだった。ふたりは保護施設でボランティアをしていた。わたしがふたりとイベントを運営したのは、ふたりといっしょにいるのが好きだから。イベントは楽しかった。みんなで大金を集めたことに大いに満足していた。

いまやあの達成感は遠い昔の記憶になっている。パニックと不安と恐怖にすっかり置きかわってしまった。

「さっきのってノーラのママの話？」アイリスが訊いてくる。「ノーラのママのことなら知ってる」とウェスに言う。

ウェスはこっちに向けて眉を吊りあげる。

アイリスに母親の話はした。ある程度は。話したのは、母親がいま刑務所にいるということと、わたしが引っ越してきたときに姉が話をつくってくれたおかげで、母親のために重罪を犯した転校生にならずにすんだ、ということ。でも、誰が母親を刑務所送りにしたのかは、アイリスには言わなかった。なぜ、どうやって、かも言っていない。

母がどんな人物か、アイリスは知らない。ほかの女の子たちについても。わたしはノーラだとアイリスは思っている。ただのノーラ。〝ただのノーラ〟だったことも、ふつうの誰かだったことも一度もないけれど。わたしはつねに〝ふつうの子〟以上の存在だった。なにごとかを企み、よその人間を出し抜こうとする子。ほかにどんな子になればいいかわからないから。出口を見つけておいて、標的に自分を追わせ、狙いどおりの方向へ導くための策を練る以外、なにをすべきかわからない子。

アイリスはウェスからわたしに視線を向ける。優秀で謎解きが大好きなアイリスの脳のなかでなにかがカチリと鳴るのがわかる。「わたし、ノーラのママのことを知らないの？」言葉尻があがって質問の形になり、わたしは心臓がとまりそうになる。

「アイリスはなにも知らない」と小声で答える。

「なにも知らないって、どういう意味だよ」ウェスが口をはさんでくる。「なんなんだよ、ノーラ。マジで信じられない――」

「つきあっていたとき、ウェスはあれこれ指図してこなかったのに、いまになって口出しするの、やめてくれないかな」つっけんどんに言う。「これからわたしが負うリスクから目をそらすつもりなら——」

「リスクってなに？」アイリスが口をはさむ。

長い吐息をつき、視線をちらりとケイシーに向ける。少女は懸命になにも聞いていない ふりをしている。説明している時間はない。さっさと行動に移らないと、わたしたちは全員、この銀行で死ぬことになる。

「まえに言ったとおり、わたしのママは刑務所にいる」アイリスの顔を見られない。恥じ入っているわけではなく、頭にきているから。こんなふうに彼女には伝えたくなかった。

「アイリスに伝えてないのは、ママを刑務所送りにしたのはわたしだってこと。わたしは継父も刑務所に送った。彼はママの最愛の人で、ママは彼のためならなんでもするつもりでいた。娘であるわたしを捨ててでも彼を選ぶ、というのも含めて。実際にママはそのとおりにして、刑務所に入った。彼を破滅させることになる司法取引をママは受け入れなかったから。さてと、自分の個人的な汚点をテーブルに並べるのはすんだから、わたしを通気口まで持ちあげてくれないかな。そうすれば生きてここを出られるから」

「通気口？」アイリスが呆気にとられた感じで繰りかえす。

「通気口を這っていって、強盗たちのために支店長室のドアをなかからあけてやりたいんだと」ウェスが説明する。

わたしの秘策を聞いてアイリスがどう感じたかわからないけれど、すぐには情報を呑みこめないようだ。「なに？　だめ！　これはジェームズ・ボンドの映画じゃないんだから！」

「アイリス、ちょっと考えてみて。やつらは支店長室にあるなにかをほしがっている。もともとふたりは地下室と支店長室にだけ、用があるみたいだった。そこからこう想定できる。地下室に入るまえに必要とするものが、支店長室にある。地下には貸金庫があると思われる。さて、アイリスならどう考える？」

アイリスは空気を吸いこみ、目を瞬《しばたた》かせる。どうやら聞いたばかりの話にまだ動揺しているらしく、彼女にショックを与えてしまった自分に腹が立つ。しかしようやく打ちあけられたという気もする。話すべき内容の表面をなぞっただけだけど。

〝レベッカ。サマンサ。ヘイリー。ケイティ。アシュリー〟この女の子たちにはそれぞれの物語がある。そしてそれぞれの物語には結末があった。

「強盗犯たちは目当ての貸金庫をあけるための鍵が必要なのね」とアイリス。「その鍵は支店長室にある」

「鍵を手に入れたとして、仕切っている男が目当てのものを取りに赤の野球帽の男をひとりで地下へ行かせると思う？」

アイリスの顔にゆっくりと笑みが広がる。「ふたりはお互いを信じていない」

「わたしたちが支店長室のドアを解錠しておき、やつらはなかに入って目当てのものを見つける。地下室へはふたりそろって行く必要がある。人質は監視されずにほっとかれる。そこに脱出するチャンスが生まれる」

アイリスが通気口を見あげる。「ここのカバーはみんなではずせるけれど、支店長室ではカバーをはずすのと、通気口を通り抜けるのとを、ノーラがひとりでやらなきゃならない。カバーを落としたら音がやつらにも聞こえちゃう。ちょっとはさみを貸して」

はさみを受けとると、アイリスはスカートをめくりあげて布が重なりあっているペチコートをあらわにし、一部を切りとって長い布切れを手渡してくる。「通気口のカバーを押してはずすまえにこれを結びつけて。はずれたときに、カバーは長い布切れからぶらさがって、床に落ちずにすむから」

わたしは布切れをブレスレットのように手首に巻きつける。「アイリス——」

アイリスは首を振って、最後まで言わせてくれない。「これはすばらしい作戦とは言えないけれど、ノーラは正しい。わたしたち自身でチャンスをつくりださなきゃ」

なにか言いたいところだけれど、説明めいたことを言いはじめたら長くなりそうで、いまはそんな時間はない。「あっち向いて、ふたりとも」

ウェスが眉根を寄せる。「なんで」

「全身が埃だらけになる。いま服を裏表、反対にしておかないと、誰が支店長室のドアを解錠したかがすぐにばれちゃう。やつらには不思議に思わせておきたい」

ふたりが向こう側を向き、隅のほうでケイシーも背を向け、わたしは一分ほどでブーツを脱いでジーンズとシャツを裏表、逆にする。フランネルのシャツはアイリスにあずけておくことにする。

「オーケー。これでよしと」

「計画を教えてくれ」とウェス。

「支店長室まで這っていくのに少なくとも五分。時計を見てて。十五分で戻ってこない場合は、おそらく失敗」

ウェスがうなずく。

「わたしが戻ってくるまで、あいつらの注意をこのオフィスに引きつけるのは避けて。わたしがいないってわかったら、天井を銃で撃ちまくるかもしれない」

「気をつけろよ」ウェスが言う。

アイリスのほうを向く。彼女は笑っているけれど笑顔はひきつっていて、わたしは思わず身を乗りだしてキスしたくなる。だって、これが最後だったらどうする？　やつらにつかまったら？ でもここでキスしたら、きっとさよならのキスになってしまう。。

「すぐに戻ってくる」アイリスに言う。「それから説明するからそれでいい？ ぜんぶ説明するから」

アイリスは深くうなずき、わたしはウエストバンドからはさみを取りだして握りしめる。ウェスが腰をかがめ、手の指を組みあわせて足がかりをつくり、わたしはそこに足をのせる。ウェスに持ちあげてもらい、はさみの刃の先っぽで通気口のカバーをはずし、はさみをいったん通気口のなかに置いてからカバーを下におろす。そのあとでウェスにもっと高くまで持ちあげてもらう。通気口の縁に手をかけ、今度は自分で身体を持ちあげてなかに入る。

15 アビゲイル・デヴロー、別名、ペテンの女王（別名、わたしのママ）

彼女についてどこから話しはじめればいいかわからない。わたしのママ。ジャスティン。

グレッチェン。マヤ。名前が次々とつづく……いくつあるのかは誰にもわからない。

でも、ほんとうの名前はアビゲイル《アビー》。

彼女の半生を題材にして、いくらでも小説が書けそう。叩きこまれた教訓。彼女のせいで経験させられた泥沼。彼女への愛。その愛を完璧に打ち消してしまうほどの、あまりにもむごい事実。

ほかの内容に行きつくまえに、インクが尽きてしまうだろう。

わたしは彼女を知っていた。まずはその点が重要。彼女と同じような人生を送る人がいるとして、〝わたしはその人物を知っている〟と言える人はほとんどいないはずだ。

わたしは彼女を知っていた。それはそれほどすてきなことではなかった。

彼女は娘が成長して自分同様の人間になってほしいと思っていた。授かった娘はリーとわたし。やさしい言葉をかけられるでもなく、母親の指示のもとでどう生きるかを決められてしまった女の子たち。善と悪のあいだの微妙な線をまたいで成長した女の子たち。彼女の仕事に巻きこまれて、リーは違法と合法のあいだを行きつ戻りつする。じゃあ、わたしは？

わたしはどこにもあてはまらない。ママの世界に完全に取りこまれるまえに、リーがわたしを連れだしてくれたけれど、あまりにも長い時間をママと過ごして彼女の言いなりになっていたせいで、わたしは本物の生活になかなか慣れることができなかった。いままで多くの女の子になりすましてきたために、自分というものを深く理解できず、ひとりの女の子としてどう生きればいいのかよくわからない。あの女の子たちはみんなわたし。みんな役に立ってくれる。少しばかり破壊的ではあるけれど……そしてその点がつねに問題となる。

わたしは傾いた地面で長いこと踊っていた。けっして揺らがない場所に立ったとき、自分自身とどう折り合いをつければいいかわからない。

ママとわたし？

わたしたちには共通点がある。

わたしたちにはあまりにも多くの共通点がある。

16

午前十時十五分（人質になって六十三分）

キャンディバー一個、ウォッカのミニボトル三本、はさみ、ペチコートの布切れ一枚

計画：進行中

通気口のなかはゾッとする。埃だらけで悪臭がただよい、這いすすむ動きで胃が一インチずつさがっていくような気がするし、くしゃみをして音を立てないよう、ずっと口で呼吸をしている。

ブーツは大きな物音を立てるから、脱いで置いてきた。いまはクモの巣と淀んだ空気のなかを腹這いになってくねくねと進み、ひとつ通気口のカバーに出くわすたびに数をかぞえていく。ひとつ、ふたつ、三つ。

下の暗い部屋をのぞきこむと〝バン〟という音が聞こえてくる。天井裏のなかにまで。強盗犯たちがドアをなにかで叩いてあけようとしているらしい。そんなことをしてもむだ

だと気づかないのだろうか。わたしならバールを探すかもしれない。もしくは、錠のこじあけ方をグーグルで検索するか。動画でもなんでも、すぐに見つかるはずだ。

手首に巻いてあるペチコートの布切れをほどき、通気口のカバーの格子に通して結ぶ。どちらのかわからない、ぶつぶつとつぶやく声が聞こえてきて、ドアを叩く音がやむ。さらに聞こえてくる物音は足音だろうか。わたしは目を閉じ、二十まで数をかぞえる。

すばやく前進して、格子状のカバーのまんなかを肘で押す。カバーは簡単にはずれ、ペチコートの長い布切れから宙にぶらさがり、わたしは音を立てないようにしてそれを床へおろす。そのあとで自分も下へおり、靴を履いていない足で床に着地したときの衝撃に顔をしかめる。さっとデスクの陰に身をかがめ、待つ。

「……だめだ」ドアの向こうからくぐもった声が聞こえてくる。「へこむだけで、あきやしない！」

「フレインがオフィスにいるか確認もしないうちに銃を抜いたのはおまえだぞ」グレイキャップの険しい声が響く。「おまえのせいだからな、こんな目に遭っているのは。この計画におまえを加えるんじゃなかった」

「ちきしょう」

さらにドアを叩く音が聞こえてくるが、今回はなすすべもなくイライラをぶつけるといった感じ。怒りを叩きつける音を聞いているうちに、自分のなかの恐怖の度合いが急上昇する。デスクに身体をぴたりと押しつけているので、このままだと胸に引き出しの取っ手のあとが永遠に残りそう。

「ひと息つけ」グレイキャップが命じ、そのあとはしんとなる。音が鳴りやんで、こっちもひと息つく。

オフィスのなかは暗く、明かりは天井近くにはめこまれた、幅が六インチもないほどの小さな窓から注がれる光だけ。デスクの端から向こうをのぞき、暗さに目を慣らす。電話がうっすらと見える。心臓が早鐘を打ちはじめる。

理由は不明だが、ドアを叩く音はもう聞こえなくなる。ふたりともドアの前から立ち去ったのか、または、ひとりがドアの付近に残っていて、もうひとりが休憩から戻ってくるのを待っているのか。

わたしはもう一度電話に目をやる。ことわざにもあるよね。〝虎穴に入らずんば虎子を得ず〟

受話器をつかみ、リーの携帯の番号を押す。二度の呼び出し音でリーが応答する。

「もしもし」

「わたし」ささやき声で、できるだけ早口で言う。

「ノーラ?」リーの声がかすれる。「だいじょうぶ? 銀行のどこにいるの? ウェスはいっしょ? 彼のトラックがここにとまってる」

「いまは銀行の奥のほうの、オフィスがいくつかあるエリア。ウェスとアイリスはわたしといっしょにいる。強盗犯はふたり。見たかぎり、銃は二挺。ショットガンとセミオートマチック拳銃。ほかの銃を持ってるかどうかは不明。やつらの狙いは貸金庫。いま進めているのは、ふたりが地下におりているあいだに急いで逃げる計画」

「ノーラ、犯人は調度品やなんかを使って正面の出入口にバリケードを築いている」リーが言う。「正面から出ようとしちゃだめ。犯人が戻ってくるまえにバリケードを崩す時間はたぶんないから。正面は封鎖されていると考えて。爆破装置を持ってSWATが到着するまでは、こっちには突入する手段がない。この建物はレンガ造りの要塞みたいなもんだから」

「どうやって脱出すればいい?」ささやき声で訊く。

「地下に出口がある。でも外からはなかに入れない」

当然、そうだろう。わたしは目を閉じる。くそっ。やつらが地下室に行ってる隙に正面玄関から脱出する計画を捨てなきゃならない。

「ノーラ?」リーが言う。

けばよかった。

「愛してる」リーに言うのはいましかない。いつもはめったに言わない。もっと言ってお

「ノーラ」リーが警告を発してくるが無視する。

「作戦を考えてみる」言ったからには考えなきゃ。「いまから……メガホンで呼びかけてほしい。やつらには確実に廊下から出ていってもらいたい」

「廊下って？」

「リー」

「わかった。メガホンね。了解」

「もう切るね」

泣きだしたり、うめいたりするまえに電話を切る。不安が拳となって心臓を叩くのを感じながら、しばらく暗いオフィスのなかでしゃがみこむ。そして待つ。

銀行の建物自体は駐車場から離れているため、リーの声は遠くから聞こえてくるけれど、たとえメガホンがなくても、リーは相手に自分の言葉をはっきり伝えるすべを心得ている。

「あなたが会いたがっているミスター・フレインについての情報が入ってます。でもそちらはこちらからの電話に出てくれない」

合図がかかったみたいに、電話がふたたび鳴りはじめる。

わたしは耳をそばだてる。足音が遠のいていく。そう聞こえる。もう、お願いだから、希望的観測ではなく、ほんとうにそうであってほしい。

選択の余地はないのですぐに行動に移る。ていねいに見ていく時間はなく、つむじ風さながらに支店長のデスクをすばやく調べていく。鍵はいったいどこにある？　金製の、真《しん》鍮《ちゅう》製の、銀製の、長いやつ、細いやつ、短いやつ。どうしても見つけないと。さっきまではふたりに地下へ行ってもらいたい一心で、〝はい、プレゼント〟とばかりに鍵を手渡してやりたいとさえ思っていたのに、いまや状況が変わり、鍵がやつらの手に渡るのをなんとしても阻止しなければならない。二人組が地下室へ入っていったら、わたしたちは生きて脱出できないだろう。グレイキャップは人質を人間の盾として使うタイプの人間だ。

セオドア・フレインのデスクのどの引き出しにも鍵はない。ファイリングキャビネットもハズレ。もうそれほど時間は残っていないだろう。電話はまだ鳴っている。グレイキャップはいまだに電話に出ていない。〝電話に出やがれ、ばか男〟

ふいに電話の呼び出し音がやみ、安堵の波が胃に押し寄せる。リーがグレイキャップをつなぎとめていてくれる。いまやつは廊下の外にはいない。

ファイリングキャビネットの引き出しを閉めるときに、底のほうから金属製のものが〝カチッ〟と鳴る音が聞こえてくる。引き出しをもう一度あけ、かがみこんで首をひねって見あげると、鍵が目に入る。リングに通された二本の鍵が引き出しの下側にテープでとめられている。二本のうち一本がテープからはずれて垂れさがっている。二本とも旧式な型の鍵で、それぞれ金庫の番号が刻印されている。リーがこの銀行に持っている貸金庫をあけるときに使うのとそっくりだ。

二本とも引きはがしてブラのなかにねじこむ。ずいぶんここに長居してしまった。この部屋のどこかに金庫室の鍵があるとしても、それを探している時間はない。とりあえず、やつらの望むものの一部は手に入れた。そろそろ罠を仕掛ける時間だ。

まず、通気口の下に椅子を置く。脱出を確実なものにするため、デスクからペンと付箋を手に取る。付箋に短い言葉を走り書きし、それをホチキスにぺたりと貼る。次に忍び足でオフィスを横切り、ドアを解錠して少しだけあけ、隙間にホチキスをかませてわずかにドアが開いた状態にする。

忘れてはならないのが、通気口へ身体を引っぱりあげつつ、椅子を横へ蹴ること。こうすれば椅子はデスクの後ろのもとの位置に戻り、オフィスが荒らされたようには見えないはず。開いているドアと小さなメモ以外は。

人の心を操る。

新しい計画の第一歩。

相手を打ち負かせないなら、その仲間になれ。
いや、この場合は、打ち負かせないなら、ペテンにかけろ。

17　リー・アン・オマリーが人質犯#1（ホ《H》スティジ・テ《T》イカー1）と会話したときの通話記録

八月八日　午前十時二十分

HT1：フレインを連れてきたか？　やつはおまえといっしょに外にいるのか？

オマリー：すみませんが、あなたに呼び名があったほうが会話がスムーズに進むと思うんですけれど。

HT1：十五秒経過だ、保安官補。

オマリー：わたしは保安官補ではありません。ただ、事態の収拾を図っている者で、あなたと同様に一般市民です。それとも……あなたはつねに一般市民ではなかったとか？

HT1：おまえの口から出ている言葉は、フレインとは関係ないようだが。

オマリー：えーっと、いま、すぐとなりに保安官補がいます。あなたもさきほどサイレンをお聞きになったでしょ。保安官補によると、ミスター・フレインは今朝、自動車事故に遭ったそうです。彼はいま病院で治療を受けています。

HT1：でたらめを言うな。どうせ時間稼ぎだろ。

オマリー：いいえ、時間稼ぎなんかじゃありません。

HT1：そうか、この銀行にいる者たちにとっては残念なお知らせだな。

オマリー：そんなことはありません。あなたがミスター・フレインから手に入れたいものはなんでも、わたしがあなたにお渡しします。

ＨＴ１：話は終わりだ。

オマリー：ちょっと待って――

［通話終了］

18　午前十時三十分（人質になってから七十八分）

ライター一個、ウォッカのミニボトル三本、はさみ、貸金庫の鍵二本
~~計画＃１：却下~~
計画＃２：現在進行中

「急いで、早く」アイリスがささやきかけてくるなか、通気口からふたりが待ちかまえるオフィス内へ身体をずりおろす。「二人組のひとりがすぐ外で大声を出してるの。なんか怒ってるみたい」

床に足がついたとたんによろけて転んだところで、ウェスが通気口の下に椅子を押してくる。

「オーケー、計画を変更するよ」わたしは立ちあがりながらそう言い、ウェスは急いで椅子の上に乗る。

恥ずかしがっている時間はない。ケイシーは礼儀正しく背を向けているけれど、ウェスとアイリスは忙しくしていて、まあ実際のところ、このふたりはわたしのブラジャー姿を見たことがあるから、わたしはかまわずにさっさとシャツを脱いで思いっきり振り、できるだけ埃を落としてから、表裏をもとに戻してもう一度着る。

「なにがあったの？」アイリスがウェスに通気口のカバーを手渡しながら訊いてくる。

「あっちにいるあいだ、オフィスの電話を拝借してリーに連絡した。やつら、正面の出入口をバリケードでふさいでいるんだって」説明しながらジーンズを脱ぐ。それも振って埃を払う。ふたたびジーンズをはいたあと、ブーツとフランネルのシャツを手に取る。「だから正面からは脱出できない。出られるのは地下室からだけ」

「保安官事務所の人たちは――」

「SWATが到着するまでは動けない」

「それじゃあ何時間もかかる！」ウェスが言い、通気口のカバーを押してもとの位置にはめ、椅子から飛び降りる。わたしはウェスにはさみを手渡す。

「髪に埃がついてない？」アイリスに見てもらえるように腰をかがめて訊く。アイリスは髪に指を走らせて綿埃を払う。

「それで、どうするの？」とアイリス。

「ふたりの仲を裂かなきゃならない」とわたし。「不信の種を蒔《ま》いて」

「どうやって？」とウェス。

答える間もなく「なんだ、これは？」という大声が廊下から聞こえてくる。そのあとで「オフィスをチェックしろ、すぐに！」

どうやら支店長室のドアがあいているのを見つけたらしい。

「隅のほうに集まれ」ウェスは言い、シャツをめくってはさみをジーンズと肌のあいだに突っこんでから、なるべくやつらの目に触れない場所へケイシーをかかえあげるようにして連れていく。わたしたちはひとかたまりになり、ドア前に置かれたブロック用のものが引きずられる甲高い音がオフィスじゅうに響きわたる。次にしんと静まりかえり、静寂という耐えがたい重圧のなか、グレイキャップが首もとを赤く染め、目をぎらつかせながらオフィスに入ってくる。

野球帽のつばがつくる影のなかで、額に浮きあがった血管が脈打っているのが見える。ウェスはわたしたちを隠すために身体を大きく見せようとしているのか、深く息を吸いこんでいる。ケイシーはわたしの腕の裏側にぴたりと肩を寄せて震えている。

グレイキャップが目の前の壁に付箋をバシッと貼りつける。〝ようこそ〟と書かれた文字と、アポストロフィがわりのしゃれた感じの小さな星。

「これを書いたのは誰だ」グレイキャップが訊く。

誰も視線を動かさない。ウェスとアイリスはどうすべきかわからずにいるらしい。ケイシーは怯えている。

わたしはあごをあげ、そのあとで手もあげる。

そしてにっこりと笑う。

19　サマンサ：上品、繊細、ひかえめ

わたしはサマンサになり、ママはわたしが生まれてからはじめて、長期にわたるペテンを仕掛ける。いまや娘は詐欺をはたらくのに充分な年齢に達しているとママは判断している。もう充分に学んだと。

ママに信頼されて、わたしは鼻高々。どういう結末を迎えるかは理解していない。数週間か数カ月、誰かになりすますのと、数年のあいだ誰かになりすますのとの違いも。

サマンサは八歳。髪の毛をふたつにわけて編みこんでいる。というのも、アビーに連れられて引っ越した郊外の富裕層エリアに住むママたちには、毎朝娘たちの髪をきれいに編みこんでフレンチブレイドに結う時間があるから。サマンサの遊び部屋にはおままごとのティーセットや山のようなぬいぐるみがある。ときどきぬいぐるみをひとつ、こっそり自分の部屋へ持っていって、人に言えない秘密の儀式みたいにそれを抱いて寝る。おもちゃの山に囲まれている理由がわからず、まったく心が休まらないので、わたしはおもちゃた

ちと自分のあいだに線を引いている。明かりを消して本来の自分に戻り、誰にも正体を知られちゃいけない女の子として闇のなかに横たわっているときに、サマンサのぬいぐるみが心を落ち着かせてくれるのはどうしてだろう。

女の子はどこにも逃げだせない。闇のなかだろうと、日の光のなかだろうと、なにかを心の支えにすることもできない。だからわたしはしかたなくクマにしがみつく。

サマンサになるのは本番前のテスト。言うなれば肩慣らし。ターゲットとなる男性の生活に入りこむまえに、ママはわたしが完璧な娘を演じられるかどうかたしかめる必要がある。お試しというわけで、ママは男性に狙いを定めず、今回のターゲットは女性——となりの家に住むダイアナ。わたしと同じ歳の少女の母親。亡くなった夫が彼女に遺したお金をママは狙っている。

ママはアビーからグレッチェンになる。グレッチェンはダイアナと同様に未亡人で、それは真実であり、嘘でもある。真実を多くまぜこむけれど、全部じゃない。

ママは自分を愛した男を襲った悲劇を長々と話す。彼は結婚した直後に死に、かわいい娘に会えずじまいだったと。こういう話は人の心の琴線に触れる。ママとわたしはベージュ色をした同じ形の家々のひとつに移り住んでダイアナのよき隣人となり、子ども同士で遊ぶ約束やバレエ教室、毎週金曜日にカウンターに並ぶ焼きたてのブラウニーのある生活が日常になる。

わたしははじめて学校に通う。思っていたより簡単で、夢見ていたよりもずっと退屈。だから学校は好きじゃない。机の下に本を置いて読むけれど、先生に見つかって授業のあと呼びだされる。でもそんなふうに波風を立てちゃいけないとわかっているから、素直にやめる。

サマンサは波風を立ててはいけない。サマンサは完璧でなきゃならない。上品で、繊細で、ひかえめ。

なりすます女の子ひとりひとりにママは三つの言葉を与えて、どういう子になるべきかを教える。レベッカは〝かわいい、おとなしい、笑顔〟だった。

静かにしていれば、わたしがそばにいることをみんな忘れてくれる。そして人びと――これからわかるけれど、とくに男性――は、そばにいる人間をたいして重要じゃないとみなすと、いちばん大事な秘密を大きな声でしゃべりだす。そばにいるのがかわいい人で、ビールを注いでスライスしたライムまで添えてくれて、口をはさんだりしない場合も同じ。わたしはどの男性にとっても、いるかいないかわからない人間だった。そういう人間なら、なんでも無限に知ることができる。

でもひとまず、男性は脇においておく。サマンサのターゲットとして、ってことだけど。

今回のペテンの仕事で、わたしはいままでにないほど重要な役割を演じている。

ダイアナは自分の娘とのつきあい方がわからず、方法を見つける気もない。最初に彼女の家に遊びにいって帰るころには、なぜママがわたしにエナメルの靴とレースのついたソックスをはかせ、背中に垂らしている二本の三つ編みによく似合う上品そうなすてきなワンピースを着せ、リボンまでつけるのか、すっかり理解している。

ダイアナはサマンサみたいな娘をほしがっている。フリルとレースがいっぱいで、全身ピンクの女の子を。

彼女の娘はそういう子じゃない。いっしょに遊びはじめると、わたしたちはほとんどの時間をトランポリンで跳ねて過ごし、とくに彼女はやっちゃいけないとわかってるくせに、ふたり同時に跳ねるダブルバウンスをやろうとする。ヴィクトリアは怖いもの知らずで自由、いわば〝子どもはこうあるべき〟というお手本のような子で、いっしょにいるとふたりはまったくちがうという思いが深くなる。わたしはヴィクトリアやサマンサとはぜんぜんちがうと。偽りのではなく本物の子ども時代を過ごしたほかの子どもたちとも驚くほどちがうと。

ママが迎えにくると、ダイアナはサマンサが着る服はなんてかわいらしいの、とため息をつき、ヴィクトリアがジーンズを脱ぎ捨てて、こんなにかわいらしい服を着てくれたらほんとにうれしいと言って、またため息をつく。するとヴィクトリアは呆れ顔で天井を仰ぐ。わたしはヴィクトリアに笑顔を向けたくなる。わたしだってこんな服は好きじゃないから。でもサマンサはこの服を気に入っている。サマンサは完璧な子。完璧な娘。つねにママに従順で、笑っている。自分の部屋にこもってぬいぐるみやティーセットで静かに遊び、背中に美しいブロンドの髪を垂らしている。〝この子はほんとうにかわいい。娘をかわいくする秘訣を教えて、グレッチェン〟

サマンサは人になにひとつ求めない。彼女はほかの人間に仕えるために存在している。

家でママとふたりきりになり、ばか高いカーテンが引かれ、ママがわたしの髪に指を通して編みこみをほどきながら〝よくやったわね、ベイビー〟と言うと、とたんに誇らしい気持ちがこみあげてきて、ヴィクトリアが天井を仰ぐ姿を見たときに感じた後ろめたさが消えていく。

ダイアナがほしくてたまらない繊細なお人形のような娘の役を、わたしはせっせとこなす。ダイアナはわたしを愛していて、何時間でもドアのあたりをうろうろしてヴィクトリアとわたしが遊んでいるところを眺める。〝あなたはいい影響を与えてくれる存在ね、サマンサ〟とダイアナは言うけれど、当時のわたしにはその言葉自体も、彼女が実際になにを言おうとしているのかもわからない。ダイアナがなにを不安がっているのかも。

フリルがいっぱいついた服を着た子が、のちにバイセクシャルの街へとつづくレインボーの小道をスキップする者になったことをダイアナが知ったら、さぞ驚いただろう。でも、ほかでもないヴィクトリアは、おそらく自分の母親の奥深くにある不安に気づいていたはずだ。いましみじみと、ダイアナが〝こんな子はうちの子じゃない〟と娘を勘当するような人ではありませんように、と願う。当時はダイアナのなかにある不安を見てとれるほど、そういう件について――自分自身についても――充分にはわかっていなかったけれど、ママはわかっていた。ママはその点を衝くためにサマンサをつくりあげている。ほんと、胸クソ悪い。ゆがんでいる。危険人物と言ってもいい。

ひと言で言えば、それがわたしのママ。

ママは巧みにダイアナの日常のなかに入りこんでいく。ほぼ毎日、ふたりは朝いっしょにコーヒーを飲み、わたしとヴィクトリアを学校へ送っていったあとはヨガ教室へ行き、そのあとはそれぞれの用事をすませる。そしてある日、ママはさりげなく自分が計画している手芸店をはじめるビジネスについて話しはじめ、ダイアナはまんまと罠にはまり、からめとられて、ママの計画にのめりこんでいく。

ママは用意周到だ。仕入れ表を見せ、毛糸の販売店をまわり、製品づくりから販売までの工程を語る。その話は非常に説得力があるうえ、さらにダイアナに必要なサポート体制みたいなものをママが提示し、わたしの存在がダイアナのやる気を引きだす。わたしはダイアナが心から望み、こういう娘がいたらと想像をかきたてる子であり、どこから見てもかわいらしく、お人形の服をつくってあげたくなるような存在。トランポリンでダブルバウンスをしたり、家の裏にある公園で元気いっぱい走りまわったあげく、ジーンズにいがをくっつけたりする子じゃない。わたしはヴィクトリアが落としたボタンを腰をかがめて拾う。だってサマンサはきちんとしていないのは嫌いだから。

「ダイアナはどうして幸せじゃないの？」わたしはママに訊く。「ヴィクトリアはいい子だよ。問題だって起こさないし。ダイアナはどうしてほかの子がいいって思うの？」

「人間というのはね、自分の手のなかにあるものだけで幸せだと感じることは、ほとんどないのよ」ママは自分にとっての普遍の真理を語る。

胃がずしりと重くなる。「ママはわたしがいて幸せ？」

たいていの母親なら〝もちろんよ、あたりまえでしょ〟と即答するだろう。間をとったり考えこんだりはしない。

「あなたは呑みこみが早い。お姉ちゃんよりずっと早い。わたしよりもね」ママは身を乗りだしてわたしの髪をなでる。「生まれつきそう。ママとふたりですごいことを成し遂げましょうね、ベイビー」

まるで答えになっていない。まだ幼いとはいえ、ママによって磨かれたおかげで、答えをはぐらかされたのはわかる。でも、幼すぎて、ママが押しつけてくるゲームをじょうずにプレイできない。

できるようになるのは、すぐだけれど。

20　午前十時三十六分（人質になってから八十四分）

~~ライター一個、ウォッカのミニボトル三本、はさみ、~~貸金庫の鍵二本
~~計画#1：却下~~
計画#2：成功に向けて進行中

グレイキャップにシャツの背をつかまれて、廊下を引きずられていく。アイリスがわたしの名前を叫ぶ。カーペットをこする両膝の痛みも忘れるほど、その声はわたしの心をえぐる。

「そこにいて、ほかのガキどもを見張ってろ」とグレイキャップがレッドキャップに命じる。グレイの声ににじむ怒りを感じとったのか、レッドはいそいそと命令に従う。

わたしは身体の力を抜く。けっして反抗しない。人形のように黙って廊下を引きずられ、ロビーまで連れていかれる。そこで床に放り投げられ、冷たいタイルに頬を押しつけられ

たあと、仰向けになって立ちあがったところでグレイキャップが蹴りを入れてくる。男どもはいつでも蹴りを入れてくる。待ってましたとばかりに。こっちは脚が痛くてたまらないのに、そのうえあばらを蹴られるとは。

相手がこれほど怒っているとは思いもよらなかった。いったいリーはこいつになにを言ったのか。犯人を怒らせてはいけないとわかっていたはずなので、なにを言ったにしろ、自分の発言が地雷を踏んだことにリーは気づかなかったのだろう。

かなりまずい。わたしも地雷を踏んでいたらどうしよう。

相手との距離は三フィート。ここから正面玄関のドアが見える。大きなキャビネットが奥から運ばれてきていて、完全にドアをブロックし、長期戦にそなえている。

貸金庫の中身はなんなのか見当もつかないが、かなり重要なものにちがいない。

「自分は頭がキレると思ってるのか？」グレイキャップが訊いてくる。

「わたしは生き延びたいと思ってる……あんたはあのオフィスに入りたかったんでしょ」

グレイキャップは息をひとつ吐くが、ほんとうのところはせせら笑っているのかもしれない。見たところ、いまはショットガンを持っていない。銃を腰だめにかまえているが、ショットガンは見あたらない。

ショットガンはどこ？　レッドキャップが持ってる？

「おまえには恐れ入ったよ、ねえちゃん、なんたってガッツがある。考えなしだけどな。だがガッツはある」

「手を貸してあげようと思って」

「なんとなんと、ご立派なことで。こっちはおまえと、おまえの仲間を撃ってやろうと考えてるのにな」

相手がさらりとそう話すのを耳にして、いきなりパンチを食らった気分になる。もっとも恐れていたことが現実になるかもしれない。ふたりがフェイスマスクをかぶっていないのを見た瞬間に、心の底から恐れていたことが。

「可能なら、それは避けてほしいんだけど」震えずに言えたことに、われながら感心する。

グレイキャップはもう一度息を吐きだす。やつの関心を引けたかもしれない。揺るぎない視線を相手に向ける。何度もまばたきをしたら怯えていると思われる。こっちが恐怖をあらわにしたら、やつを活気づかせてしまう。人を怖がらせて楽しむ質《たち》だから。こいつは自分を恐れないものに興味がある。というのも、自分を恐れていないものを怖がらせることに興味があるから。

「おまえは誰だ？」とグレイキャップが訊く。名前を訊いているんじゃない。質問にはもっとべつの意味がある。

この質問は〝なぜ自分を危険にさらした？〟と〝なんで泣きわめかない？〟と〝どうして震えない？〟とがごっちゃになって、つまるところ〝いったいどうしたっていうんだ、ノーラ〟になる。おっさん、まあ、あんたは知らないだろうね。こっちがくぐり抜けてきた最悪の事態を知らないし、あの出来事があったおかげで、いまわたしが生きていられるってことも知らない。

もっとひどい事態をわたしは生き延びた。だから今回も生き延びられると考えるほど、わたしは世間知らずじゃない。でもむざむざ死ぬつもりはない。

人質たちのかばんや携帯がのっているコーヒーテーブルを見やる。

「質問に答えるためには携帯がいる」

グレイキャップはしばらく目を細めてこっちを睨みつけてから、人質たちの所有物が山積みになっているテーブルへ向かう。

「青いケースに入っているやつ」

グレイキャップがそれをつかんで戻ってくる。

わたしは指を一本、掲げ、グレイキャップはロックを解除させるために携帯の画面をこっちに向ける。わたしがなんのためらいもなくパスコードを打ちこむのを見て、まさかこっちが主導権を握るためになにごとかを企んでいるとは思いもしないだろうが、そのまさかで、すでに主導権を握るための作戦ははじまっている。

「メニューページの二ページ目にファイルがある。〝その他〟っていうタイトルがついてる。パスワードはTR、ドルマーク、65」

息を吸ったり吐いたりしながら、心臓の鼓動が速くなりすぎて血流の勢いが顔にあらわれませんようにと祈る。顔が赤くなったら、やつに気づかれる。

写真が表示されたとみえる。グレイキャップの眉根が寄り、視線が携帯の画面とこっちの顔とに交互に向けられる。写真のなかのブロンドの女の子が、写真よりも少し大人っぽくなった、目の前にいるこげ茶色の髪の子と同じだとわかったらしい。

「そう、それ、わたし」

「ということは……」

「そう、それは彼」と言ってから、次に来る質問を待つ。グレイキャップはかならず訊いてくるはず。誰もが写真の男の顔を知っているけれど、誰もわたしの顔は知らないから。タブロイド紙やレポーターたちがFBIによる逮捕を世間に知らせ、女の子がいたとかいなかったとかの噂が流れはじめるまえに、リーがまったくちがう女の子に姿を変えた私を遠くへ連れ去ったから。

「どうしてレイモンド・キーンがいっしょに写っている写真を持っているんだ？」

そこでひとつ息を吸う。気づかれないくらいに浅く。でも鼓動は強くなっている。頭のなかに鏡を思い浮かべる。〝アシュリー。わたしの名前はアシュリー〟

「わたしはアシュリー・キーンだから。彼はわたしの義理の父親」

21 肉屋《ザ・ブッチャー》

レイモンド・キーンについて、わたしはなにを言えるだろう。

レイモンドにまつわる話を漏れ聞いたタブロイド紙は、彼を〝バイユーのブッチャー〟と呼んだ。その渾名《あだな》ひとつで知るべきことはすべて語られていると思うかもしれないけれど、それは単なる入口にすぎない。

彼は人が手出しできない、いわゆるアンタッチャブルな存在だった。ビジネスマンであり銀行家でもあり、売人でもあった――扱っているのはドラッグだけでなく秘密や機密のあれこれ。まっとうな慈善団体に寄付し、まっとうな政治家の手に賄賂を握らせ、まっとうな人びとの汚い部分を知り、故郷の沼地から出世の階段を駆けあがってフロリダキーズのマックマンション（うわべの豪華さを重視して量産された大型分譲住宅）に行きついた人物。

ママがレイモンドと出会ったとき、わたしは十歳だった。そのころすでに、ママは見た目はぜんぜん老けていないのに歳を気にしはじめていた。あの年は仕事がうまくいかず―

―ママは車のディーラーの社長をカモにする詐欺を途中で放棄した――再起をかけるための資金調達に四苦八苦していた。わたしは申しわけなく思っていた。ママが企みを途中で放棄したのはわたしのせいだったから。その途中放棄はいままでママが見せてくれたなかでいちばん母親らしい行為で、予想外の展開にわたしは警戒するどころか気持ちが弱ってしまった。

あのとき、警戒するべきだった。もっと事情を把握していれば……わたしにはママが必要だった。なのにレイモンド・キーンと二年間ともに暮らしたせいで、わたしは衝動的な行為に走ってしまった。

レイモンドはターゲットじゃなかった。ママがレイモンド相手に詐欺をはたらいていたなら、わたしもそれなりに対処できたかもしれない。まえに仕事がうまくいったときに味わった満足感をもう一度味わいたいと思ったかもしれない。

でもレイモンドはターゲットじゃなかった。

レイモンドは〝愛〟そのものだった。本物の、きわめて不快な。〝こんなにも愛する人が見つかるとは思ってもみなかったわ、ベイビー〟とママに言わしめた愛。

わたしに勝ち目はなかった。わたしは単なる娘。ママはほとんど考えもせず、娘をひとり手放したことだってあった。

ママとレイモンドは、出会ってから半年もたたないうちに結婚した。けれどいまは、そこに至るまでにあらわれていた兆候を見ることができる。

当時は、事態が一夜にして悪いほうへ急展開したと感じられた。それはまさに青天の霹靂《へきれき》だった。

レイモンドにはじめて痛めつけられたのは、自分の誕生日だった。それはまさに青天の霹靂だった。レイモンドは何カ月ものあいだ、そうしてやろうと考えていたんだろうけれど。誕生日に祝われるはずの人間を痛めつける？ わたしにはいまだに理解できない。わかっているのは、痛めつけられているあいだ――ひたすら耐えているあいだ――深呼吸することも、ふつうに息をすることもできないまま、こっちの首を絞めているレイモンドの手をすぐ近くで見ていたことだけ。

レイモンドが贈ってくれたプレゼントに対し、充分な感謝の気持ちをあらわしていなかったのかもしれない。彼は人前で〝ありがとう〟と言われるのが好きだった。強い父親になるという考えに酔っていた。厳格な父親になるという考えに。見た目が完璧で、絆でかたく結ばれている家族という幻想に。美しい妻、かわいらしいブロンドの義理の娘、ふたりとも蝶リボンをつけている。しかし、レイモンドが頭のなかで思い描いているとおりに反応しなければ、蝶リボンに血の痕がつくことになる。

そのときのレイモンドはわたしを叩きも殴りもしなかった。ただ〝押さえつける〟だけ。

ソファから引きずりおろされ、膝に頭を押しつけられ、そのときの衝撃で手首は翌日になっても痛みが引かなかった。コーヒーテーブルに頭を押しつけられたときは、皮膚に貼りつくべとべとしたものが血だと気づくまでに数秒、あるいは数分かかった。ママが悲鳴をあげると、レイモンドはママを殴った。ママが殴られるのを見て、当時は呆然とするだけだったけれど、いまから思うと、歯がカチカチ鳴る音が頭のなかで響き、吐きだすことも洗い流すこともできない苦みで口のなかがいっぱいになる、といった感じだったかも。

誰かに殴られたら、荷物をまとめてすぐさま逃げだし、どこかべつの場所でべつのターゲットを見つけて仕切りなおす、とママはいつも言っていたのに、レイモンドに殴られても、ただ悲鳴をあげるだけだった。

人の心を巧みに操り、バレリーナのように美しいママが震えているのを、それまで一度も見たことがなかった。自分の口に血がついているのよりもそっちのほうが恐ろしく、だから、レイモンドが拳に握った手を後ろに引いてもう一発殴ろうとしたとき……

わたしは強くも勇敢でもなかった。十一歳になったばかりのわたしは、怯えて逃げだすしかなかった。

わたしはママをその場に残して自分の部屋に隠れ、何時間にも思えるあいだ震えていて、しばらくするとドアをノックする音と猫なで声が聞こえてきた。〝ベイビー、出てきてちょうだい、お願いだから。彼は悪かったって言ってる。そんなつもりはなかったって。あなたに謝りたいって〟

典型的な虐待だった。でも〝虐待〟とはどういうものか、わからなかった。ママがわたしのまわりに男を連れてくるときは、ある一定の危険がともなうのはあたりまえだったから。わたしにとってはごくふつうのことだったから。

けれど、男が本物の脅威になっているのにママが逃げださないのは新しい出来事だった。

新しいふつう《ニューノーマル》。

レイモンドは愛そのものだから。

〝愛はすべてを征服するのよ、ベイビー〟

そのとおりだった——愛はママを征服した。

でもわたしは彼に征服されるのを拒んだ。

第二部

信頼は一本の槍（次の七十二分）

22
オリジナル

　アシュリーを理解するためには、ケイティを知る必要がある。ケイティを知るためには、ヘイリーに出会わなくてはならない。ヘイリーが存在するためには、練習のためにまずはサマンサがいて、サマンサのまえにレベッカがいた。しかしレベッカのまえには……ひとりの女の子がいた。

　彼女にも名前がある。でも名前は秘密の宝物みたいなものだから、口にしてはいけないと言われて育った。

　彼女はかつては誰かの娘だった。でもある歳ごろになると、注意をそらすための都合のいい存在になった。もう少し大きくなると、道具のひとつになった。もう少し歳を重ねると、注意を引きつけるおとりになった。

じゃあ、独り立ちできる年齢になったら？　歳をとるごとにつけられた刻み目は、十八本のキャンドルが立てられたときに終わるのか？

詐欺のやり口も変化する。完璧な娘が必要ではなくなるときが来る。彼女たちは成長するのだから。

結局は餌食になったのだと気づく。

自分の運命は乗っ取られ、貪《むさぼ》り食われ、いいように使われていると知るときに、選択のチャンスが訪れる。

不可避なものとして受容するか、テーブルをひっくりかえすか。

わたしは家畜同様に育てられた。しかし成長して狩る側になった。みずからのターゲットをかならず仕留める者に。たとえなにがあろうと。

レベッカとサマンサは練習台だった。

ヘイリーとケイティはただ者じゃなかった。

それで、アシュリーは？

彼女は危険な存在だった。

23

午前十時四十五分（人質になってから九十三分）

~~ライター一個、ウォッカのミニボトル三本、はさみ、貸金庫の鍵二本~~
~~計画＃１：却下~~
計画＃２：成功に向けて進行中

「アシュリー・キーン」とグレイキャップが言う。この男はこっちの話を信じ、わたしは皮膚の下で暴れている恐怖をおくびにも出さずに信じさせる。「マジか。あれは都市伝説かなにかだと思っていた」

「ちがったみたいだね」

グレイが肩をすくめる。「みんなそう言ってるんだがな」

わたしはやつの袖口からのぞいている包帯をじっと見つめる。「刑務所で入れたタトゥーを隠しているんでしょ」

グレイキャップは上腕二頭筋をつかむ直前に自制するが、隠そうとしたところで、もうばれている。

「でも最近はずっと外にいるみたいだね。少なくとも出所してから二、三年はたってる」

グレイはただ見つめてくるだけ。〝ここは慎重に進めなよ〟リーの言葉のなににこいつが反応したのかは、誰にもわからない。

「数年なかにいたとすると……それくらい食らってたよね？　なかで事情通とお知り合いになったとしても不思議じゃない。それで、わたしの噂を耳にしたんだね、きっと」わたしは話しつづける。「どうやって逃げたかも」

相手の口がゆがむ。答えずにはいられないとみえる。もちろん、耳にしたに決まっている。

「おまえの首には賞金がかかっている」ようやくグレイキャップが言う。

「わたしを殺したら彼が金を払うってことでしょ。そんな古風な、ノッティンガムのシェリフ（〈ロビン・フッド〉の悪役の保安官）が使いそうな言いまわしなんかしなくていいのに」

「恐ろしくてチビりそうなんで、冗談めかして話してるのか？」

「そっちこそ、古めかしい言葉を使ってるくせに。まあ、そういう言葉は残しといたほうがいいかもね。わたし、間違ってたかな……わたしが思っているより長く、あんたはなかにいたのかも」

　グレイキャップが天井を仰ぐ。「最後に聞いたときには、彼はおまえを生捕りにしたがっていた」

笑みを見せる。〝ターゲットには自分が正しいと思わせろ。そうすれば自分は賢いと思いはじめるから〟

　グレイキャップのような人間は、ほかの人間に比べて自分は賢いと思いたがる。もちろん、自分たちはティーンエイジの女の子よりも頭がいいことを知っている。相手がたったひとりのティーンエイジャーなら、なおさらに。その手の思いこみの間違いを利用する方法を知っていれば、それを強力な武器として使える。

「あんたの言うとおりかも。殺すなっていう点に関しては。でも、商品をお届けするために遠路はるばる行くとすると、お金がたくさんかかるよね。生捕りにするには、わたしに銃口を向けちゃまずいし」そこで銃を見る。「もしうっかりわたしを殺して、それが彼に伝わったら、彼、すっごく怒るだろうな。それに、わたしを殺したら、一挙両得ってときに大損することになる。せっかく貸金庫の中身を奪ったうえ、わたしをつかまえられるってときに」あえてレッドキャップのことは口にしない。相手が言及するかどうかたしかめたいから（もちろん彼は言わないだろう。まあ、そうだと思っていたけど。すでにレッドキャップを欺《あざむ》く計画を立てているみたいだし)。

グレイキャップが指先で銃に触れ、視線を落としたあと、銃口をこっちへ向ける。「四の五の言わず、ご同行願えるかな?」

「〝いますぐ死ぬ〟と〝たぶんあとで死ぬ〟のどちらかを選ばせてもらえるなら、わたしは後者を選ぶ。とくに、あんたのささやかな強盗の企《くわだ》てが、こっちの夏の計画を台無しにしてくれたから」

「ほお?」

「あんたさあ、わたしが持ちこんだお金が、ほんとうに、動物保護施設のためのお金だと思ってる?」冷笑を交えた声で訊く。「わたしがミスター・ミトンズ(映画〈ソウルフル・ワールド〉に登場する猫)のための資金集めに夏休みを返上する女子に見える?」

グレイキャップが眉をあげる。

「あそこに男子がいたでしょ? わたしといっしょにいた子。彼の父親は金持ちなんだよね。その父親っていうのが、金庫を閉めることに関してはだらしなくて。ま、それはさておき、いまあんたはわたしの夏の企てを台無しにしようとしてる。わたしさ、ほかに二つ三つ、必要に駆られて盗みをはたらいたんだよ。で、ようやくこの町を出て、レイモンドのことがあってからずっと世話になっていた叔母さんから離れようとしてたとこ。〝動物保護施設のために集めたお金〟は町を出る資金の一部。今回の事件が終結したら証拠品として取りあげられちゃうだろうし、あんたのパートナーはあたりまえみたいに発砲しちゃってるし、あの人、最後にはあんたを撃って逮捕されちゃうんじゃないのかな」そこで天井を仰ぐ。イラつきながらも、ペテンで頭がいっぱいのティーンエイジの女子といったふうに。わたしはいまはアシュリーじゃない。アシュリーだったら……まあ、アシュリーだったら怯えていただろう。ちょっと壊れていたし。壊れたあとで、暴力を振るったってわけ。

いまぺらぺらとしゃべってる子が誰かは知らない（これってわたし？　その考えが浮かんだと同時に頭から追い払う）。

「おれがおまえの企てを台無しにしたと？」声が人を見下したようなトーンになる。やっぱりわたしは正しかった。

こいつはレイモンドと同じだ。男のほうがえらいと思っている。子どもが好き。生意気な口をきくやつが好き。

そういうやつを黙らせるのが好き。血を流させて、ぶっ壊すのが好き。このゴタゴタが終わるまでにわたしは血を流すかもしれないけれど、けっしてぶっ壊れない。

こいつは新しいターゲット。ほかのターゲットに相対しても、わたしはいつだって生き延びた。今回も生き延びてみせる。それをいまここで、自分自身に言い聞かせる。いまここで誓っとく。こいつとふたりきりでいると、刻々と危険が迫ってくるから。

「そう、あんたがわたしの企てを台無しにした。〝すまない〟くらい言ってもいいと思うよ」こっちが不平をもらすと、相手はくすりと笑う。

「銃を持った男は〝すまない〟なんて言う必要はないんだよ」銃口を向けられ、わたしは歯を食いしばる。〝誰が主導権を握っているか思いだして〟

いまは相手が主導権を握っているかもしれないけれど、最後に仕切るのはわたしだ。それが唯一の脱出方法。

「それで、貸金庫にはなにが入ってるの？　あの赤の野球帽をかぶった天才くんと組んでまで手に入れたいと思えるほどいいものか」――またグレイキャップの口もとがゆがむ――「もしくは、犯罪者としてのお手並みがまるでなってないやつをパートナーに選んででも、手に入れたいものなのか。まあ、いずれにしろ、この先、道は険しいね」

「そろそろ口を閉じる頃合いだと思うけどな」

「わたし、まえに地下室へ行ったことがある」この点が重要だとばかりに言う。自分の進む道に行く手を阻む茨《いばら》が育つよう、種を蒔かなくてはならない。「もしわたしがあんたなら、手持ちのいちばん上等な人質と溶接機を交換して、あの鉄格子を溶かすな。次に、どれかは知らないけど、目当ての貸金庫をこじあける。そうすれば気分上々。まあ、一歩前進ってとこかな」

「そうだな。いちばん上等の人質といえばおまえになる」グレイキャップがそう言って、鼻で笑う。

「ちがうよ」ここで真実を話して聞かせる。「わたしにはなにがしかの価値がある。だからあんたはわたしを撃っちゃだめなの。いちばん交換に適してる人質はあの子ども」これもまた真実だけれど、やつが考えるのとはべつの意味での真実。「あの子はすごく小さいし怯えているでしょ。あの子と溶接機を交換したいって申しでたら、保安官はあんたは協力的だと考えて、要求どおりのものをくれるはず。どうせ犯人はここから出られっこないと高をくっているだろうから。これでSWATが到着するまでの時間稼ぎができるとあちらは思うはず。外にはおそらく六人くらいしかいない。予算がカットされて保安官事務所は骨抜きにされちゃってるんだよね」

「地元の法執行機関の内情を調べているのか？」

「あんたは調べてないの？」するとまた人を小ばかにしたような表情を向けてくる。わたしに身のほどを思い知らせてやりたいのだろう。あともうひと押しだ。

しかしさらに突っこむまえに、相手の視線がこっちの肩の向こうへ流れ、わたしはとたんに身体がこわばる。足音。レッドキャップが戻ってくる。

「ドレスを着た女が、なにが起きているのか教えてくれないとおれに向かってゲロを吐くと言いやがって」レッドキャップがグレイキャップに文句を垂れる。「ずっと吐きそうだって言ってる。そのうちに吐いちまうと思う」

わたしに言わせれば、アイリス・モールトンはこの世界へのすばらしい贈り物だ。彼女はかならず吐いてみせるだろう。

「なんの冗談だ？」

「おれはゲロが苦手なんだよ！」レッドキャップが口答えする。

「持ち場に戻って、ガキどもを見張ってろ！」グレイキャップはぴしゃりと言うが、いかにもイラついているといった吐息をつき、銃をしまってわたしの腕をつかむ。今回は小走りでついていくので引きずられることはない。相手はこっちよりも身長が六インチも高く、おまけに筋肉質っぽく、ステロイドを使っている人みたいに怒りっぽくなっている。グレイキャップはレッドキャップをどやしつけ、わたしをぐいっと引っぱる。〝なにすんのよ、このばか男〟と心のなかで思うが、それでもグレイキャップに意識を集中させ、こいつの自制心が擦り切れているかどうか見きわめる。

おそらく、グレイキャップは一匹狼として行動するのに慣れている。

一匹狼というのは危険だ。罠から逃れるためならなんにでも嚙みつく。グレイキャップのようすからはそういう感じがうかがえる。〝知ったこっちゃない、おれはなんだってやる〟的な傾向が。食うか食われるかの場合はその性質を逆手《さかて》にとれるかもしれないが、ふつうはあまり歓迎すべきものではない。今度ばかりは彼の出方しだいでわたしと友人たちの生死が左右されるので、さっき蒔いた種が育って、魅惑的な花に見せかけた茨が道を覆うようにしないと、わたしたちは窮地に追いこまれる。グレイキャップはわたしをつかむ一方で、キャビネットなどでブロックされている正面玄関のドアの前からテーブルを一台、ひきずってどかす。でもドアをあけるでもない。そのままこちらに背を向ける。

「救援部隊は来ないだろうな」グレイキャップが言う。「それならば、おまえを撃たずにすむ」

「そうだね」

ふと危険なひとときが訪れる。グレイキャップがこっちの頭のてっぺんからつま先まで、なめるように視線を這わせる。肌が粟《あわ》立ち、心が〝逃げろ〟とベルを鳴らすようにやかましく呼びかけてきても、わたしはまばたきもせず、怯《ひる》みもしない。相手の好きにさせたあと、さっき蒔いた種が根を張ったとわかる質問をグレイキャップが投げてくる。

「世間でおまえがやったと言われていることを、ほんとうにやったのか？」

わたしは一拍、間をとる。そしてひとつ息を吸う。この一瞬を逃してはならない。ゆっくりと笑みを浮かべる。最初はかわいらしく、それからだんだんと不穏な雰囲気をたたえて。こんなかわいい女の子の顔に浮かんじゃいけない笑みを広げていく。グレイキャップはこっちの顔を凝視したまま、おそらく無意識にわたしの腕をつかんだ指に力をこめる。あと数秒もたてば、こいつの全身に鳥肌が立つだろう。

こんなのはお手のもの。これで危険な存在に見えるはず。

「ううん」わたしは答える。「それ以上のことをやった」

24　都市伝説vs女の子

以下がアシュリー・キーンについて世間一般に知られていること。彼女は幽霊。多くのFBIのファイルや法廷に提出される概要書のいくつかから、その名前は抹消されている。公判では、けっして答えが得られないクエスチョンマークになる。娘がいた？　単なる噂？　母親がまたしてもついた嘘？　アシュリー・キーンは実在したのか。やったと言われていることをやったのか。

アシュリー・キーンの謎を追う専門のウェブサイトもある。載っているのは、目撃情報や闘わされた議論。当時はこんな容姿だっただろうとか、歳を重ねた現在の姿をイメージしたスケッチの数々とか。多くの仮説が紹介されているものの、どれも真実に近づいてもいない。

ママは娘に関しては口をかたく閉ざし、リーがFBIと結んだ取り決めにより、わたしたちはあらゆる意味で自由になり、秘密の存在になった。で、レイモンドは？

レイモンドはわたしがしたことをＦＢＩに知られたくなかった。誰かがわたしを探すのを嫌った。ただし、自分のために誰かがわたしを探すのはべつにして。レイモンドは獄中の新たな生活のなかで新たな目標を得た。それは、わたしを見つけて殺せるよう自由の身になること。

以下がアシュリー・キーンについて犯罪者の世界で知られていること。アシュリー・キーンは密告者。かわいらしいジェイルベイト（性交すると強姦罪になる、同意年齢未満の子ども）で、手を出すと命取りになる。髪はブロンドで容姿は輝くばかりに美しく、唇がピンクの魔性の女《ファム・ファタール》。プレティーン（九歳から十二歳の子どもを指す）の指をひと振りして、レイモンド・キーンの企業活動を骨抜きにした。アシュリーを探しだして話しかける男はみな、彼女を性的な対象として見る。そうでない場合は、彼女を恐れる。自分たちには度胸がなくてできないことを、アシュリーはやってのけたから。

アシュリー・キーンはその首に賞金がかけられている——親愛なる義理の父上どのは、首を持っていった者にはいくらでも金を支払うだろう。その時点で首と身体がくっついているかどうかは気にしないと思う。首と胴がくっついているほうを歓迎するだろうが、いままでのところ——レイモンドが想像していたよりもうんと長いあいだ——わたしはアシュリーを探している男たちの目に触れずにいられた。そのために頭にはこんな考えがこびりついている。レイモンド・キーンは、自分を負かした女の子に今回こそは勝たねばならないと決意しているはず。

以下がアシュリー・キーンについてわたしが知っていること。アシュリーは十二歳だった。彼女は怖がっていた。追いつめられていた。だから生き延びるために必要なことをやった。

でもそこに結果が生じた。そのせいでわたしは殺されるだろう。

25

午前十時五十八分（人質になってから百六分）

ライター一個、ウォッカのミニボトル三本、はさみ、貸金庫の鍵二本
~~計画＃１：却下~~
計画＃２：進行中

「やつになにをされたの？」オフィスに戻り、ドアが閉まったところでアイリスが訊いてくる。わたしは片手をあげて〝ちょっと待って〟の合図を送る。ドアをブロックするテーブルを引きずる音が聞こえてきて、やむ。わたしたちはふたたび閉じこめられる。

「だいじょうぶ？」アイリスが訊くのと同時にウェスが「ノーラ、なにをしたんだ？」と訊いてくる。

まったくちがうふたつの質問が、まったくちがうふたりの人間から、まったくちがうふたりの女の子に投げかけられる。ウェスは女の子の正体を知っている。アイリスはこれか

ら知ることになる。

　そう考えると、心臓が胸のなかで暴れはじめる。ウェスが真実を見つけだしたときにどう反応したかが思いだされる。

「ケイシー、だいじょうぶ？」避けられない事態から気をそらすために、わたしは訊く。

ケイシーは隅のほうで膝を胸に引き寄せてすわっている。うなずくことで質問に答えている。

「気をしっかり持ってね。もう少しで終わるから」

　ウェスがひとつ息を吸いこむ。「おまえ、なにをしたんだ？」緊張感をみなぎらせて顔をしかめ、再度、訊いてくる。ウェスは気に入らないだろうけれど、ほかの手段は考えつかない。

「この銀行のなかで、自分自身をもっとも価値のある存在にした」

　ウェスが身体をこわばらせる。そして文字どおり後ずさる。「なんだってまた」

「そうしなきゃならなかった」

「やつに話したのか？」

「グレイキャップは刑務所にいた。だから、彼女にどれほどの価値があるか知っている。わたしはやつに証拠を見せた」

アイリスはテニスの試合を観戦するみたいにわたしとウェスを交互に見るけれど、ウェスはわたしだけを見つめている。

「ほかにどうすればよかった？」自分ではわからないからウェスに訊く。ここでは真実以外に武器とするものがない。わたしはもう用心深いブロンドの完璧な娘じゃない。かつて演じてきた女の子たちみたいにかわいくもないし、恥ずかしがりやでもない。一方アシュリーは……はじめは恥ずかしがりやだった。はじめはかわいい女の子だった。はじめは完璧な娘のべつのバージョンだった。でも、ゴミ溜めのなかで伝説の少女に変わってしまった。ある男たちにとっての悪夢に。

「どうすればよかったかはわからない」とウェス。「だがそれでも、おまえの秘密の名前をあかすのは悪手だと思う」

「あいつは誰かを撃つのを少しもためらわないんだよ」ささやき声で返すのでケイシーには聞こえないだろう。「なにかエサを投げなきゃならなかった。ほかに投げるものはなにもなかった」

「ちょっと、お願いだから、親友のふたりだけにしかわからない話はやめて、なにが起きているのかわたしに話してくれない？」とアイリスが言う。

「しまった」そう言ったのはわたしではなくウェス。こっちも同じように感じていたけれど。みずからの奥深く後ろ暗い秘密を白状しようとしている人みたいに、ウェスが額をこする。

「証人保護プログラムの適用を受けているとか？　いま話していたのはそういうことなの？」アイリスが訊いてくる。

ウェスはなかば笑っているような吐息をもらし、わたしは彼を睨みつける。どうしてウェスが笑うか知っているから。

ウェスはまったく同じことをわたしに訊いてきた。

「少しは救いの手をさしのべてくれてもいいんじゃないの」わたしはウェスに言う。

「そうだな。おまえの言うとおりだ。ごめん。でもこれはおまえの物語だから」

そう、これはわたしの物語。でも部分的にはウェスの物語でもある。だってわたしは彼を愛していたから。形はちがうけれど、いまでも彼を愛しているから。リーとわたしは、そうするつもりはまったくなかったのに、ウェスをある意味、家族として迎えたから。わたしはウェスに真実を語っただけじゃなく、そのなかに彼を巻きこんだから。

アイリスを見る。彼女がいて、わたしがいる。どうせならもっと気安い空気のなかで話したかった。ウェスが真実を見つけたとき、わたしたちは混沌の真っただ中に放りこまれ、太陽は不吉な前兆とでもいうように、山火事の煙がただよう空で赤く輝いていた。ウェスは真実を見つけだし、わたしたちは泣き叫び、いくつもの断片に砕け散り、つぎはぎだらけの友だち同士としてふたたびつきあいだすまでに数ヵ月の時間がかかった。

アイリスにはウェスのときとは正反対の雰囲気のなかで打ちあけたいと思っていた。穏やかに静かに語るのを夢見ていた。悲鳴をあげる血のように赤い太陽に追われるのではなく。適切な言葉を見つけたくて、何度も話す練習をした。もう涙はたくさんだった。泣きじゃくるのはうんざり……あの子たちのことと、ひとりひとりの身に起きたことを語る。ママとママに引きずりこまれた世界……どうやってそこから這いだしたかを振りかえる。

でも、けっして容易《たやす》くないだろうと思っていた。そしていま、ここで、銀行強盗事件に巻きこまれたなかで話そうとしている。それもしかたなく。さあ、行くよ。覚悟はいいね、ノーラ。

「わたしの母は詐欺師なの」事実に基づいたことを短く話していく。事実だけを。それならば声は震えないかもしれない。「男性と恋に落ちたと見せかけて騙す詐欺。あれやこれやの手口で。ターゲットになる男性は警察に駆けこんだりしない。もともと彼らのビジネスはいかがわしいものだから……それと彼ら自身も」

「ノーラがママを刑務所に送ったの？」

「そう」

「オーケー。それで、さっきふたりが話していた秘密の名前ってどういうこと？」アイリスがその質問をウェスにぶつけ、そのあとでふたりそろってこっちを見る。アイリスの眉間の皺は深くなる一方。「ママが詐欺師なら、ノーラは……」アイリスが唇をなめる。彼女のリップグロスはベリー風味だけど、どのベリーかはパッケージに明記されていない。甘いミックスベリーと彼女の唇を二度と味わえないかと思うと、息が詰まる。

「ノーラはわたしに名乗ったとおりの人間じゃない」アイリスがため息まじりに言い、彼女の顔に浮かぶ〝そうだったんだ〟という表情を見たとたん、わたしはメロンの果肉のくりぬき器《メロンボーラー》の鋭利な刃で胃壁をくりぬかれたような感覚に襲われる。

アイリスの肩ごしにケイシーを見やる。いますべてを語るわけにはいかない。この部屋にこの子がいるかぎり。アイリスに聞かせるだけでも充分つらいのに。

「わたしは――」そこでとめる。廊下からどなりあう声が聞こえてきたから。

「やつらが言い争っている」ウェスが小声で言う。

「いい感じ」アイリスはドアまで急ぎ、耳を押しつけてじっと聞き耳を立てる。わたしの耳にはののしりの言葉が聞こえてきて、それからまた静かになる。

うまく芽吹いたのだろうか。さっき蒔いた種が。もしそうなら、ケイシーに準備させなくては。急いで。

この子にわたしからリーへのメッセージを届けてもらわねば。

26 〈イリー〉：謙虚、誠実、ひかえめ（三幕構成）

第一幕：指を丸める

「彼の名前はイライジャ」ママは鏡の前でそう言いながらわたしの髪にブラシをかけ、そのあとノートパソコンに表示させたウェブサイトをちらりと見る。ちょうど〝ハッピー・ライフ、ハッピー・ワイフ〟というブログのページが開いていて、ページはお揃いのドレスを着てうれしそうに笑う、同じ歳ごろの長い髪の女の子たちの写真でうまっている。彼女たちは全員、楽しげな笑顔の黒髪の母親にそっくり。

「そして彼の息子がジェイミソン」ママは話をつづけながら、わたしの髪にウェーブをかけて、ブログの女の子たちと同じようにハーフアップ＆ハーフダウンにしていく。わたしの歳にいちばん近い子はほかの姉妹と同じく笑みを浮かべてはいるけれど、目が笑っていない。知らず知らずのうちに、わたしはママの話をそっちのけにして彼女を見つめている。

「ヘイリー？　ヘイリー！」ママが髪をぐいっと引っぱる。

「痛っ！」

「ちゃんと話を聞きなさい」ママがきつい口調で言う。「日曜日に彼の教会へ行くんだから」

「ごめんなさい」わたしは小声で謝り、鏡に映る自分の姿に注意を向ける。

「言ってみて」ママがやさしくうながす。

「イライジャ・ゴダード」ママから覚えるように言われたファイルの中身を暗唱する。「四十二歳。コロラド州の小さな教会で若い牧師として聖職をスタートさせ、それを百万ドル規模のビジネスにまで育てあげた」

「繁栄の福音はいちばんおいしいペテンだわね」ママが首を振る。「わたしが男だったら聖職に就いたでしょうね、きっと。どれだけのお金を儲けられたか、ちょっと想像してみて」

「ママはママのやり方で説教をしてる」そう指摘するとママは笑い、ママの笑顔を見てわたしの心のなかがほんのりと温かくなる。ママが心から笑うことはめったにない。わたしはママの嘘の笑いにすっかり慣れてしまっている。熟練した軽やかでハスキーな声の笑いに。人の気をそそるようだけれど、ちっとも楽しそうじゃない。

「つづけて」

「ジェイミソン・ゴダード。十一歳。ジェイミソンのママは彼が五歳のときに車の事故で死亡。イライジャは再婚していない」

「いままではね」ママが笑う。「今回はじつに単純明快――いよいよあなたははじめての長期作戦に臨むわけだけど、いちばん簡単なのにあたったわね。イライジャに対してはあくまでもかわいらしくお行儀よくするのよ。でもわたしが合図を送るとき以外は、彼の注意を引きすぎちゃだめ。あなたの仕事はジェイミソンを忙しくさせておくこと」

「どうやればいいの？」

　ママがまた微笑みかけてくる。ママは質問されたときに笑みを返すのが好きだ。娘に知識を授けるのも。

「ジェイミソンに会ったら、しっかりと集中すること。あっちが笑いかけてきたら、それにあわせてどうふるまうか、もうわかっているわよね。すぐに向こうはあなたに夢中になる。そうならなかったり、あっちがいじめっ子みたいな態度をとりはじめたら、あなたはそれに立ち向かえばいい」

　わたしは顔をしかめる。「どういうこと？」

「いじめっ子っていうのはね、いじめる相手が必要なの」とママが答える。「あなたは強い子よね。あっちが投げつけてくるものをなんでも受けとめられる」

わたしは唇をなめる。答えるまえに親指の腹でほかの指をこする。上から下へ、下から上へ。

「もちろんよ」とわたし。

第二幕：親指を握りこまない

ジェイミソン・ゴダードはマウンテンピークの牧師たちにとっての小君主。父親の自慢の息子。少年たちのグループの絶対的リーダー。

ジェイミソンはただのいやなやつとか、いじめっ子なんてもんじゃない。恐ろしいほど手に負えない存在。

彼は〝だめ〟という言葉にはけっして耳を傾けず、ただひたすらみずからの道を突きすすむ。

すぐにはジェイミソンに気づいてもらえない。ヘイリーは〝おとなしい子〟の設定で、金色の髪を垂らし、ひかえめで上品な服を着て、首からホワイトゴールドの小さな十字架のネックレスをさげている。だから最初は気づいてもらえない。キリスト教信者の世界では、静かにしていてもうるさくしていても、女の子はたいして注目されない（正直なところ、世界じゅうあらゆるところで）。

わたしはママにやれと言われたことをやる。つまり、ジェイミソンの反応にあわせて行動する。最初の水曜日と日曜日、緊張しながら観察し、かわいらしく笑い、話しかけられたら小さな声で答える。でも次の水曜日には行動を開始する。若い牧師のマイケル以外、まだ誰も来ていない早い時間に教会に行く。マイケルはあごひげを生やしているけれど、本人が思っているほどクールには見えないから、わたしは剃ってしまったほうがいいと思う。当人には言わないけど。彼に手を貸して椅子を並べたあと、まえにジェイミソンがちやほやされていた場所にすわる。

わたしはずっとジェイミソンを観察していた。彼が友人の皿から切りわけたピザを盗んでも、誰も驚かない。先日のミーティングの最中に二度笑った。一度は誰かがくだらない冗談を言ったときに――ママなら〝男の子ってそういうもの〟と言うだろう。二度目はマイケルがジェイミソンの椅子につまずいたとき――これでジェイミソンは意地の悪い子だとわかる。

わたしはジェイミソンが自分の、、だと思っている椅子にすわり、有毒ガスが発生するとわかっている鉱山に連れていかれたカナリアのように待つ。

ジェイミソンは部屋に入ってきたとたんにこっちに気づく。わたしの腕の毛が逆立つ。自分のなかのなにかがささやく。〝逃げろ〟

警告の声を無視するのはこれがはじめて。

「おまえがすわってんの、おれの席だ」ジェイミソンが言う。

わたしの目は大きいけれど、その目をさらにお人形みたいに見開く。「ああ、ごめんなさい」すぐに立ちあがって数個先の椅子まで行き、新たな席の前で立ちどまり、ためらいがちにジェイミソンを見る。「ここならだいじょうぶ？」席を選ぶのも彼の許可がいるとでもいうように訊く。

ジェイミソンはうなずいて友人のほうを向くが、こちらに背を向ける直前にうすら笑いを浮かべているのがちらりと見える。

ママは正しい。どんないじめっ子もいじめる相手が必要。

だからわたしはヘイリーを申しぶんのないいじめの標的にして、ジェイミソンは正しいターゲットにたどりつく。

この作戦は長期戦に入っている。イライジャがほかのどの標的にも増して世間体を気にしているから。彼はママとの関係を公《おおやけ》にするのを拒んでいる――ジェイミソンはその関係のことさえ知らない。ヘイリーも知らないことになっているけれど、もちろんわたしはふたりがどんなふうに会っているか、ママがイライジャの生活のなかにどうやって入りこんでいったか、詳細な説明を受けている。

ママはわたしの手首の痣を見て眉を吊りあげる。「あの子、ほんとにひどいいじめっ子ね」小声で言う。「ベイビー、ちゃんとジェイミソンを手なずけられる？」

「だいじょうぶ」カーディガンの袖を引きさげると、もう痣は見えなくなる。

ほんとうはだいじょうぶじゃない。ジェイミソンはわたしより四インチ背が高く、三つ歳が上。たとえ身長や歳で負けていなくても、わたしはやりかえしてはいけない。ヘイリーは人の殴り方なんて知らないのだから。ヘイリーのような女の子が誰かを殴りたくなったときには、親指を拳のなかに握りこむ。しょせんヘイリーは動作がのろく、殴るよりも殴られる側の子。

「ジェイミソンは怒り狂うと思う」ようやくイライジャから贈られた指輪をママが見せてきたとき、わたしはそう警告する。

ママが笑う。「そうなったら、その怒りを利用するだけでしょ？」

「父さんはこいつのママとデートしてんの？」ジェイミソンが険しい口調で訊く。

「ジェイミソン、失礼だよ」イライジャはブランチのテーブルの向かい側で息子を叱る。

「いいのよ」とママ。「たぶん子どもたちは驚くだろうと思っていた」ママはわたしの手を取ってテーブルにのせ、自分の両手で包みこむ。

「ミセス・アームストロングが脚を骨折したときに、マヤがスケジュール調整の仕事を引き継いでくれて、それからわたしたちは多くの時間をいっしょに過ごしてきた」イライジャが言う。「ともに祈りを捧げてきた。エンジェル、そうだよね？」

ママはうなずき、尊敬のまなざしで静かにイライジャを見つめる。その顔は輝いている。

「ええ、そうです」

「神はおっしゃった」イライジャがジェイミソンとわたしに語りかける。「わたしたちを結びつけるために手をお貸しくださったと」

「家族にするために」ママはそう言って片方の手をのばし、イライジャの手を握る。

「いったいどういうことだよ」ジェイミソンがすっと目を細めて父親を睨みつける。

「わたしはマヤに妻になってくれと頼んだ」とイライジャ。「彼女はなると言ってくれた」

「あなたはどう思うかしら、ベイビー」ママがわたしに訊く。

そのまえの晩、ママとふたりでわたしがどう答えるべきか知恵を絞った。今回のシナリオではジェイミソンがトラブルメーカー、わたしはママが〝愛すべき子〟と呼ぶ女の子にならなくてはならない。

「ママには幸せになってもらいたい」とママに言う。「あなたにもです、イライジャ牧師さま」わたしは微笑み、ちょっと猫背気味になって身体を震わせる。「あなたは大勢の信者の方の力になってこられました、イライジャ牧師さま。こうなるべくして、なられる方です」

この最後のセリフの終わりのひと言はまったくの真実。イライジャはまさに〝こうなるべくして、なられる方〟だ。彼はわたしたちと同じく詐欺師。お金以外のものを崇拝せず、真実を語りもせず、口にするのはばか正直な人びとからお金を奪いとるために慎重に練られた言葉だけ。〝神のために献金を〟と口先で言う。ほんとうのところは〝イライジャのプライベートジェットの燃料費のために献金を〟

「クソみたいなことを言うな」ジェイミソンが言い放つと、イライジャの目がヘッドセットマイクをつけて壇上で悪魔について語るときのように鋭くなる。

「息子よ、そんな言葉を使ってはいけない」

しかしジェイミソンはすでに立ちあがっていて、すごい勢いでレストランから出ていく。

イライジャはため息をつき、ママは意味ありげな目で見つめてくる。

いまやるべきことはわかっている。

彼を追ったらどんなことが起きるかも。

いずれにしろ、わたしはあとを追う。


出ていったジェイミソンが不機嫌なようすで車に乗りこむ。わたしは唇から血を流している。舌で傷口に触れると、金《かな》くさい味がする。

「これを」目の前にナプキンが一枚、さしだされる。わたしはそれを手に取って唇にあてながら、イライジャ牧師を見る。

「だいじょうぶです。唇を噛んでしまっただけだから」そう言って、彼の顔をうかがう。

イライジャは車をとめている駐車場を見まわしてから、こっちを見る。わたしの唇からなぜ血が出ているか、彼は正確に知っている。

「この数カ月、わたしはきみを見てきた」とイライジャ。

「わたし、注目されるのは苦手です」

「きみはいい子だ。なにがあっても、かわいいままでいなさい」イライジャはそう言って満足げに微笑みかけてくるので、わたしも笑みを返す。おそらく彼に〝正しいへイリー像〟を抱かせることができたようだ。イライジャはメッセージを送ってきている。これがヘイリーという子だ——血を流している単なるターゲット。彼はわたしを、おとなしくて、いじめられても言いつけることもできない子でいてほしいと思っている。

でもわたしはいままでずっとおとなしい子でいたためしはない。計画が動くのをじっと待っているだけ。

「わたし、いい子になりたいです」これはある意味、本音。わたしは立派になりたい。完璧になりたい。ママみたいに。

「きみはいい妹になるね」とイライジャ。褒め言葉というよりも命令に聞こえる。

「そうなりたいです」これも本音。ママの完璧な娘以外になりたいものがあるとすれば、それは姉に愛される妹。

「さあ、きみのママのところへ行こう。これからたくさん計画を練らなきゃならない」

イライジャが手をさしだす。この手を取りなさいというように。

わたしはその手を取る。

それも計画の一部だから。

第三幕：痛いところを狙う

教会を開いた日を記念して、イライジャは年に一度パーティーを開く。イースターとクリスマスを除いて〝神のための献金〟の宣伝文句で大金を集められる日。

ママは水ももらさぬ計画を立てている。礼拝が午後二時にはじまり、そのあと信者の女性の何人かが教会のキッチンで料理をしはじめ、そのほかは散らばって子どもたちの面倒をみている。イライジャは人の海のなかを泳ぎ、ママは彼のとなりにぴたりとついている。そこでわたしの視線に気づき、うなずく。

行動開始。

ヘイリーは目立たない。集まった信者のなかでヘイリーを気にする者はひとりもいない。というわけで、誰にも気づかれることなくわたしはパーティー会場を抜けだし、迷路じみた廊下を進んでいく。教会内の地図は頭に叩きこんでいるだけでなく、何度も書きだして経路を確認してある。

まずは、余分な椅子の山の後ろに事前に隠しておいた袋をつかみだし、洗面所へ向かう。

事務室にいちばん近い洗面所には誰もおらず、十分ほどかけてトイレをしっかり詰まらせると、水がタイル貼りの床にあふれだす。靴がびしょびしょになって歩く先々に濡れたあとが残らないよう、つま先立ちになって洗面所を出てから、小さな声でハミングしながらまた廊下を歩きはじめる。袋のなかに残っているのは何冊かの聖書だけ。それらを取りだしたあと、途中にあるゴミ容器に袋を投げ入れる。聖書は腋の下にぴたりとおさまっている。肩ごしに振りかえると、洗面所の前のカーペットがだんだんと黒ずんでいくのが見える。

完璧。きっかり時間どおり。

いまごろママはキッチンの女性信者たちのところに行ってくるとかなんとか、適当な口実をつくって、イライジャをパーティー会場に残して立ち去っているはず。

彼は二度とママの姿を見ることはない。

聖書をかかえつつ、廊下の端にある事務室のドアを軽くノックし、返事を待たずにドアをあけて顔をのぞかせる。

イライジャの管理スタッフのエイドリアンが、礼拝のあとでいつもそうするようにデスクについている。この作戦のすばらしいところは、イライジャが準備した大がかりな仕掛けのおかげで、お金がじゃんじゃん彼のもとへ集まってくる一方、盗まれそうになったときのための対策がなにも施されていない点。それはイライジャ本人の責任。彼は教会スタッフにスズメの涙ほどの給料しか支払わず、セキュリティに大枚を注ぎこむのをいやがっている。エイドリアンは聖書学校から来ている、二十三歳の無給のインターン。金庫を〝守る〟ためにここにすわっているわけではない。イライジャは誰のことも信じていないから、他人にお金の計算や管理をまかせたりしない。集められたお金はまっすぐここに来るものの、翌日になってイライジャに金を勘定する時間ができるまでは、集めたときのままの状態で金庫に保管される。お金を管理するうえでは杜撰《ずさん》としか言いようのないやり方だけれど、おかげでこちらの仕事は楽になる。今日のような大がかりな献金日のあとは金庫は満杯になっているだろう。そして目の前に立ちふさがるのはエイドリアン、ただひとり。彼は気持ちがやさしいうえ世間知らず。恐ろしい現実世界から息子を守るという目的でパパとママから聖域に送りこまれ、いままで一度も俗世に足を踏みだしたことがない、といった若者。

「エイドリアン、洗面所がたいへんなことになっているみたい」とわたし。「ママに頼まれてこの聖書を書庫に戻しにきたんだけれど、汚い水が廊下じゅうにあふれてる！」

「なんだって？」エイドリアンはあわてて立ちあがり、彼のために押さえてあげているドアを抜けて廊下を走っていき、角を曲がったあとは姿が見えなくなる。「これはたいへんだ！」廊下の先から響いてくる彼の声。わたしがつくりあげた大惨事を目にしているのだろう。

あまり時間はない。心臓が喉もとまでせりあがってくるのを感じつつ、窓辺へ急ぎ、窓の鍵をあけて押し開く。窓の下に待機していたママが狭いスペースを抜けてなかへ入り、脇によけたわたしには目もくれず、ずんずん歩を進めていく。

「廊下を見張っていて」

全身が震えるのを感じながら、ドアのところへ行って少しだけあける。片目で廊下をのぞき、数秒ごとに後ろを振りかえってママの仕事の進み具合を確認する。

「彼がわたしの目の前で組み合わせ番号を打ちこんでくれるようになるまで、数週間もかかっちゃった」ママは小声で言い、金庫の前で膝をつき、金持ちのママたちが持っていそうな、やけに値が張る革のトートバッグを開く。「わたし、腕が鈍《なま》ってるのかも」ママが番号をあわせる。金庫が大きく開く。

ママが立てる音はまさに勝利のファンファーレ。ママは信じられないほどすばやく手を動かし、あっという間にトートバッグがお金でいっぱいになる。金庫の扉がカチッと鳴って閉じる。

「さてと、これからどうするか言ってみて」ママが言う。

「いったんエイドリアンに手を貸しにいく。そのあとで教会を抜けだし、ママが車のなかで待っている緑地へ行く」

ママはにっこり笑い、人さし指と中指にキスしたあと、それをわたしの頬に押しあてる。

「さすがわたしの子。さっ、行って」

わたしは事務室のソファからブランケットを引きはがしたあとドアの外へ出て、ママは神のための献金が詰まった革のトートバッグを持って窓の外へ消える。

わたしは廊下を走り、大げさに息を切らしながら洗面所のドアを押しあけ、ブランケットを掲げる。「これ、見つけた！　水を吸いあげるのに使って」

エイドリアンは三インチほどたまったトイレの水のなかに立ちつくしている。いつもはシミひとつないボタンダウンのシャツが汚れ、目つきが少しばかり厳しくなっている。

「あ、ありがとう」エイドリアンはそう言って、どうしたらいいかわからないといったようすであたりを見まわす。一枚のブランケットではもうどうにもならない。「どうしてこんなことになったんだい？」

わたしは下を向き、いかにも困っているふうに下唇を噛む。

「ヘイリー」こっちの態度を見て、エイドリアンにはぴんとくるものがあったらしい。

「きみはなにか知っているのかい？」

「いいえ、ただ——」言葉を切り、ふたたび唇を噛む。

「言ってごらん」

「ジェイミソンが洗面所から出てくるのを見ました。知っているのはそれだけです。でもそれで説明がつくと思います」

「そうだね。それで説明がつく」そこでひとつ、腹立たしげに咳払いをする。「教会の用務員さんを探してきてくれないかな。あと、イライジャ牧師にこの件を知らせてきてくれるかい？　この建物の水道の元栓を閉めなくちゃならなくて、牧師がやり方を知っている」

「わかりました。いますぐ行ってきます」

「ありがとう、ヘイリー」

「どういたしまして」

気持ちが高ぶり、迸《ほとばし》る感情が皮膚の下で暴れるのを感じながら、ふたたび廊下に出る——でもパーティー会場には向かわない。目指すは、外。

ようやくこの場から解放される。ジェイミソン・ゴダードと、つねられたり叩かれたり痣ができるほど殴られたりする、ちょっとした地獄からも。ところが、頭のなかの地図に従って最後の角を曲がったときに、ジェイミソンから解放されると考えたせいで実際に彼を呼び寄せてしまったのか、休憩室の前にひっそりと設置されている自動販売機の前にジェイミソン本人が立っていた。

しまった。引きかえすにはもう遅い。前へ進むしかない。キャンディ選びに集中しているジェイミソンがこっちを向くのは時間の問題。

瞬時に腹を決めなくちゃならない。さあ、どうする？

「ヘイ」口から飛びだした声はもはやヘイリーの声じゃない。彼女の声は小さくておどおどしている。これがわたしの声。低くて、とげとげしい。

ジェイミソンがこっちを向いた瞬間に、わたしの拳が相手の顔に叩きこまれる。彼はふらついたあと、自動販売機の前の床に尻をつく。拳の威力というよりも、あんまりにも驚いたせいだろうけれど、どっちにしろ気分がスカッとする。

殴られたのが信じられないようすで、ジェイミソンがわたしの名前を吐き捨てるように言う。

わたしは笑みを見せる。今回はこれがはじめての本物の笑顔で、自分ではすてきな笑顔だと思うけれど、魅力を発揮しているかどうかはわからない。ジェイミソンの目が見開かれ、こんな不快な生き物を見たことはないといったまなざしを向けてくるから。

「あんたは見境なしに女の子を殴るけど、殴りかえしてくる女子だっているんだよ」

「おれは――おれは――」

こいつが言いおえるのを待ってなんかいられない――なんせ時間がない。相手が叫びだすかなにかするまえにここを出なくちゃ。「忘れるんじゃないよ」堂々と立ち去りたいから走りたくはないけれど、急がなきゃ。やつの背後にあるドアを押しあけて走りだす。万が一、追いかけてくるといけないから。でも追いかけてはこない。わたしを追うよりパパのもとへ急ぐに決まってる。

教会は何エーカーもの未開発の土地に広がっていて、オークの古木に囲まれた膝丈ほどの草地を走っても走っても、ママの車を見つけられない。胸に湧きあがってくるパニックの兆しを無視し、神経を逆なでする小さな声を振り払う。〝ママはあなたを置いてっちゃった〞

そのとき、木々のあいだに青いものが見えてくる。ペースをあげようとしても、ヘイリー好みの、底がツルツルした格子柄のメリージェーン（足の甲のところにストラップがついた靴）では走るのに苦労する。

わたしが車に乗りこんだとたんにママがエンジンをスタートさせ、しばらく未舗装の道を走ったあとで広い道路に出て左折し、車は教会からどんどん遠ざかっていく。

「問題なし？」バックミラーを見ながらママが訊く。

「問題なし」

「なにをしたの？」わたしの手をちらりと見てママが訊いてくる。

「ジェイミソンが廊下にいた」わたしは答え、車はハイウェイに乗る。

「あなた、〝問題なし〟って言ったわよね」

「言った。ぜんぜん問題なし」

ママは車の流れに乗り、まんなかの車線を走る。けっしてスピードをあげすぎず――スピード違反で停止させられるのは素人《しろうと》のすること――マヤとヘイリーが行方をくらましたことにイライジャたちが気づきもしないうちに、わたしたちは西海岸へ向けて州境を越えるだろう。

「でもあの子を殴った？」

「あいつのいる場所を通らなくちゃならなかったから。ぶん殴るのがいちばん楽な方法だと思って」

ママが笑う。

「それで時間を稼げるとも思った」わたしは説明しだす。「ジェイミソンはパパのところへ行って泣きつくはず。そしたらイライジャはママにテキストメッセージを送ってくる。メッセージに返信がなければ、彼はママがわたしを叱っているからだと思うよ、きっと。息子が殴られた件にかかりきりになって、イライジャは明日の夜くらいまで金庫のチェックをしないかもしれない。それと、わたしたちがいなくなったと気づくまえに、たぶんエイドリアンを叱るはず」

ママはもう笑っていない。黙りこんでいる。わたし、なんか間違ったことをした？　よくやったと褒めてくれると思ったのに。

「そこまで考えていたの？」

「ママならどうするかって考えてた」

「もうほんとに、ベイビー。最高の娘だわね」

そう言われて、わたしは笑みを浮かべた。

いま思いだしても笑みを浮かべてしまう。とはいえ、まったくべつの理由からだけど。

27

リー・アン・オマリーが人質犯#1（ホ《H》スティジ・テ《T》イカー1）と会話したときの通話記録

八月八日　午前十一時三分

オマリー：電話に出てくれてありがとう。まだあなたのお名前を教えてもらっていないけど？

HT1：おれのことは〝サー〟と呼べ。

［五秒間、無音］

HT1：［笑い声］気に入らなかったらしいな。

オマリー：ご機嫌のようね。安心した。なかにいる人質たちが無事かどうか、教えてくれる？

HT1：無事だとも。いまのところは。

オマリー：誰にとっても無事に決着させるために、こっちはなにをすればいい？

HT1：フレインと話をさせろ。

オマリー：ミスター・フレインはまだ手術中なので、ご要望には応えられないと思う。

HT1：〝フレインは自動車事故に遭った〟とかいう時間稼ぎをまだつづけるつもりか？

オマリー：事故の話は嘘じゃない。彼の車は赤信号を無視して走ってきたフォードF－150に突っこまれたの。ひと息入れて考えれば気づくだろうけれど、そっちの唯一の要望に対してこっちが無理と返しつづけても、誰の得にもならない。支店長を連れてきてあなたと話をさせることが可能であれば、わたしはそうする。でもね、彼はいまちょっと忙しいのよ。砕けた骨盤に突き刺さってるアスファルトを取り除いてもらわなきゃならないから。だから、ミスター・フレインと話をする以外の、べつの要望を考えてほしいの。

HT1：おまえ、ほんとうにおまわりじゃないんだな？

オマリー：わたしは手助けをしているだけ。なにかできることはある？

HT1：保安官事務所のやつらに三十フィートさがれと言ってもらおう。そのあとで、溶接機を持ってこい。

オマリー：それならできる。でも保安官の承認を得るために、交換条件としてなにかいい知らせを彼のところに持っていかなきゃならない。人質を解放して……

HT1：ひ、ひ、ひとり解放する。

オマリー：オーケー。承知しました。溶接機を見つけるまでちょっと待ってて。このまま電話を切らずにいてくれる？

HT1：溶接機を用意しろ。保安官事務所のやつらをさがらせろ。そのあとで女の子を返してやる。

［通話終了］

28 午前十一時四分（人質になってから百十二分）

ライター一個、ウォッカのミニボトル三本、はさみ、貸金庫の鍵二本
計画#1：却下
計画#2：進行中

「ケイシー」とわたし。「こっちに来てくれる？」

ケイシーは立ちあがり、〝なにごと？〟という表情を浮かべて歩いてくる。

「なに？」とケイシー。

「あと数分したら、やつらがここに来る。ケイシーの手を縛るかもしれない。でも抵抗しないで。あいつらはケイシーを交換要員にするつもり」

「交換？」ケイシーの声が震える。

「ケイシーはここから出るの。やつらは地下室の鉄格子を通り抜けるために溶接機がいる。

それとケイシーを交換しようと考えている。地下の出口からケイシーを出すの、正面玄関からじゃなく。たぶんとっても怖いと思う。だってやつらは自分たちの前にケイシーを押しだして、盾みたいにするつもりだろうから。でも抵抗しちゃだめ。足もとを見て、一歩一歩、進むことだけ考えて。急に動いちゃだめだよ。二人組から走って逃げようとしたり、保安官事務所の人たちを見て、そっちへ急いで行こうとしないで。ゆっくり、一歩一歩、進むの。最後には保安官補がケイシーをしっかりつかまえてくれる」

「どうしてあの人たちはみんないっしょに行かせてくれないの?」ケイシーが訊く。

これはペテンの一環なの、とか、犯人をうまく口車に乗せたの、とか、細かく説明している時間はないけれど、ラッキーなことに、ウェスがもっとマシな答えを返してくれる。

「ケイシーはいちばん年下だろう。だからきみがいちばん先に行くんだよ」ウェスがきっぱりした口調で答える。

「ウェスの言うとおりよ」アイリスはそう言いつつも、わたしをまじまじと見つめている。彼女のすばらしく優秀な脳のなかで歯車がまわっているのが目に見えるようだ。アイリスは謎解きが大好きで、目下の謎はわたしが自分で提示したわたし自身に関するもの。こっちからしゃべってしまった些細な事実や、ウェスから聞かされた内容をふまえて、正しい方向へ進むための手がかりをアイリスがいまどれくらいつかんでいるか、見当もつかない。

知りあって以来、こっちがうっかり漏らしたのがなんであれ、わたしが単なるノーラだったころにはさらりと流していたささやかなもろもろが、鮮明な絵を描こうとしている彼女の頭のなかでぐるぐるまわっているにちがいない。

「ハンクはどうするの？」

わたしたち三人はいっせいに困惑顔をケイシーに向ける。

「あの警備員の人。彼を最初に出さなくてもいいの？」

三人ともなにも言わない。みんな同じことを考えているから。彼はまだ生きているのか？　グレイキャップの手には血が付着していた。もしかして彼は……

「子どもがいちばん先なの」わたしは答えるが、答えになっていない。とたんにケイシーは蒼白になり、わたしは歯を食いしばる。

「ひとりであの人たちに連れていかれるのはいや。もしあの人たちが……」ケイシーは最後まで話さない。いや、話せないのかもしれない。唇が震えだす。

アイリスが喉の奥から首を絞められたような痛々しい音を発する。

「あいつらはケイシーをいじめたりしない」わたしはきっぱりと言う。「貸金庫のなかに入るのに道具が必要だから。保安官にケイシーを渡さないかぎり、保安官は道具を渡さない」

「どうしてわかるの？」

〝わたしが言いだしっぺだから〟でもそう言ったらますますケイシーを混乱させるだけだ。

「グレイの野球帽をかぶったほうが、そうするつもりだって言っていたから。そのまえに急いでやることがあるの。紙がいる。ペンも」

ウェスとアイリスはすぐさま動きだし、ほんの数秒でわたしは付箋とペンを渡される。表側にいま自分たちが閉じこめられている場所と廊下を書きこんだ、大ざっぱな地図を描き、裏側にメッセージを記す。

「わたしのお姉さんはリーっていうの――外でメガホンを握ってる」ケイシーに言いながらメモを手渡す。「それを靴のなかにしまって。無事に向こうに着いたら、姉に渡して。あと、伝えてほしいことがある。仕切っているほうが、リーと連絡をとりあっている男。その男はレイモンドみたいだって、リーに伝えて」

「えっと――」

「どういう意味か、リーにはわかるはずだから」ケイシーに念押しする。「できるよね？」

ケイシーの大きな目は恐怖とアドレナリンで瞳孔が開いていて、青い斑点が散ったハシバミ色の部分がほとんど見えなくなっている。ケイシーは息を吸いこみ、震えながらうなずく。

「よし」ケイシーの細い肩を少しきつめに握る。涙に濡れた瞳で見つめられてふと思う。危機に見舞われたときにあまり知らない人でも抱きしめてあげられるような人間になりたい。でもわたしはなれない。そういうのはアイリスだ。もしくはウェス。ふたりは人を温かく包みこむタイプだけれど、わたしはとげとげしい。心の底から相手を思いやって抱きしめた人の数を片手で——具体的には四本の指で——数えられる人間なのだ。

「ケイシーならちゃんとやれる。きっとやり遂げる。それとね、ケイシーがかばんをママの家に置いてきちゃった件だけど、ママは怒らないと思うよ、絶対に」

ケイシーの顔に笑みが浮かぶけれど、話の先をつづけると、とたんに笑顔が引っこむ。

「覚えておいてね。あいつらから走って逃げちゃだめ。言われたことをする」

「それと、あなたのお姉さんにメッセージを渡す」

わたしはケイシーの肩をぎゅっと握る。「たった二分か三分、歩くだけ。そのあとはケイシーは安全」

「わかった」ケイシーはそう言ってうなずく。次に息を呑む。もう、ほんとにこれはフェアじゃない。わたしはケイシーのなかに自分自身の姿を見る。不安に包まれた鋼《はがね》のごとき強さを見る。ひとりの女性に成長するまでの茨の道で、すべての少女たちが見つけるものを。こんな場所でケイシーがそれを見つけることに、やるせない気持ちになる。

肩ごしにアイリスとウェスを見やるけれど、ふたりの顔に浮かぶ表情がなにを意味するのかいまは知りたくない。「強盗犯がケイシーを連れていくとき、きみたちふたりはあわてふためくふりをして。どうして彼女が連れていかれるのか、わけがわからないというふうに」

すでに聞き慣れた、ドアをブロックしているテーブルを引きずってどかす音が壁の向こうから聞こえてきて、わたしたちは全員、隅のほうへ移動する。

最初にレッドキャップが入ってきて、そのあとからグレイキャップが姿をあらわす。

「あの子を連れていけ」グレイがレッドに言い、レッドがケイシーの腕を乱暴につかむと同時に、アイリスが抗議の声をあげる。

「ちょっと！」わたしはぴしゃりと言い、ウェスは前へ飛びだす。

「その子に触るな」とウェス。

「彼女をどこへ連れていくの？」アイリスが問いただすが、二人組は黙ったままケイシーをオフィスの外へ連れだす。わたしはケイシーを取りもどしたい衝動と闘う。このまま行かせていいのかと……でもこれがいちばんいい方法なのだと自分に言い聞かせる。やつらがケイシーを傷つけることはないだろう。ケイシーが必要なのだから。なぜケイシーなのか、これがどれほどまずい手なのかを知らず、ふたりがその点に気づくまえにケイシーが脱出できれば彼女は安全だ。

アイリスは壁にもたれかかり、ドアがふたたびブロックされる。彼女の手は震えている。リップグロスがにじんでいる。顔が青白い。胸のうちに不安が忍び寄ったところで、きらりと光るアイリスの目とこちらの目があい、わたしが恋に落ちた、七十年前のチュールに身を包んだ女子の目が燃えているのがわかる。アイリスは眉を吊りあげ、腕を組んで壁にもたれたまま身体を支えている。

「あなたがこうなるように仕向けた」アイリスが言う。もはや問いかけですらなく、口調はよそよそしい。

「駐車場からクラクションが聞こえてくるまでは、やつらが実際にケイシーを行かせたかどうかはわからない」とわたし。こうするよりほかにどうすればいいのかわからない。セラピストからは病的な性格とかなんとか言われるかもしれないけれど、そのときは〝生き延びるため〟と言いかえすしかない。

「あなたは詐欺師」とアイリスが言う。

「金を儲けようとはしてない」ウェスが指摘する。

「いまはわたしを弁護することにしたわけ？」

「つまり、これからは年寄りの女性から年金を騙しとったりはしない、ということだ」とウェス。本人は助け船を出しているつもりなのだろうか。

「いままでだって、おばあちゃんを騙したことなんてないから！」

まあ、ギリギリこれは真実。でも一連の犯罪に手を染めていたのも、また真実。回数を重ねていくうちに、犯罪の内容は悪質になっていった。成長するにつれ、母親によってより深みへ引っぱりこまれ、わたしは何人もの女の子になりすまさなければならなかった。そういう環境で成長していく少女には、必然的にひどいことばかりが起きると思うでしょ？　まさにそのとおり。ひどいことばかりが積み重なっていって、ついにあの夜のビーチでの出来事が起きた。レイモンドはわたしを突き飛ばして〝やれるもんならやってみろ、さあ！〟と言い、発砲と同時に血が砂にしみこみ、わたしは逃げだしたけれど、罪が消えたわけじゃない。これからもけっして消えることはない。

とはいえ、クリアクリークに移ってきて以来、〝罪は消えない〟とあきらめていたわけでもない。自分が背負うぶんと、そうではないものを篩《ふるい》にかけただけだけど。

「あなたはなにをしたの？」アイリスが訊いてくる。「わたしの見解では、あなたは強盗犯の心をくすぐって、いちばん上等な人質と溶接機を交換するように仕向けた。ケイシーがいちばん上等な人質だと相手が考えもしないうちから、ということになるけど」

「ノーラがやったのは、まったくそのとおりのことだ」ウェスが言う。

「おそらく……」アイリスが唇を引き結び、さらにリップグロスがにじみだす。「あなたの名前はノーラ・オマリーじゃないんでしょ？」

わたしは首を振る。

「その髪の色も、もともとのものじゃないんじゃない？」

乾いた唇をなめてから小声で答える。「染めた」髪と眉を指さし、頬が熱くなる。ウェスがいるところで問いただされているから、なおさらバツが悪い。かつてウェスはいまのアイリスのように質問を繰りだし、いまではすべての答えを知っている。でもアイリスにとっては、質問をとめられない心情を理解してくれる人がいたほうがいいのかもしれない。

わたしはアイリスを愛している。だからいまは彼女のことをいちばんに考えるべきだ。いままで真実を語ると見せかけて嘘をついてきたから、恐ろしいことに、自分にとって嘘と真実の境界線が曖昧になっている。嘘を並べたうえで誰かを愛するのはどういうことか、重々承知している。とてもつらい。嘘をつきつづけることはできない。つきつづけても持ちこたえられる関係などどこにもない。

「目はブルーなの？」アイリスの声はかすれ、こっちの胃はずしりと重くなる。知らず知らずのうちにアイリスに近づいていくが、突っぱねるように短く首を振る彼女を見て足がとまる。

「目はブルー。カラーコンタクトを入れていると目がすごくかゆくなる」

アイリスはその情報を咀嚼《そしゃく》しているのか、目を瞬かせる。「そういうことをたくさんしてるのね。外見を変えて。名前も。それから……」言葉が途切れる。

「もうしない」気が重くなるような沈黙をうめようとして言う。「そういうふうにママに育てられた。でも十二歳のときに逃げだした」みずからの過去を語るうえで、たぶんいちばん直截的な言い方。「リーが手を貸してくれた。そのときからママは刑務所に入っている。そしてわたしは……」今度はこっちが言葉を途切らせる番。問答で消耗しているからじゃなく、どう言えばいいかわからないから。

「ノーラはずっと隠れてるんだよ」とウェス。

そうだけど、それであってる？　わたし、ずっと隠れてるの？　それとも、ひそかに好機をうかがっている？

「隠れているって、誰から？」アイリスが訊く。

「わたしの継父から」

「でもあなた、義理の父親も刑務所にいるって言ってた」

「そう。でも彼は収監されるまえから力を持っていて、刑務所に入ったからといってその力を失ったわけじゃない」

「彼はノーラを殺したがっている」とウェス。

「ウェス」わたしはウェスを睨みつける。そんなふうに言ったらアイリスを怖がらせてしまう。でもたぶんウェス自身が怖がっているのだろう。だからアイリスも怖がるとわかっている。

自分も怖がっているのかどうか、もうよくわからない。どっちかというと、殺されてたまるか、というほうが近いかもしれない。

「ノーラは強盗犯にその話をぜんぶ聞かせた。彼女をフロリダに連れていった人物には大金が支払われるから」

アイリスの蒼白な顔にわずかに赤みがさす。「えっ？　なんでしゃべっちゃったの？」

「どうあがいても、自分は安全ではいられないと思っているからだろう」

「ほんと、やなやつだね」とウェスに言う。

「そんなこと思ってもないくせに」ウェスが返してくる。

「オーケー、わかった、そんなこと思ってない。でもわたしは安全でいられると心の底から思ってる。この五年間にわたしがしてきたことをどう考えてる？」

ウェスは意味ありげな視線を寄こすだけ。彼の嫌味っぽい態度のせいで、彼との愛憎なかばする関係は一気に〝憎〟のほうへ傾く。

アイリスは呆れ顔で天井を仰ぎ、そのあとであらためてわたしに視線を据える。「あなたにはどれだけの価値があるの？」

「わたしを生きたままフロリダに連れていけば、最大で七百万ドルの報奨金を受けとれる。春になるとお金が上乗せされる。わたしへの誕生日祝いってことみたい」

こっちの話を聞くうちに、アイリスの顔に不思議な表情が浮かびはじめる。「じゃあ、彼の力が及ぶのは小さなコミュニティどころじゃないってことね、あなたの義理のお父さんの話だけど」

わたしは唇を嚙む。この話をアイリスに語ることで、さまざまなことが変わってしまうだろう。彼女は犯罪や放火事件について記事を読んだり聴いたりする。もしかしたら彼の事件についてもすでに耳にしているかもしれない。

アシュリー、つまりわたしについても。

ウェスを見やると、彼は励ますようにうなずいている。〝だいじょうぶだ。おまえならきっとできる〟

「わたしの母親はレイモンド・キーンと結婚した。その男が、わたしが刑務所へぶちこんだ人物」

その名前に聞き覚えがないのか、アイリスは一瞬きょとんとしたあと、すぐにハッとした顔つきになり、目が見開かれる。勢いこんでしゃべりだした声はかすれている。「敵の指を切り落として、ワニに食べさせたとか言われている男?」

「〝言われてる〟だけじゃない。ほんとにやった。酒を飲んでいるときに本人が好んでする話のひとつ」

それは好んでする脅しでもあった。レイモンドは肉屋をやっていたときに使っていたひと揃いの大包丁をつねに身のまわりに置いていた──〝肉屋《ザ・ブッチャー》〟というニックネームにはきちんと由来があったのだ。彼が人間の身体を解体できるかどうか、わたしは疑いもしなかった……彼にはできるとわたしは知っていた。包丁の扱い方はすべて彼から教わったのだから。いまごろは教えたことを後悔しているだろう。

「なんてこと」とアイリス。「わたしは──」彼女が感じていることを言葉にあらわすまえに、クラクションが聞こえてくる。駐車場から。長いのが三回に、短いのが一回。

安堵のあまり膝の力が抜ける。ウェスはいまの状況からするとちょっと晴れやかすぎる笑みを見せる。

「なんてこと」とアイリスがふたたび言う。「あなたの目論見どおりになった。ケイシーはもう安全」

そう言うと、アイリスはいきなり背を向けて、デスク脇のゴミ箱に吐きはじめる。

29　リー・アン・オマリーとクリアクリークの保安官補が人質＃1（ケイシー・フレイン）を保護したときの通話記録

八月八日　午前十一時二十五分

オマリー：溶接機を用意した。そっちは人質をひとり、引き渡す準備はできてる？

ＨＴ１：ああ。おれが道理をわきまえた男だってことに、おまえはじきに気づくだろうよ。人質のなかでいちばん若いやつを渡す。少女だ。

オマリー：ありがとう。子どもはこういう場所にいるべきではないものね。ところで、あなた、お子さんはいるの？

ＨＴ１：そっちは？

オマリー：まあ、家族って、なんというか、複雑なものでしょ。さて、こっちからこの交換をどう進めるか提案してもいいかしら？

HT1：いや、だめだ。裏の出入口の前に溶接機を置け。あとは駐車場の端にいろ。

オマリー：そのように手配する。

HT1：手配がすんだら電話を寄こせ。

［通話終了］

オマリー：裏にまわらなきゃならない。犯人は子どもをひとり、さしだしてくる。

アダムス保安官：この機械を指定の場所へ置け！

オマリー：慎重に動いてくださいね、保安官。ほかの人質がまだなかにいるときに、犯人を刺激したくない。

アダムス保安官：わかったよ、リー。ここに残っていてくれ、いいね。

レノルズ保安官補：保安官、これまでずっと彼女は交渉役をつとめています。犯人に彼女の姿が見えないと――

アダムス保安官：これは命令だ、レノルズ。きみもここに残りなさい。

オマリー：好むと好まざるとにかかわらず、わたしはいま交渉役をつとめています。この事件が解決して、全員が無事に解放されたとき、あなたはあらゆる称賛や賛辞を受けられる。でもあなたがわたしを排除して、人質になにかあったら、責めを負うのはあなたです。だから保安官は三歩ほどさがって、あなたにかわってわたしにこの場を仕切らせてください。それでいいですね？

［間］

アダムス保安官：わかった。

オマリー：じゃあ、電話をかけます。

アダムス保安官：もし失敗したら……

オマリー：そんなことにはなりませんから。

［間。オマリーが銀行内に電話をかける。呼び出し音が三回］

HT1：用意はできたか？

オマリー：溶接機の準備はできてる。

ＨＴ１：おまわりは全員、正面へまわせ。おまえ以外の人間が裏の路地で人質を受けとるために待機しているのを目にしたら、銃をぶっぱなしてやるからな。

アダムス保安官（後方から）：くそったれ。

オマリー：行くのはわたしだけだから。

アダムス保安官（後方から、くぐもった声）：こっちもくそったれだ。探偵がでしゃばりやがって。

ＨＴ１：五分やる。

オマリー：わかった。じゃあね。

［通話終了］

アダムス保安官：誰か、オマリーに防弾ベストを着せてやれ！　オマリー、きみの武器は？

オマリー：グロックと……トラックにウィンチェスターライフルが。

アダムス保安官：わたしがきみなら、背中にライフルをくりつけていくがね。

オマリー：わたしとあなたが同じ見解に落ち着くことはめったにありませんね、保安官。まあ、幸運を祈る、という意味ととっておきます。

アダムス保安官：防弾ベストを着ろ。撃たれるんじゃないぞ。そんなことになったら、こっちは永遠に文句を言われる。

［くぐもった物音と声、記録できず。時間にして三分十八秒。公式報告より：保安官補たちは銀行の正面に移動し、裏の出入口にはオマリーのみ残される］

オマリー：ミルウォーキー。アクロン。オースティン。サンフランシスコ。シアトル。ロチェスター。ミルウォーキー。アクロン。オースティン。サンフランシスコ。シアトル。ロチェスター。ミルウォーキー。アクロン。オースティン。サン――

［大きな音が鳴る］

オマリー：両手を見えるところに出して！

HT1：もうちょっとスマートに進めたほうがいいと思うがな。

オマリー：中学生に銃口を向けるときにもそう言うわけ？

HT1：まあ、非常時だからしかたないか。

オマリー：子どもをこっちへ寄こして。そっちに向けて溶接機を押しだすから、あなたはそれを取って。それでいい？

ＨＴ１：ああ。

オマリー：三つ数える。一、二、三。

ＨＴ１：行け。

［公式報告より：人質＃１（身元確認：ケイシー・フレイン、十一歳）が路地を横切り、警察の保護下に入る。オマリーは溶接機を載せた台車をＨＴ１に向けて蹴りだす。犯人は銀行のなかに戻る］

オマリー：こんにちは。だいじょうぶ？　犯人に暴力を振るわれた？　あなたのお名前は？　救急隊を呼ぶわね！

ケイシー・フレイン：あなたはリーさん？　彼女のお姉さん？

オマリー：そうよ。あの子は無事？

ケイシー・フレイン：男はレイモンドみたいだって、あなたに伝えるよう彼女に言われた。意味、わかる？　彼はみんなを殺すかもしれない。全員を。わたしは気づいていないと彼女は思っていたけれど、わたし、はっきりわかった。そんな感じがしたから。あと、彼女から頼まれた……ここに……入れていけって……彼女は――

人物を特定できない保安官補：二分後に救急車が到着します。

オマリー：彼女を連れていって。この場から、早く。あとひとつお願い。彼女のお母さんに電話して。

レノルズ保安官補：それはなに？

オマリー：なんでもない。

レノルズ保安官補：リー。いまポケットになにか入れたでしょう。

オマリー：いいえ、入れてない。

レノルズ保安官補：リー。わたしは――

オマリー：いいえ、入れてない。さあ、ＳＷＡＴがいつ到着するか確認しましょう。来てくれないと、奇跡でも起きないかぎり銀行内の人質を無事保護できなくなる。

30

プール

二カ月前

アイリスとはつきあいはじめたばかりで、つきあっていることを秘密にしている。アイリスからママに打ちあける心の準備ができていないと聞かされて、ほっとしている自分に後ろめたさを覚えている。隠しておくのは難しいとわかっているけれど、誰にも言わないほうが自分にとってはもろもろがずっと楽だ。この小さな泡のなかにふたりきりですっぽり包まれていると、現実の世界へは戻りたくなくなってしまう。

わたしはここ数年、ウェスとリーとともに真実の世界に生きていて、いま現在、自分から勢いよくあけたドアをみずからぴしゃりと閉じなければならない事態に陥り、それがけっこう身にこたえている。現時点でウェスにはアイリスのことを話しておらず、伝えなければならないと思いつつ、ずるずる先延ばしにしている。ある種の物ごとについてリーに嘘をつくのは、まあいつものことだが、アイリスに対しては……

アイリスには自分の過去を伏せていて、前回は同じごまかしをウェスに対してしていた。白紙に並べられた嘘はけっして消えないインクで書かれていると思っていたのに、実際にはチョークで書かれていて、愛と安心感に包まれて警戒を怠っているうちに嘘がばれてしまった。そう、ウェスは真実を見抜いてしまったのだ。

アイリスにもそのうちに見抜かれるだろう。今日じゃないとしても。明日でないにしても。こっちが伝える方法を考えているうちに、アイリスは真実を見つけてしまうかもしれない。

ポニーテールに結ったアイリスのシルクさながらの髪がわたしの腕に触れ、頭がわたしのお腹の上にのっている。彼女の髪をいじりながら、言葉にできない喜びにひたる。アイリスの髪に触れたら、昔、自分の背中でブロンドの髪が躍っていたことや、夏にはそれがとても暑苦しかったこと、それぞれの女の子たちの髪を母がせっせと編みこみにしていたことを思いだすかもしれないと危惧していたが、触れているのが自分の髪じゃない場合は、頭に浮かぶものが変わってくる。アイリスの髪はジャスミンのような香りがして、うちの郵便受けの前に植わっている、夜に花を咲かせる夜香木《ナイトジャスミン》を連想させ、新たに自宅になった場所を〝家《ホーム》〟と思えるまでに長い時間がかかったことを思いださせる。

「ノーラの携帯電話が鳴ってる」アイリスはそう言ってから、ベッド脇にある自分の机に手をのばして携帯をつかむ。わたしは受けとって、テリーからの電話だと告げている画面を見る。

テレンス・エマーソン三世はウェスの幼稚園のころからの親友で、アーモンド帝国のお世継ぎ。やさしい性格で、それゆえに騙されやすく、たいていはマリファナでハイになっていて、ひっきりなしに面倒を起こすけれど、アーモンド帝国の御曹司という身分がさいわいして、いつもあっさりとトラブルから抜けだす。いとも簡単にカモにされるタイプで、彼を騙すのは金持ちの家のぐっすり眠っている赤ん坊からキャンディを盗むようなものだが、ウェスはそんなテリーが大好きで、テリー本人もすごくいいやつ——近くにいるテリーから自分のぶんのジャンクフードを死守できれば、いっしょにいてとても楽しい。

「テリー？　なんかあった？」

「ノーラ？　ああ、よかった」とテリー。「こっちに来てよ」

「どうしたの？」

それを聞いてアイリスが身体を起こす。

「ウェスがハイになってて。これじゃあ家に帰せない」

「えっ？」いまや身体を起こしているわたしに、アイリスが声に出さずに〝どうしたの?〃と訊いてくるので、指を一本立ててみせる。「きみ、あいつになにをした?」
「ぼくがクスリを盛ったんじゃないよ、そういう意味で訊いているなら!」傷ついたとい
った口調でテリーが答える。
「テリー……」わたしは歯を食いしばる。
「わかったよ、ぼくのせいと言えばそうかもしれない。紙袋に大量のクッキーが入ってい
て、どれも印がついていなかった」
「マリファナクッキーを食べたの? もう、なにやってんの」そう言って、シャツのボタ
ンをとめはじめる。「何枚?」
「ぼくが二階に戻るまでに、袋の中身の半分くらいを食べてた」
「テリー!」
「わかってるよ、悪かった、ごめん、でも――」電話の向こうから聞こえてくるのは、調
子っぱずれの歌声? おそらく。ウェスはハイになると、いきなり感情豊かに歌いだす。
「前回なにが起きたか、覚えてるよね」警告として聞こえているといいけれど、そのとき
の記憶が鮮明によみがえって、つい首を絞められたような声になる。
「だからノーラに電話したんじゃないか」テリーが冗談抜きで言ってくる。「ウェスをこ
こに置いとけない――パパとママが帰宅したときにこんなウェスを見られたら、すぐに町

長に報告がいっちゃうよ」

「わたしがそっちに行くまで、きみの部屋から出さないで」

そこで電話を切ると、アイリスがしげしげと見つめてくる。

「ほんと、ごめん。行かなくちゃ」

「ウェスはだいじょうぶ？」

「どうしてウェスのことを話してたってわかった？」

アイリスが眉を吊りあげる。「べつに嫌味で言うんじゃないけど、ほかに誰がいるっていうの？ノーラにはほかにつるんでる子はいないじゃない」

「アイリスとつるんでる」

「わたしが言っている意味、わかってるでしょ」

「そりゃあ、わたしは何千人も友だちがいるってタイプじゃないけど」軽いノリで流そうとするけれど、アイリスはなんでもお見通しという顔で見つめてくる。

「それで、ウェスはだいじょうぶなの？」

「うん。ウェスをうちに連れていって、もとの状態になるまで置いとくってだけだから。ウェスが面倒に巻きこまれないように」何気ない口調を保つけれど、心臓は胸郭を激しく打っている。十五歳のころ、なにを見つけてしまうか知りながら階段をのぼり、彼の部屋のドアをあけたときのように。行かなければ。行って、ウェスを保護しなければ。

「いっしょに行ってもいい？」アイリスの慎重な尋ね方はだめと言われるのを覚悟しているみたいで、目には恐る恐るといった表情が浮かんでいる。

こっちは早く出かけることばかりに気が向いていて、ろくに考えもせずに答える。「いいよ。わたしが運転する」

テリーはドリトスの袋を手に玄関ドアをあけ、しつこいくらい何度も詫びの言葉を口にする。「ウェスをひとりにしたのは、ほんの数分だったんだけど」テリーの話を聞きながら階段をのぼるうちに、歌声がどんどん大きくなっていく。ウェスは〝だみ声〟の持ち主。しかも、歌えばいつも調子っぱずれで、本人もそれを重々承知しているはずなのに、ヤクをキメると、いきなりオペラの舞台に立っているみたいにふるまいだす。

「きっとだいじょうぶ」アイリスがテリーを安心させるように言うが、当のテリーは険しい表情で首を振り、アイリスはちょっとだけ顔をしかめる。ふだんのテリーは深刻な顔を見せることはないので、その表情を見ているだけでこっちも不安になる。ウェスがハイになっているところを町長に見つかったらどういう事態になるか、おそらくテリーは知っているのだろう。

テリーがウェスを隠している娯楽室の明かりをつけると同時に、ウェスがこっちを見る。わたしは笑わずにはいられなくなる。ウェスのこんなにお気楽な顔を見るのは久しぶりだから。

「やあ、みんな!」

「きみがクッキーを食べたって聞いたけど」

「ふつうのクッキーだと思ったんだよ」

「テリーの部屋にある食べ物はぜんぶマリファナ入りだって、そろそろ気づいてもいいんじゃないかな」とわたしは指摘する。

「でもあのクッキー、チョコレートでコーティングしてあったんだぞ」ウェスはそう言って口を尖らせる。

「あっ、そっか。じゃあ食べちゃうよね」わたしの言葉にウェスは神妙な顔でうなずく。どうやらこっちの皮肉はぜんぜんつうじていないらしい。「さあ、立って。うちに来て、少し寝て酔いをさましな」

「リーもたぶんクッキーを食べたがるだろうな。でも、おれ、ぜんぶ食っちゃった」ウェスはそう言って、いつまでも笑う。わたしはウェスの腕をつかんで立たせる。そのあと下へ連れていって車に押しこみ、ウェスはシートベルトを三度目にしてようやくはめ、家へ向けて走るうちにまぶたが垂れさがりはじめる。ウェスは酒やマリファナに対してほんとうに脇が甘い。

それについてじっくり考える間もなく、以前は来客用の寝室だったがいまはウェスのベッドルームとして使われている部屋のドアをあける。ウェスの服がドレッサーのなかにあり、靴は床の上、机には彼のノートパソコン。画面上のスクリーンセイバーには、それぞれちがう服を着た保護犬たちといっしょにポーズを決めている本人が映っている。ウェスはため息とともにベッドに倒れこみ、しわくちゃのブランケットを引っぱりあげる。これまでに百回は同じ動作を繰りかえしたみたいな慣れた手つきで。実際に百回はやっているから、慣れた手つきになるんだけど。

振り向いて、ドアロに立って状況を呑みこもうとしているアイリスを見たとたん、彼女がいままでこの部屋に一度も入ったことがなかったことに気づく。リーとわたしとのあいだで暗黙の了解となっているルール――昼でも夜でも、ウェスは好きなときに出入《ではい》りしていいだけこの家にいていい――について、いままでアイリスには知らせていなかったことにも。

アイリスに伝えるのは避けていた。彼女に言う必要はないと自分に言い聞かせて。いま、自分の秘密とウェスの秘密、それとアイリスの秘密のいくつかをかかえて、わたしの愛情はまっぷたつに割れているが、両方とも粉々になるような事態は招きたくない。

「ちょっと休む?」ウェスに尋ねると、彼はブランケットの下でうなずく。「わかった。わたしたち、プールサイドにいるね」

わたしは部屋のドアを少しあけたままにして、裏口のドアのほうに首をくいっとかしげる。「いっしょに行く?」

「うん、そうだね」とアイリスが答える。彼女のきびきびした口調が鏡面のような池に投げこまれた石となって、わたしの胃の底に沈みこんでいく。アイリスは動揺している。あたりまえだ。元彼と親友になることはあるとしても、その人といっしょに住むのは、ふつうはありえないのだから。

アイリスとともに外へ出て、リーが木製のパレットでつくり、その上にわたしが在庫一掃セールで見つけてきたクッションを敷いた長椅子のひとつに、彼女が落ち着くのを待つ。

「それで」とアイリス。「〝説明させて〟って言うの?」

わたしはべつの長椅子の端っこに腰かけ、クッションについたタグを指でいじくる。

こっちが説明しようとしないのを見てとり、アイリスが話しはじめる。「ノーラとウェスが友だち同士なのはとてもいいと思う。ほんとにそう思ってる。でもそれとこれとはべつで……ウェスはここに住んでるの?」

「表向きにはちがう」

「わたしがこの家に来ているときは、たいていウェスもここにいて、あとはテリーの家か動物の保護施設にいるよね」アイリスはいまふいに気づいたとでもいうように、ゆっくりとしゃべる。「先週はウェスが大学に提出する小論文の下書きをリーが手伝っていた。食品用の棚にはウェスが好きなオニオン風味のクラッカーがあって、あんなのは人が食べるものじゃないとノーラは思ってる。それに加えて、ウェスはノーラの家に自分の部屋を持っている。ノーラの部屋の向かいに」

「お願いだから、そんなふうに言わないで」

「そんなふうってどんな、ふう？」

「なんとなくいやらしいというか。そういうんじゃないから」

「じゃあ、どういうものなの？　説明して、わたし、混乱しているから」冗談抜きの物言い。「どうしてノーラとウェスが別れたのか、学校で理由を知っている人はひとりもいない。あなたたちふたりと友だちになったとき、わたし、聞いてまわったの。誰もが口をそろえてこう言っていた。ある日、つきあいだしたと思ったら、次にはとつぜん別れてた。なんの説明もなく、なにごともなかったみたいに友だちに戻った、って」

「そういうんじゃなかった」

「じゃあ、どういうのだったの？」アイリスが訊いてくる。「どういうのなの？　ノーラとウェスはいまはいったん別れているけれど、またいつかつきあいはじめるつもりで、わたしはそこに割りこんでるみたいな気がしてならない。だから訊いてるの。わたし、そういう役まわりを引き受けるつもりはないからね、ノーラ。ロマンチックコメディの第一幕で主人公が気晴らしにつきあっているバイセクシャルの彼女の役は。第三幕で主人公はホットな彼氏とよりを戻すっていう筋書きの」

「アイリスが気晴らしなわけないじゃん」つい、きつい口調になる。こんなふうに不安な気持ちをぶつけられて、どうしていいかわからない。「気晴らしが必要な理由もない。なんか……」そこでひとつ息をつく。「なんか、怖いんだけど、アイリスが」なんでわたしはこんなことを口走るんだろう。本音だからしかたがないけど。

　でもたぶんアイリスに言うべきことじゃない。その証拠に彼女は顔をしかめている。

「ふつう、恋人からそういう言葉は聞きたくないと思うけど」

「相手がアイリスだから、ここでなにもかも話してしまいたい」そのまましゃべりつづける。「いままでしてきたすべての間違いも。あらゆる秘密も。これまでに負った傷や痣や、そういったものをなにもかも。相手がアイリスだから……こんな気持ちになるなんて思いもしなかった。すべてをぶち壊してしまうと思うと、怖くてたまらない。自分のことや、自分がしてきた間違いをなにもかも話したら、ふたりの仲はきっと終わってしまう。でもそれは、わたしがウェスを好きでしかたがないとか、ウェスがわたしに恋しているとか、そういう理由でじゃない。先週アマンダとしゃべっているときに、ウェスがどんなふうに彼女を見ていたか覚えてる？　誰かに恋しているとき、ウェスはああいう顔をするんだよ」

「ほんと、ウェスはアマンダをデートに誘わなくちゃ」アイリスがつぶやく。

「ほんとに。アマンダはすてきだもんね」

「ノーラとウェスがこういうふうに暮らしていることについて、アマンダはどんな反応を示すと思う？」アイリスが訊いてくる。彼女は真新しいカッターナイフさながらに鋭い……作業中には気を引き締めて、指を切らないように注意すべきカッターみたいに。

「ウェスはわたしの親友だもん」

「それはもう、両方から聞いてる」

「ウェスの父親はくそったれなんだよ、アイリス」

「親子の仲がよくないのは知ってる」いま急になにかを思いついたみたいに言う。「でも――」

「それだけじゃない。アイリス、聞いて」彼女を見つめながら、ゆっくりと言う。言葉では言いあらわせない真実を伝えるつもりで。言葉にしたらウェスを裏切ることになるから。

「ウェスの父親はくそったれなの。わかる？」

アイリスは首をかしげ、ポニーテールが肩のあたりで揺れる。

答えが返ってくるまえに裏口のドアが勢いよく開き、ふたりして音のするほうを向くと、ウェスがあまり手入れをされていない芝地を猛スピードで走ってくるのが目に入る。彼はそのままプールに飛びこみ、わたしたちは水飛沫《しぶき》を浴びるはめになる。

アイリスは甲高い声をあげて勢いよく立ちあがり、わたしは気持ちよさそうに水から顔を出しているウェスに向かって舌打ちする。

「ウェス！　このベルトについているのは八十年前のゼラチン製のスパンコールなのよ！濡れたらべとべとになっちゃう」アイリスは首を振り、水気を飛ばそうとしてスカートの前をあおぐ。「まったく――」そこで顔をあげたとたん、目にしたものに驚いて言葉をなくす。

ウェスはプールに飛びこむまえにシャツを脱いでいた。ふだんは人前ではけっしてシャツを脱がないのに。わたしやリーとうちのプールで泳ぐ以外は、どこへも泳ぎにいかない。長いあいだ慎重にそうしてきた。

でもいまは慎重さをかなぐりすてている。一方のアイリスは長椅子の黄色いクッションにどすんと腰をおろし、〝えっ〟と小さな声をあげる。

ありがたいことに、ウェスはパンツははいている。目下のところ人間サイズのゴールデン・レトリバーと化して水のなかではしゃいでいて、なにも見ていないし、聞いていないし、気づいていない。わたしは恐怖に顔をひきつらせてウェスの肩を見つめるアイリスに視線を向ける。ショックからさめたアイリスに、真実をまぶしたフィクションを聞かせるのはできそうもない。

まっさらな目で傷を見ようとしても、ウェス自身についても、傷痕についても、知りすぎるほど知っているからできない。わたしの心には、包帯を巻きつけているみたいに肩一面、傷に覆われているウェスがつねにいる。わたしの肌はいつまでもウェスの記憶を保ちつづけるだろう。他者とのふれあいは恐れと痛みでしかないと学んだ者にとって、愛情を持って触れてきた最初の人間は忘れようにも忘れられないから。

〝やだ、いったいなにがあったの？〟の呪縛から解放するためにアイリスの名を呼ぶ。さっとこっちを向いた顔には、さっきまでの怒りにかわって懸念の色が浮かんでいる。

「だいじょうぶ？」とアイリスに訊く。「水かなにか持ってこようか……」

アイリスは首を振り、謎を解こうとしているのか、地面をじっと見つめている。眉間に皺が寄っていて、Vのあとが永遠についてしまうのではないかと心配になる。

アイリスがようやく口を開く。「どうして教えてくれなかったの？」

「ウェスはわたしの親友だもん」壊れたレコードのように繰りかえす。

アイリスはただうなずく。ぴんときた、とでも言いたげに、すばやく。「だからウェスはノーラとリーといっしょにいるんだね。自分の家にいなくてもいいように」

「まあ、それも理由のひとつ」とわたし。それが理由のすべてだとアイリスに思わせることもできるだろうけれど、ウェスを保護すべき対象みたいにとらえてもらったら困る。そういうふうに思ってほしくない。ウェスとの関係を誤解されるのも困る。肩ごしに振りかえったアイリスが、ああ、ノーラはウェスの手を取るためにわたしの手を離そうとしている、と考えている場面を想像するだけで気分が悪くなる。もちろん当のウェスだって誤解されるのはいやだろう。前学期の半分ものあいだ、彼がひたすらアマンダを見つめていたことを考えるとなおさらに。ウェスのようすは尋常じゃなく、アマンダのえくぼには宇宙の謎に対する答えが隠されているとでもいうようだった。もしかしたらそうなのかもしれない。さっきも言ったように、アマンダと彼女のえくぼはほんとうにすてきなのだから。

「ほかの理由は？　まだたくさんあるの？」

わたしはアイリスのすぐとなりに腰かけ、身体を彼女のほうに寄せる。手をのばして彼女の手を取りたいけれど我慢する。アイリスが触れてほしいかどうかわからないから。わたしにはなにもわからない。触れてほしい？　わたしならいやだけど。

「ウェスとわたしが別れたのは、わたしのせい。わたしがぶち壊した。そのときのことをぜんぶ話せるときがいつか来るだろうけれど、つきあってまだ一カ月の相手に話す内容じゃないの。ごめんね、アイリス、まだ話せない。まだ――」

わたしは目をそらしてプールを見つめる。ある日リーが気まぐれで買ってきたユニコーンの浮き輪を、ウェスは自分のものにしてしまった。いまそれに乗っかって手足を広げてぷかぷかと浮き、なかば目を閉じている。

「ウェスはわたしの家族」とわたしは言う。「きょうだい同様とまでは言わない。それってちょっと気持ち悪いから。でもウェスと出会うまで、わたしには信頼できる人間がひとりしかいなかった。恋人同士だったのはふたりの関係のほんの一部分。その部分が終わっても――完全に終わってるよ――ほかの部分は終わらなかった」

「つぎはぎだらけの友だち同士」とアイリスが言う。

「ウェスが言ったの？」

「ウェスはたくさんのことを話してくれる。本人はなんの気なしにかもしれないけど」ユニコーンの浮き輪の首に抱きついてハミングしているウェスを見て、アイリスは微笑みらしきものを浮かべているけれど、ふいにそれが消える。考えをめぐらせているうちに、ウェスとわたしのあいだには、ふたりだけの秘密があると気づいたのかもしれない。アイリスは秘密の半分も知らない。ぜんぶを知る日が来るとも思えない。「やだ」独り言のようにアイリスが言う。「どの父親も邪悪ってこと？」

その言葉に注意を引かれる。「どういう意味？」わたしは知らず知らずのうちに言うべきじゃないことを漏らしてしまったのだろうか。いままでの会話を思いだしながら順にたどってみる。

「なんでもない」とアイリス。首を振って、もう一度「なんでもない」と言う。それほど困惑しているようには見えない。もしかしたらふいに気づいたのかもしれない。そう思わざるをえない。

こっちはなにも漏らした覚えはない。なにも言われなくてもアイリスは点と点を結びつけたのだ。

「アイリスがパパのことを話すの、わたし、一度も聞いたことがないような気がする」慎重にそう言う。〝気がする〟どころではなく確信しているけれど。アイリスについて知ったことはなんでも頭のなかにしまってある。そこにはアイリスに関することだけを集めた小さな図書館があって、棚は追加されつづけている。

「話すことなんてないから」ぶっきらぼうな言い方。どうやら話すことは山ほどあるらしい。でも彼女はなにも言おうとしない。少ししてからつづける。「両親は離婚の協議中。父親には会っていない。ところで、これっていつまでつづくの？」

アイリスがプールを指さす。

「さあ、どうだろう。ハイな気分が消えて、アイリスに見られたって気づいたら、ウェスはまごつくだろうなあ」

アイリスがうなずく。「そうだね。わたしもそう思う。ウェスはいまでも痛めつけられているの？」

〝ここで訊いておかねば〟といった感じで質問が繰りだされる。

「実家から距離をおく作戦はうまくいってる」わたしは言葉を選んで言う。「もうずいぶんたつ……」そこで間をおいて唇をなめる。「二、三年はたってるかな」

「じゃあ、彼はやめたんだね」とアイリス。

「ああいう男はやめない」アイリスが見つめてくる。口にはしない質問がまだたくさんあるみたいだけれど、訊かれてもいないことには答えられない。

「そうだね、やめないね」アイリスが小さな声で同意する。

〝どの父親も邪悪ってこと？〟アイリスの問いかけが頭のなかで渦を巻く。〝邪悪〟は町長にはうってつけの言葉だけど、アイリスのパパもそう呼ばれておかしくない人なのだろうか。わたしはアイリスのためになにか手を打たねばならないのだろうか。町長に対処すべく行動を起こしたのと同様に。その疑問が駆けだしたくてたまらない野生の馬みたいに頭のなかで暴れまわり、ウェスの肩に傷痕がついたときと、そのあとのことがふと思いだされる。あの日、森のなかで、わたしは負けてもおかしくない危険な賭けに出た。わたしたちを永遠に放っておいてもらうために。

「ノーラとリーとテリーは知ってるんだね」とアイリス。

「それと、アイリス」

「それと、わたし」

「わたしたちでウェスを守る」こっちが言っていることをアイリスは理解しているだろうか。わたしがなにを頼んでいるかを。

「わかってる」アイリスはそう言い、プールのなかで子どもみたいにバタ足をしながらのらくらしているウェスに視線を戻す。

「ほんと？」

アイリスはウェスに視線を据えながらうなずく。「ノーラとわたしって……ノーラは気づいていないかもしれないけど、わたしたち、よく似ているんだよ」そこで口を閉じて、もうなにも言おうとしない。黄色いクッションに置いた小指と小指を触れあわせ、からませる。約束の言葉はなし。ただふたりで指をからめ、この秘密を共有する。約束の言葉よりも、もっと深いなにかがわたしのなかに根づき、花を咲かせようとしている。

それは、たぶん愛。でも、少しずつ深めていくまでは、愛だとはわからないふりをしたほうが楽かもしれない。

けれど、わたしは自分自身をうまく騙せたためしがない。そうしたいと思ったときでも。

31

午前十一時二十一分（人質になってから百二十九分）

ライター一個、ウォッカのミニボトル三本、はさみ、貸金庫の鍵二本

~~計画＃１：却下~~

計画＃２：進行中

　わたしは吐物がかからない位置についてアイリスの髪を顔からあげ、お腹の下のほうに片手をあてる。彼女の目の端から涙がこぼれ落ちる。アイリスは身体を起こし、下唇を震わせて、手の甲で涙をぬぐう。コルセットと崖が頻繁に出てきて、登場人物が崖っぷちをうろうろし、悲しい結末となる彼女好みのヒストリカルドラマを見ているときでも、アイリスのアイメイクはほとんどにじむことはなく、いまもにじんでいない。これほど心配していなければ、めちゃくちゃ感心しただろう。

「だいじょうぶ」とアイリスが言う。「ちょっと胃が痛むだけ」そう言いながらもデスク

にもたれ、お腹をかかえるようにして身体を丸める。「お水があるといいんだけど」と小さな声で付け加える。そのあとで、砕けたガラスみたいになっていた骨が鋼の強靭さを取りもどしたとでもいうように、背筋をぴんとのばす。「口をゆすぐのにウォッカじゃいまひとつだもんね」

「大酒飲みを目指していないかぎり無理だな」ウェスが言うと、アイリスは首を振りながら笑う。

アイリスはオフィスの隅にゴミ箱を置いてから部屋を横切り、床にすわるウェスのとなりに腰をおろす。わたしはそのままデスクのそばにいる。歓迎されるとはかぎらないから。まだすんでいないうちは。アイリスの質問が。わたしの正体探しが。

そんなことよりも、いま現在、二人組の強盗犯が溶接機を使って貸金庫内に入るのに夢中になっているとしたら、それでSWATの到着まで充分な時間を稼げて、わたしたちはなにか行動を起こせるかもしれない。

問題なのは〝かもしれない〟という点。間にあううちに到着するかわからないサクラメントのFBIに、自分たちの命をあずけるわけにはいかない。どこにあるとも知れないクリアクリークみたいな町は、誰にとっても優先順位は低いだろう。

手段として持っている唯一たしかなものは、わたし自身。いままでのすべての教えに逆らってＦＢＩを信じるか……もしくは自分自身を信じるか。さあ、どうする？　これまであいう政府機関をありがたいと思ったことは一度もない。ＦＢＩに頼るくらいなら尼さんになるほうを選ぶかもしれない。ＦＢＩも尼さんも、どっちも願い下げだけど。神だろうが親だろうが政府機関だろうが、ふたたび権威に膝を折るつもりはない。

「このことが原因でふたりは別れたの？」だしぬけにアイリスが訊いてくる。

自分の顔にびっくりした表情が張りついているのがわかる。目の前のウェスの表情が、おそらく鏡に映ったわたしの表情。

「ノーラは自分がふたりの仲をぶち壊したって言ったよね」とアイリス。「わたし、あなたが浮気かなにかしたのかと思ってた」

「そうにおわせておけば、アイリスに真相を見抜かれないだろうと考えてた」と正直に答える。

「つまり、アイリスにはつねに正直に、というポリシーを忘れてはいけない。

「つまり、ノーラは真実を知られるくらいなら、浮気女と思われたほうがいいってことなんだ」

「仮の姿をしてるのは、それなりに理由があるってことだからね。誰にも知られちゃいけないの」

「ウェスは知ってる」

「ノーラが話してくれたわけじゃない」とウェス。「おれは自分自身で真実にたどりついた」

「あっそう。たどりつけなかった自分が、なんだかまぬけに思えてくる」とアイリス。

「そんなことはない。おれは見つけだすまでに三年かかった。こいつは、見つけたらひどいことをしてやるって脅しをかけてきた。たとえば山に火をつけてやる、みたいな正気の沙汰とは思えない脅しを」とウェスは言う。

「正気の沙汰とは思えない、なんて大げさな。それとね、ウェス、そっちがしゃべりつづけるなら、こっちは〝あのこと〟について話しちゃうよ」と彼に警告する。

ところが驚いたことに、ウェスは肩をすくめるだけ。「べつにいいよ。どうせ知ってるだろうから。おれが覚えていないとでも思ってるのか？　あのときはそれほどハイになっていなかった。

「そうなの、ウェス」アイリスがおれの肩を見ていたのは知ってるよ」

アイリスがそう言っても、ウェスはまた肩をすくめるだけ。頬が赤くなりはじめている。

「いまはそういう話をしている場合じゃ――」わたしは言いかける。ウェスを守りたい。アイリスを守りたい。両方を守れるかどうかはわからない。自分自身を守れないことはわかっている。わたしという危険な存在からふたりを守れる？　守れるとしたら、どうやって？　どういう形になる？

〝わたしは消える。ふたりから遠く離れる〟

「さあ、どうする？」ウェスが訊いてくる。「ノーラは洗いざらいぜんぶしゃべる。おれもそうする。アイリス、どう思う？　おれたち、もうすぐ死ぬかもしれないんだぜ。〝真実には真実を〟でどうだ？」

アイリスはドレスのスカート部分のしわをのばす。「真実には真実を」と同意する。

ふたりが期待をこめた目で見つめてくる。

「わかった。真実には真実を」

32

真実には真実を

アイリスについてあらためて発見したことはいくつかあるけれど、そのひとつは、アイリスをたきつけてなにかに挑戦させせようとすると、彼女はかならず受けてたつ、ということ。ただし、人や動物を傷つけるおそれのある挑戦は除いて。といっても、本人は自分自身を人間や動物のカテゴリーには入れていない。無頓着なうえ、自分が傷ついてもしゃかりきになるタイプで、挑戦という名の炎に引き寄せられる蛾ほどの自衛本能しか持ちあわせていない。

ある日テリーの家で〈真実か挑戦か〉のゲーム中にみんな調子に乗りすぎて、しまいにはアイリスが手首を捻挫するという出来事があった。挑戦を選んだアイリスはテリーから屋根の上にある見晴台にのぼれとたきつけられ、屋根から落ちかけたのだった。その出来事をふまえ、ウェスは〈真実か挑戦か〉のかわりに〈真実には真実を〉のゲームを思いつく。

ゲームの内容は読んで字のごとし。ひとりがもうひとりに真実を語り、語られたほうはお返しに真実をひとつあかさなければならない。たいていは酒を飲みながらやる。そのほうがことが簡単になるから。でも現在わたしたちはオフィスに閉じこめられ、危険ととなりあわせの状態。たしかにアイリスはポケットにウォッカを持っているけれど、いまは酒を飲むときではない。

いまは真実を語るときだ。全員が真実を。

33 町長

ほぼ三年前

　まるまる三年間、わたしはリーにやれと言われたことをやっている。それはふつうにふるまうこと。詐欺師ではなく、子どもらしく。わたしはいまだに出口と、そこを通り抜けるのに手を貸してくれる人を探してしまう。ここにはいない人間と闘って、いまだに四晩のうち三晩は目を覚ましている。そうしながらも、セラピーを受け、学校は休まずに通っている。ウェスと友だちになって数カ月がたち、年がめぐり、ふたりは十四歳になって友だち以上の存在に……それから十五歳になってわたしたちはふたりでひとりの〝チーム〟に変わる。

　〝チーム〟の一員になるのがどういうものか、わたしは知らなかった。愛と呼ばれるものが自分のなかでどういうふうに育ち、花を咲かせるのか、わからなかった。育つのは花というよりもアザミみたいな植物の棘《とげ》で、自分を守ると同時に他者を刺し貫き、脅された場合には毒にもなるもの、だと思っていた。

ふたりがひとつのチームになるころまでに〝型〟と呼べるものができあがっていた。その型に従って、ウェスがあの家を出たり入ったりする。わたしはあそこをウェスの家とは思っていない。あれはウェスのじゃなく、町長の家。彼の小さな領地。中世の封建領主さながらに彼が統治する十エーカーの土地に建つ、これ見よがしのログキャビンふうの家。ふたりでつくりあげた型に従い、町長が家に入った場合、ウェスはいつも外に出る。残念ながら精密機器とはちがい、完璧というわけにはいかない。どんなにがんばっても、町長の殴打からウェスを百パーセント救うことはできない。でもウェスが家にいる時間を減らすことはできるから、そのぶん彼の父親は機会を逃すことになる。

うまい口実もあればへたな言い訳もあり、いっしょに勉強すると言ってふたりで息をひそめて夜遅くまでともに過ごしたり、ときには、放課後の何時間かを毎日ともに過ごすクラブをつくろうかと考えたりもする。ウェスを家の外にとどめ、あそこから引き離さなければならないときのために。

リーはじっと観察している。たいていは、来客用の寝室にいる少年については何も言わない。わたしが一線を踏み越えなければ、これからもなにも言わないだろう。自分たちを深刻な危険にさらさないかぎりは。

しかし、危険に身をさらす日がやがて来る。

やってくるはずの時刻になってもウェスはあらわれない。

わたしは彼を探しに、あの家へ行かなくちゃならなくなる。

自分がなにを見つけるか、ノックもせずに裏口のドアを抜けるまえからわかってしまう。三年の月日とウェスからの愛情をもってしても、十二年間で六人の女の子になりすまして悪事をはたらいたときに培った第六感を消し去ることはできない。

二階のバスルームの床に上半身裸で倒れているウェスと、バスタオルについたおびただしい血が、いっぺんに胃と頭に急襲をかけてくる。わたしはカウンターの端をつかまざるをえなくなる。指に触れるタイルは冷たく、おかげで気をしっかり保って息を吸いこめるようになる。ウェスの目は腫れている。わたしから顔をそむけるときに、いく筋もの涙が流れていく。

彼のとなりの、タオルが重ねられたタイルに膝をつき、なすすべもなく、わたしの手は宙をさまよう。どこからはじめればいいか、わからない。どうすべきかも。彼の肩は……

わたしは凍りつく。つねにどう動くべきか承知している女の子が。いったいなにが起きたのか尋ねたくてたまらない。でもどう話しかければいいかわからない。なにか悪さをして罰を受けたのかと、つい訊いてしまいそうで。だって悔しいけれど、町長の外見は洗練されていて、ここまでひどいことをするようには見えないから。なによりもそんな自分の考えにムカつくが、本音だからしかたがない。たしかにウェスの身体には傷痕があるものの、一生、目立ったまま残りそうなものはほとんどない。

でも、今回は目を覆うばかりの傷痕が一生残るだろう。

「いまなにが必要?」思わずそう口走る。わたしのセラピストがときどきわたしにもそう訊くから。〝なにがほしいか〟よりも〝なにが必要か〟と。必要なもの……必要なことをわたしならしてあげられる。ウェスを助けられる。

ウェスを助けなければならない。これをとめなければ。

(〝あんたに町長をとめるなんてできっこない〟何者かの声がささやきかけてくる。ママでもほかの女の子の声でもなく、自分にそっくりな声が。わたしは声を振り払う以外になにをすべきかわからない)

「もう、帰れ」ウェスが言う。なにかを怖がっているみたいなささやき声で。ふいにウェスは恐れているのだと気づく。いままで彼が恐れているところなど見たことがない。ウェスは強くて、会話に入ってくるまではもの静か。ここぞというときにしゃべるのを聞いていると、世界じゅうの痛みを恐れることなく引き受けてくれそうな気がしてくる。「彼がすぐに戻ってくる。おまえがここにいるのを見つけたら……」

「ウェスを残してなんかいけない。病院へ行かなくちゃ。縫ってもらわなきゃ」

ウェスは首を振る。「行けない」

当然そうだろう。なぜわたしはそんなわかりきったことを言ったのか。なぜ現実に即して考えないのか。

わたしはノーラとして考えている。ふつうの女の子として。いまは考えを切りかえるときだ。

「応急処置用のキットはどこ？」

「下にある。キッチンに」

「すぐ戻る。そこを押さえていて」ウェスの肩にタオルを押しつけると、タオルに手をのばした彼の指がわたしの指をかすめる。「愛してる」とウェスに言う。〝愛〟はとても小さく、実際には〝なんでもない〟ものかもしれないけど、必要なのはそれだけとでもいうように、縁が赤くなった目でウェスが見つめてくる。

救急キットは探しても探しても見つからない。ちょうど戸棚の底を探しまわっているときに、タイヤが砂利をこする音が聞こえてくる。誰かが来る。

さっと立ちあがり、戸棚の扉をぴしゃりと閉める。救急キットのことは頭から消えている。音が大きくなるにつれて腕の産毛が逆立ち、肩ごしにあたりを見やる。裏口のドアはすぐそこ。あそこからなら……

でも町長がふたたびウェスに手をかけたら……

まとまらない考えで頭がいっぱいになる。感覚が錆《さ》びついている。すばやく適切に反応すべき部分が委縮し、もとどおりに機能しようともがいているのが感じられる。それでも、すべきことはわかっているとでもいうように身体が動く。計画を立ててもいないうちにコンロにフライパンを置く。冷蔵庫まで行って野菜室から野菜を、いちばん下の棚から肉用の包装紙に包まれた中身が不明のものを取りだす。〝急いじゃだめ〟と自分に言い聞かせる。急いだら顔が赤くなり、町長が近くに寄ってきてどうしたのかと見つめてくるかもしれない。

いちばん大きな肉用の包丁をつかむ。ウェスのママは料理が好きで、彼女の包丁セットは美しい。日本の職人によってひとつひとつ手づくりされたもので、丹精こめてきれいに研がれている。これを使えば簡単に……

わたしでも……

いや、無理。

クラクションが鳴ったあと、町長が車を施錠する音が聞こえてくる。いつ家のなかに入ってきてもおかしくない。わたしはコンロの上のフライパンにオリーブオイルを入れ、まな板のほうへ向きなおる。足音が廊下に響きはじめるころには、タマネギをまるまる一個スライスし、熱したフライパンのなかに放りこんでいた。ジュージューと音がする。ウェスが二階でおとなしくしていてくれるようにと祈る。彼があらわれなければ、この芝居をじょうずにやりとおすことができる。

「ウェス、料理をしているのか——」町長がキッチンに入ってきて、こっちを見たとたんに言葉を途切れさせる。

わたしはいま切っているニンジンから目をあげて、さりげない笑みを町長に向ける。いままで経験したなかでも類を見ないほどの難しい局面とも言える。町長に向かってわめき散らしたい。彼を刺してしまいたい。いますぐにやりたいことがいくつも頭に浮かび、そのほとんどは暴力がらみで、すべてがゾッとするような行為。どれをとっても、いまのわたしには似合わないものばかり。

自分はノーラとしてふるまわなければならない。

でもいまはノーラじゃない。すっかり覚醒し、抜かりのない昔の自分に戻り、計画も立てたのだから。

「ノーラ、ここでなにをしているのかな」

「すみません、驚かせてしまいました？　ウェスの具合が悪いって聞いて。ほら、悪い風邪が流行りはじめているでしょ。だからようすを見に寄ってみたんです。ウェスはもう眠ってしまったんで、起きたときのためにスープでもつくろうかと思って。ミセス・プレンティスからは食材を使っていいと言われました。奥さまに電話したんです」

フライパンにタマネギの水分が出てきたところで、野菜を切る作業に戻る。目の端で町長の姿を見やりながら。彼はどうしようか決めかねているらしい。

わたしは包丁を平らにしてニンジンをまな板からフライパンに入れ、次にカウンターに戻って今度はセロリの下ごしらえをする。「スープに麺を入れてあげようと思って」ミセス・プレンティスの洞窟じみたキッチンを覆っている不気味な沈黙をうめるつもりで話しつづける。町長はじっと立ってこっちを見つめ、わたしが知っているか探りを入れている。あるいは、知らないか。両方の場合のシナリオをそれぞれ考えているのだろう。

「料理ができるなんて知らなかったよ、ノーラ」ようやく町長が言う。話しながらキッチンの奥へと歩を進め、近づいてくる。わたしは包丁の柄をきつく握る。裏口のドアまでは何歩で行けるだろうか。十歩？　十五歩？　知っておかないと。数えておくべきだった。

「わたし、編み物もできるんですよ。母が亡くなるまえに料理と編み物を教えてくれたんで」

「料理は覚えておくに越したことはない」

「とくに、うちみたいに多忙な姉がいる場合は。姉は犯人をつかまえるのに忙しくて。そのおかげでわたしたちは安全に暮らせるんですけどね。だからせめて週に何度かは夕食をつくるようにしているんです」

こっちがリーに言及すると、町長は歩くペースを落とす。念のためのお知らせ。わたしには家でわたしの帰りを待っている人がいる。もし町長がわたしを傷つけたら、リーはこいつをどこまでも追っていって、ペーパークリップで腸《はらわた》を引きずりだすだろう。

フライパンにセロリを加えたあと、やわらかくなりつつある野菜をかきまわす。町長はキッチンアイランドの向こう側に置かれたスツールに腰をおろし、わたしは歯を食いしばる。少なくともわたしといっしょにここにいるかぎり、こいつは二階にいるウェスに手出しはできない。

肉用の包装紙を開いて鶏肉をまな板の上に置く。町長はこちらの動きをじっと見つめている。ためこんでいる息を吐きだしてしまいたいけれど、そうしたら緊張のあまり呼吸が浅くなっているのがばれてしまう。そこでナイフを手に取り、レイモンドに教わったやり方で鶏肉をさばきはじめる。わたしは包丁さばきには自信があり、生の肉を気持ち悪いと思ったことは一度もない。レイモンドと暮らした最初の年、娘に料理の基本を教えるのが彼流の娘と仲よくなる方法で、そのころはまだレイモンドはママとわたしに〝ゾッコン〟という感じだった。

わたしは外科医さながらに手早く鶏肉に包丁を入れていき、肉と骨と皮に切りわける。ふと目をあげて町長を見ると、彼はよほど驚いたのか、一心にこちらの手もとを見つめている。

「きみは狩りをしないと息子が言っていた」と町長が言う。

「はい、しません」脚と手羽を脇によけてから胸肉を半分に切る。そのあとで小さめの包丁にかえて脂肪を切り落とす。

「包丁の使い方をよく知っているようだな」

「料理の仕方を知っているだけです」その言葉とは裏腹に小さめの包丁をくるっとまわす。華麗な技っぽく、これ見よがしに。こんなことをやる必要はないけどやる。町長に投げつけてやりたいから。もう心に決めている。いつかかならずこいつの腸を引きだしてやる。

町長がスツールからおりる。「ウェスの具合を見てこなくては」

町長が言いおわらないうちにわたしの手が右側にある肉用の包丁へ近づく。彼は目を伏せてこっちの手を見つめ、その姿をわたしはじっと見つめる。鶏肉を切るでもなく、動きをとめているのをごまかそうともしない。町長は正しい。わたしは包丁の使い方を知っている。

「それならだいじょうぶです」ふたたび笑顔を向けて言う。無頓着で、子どもみたいに純真な笑顔。「町長はお忙しいでしょうから、まずは書斎に戻って、ひと息入れたいですよね。ウェスの具合なら、わたしが見てきます」

でも町長は引きさがらない。この手の人たちは簡単には引かない。誰かが線を引こうものなら、そんな線は無視して越えていく。〝あんたのことはわかっている〟自分のものらしき声が頭のなかでささやいている。〝あんたを殺す〟

「具合が悪いなら――」

「わたしにまかせてください、町長」

ふたりのあいだで時がとまり、それから遡《さかのぼ》りはじめる。相手の顔に浮かんだ表情を見ていると、自分が十二歳になった気がするから。でも今回は手に持った包丁を放さない。きつく握りなおす。わたしは逃げない。

「そうするか。処理しなければならない書類がたくさんあるからな」

「夕食の用意ができたらお知らせします」町長を書斎に釘づけにして、騒ぎが起きるまえにウェスを連れだしたい。

「じゃあ、そうしてくれ」町長はそう言ったあと、身体の向きを変えてキッチンを出ていく。息が喉で引っかかる。町長がやはり自分の責任を果たすとばかりに、階段をのぼる音が聞こえてきたらどうしよう。でも聞こえてくるのは、書斎へとつづく石タイルをカッカッと鳴らす足音。年代ものの絨毯のせいでくぐもってしまう、木製の階段をのぼるやわらかい足音ではなく。

野菜がジュージューいって焦げかけているなか、カウンターにだらりと身体を投げだす。でも包丁は手から放さない。

ウェスの傷が癒えるまではほぼ二カ月を要する。傷口をしっかり消毒して包帯を巻きなおすけれど、縫ったり医療用のホチキスで縫合するかわりに皮膚接合用テープのステリストリップを貼るだけでは、傷口はすぐにまた開いてしまう。それに、きれいには治らない。ウェスの肩にはいまや新たな一帯ができあがっている。ふたりは同類だと知らせてきた古い傷痕の半分は、紫色と青黒い色がまじった、炎症を起こしやすい組織に変わっている。なにがあったのか、ウェスはさっさと忘れようとしている。詳しいことは話したくないと言う。もうすでに来客用の部屋ではなくなっている部屋で、リーが持ってきた本を読みながらひとりで何時間も過ごすのも悪くないと。

ウェスに読書という新たな趣味ができたおかげで、こっちは必要な時間を確保できるようになる。

わたしはあっさりとふつうの日常から抜けだす。ありきたりな日々がずっとつづくと思っていた自分を、いまは笑うしかない。リーと何年か暮らせば過去を取り消せると考えるなんて、なんともまあ、甘い夢を見ていたものだ。抱いていた夢は胸にしまいこんで、わたしは解き放たれる。

そこでふたつの計画を立てる。まずは切り札を手に入れる。でも降ってくるのを待ったりはしない。

あの男の尻尾をつかまえてやる。

日曜日に教会へ行ったあと、町長は好んで狩りに出かける。ひとりで。ライフルを持ってハンティング・ブラインド（猟場に建てる高床式倉庫のような外見の小屋で、猟師は獲物に気づかれないようなかに隠れ、梯子で上り下りする）にのぼって待機し、子ジカを狙い撃ちする――やつは虐待男というだけでなく、最低のハンターでもある。

クリアクリークに越してくるまで、ここみたいに森に囲まれた場所に住んだことは一度もなかった。アビーは自由でいるとき、つまり〝仕事〟にあぶれたときは、街に住むのを好んだ。わたしは中学生のころからウェスといっしょにハイキングに出かけ、森はただ美しいだけではなく、役立つ場所だということを学んだ。秘密めいていて、静かなのに騒々しく、採掘用の忘れられた道が通る森は、逃げ隠れするために生まれてきたようなわたしにとっては、心から落ち着ける場所だ。そしていま、森が役立つ場所だと実際に証明するときが来た。

ハンティング・ブラインドから少し下ったところにそそり立つ木々の背後に隠れ、町長のへたくそな射撃のようすに耳を傾けながら、ビールが彼の膀胱を満たしてこっちにとっての絶好のチャンスが訪れるのを待つ。ようやく不規則な射撃音がやみ、ライフルを床に置く音と梯子が軋む音が聞こえてくる。町長がハンティング・ブラインドからおりてくる合図。

相手が木々のあいだを縫って、狩猟場から離れたどこかへ用を足しにいくのを見届けてから動きだす。急いで斜面をのぼり、彼がハンティング・ブラインドへ戻る途中に通るはずの木立へ向かう。絶対に見逃がしっこない場所に立つ木を選び、ちょうど目の高さあたりに写真をテープでとめる。そのあとでハンティング・ブラインドへのぼっていき、梯子をなかに引きあげて背後に置く。

影のなかにすわりこんで待つあいだ、時が過ぎるにつれて心臓の鼓動が速くなっていく。町長のライフルがすぐそこにある。わたしは少しずつライフルから離れる。怖いのはライフル自体ではなく……いや、使いたいという誘惑に負けはしない。

銃に触れたら事態がどう転んでいくかよくわかっている。だから、触れない。

下草を踏んで進む足音が聞こえてくる。不用意な音の大きさに、半マイル四方にいる動物たちはすべて散っていくだろう。爪がてのひらに食いこむ。そろそろ町長が写真を見つけるころだ。恐怖のどん底に陥ってくれればいいけれど。

「おい」町長が下で大声をあげる。

こっちは呼吸を繰りかえして、高ぶった気持ちを落ち着ける。不安でいっぱいな反面、めちゃくちゃ興奮しているから。子どもが誕生日ケーキを見てはしゃぐのと同じ。〝勝利への道を突きすすんでいる〟という感覚。だってこういうのはわたしの得意分野だから。でも用心して進めなくちゃならない。〝勝ったも同然〟と油断しているとたいへんなことになる。

「おまえがそこにいるのはわかっているんだ！」

いったいなんの騒ぎだとばかりに、わたしはハンティング・ブラインドの出入《では》り口《い》から顔をひょいと出す。「こんにちは、町長」

町長の口があんぐりとあく。あれじゃあさぞかしあごが痛むだろう。あまりのショックに身体から空気がぜんぶ抜けたようで、こっちの名前を呼べないほど息を切らしている。

でも、手にはわたしが木に貼りつけた写真をしっかり握っている。写真は光沢があり、解像度がかなり高い。効果を高めるため、奮発して良質の用紙を使った。なのに、せっかくの写真が町長の手のなかでくしゃくしゃになっている。

「それについての話をするあいだ、わたしはここにいるつもり」そう言って、落ちないように充分注意しながら出入り口の端に腰かけ、脚をぶらぶらさせる。

町長はすぐには反応せず、返事をするのにたっぷり十秒をかける。一秒一秒が過ぎていく。森のなかでふたりきり、しかも話題は木に貼られた脅迫についてとなると、十秒はかなり長い。ささやかなドラマのせいで、いきなり町長の血の巡りがよくなったようだ。

「そこでなにをしているのかな、ノーラ」あの日キッチンで肉切り用の包丁を握っていたときと同じように町長が訊いてくる。

逃げ道はない。逃げたいと思わないから、べつにいい。こいつと対峙《たいじ》するために来たのだから。

わたしは町長に好かれたことは一度もない。わたしを見ると、彼は血圧があがってしまうらしいけれど、それはわたしが彼好みの女子ではないからか、それとも、わたしのなかにあるペテン師のにおいを嗅ぎとっているからなのか、理由はよくわからない。

結局のところ、牧師や政治家も一種のペテン師だ。町長が胡散《うさん》くさいのは最初からわかっていた。そしていま、彼の手に証拠が握られ、ライフルを取りにもどってくる道々の、たぶん彼が見落とした木にも同じものが貼ってある。

「おまえの姉さんがこの写真を撮ったのか？」町長が強い口調で訊いてくる。「あの女もこのあたりにいるのか？」そう言って肩ごしにあたりを見やり、はじめて不安げな表情を見せる。

「その写真を撮ったのはわたし。リーはあんたの業務終了後のお楽しみについてはなにも知らない。知ってるのはわたしだけ」

町長の顔つきが変わる。こっちはそれを待っていたとはいえ、相手が前へと歩を進めるなかで〝これでおれはおしまいだ〟から〝こいつを始末すればいい〟へ表情が瞬時に変わるのを見て、アドレナリンがいっせいにあふれだし、心臓があばらを激しく打ちはじめる。

「動かないで」ポケットから取りだしたスタンガンのスイッチを親指で押す。いまわたしが身につけているのがウェスのジャケットだと町長は気づいているだろうか。おそらく気づいていない。これを着ているのは、こいつに思いださせるため。ついでにウェスが力を貸してくれることも願って。

高圧電流が流れてバチバチッと鳴る音があたりに響きわたると、町長は躾《しつ》けられた犬みたいに足をとめる。

その目が細まる。思考をめぐらせている。考えをまとめている。あの日の午後キッチンで、息子の具合を見にいくのをこの娘にとめられた。それ以前の些細なもろもろも思いだしているのだろう。いったいどんな娘なら、こっちの動きを予測できるのか。いったいどんな娘なら、こんなことができるのか。町長は結論に至りつつあるらしい。

「写真のバックアップはとってあるから」わたしはつづける。「あんたのメールをハッキングしたから、ほかの写真もぜんぶ持ってる。セキュリティ担当にハッキング対策について問いただしといたほうがいいんじゃないかな。ああ、それから、毎日わたしがパスワードを入力しないと、写真がぜんぶ地元のニュース局、それと保安官事務所にも送信されるように設定してある。だから、いまここでばかなまねはしないほうがいい。たとえばわたしを殺して森に埋めるとか」

「おかしなことを言うんじゃないぞ、ノーラ。おまえはテレビの観すぎだ」その冷たい声は追いつめられた政治家のもの。なんとかこの窮地から抜けだすつもりだろうけど、それは無理。

町長を脅迫するに際して、いくつか使えそうなネタを見つけた。そのなかでいちばんダメージが大きそうなものをわたしは選んだ。

金は力なり。ミセス・プレンティスは昨年、父親が死んだときに大金を相続した。自分を虐待する夫と別れるのに絶好のタイミングがあるとしたら、それは大金を手にしたとき、だよね？　離婚される可能性が町長の頭をよぎったはず。

そこでわたしは町長の浮気について探ってみた。正直なところ、自分ででっちあげたとしても、これほどネタとしておいしいものは創作できなかったと思う。

「これはテレビじゃない」とわたし。「現実の人生」

「おかしなことを言うんじゃない」と町長は言い捨てる。ばかのひとつ覚えみたいに。

「あんたになにをしてもらいたいか、わかる？」わたしは訊くが、答えを待っているわけではないから、さっさと先へ進む。「あれはお仕置きだって、きっとあんたは言うよね。そうでしょ？」

こめかみの血管が脈打つにつれ、町長の顔が熟れすぎた売れ残りの真っ赤なトマトみたいになるのを見て〝当たり〟と心のなかでつぶやく。でも満足感はなく、ゾッとする気持ちが湧く。ここでこいつが心臓発作を起こして、こっちの手間をはぶいてくれればいいのに。ふつうならそんなことを考える自分を恥じるかもしれないけれど、いまはちがう。だって、特権と自分勝手な怒りにどっぷりとつかり、〝これが自分のやり方だから〟と何十年ものあいだ、なんの罰も受けずにすんできた男を更生させることなんかできないから。

そう、これがわたしのやり方。町長は取引せざるをえない。

「お仕置きするのは息子を更生させるため、とか思っているんでしょ」わたしは話しつづける。自分の言葉が武器となり毒となり、単なる言葉以上のものになることを願いながら。

「でも、ちょっと聞いてくれる？ それって虐待って言うんだよ。あんたは虐待者。ほかの虐待者より隠すのがうまいってだけの話。でもわたしは知ってる」

「息子の育て方に口を出すんじゃない。おまえは子どもなんだぞ」町長は目をすっと細め、金切り声をあげる。

「まあ、子どもかもね、ここへも自転車に乗ってきたんだし」思いきりふざけた態度をとる。心が動揺しているときほどわたしのしゃべりは自信たっぷりになるけれど、そうやって何年ものあいだ、ターゲットとする人物を騙してきたのと同じように、自分自身を騙してきたとも言える。「さてと、あんたがやるべきことをいまから教えてあげる。そのために手間暇かけて脅迫するネタを集めたんだから。よく聞きなよ」

「なにが望みだ？ なにを企んでいる？」

嫌味っぽく耳ざわりな笑い声が思わず口からもれる。それが木々の枝にあたって木霊《こだま》し、魂が抜けたような声に鳥があわてて飛び立つ。町長が困惑顔を見せても、ちっとも満足感は訪れない。ますます怒りがつのるだけ。

怒りのあまり、この男を殺してやりたいという衝動が湧く。そう思うのははじめてでもないし、最後でもないだろう。こいつがいなくなれば、わたしたちは心穏やかに暮らせるはず。でもそれはできない。こんなやつのために新たな自分になるのはごめんだ。わたしはたくさんの人たちのために、たくさんのものになってきた。娘を持てなかった人の娘。人びとがつねにほしいと願う目の大きな憧れの的。目の前にぶらさげられたニンジンみたいに、誰もが迷いもせずに飛びつくもの。

ニンジンになるのはもうこりごり。だからそのかわりに大砲になった。

「望みはひとつ」とわたし。「単純なこと。ちゃんと聞いてる？」

町長の手がブルブルしている。小娘の首を絞めたくてたまらないとでもいうように。ハンティング・ブラインドがすごく高いところにあってよかったと心から思う。いっしょに地面に立っていたら、わたしを殺したらまずいよ、という警告でこと足りていたかどうか。

「あんたの息子を殴るのをやめてほしい」

「わたしは殴ってなど――」

「わたしはウェスの背中の写真を持っている」これは真っ赤な嘘。写真を撮ろうだなんて思ったこともない。でも町長の秘密に関しては真実で、だからこそ相手にほんとうだと思わせることができている。まさに真実の力。「ミセス・プレンティスがあんたの浮気を理由に離婚を決意した場合、写真が離婚調停での強力な味方になるのは間違いない」

「妻がそんなことをするわけがない」

「公の場で恥をかかされて自棄《やけ》になった女性がどんな反撃に出るか、あんたはきっと驚くよ」とわたし。「それと、あんたたちはみんな検査を受けさせられる。トンプキンス夫妻の奥さん、つまりあんたのガールフレンドだけが浮気に走っているわけじゃない。夫のトンプキンス牧師は去年、淋病の治療を二度受けている。浮気するにしても、あんたたちが安全なセックスを実践しているといいけど。だってどっちの奥さんも、性感染症の二次感染、もしくは三次感染の憂き目に遭ういわれはないもんね」

町長の額の血管がふたたび激しく脈打ちはじめる。「どうやって――」

「わたしには情報収集の手段がいろいろある。だから、トンプキンス牧師が巨大教会建設《メガチャーチ》のために購入した川岸の土地を、あんたが牧師のために再区分するという取り決めを結んだ事実をわたしは知っている。教会への献金の二十パーセントはおいしいよね。あんたに自分の妻を寝取られたと牧師が知ったら、二十パーセントが半分にカットされちゃうんじゃない？」

町長はなにも言わない。顔はまったくの無表情。もはや歯を見せてニカッと笑ったりしそうもない。政治家としてのオーラもなし。純粋な怒りが体内を駆けめぐり、自分を破滅させる者を葬れと命じているのかもしれない。葬る相手とは、つまりわたし。

「ウェスを痛めつけることをやめないんなら、これを公表する」

「おまえは次には金を要求するに決まっている」

「あんたの金なんかいらない。土地区画法も、神を利用した壮大な詐欺にお金を注ぎこむ人たちのこともどうだっていい。わたしにとって数少ない関心事の筆頭にくるのはウェスの問題。こっちの要求はわかったでしょ……言っとくけど、その気になればわたしはいくらでも工夫をこらせるからね」

そこで下を見る。ロープの梯子をおりれば、町長に背を向けることになる。町長はウェスと同じくガタイがよく、背が高くて肩幅も広く、力もある。ウェスの場合は体格のよさを利用してどうこうすることはない。一方で町長は、なにをするにしてもガタイのよさを全面に出し、なんでも強引に押しすすめ、思いどおりにする。

梯子など必要ないとでもいうように、わたしはハンティング・ブラインドの出入り口から飛び降りる。髪が一瞬、逆立ったあと、なんとか地面に軟着陸する。飛び降り方は知っているけれど、ハンティング・ブラインドから飛び降りて着地を決めるのは、なかなか難しい。まずい具合に着地したら、足首か、脚か、または両方を折ってしまうかもしれない。でも今回はだいじょうぶ。衝撃が膝と足首に走るけれど、うまく膝を曲げ、地面に手をついて身体を安定させたから。立ちあがると、町長は二フィートほど離れたところにいて、また手を震わせている。それでぴんとくる。おそらく残忍な場面を思い描いているのだろう。ウェスの背中を火かき棒で叩く直前も、こんなふうに手をブルブルさせるのだろうか。

「話は単純。あんたはウェスのことをほっとく。わたしはあんたのことをほっとく」と町長に言う。「それじゃあ、遅くならないうちにわたしは家に帰るね。うちの姉は妹が暗いなかで自転車に乗るのをいやがるから」

「おまえはきっと後悔する」実行に移せない脅しをかけて、捨て台詞を決めようとしている。

「ううん、しないよ。これはいままでにやったなかで、最高に人のためになることだから」

あのとき、それは真実だった。

いまでも変わらない。

おそらく永遠に真実でありつづけるだろう。わたしはそれほどいい人間じゃない。それでも、心の底から、精いっぱいの愛を捧げつづける。

それを阻むものはなにもない。わたしの邪魔をするものは。

34　午前十一時二十七分（人質になってから百三十五分）

ライター一個、ウォッカのミニボトル三本、はさみ、貸金庫の鍵二本
計画＃１：却下
計画＃２：進行中

わたしたちは小さな三角形を描いてすわり、ウェスとアイリス、それぞれの片方の膝がわたしの左右それぞれの膝と触れあっている。ウェスは腰のあたりに突っこんでいたはさみをわたしに手渡してくる。アイリスはキャビネットにもたれて、すっかり身体をあずけている。痛みに身体をこわばらせ、少しずつずれながら、いくらかでもすわり心地のいい体勢を探そうとしているのがこちらにも伝わってくる。

「だいじょうぶか？」ウェスがアイリスに訊く。アイリスはうなずいてみせるものの、そのしぐさはぎこちなくて、あまり説得力はない。

「誰からはじめる？」眉を吊りあげて、挑みかかるような口調でアイリスが言う。例のライターをこっちの目の前でカチリとやって火をつけてみせるほうが、まだしも穏やかだ。

「わたしはもうけっこうな真実を話した」

「はじめて、だよね」アイリスはぴしゃりと言ったあと、息を吐きだしてしばらくのあいだ目を閉じる。白い肌をバックにして黒さが際立つまつ毛が、クモの巣みたいに扇形に広がっている。「ほんと、感じ悪い」小声でもらす。

「アイリスが怒るのもわかるけど」

アイリスが首を振る。「ちがう。そうじゃない。あなたはこの点に関してなにもわかっていない。彼はわかっているだろうけれど」そこでウェスのほうを向いてうなずく。

「ああ、わかってる」とウェスが言う。彼の膝にこっちの膝をぶつけると、さらに言う。

「ヘイ、真実には真実を、だろ」

「ウェスって自分が騙されやすいと思ったことある？」アイリスが訊く。

「めちゃくちゃ騙されやすい」ウェスは答え、このゲームをはじめてから五秒しかたっていないのに、わたしにとってはすでに悪夢になっている。

このふたりは出会った瞬間から、持ったことのないきょうだいをようやく見つけあったといった感じだった。いつも互いにけなしあい、ふたりにしかわからない意味不明のジョークを飛ばしあい、説明してくれと頼んでも最後には大笑いしてしまうので、結局、意味不明のジョークは意味不明のまま。そしていま、仲間意識を共有しあい〝ノーラに嘘をつかれた被害者〟の互助会を結成しようとしている。

その点に関してはこっちはなにもできない。たしかに嘘をついていたから。

誰かをペテンにかけるうえでひとつ言えるのは、正しくやり遂げれば余波に巻きこまれずにすむ、ということ。余波とはつまり、失意。心に負った傷。裏切られたという思い。一から十まで嘘だったという落胆。すべてに向けられる疑いの目。

でもウェスがこっちの正体を見つけだしたとき、わたしは逃げられなかった。そこにいつづけなければならなかった。おかげで巻きこまれた。失意と心に負った傷と裏切られたという思いと、暴かれたすべての嘘とあらゆる疑念に対する答えに。同時にわたしも失意のどん底に落ち、罪悪感に苦しみ、そして気づいた。こんな事態を二度と招いてはならないと。

それなのに、いままたそういう事態に陥っている。アイリス・モールトンという女性に恋したとき、この状況を予想していただろうか。

自分が惹かれるのはこっちの正体を見破れるほどめちゃくちゃ賢い人だけ、という自覚はある。もしかしたら、わたしはリスクなしに暮らす方法を知らないのかもしれない。正体がばれるかばれないかの瀬戸際に立たされるたび、ママのつけていたシャネルの五番の香りがしてきて、ママとそっくりなやわらかなささやき声が聞こえてくる。でもそれで励まされることはない。ただ過去に引きもどされ、幼く無力だと実感させられて、混乱の度合いが深まるだけ。

「リーはあなたのほんとうのお姉さんなの？」いきなりアイリスが訊いてくる。そのあとで首を振る。「そうに決まってるよね。ふたりはよく似ているし。それとも……そっくりになるようになにかしたとか？」

「リーはわたしの姉だよ。母親は同じで、父親がちがう」

「じゃあ、お父さんはどこにいるの？」

「アイリス、あなたのお父さんはどこにいるの？」ぶしつけな質問かもしれない。けれどゲームは〈真実には真実を〉で、わたしだけが真実を語らなきゃいけないわけじゃない。

「ノーラ、やめろよ」含みのある口調で言うウェスを見たとたん、わたしは頬が熱くなる。後ろめたいからじゃなく、ウェスは知っているとふいに気づいたから。彼はアイリスの父親について知るべきことはなんでも知っている。アイリスはウェスには話したのに、わたしには話してくれなかった。

自分は世界でもたぐいまれな偽善者なのだからしかたないと思うものの、話してくれなかったことに胸が痛くなるほど心が傷つく。アイリスだけがわたしに与えられる、心を押しつぶされたような痛み。涙がこみあげてきて喉の奥が焼けつくけれど、ここで泣くわけにはいかない。

「パパはオレゴンにいる」とアイリスがほんとうの答えみたいに言うけれど、それが嘘なのは三人とも知っている。彼女は嘘をついていて、これじゃあゲームをつづけられないのに、わたしにどうしろというんだろう。服のお直しをしたり、保護猫のための資金を集めたり、山火事の最中にどんな風が吹くかを予想したりするのと同レベルの能力を、アイリスは並々ならぬ気概をこめてこのゲームに注ぎこんでいる。

「わたしは自分の父親が誰なのかも、どこにいるのかも知らない」とわたしは言う。

「おれの親父はクソ男で、ノーラが見かねてあいつを脅迫したおかげで、やっと親父はおれを痛めつけるのをやめた」ウェスが言い、その情報を聞いてアイリスの眉毛は切りそろえた前髪のなかに消える。「このオフィスにいる者は全員、父親のことで苦汁をなめている。それは真実」

「それで、あなたは街から街を渡り歩いて、犯罪に手を染め、人を騙しているの？」とアイリスが訊いてくる。

「ご質問にお答えすると、わたしは街を渡り歩いたことなんかありません。それと町長を脅迫したことに関しては……引退生活中のちょっとしたアルバイトって感じ」

「まだ実際にかかわっていることからどうやって引退できるのよ」

「わたしはなににもかかわっていない」右側にいるウェスを意識しながら言う。ウェスは自分の両膝を交互に見つめている。片方はアイリスと、もう片方はわたしと触れあってい る膝を。わざわざ尋ねなくても、ウェスが友情の重さを測っているのがわかる。それもこれも、わたしがルールを曲げているから。

「あなたはみずから名乗っている人物じゃない。お母さんは死んでいない。国じゅうを——もしかしたら世界じゅうを——まわってあなたを探している殺し屋がいる。あなたは銀行強盗犯と話をして、手品師かなんかみたいに少女をリーのもとへ送った。それでもなににもかかわっていないって？　あなたはノーラ・オマリーでさえないのに！」わたしの名前を言うときにアイリスの声は異様に大きくなり、それはわたしにとってはもちろんのこと、本人にとっても予想外だったとみえる。彼女の口から言葉が飛びだすと同時に、わたしは全身がすくみあがるのを感じる。

「ほんとうの名前？　アシュリー・キーンじゃないことはわかってる」

口が乾きだす。ありもしないゴムが手首に巻かれ、パチンと弾かれるのを感じる。〝あなたはレベッカ〟パチン。〝あなたはサマンサ〟パチン。〝あなたはヘイリー〟パチン。〝あ

〝あなたはケイティ〟

あなたはけっして彼女じゃない。心の内側のどこか安全で手の届かない場所に彼女は閉じこめられていた。けっして名前を呼ばれることのない唯一の少女。ずっと知られずにいるたったひとりの女の子。

リーといっしょにフロリダのホテルを出てから、わたしは一度だけその名前を口にしたことがあった。それはウェスの耳もとにささやいたとき。あのときからずっと、ウェスがその名前を武器として使い、わたしがぶち壊してかけらにしてしまったふたりの関係に、最後の一撃を加えたらどうしようと恐れていた。でもウェスはそうはせず、つぎはぎだらけの友だち同士の関係を築くために、ひん曲がったかけらをまっすぐにのばしてくれた。彼はわたしなんかには絶対にまねできないほどのやさしさに満ちていた。

アイリスもやさしさに満ちている。今日、その心を少しばかり、いや、たくさん、わたしが傷つけてしまったかもしれない。

「いまは、わたしはアシュリーにならなくちゃならない」

アイリスの目がすっと細まり、わたしは一瞬、彼女が怒っているのかと勘違いする。でもお互いの目があったとき、彼女の目のなかにこっちの胃を溶かすほどの火が燃えていることに気づく。「あなたが誰だろうと、とにかく聞いて」とアイリスが言う。「銀行強盗の残念賞でも人間の盾でもなんでもいいけど、とにかくあいつらにあなたを連れていかれるまえに、わたしはあの阿呆どもに火をつけてやる」

「アイリス……」

「やめて！　ため息まじりにわたしの名前を呼んだり、髪を振り乱したり、かわいそうな生贄《いけにえ》の子羊の目でこっちを見たりするのはやめて。わたしの人生に軽やかに入りこんできて、わたしをその気にさせるのはやめて。どうせわたしをふらふらにしたあげく、最高にゾッとするやり方で離れていくんでしょ。それと、自分自身をピカピカの大皿にのせて、ローストポークっぽくリンゴまで添えて、強盗犯にさしだすのは絶対にやめて」

アイリスがひとつひとつ〝やめて〟と言うたびわたしは口をゆがませ、しまいには身体がこちこちにかたまり、せっかく立てた計画を彼女に非難されたことで自制がきかなくなってつい言いかえしてしまう。「なんでだめなの？」

「あなたを愛しているから」アイリスが言う。歯切れよく、きっぱりと。その言葉はよくも悪くも、運命を告げるものとして、わたしの胸に刻まれるだろう。

胸のなかでかたまっていたものが瞬時に動きだす。「アイリス……」それ以上、なにも言えなくなる。息さえもできない。ウェスがとなりでくっくっと笑っている声をぼんやりと聞く。すべてお見通しだとでも言いたげな笑いを。アイリスは〈真実か挑戦か〉のどちらかを選べと迫るみたいにこっちを見つめてくる。たぶん、迫っているのだろう。わたしにとって彼女を愛するのは〈真実か挑戦か〉だったのだから。真実を語れなくて、リスクを引き受けたのだから。

「そう」アイリスが言う。「わたしはあなたを愛してる。あなたが誰であろうと。だからもう嘘はつかないで。秘密もなし。わたしたちふたりをのけ者にしてペテンをはたらくのもだめ」そこでウェスに向けて手を振る。ウェスはニコニコしている。わたしたちの頭上で十もの金床《かなとこ》がぶらぶらしていても気にならないというふうに。「取引成立？」

公正な取引。互いを信じているなら。当然、わたしは信じていない。人を信じるには、信じろと教えこまれるだけでは不充分で、信じるに足る人びとに囲まれて成長しなくてはならない。ママに立たされていた傾いた地面は、そういう環境とは無縁だった。

それでもリーを信じなければならなかった。ウェスを信じることを選んだ。

アイリスを愛するためにすべてを危険にさらした。

口を開いて取引は成立だと言おう。アイリスは信じるにふさわしい人だから。しかし唇が〝と〟の字の形をつくりもしないうちに叫び声が聞こえてきて、すぐにやみ、廊下に恐ろしげな残響がただよう。叫び声を耳にしてアイリスはふたたびキャビネットにぴたりと身体を寄せ、ウェスはすばやくわたしたちふたりに覆いかぶさり、アイリスの盾となると同時にわたしを自分のほうへ引き寄せる。今回にかぎっては心臓はどくどく鳴らない。不安にさいなまれているふたりに囲まれ、鼓動は落ち着いている。

わたしは罠を仕掛けておいた。

間違った人が罠にかかってしまったのだろうか。

35　ケイティ（十歳）：かわいい、元気、賢い
（三幕構成、逆まわし）

第三幕：かわいい

四時間後

コインランドリーから戻っても、まだ雨が降っている。窓は暗く、すべての明かりが消され、私道に彼の車はない。

わたしは裏口から家のなかに入って暗いなかを移動し、歩を進めるごとにシャツからピンクの水滴を落とす。階下《した》のバスルームに隠したお金を取りにいければ、逃げられるかも……

そこに行くにはリビングルームを通らなければならない。心の準備をするよう、自分に言い聞かせる。きっと耐えられるからと。

〝ブランケットは大きいから、ふたりを覆える〟

そのブランケットが、いまはなくなっている。カウチにあったクッションも。どちらも血まみれだったけれど、両方ともなくなっている。

彼もいなくなっている。

なにも起きなかったように、そこだけ時間が切りとられたように。わたしはじっと見る。説明がつく理由を探して。

〝もう少し近くへおいで、スウィーティー〟

彼がきれいに片づけたの？　きっとそうだ。でも……

血でいっぱいだった。だから走りながら叫んだ。

〝わたしのせいじゃない〟

でも、彼はきっとだいじょうぶ。車で走ってどこかへ行けたんなら。

そうだよね？

「こっちよ」

わたしは跳びあがり、もう少しで叫びそうになって、口を両手でふさぐ。

廊下からママがわたしを見ている。使い捨ての手袋をはめて、漂白剤のスプレーを持って。

見つめられて寒けを覚え、わたしは震える。

反射的に最初に思い浮かぶのは、謝ること。両膝の内側には痣ができていて、あの何分間か、もしかしたら何時間か、わたしはちがう人になっていたけれど、唇から出てきたのはやっぱり〝ごめんなさい〟という言葉。

この人から身を守らなくちゃと思っている人の保護を受けるのは、考えられないくらい奇妙だし、思っただけで頭がくらくらして気持ち悪くなる。

「ここはもう少しで終わるから」ママが言う。「終わったら、出ていきましょう」

言葉の意味がほとんどわからず、わたしはただ見つめるだけ。

彼はどこ？

「あなたはだいじょうぶだから」それは質問でも、誓いみたいなものでもない。ありがたいことでも、願いでもない。

それは命令。ママは、〝ケイティ〟と言うときと同じように言う。〝あなたの名前はケイティ〟すごく耳になじんでいるから、いま抱いている疑問がもう少しで消えそうになる。

ママは彼になにをしたんだろう。わたしがしたことよりもひどいこと？

「ほら」ママが手をさしのべてきて言う。赤い色がゴム手袋の黄色をほとんど覆い隠している。

〝彼はどこ？〟

ママの目のなかに答えが見える。ママの手袋は真っ赤。

〝行ってしまったんだ〟永遠に。

そう考えたとたんに動けなくなる。壊れてしまったみたいに。家に帰ってきたママが、わたしがしたことを見てしまったんだと気づく。血だらけの彼と、それと……

やだ、ママとわたし、そっくりじゃない？

ママがわたしの名前を呼ぶ。〝ケイティ〟じゃなく。ほんとうの名前。呼ばれて、巻きこまれて身動きがとれなくなっていた渦巻きから抜けだせる。

「ほら。彼を捨てるのに手を貸して」

ママはまだ血だらけの手をさしのべている。

わたしはその手を取る。

ほかに選択肢はないから。

36

午前十一時三十二分（人質になってから百四十分）

~~ライター一個、ウォッカのミニボトル三本、~~はさみ、貸金庫の鍵二本
~~計画#1：却下~~
計画#2：失敗

叫び声が聞こえたあと、わたしたちは完全に黙りこむ。今回はアイリスがまんなかで、その片側にウェス、反対側にわたし。誰も震えておらず、ただ、身体をこわばらせている。

〝どうしよう、どうすればいい、どこにも逃げるところはない〟

「誰が……」アイリスが言いかけたとたん、かすれ気味の言葉はいまやおなじみになった、なにかが床をこする音にさえぎられる。

やつが入ってくる。

まえとはちがう。やつはまえとはちがう。顔に浮かぶのは怒りだけ。なにかを探るよう

な表情は消えている。手についた血よりももっと多くの血が顔を覆っている。

くそっ。こいつはどこかにナイフを隠し持っている。武器はすべて確認したと思っていたのに、あきらかにそうではなかったらしい。この大量の血を見ればわかる。

勢いよく立ちあがる。やつがこっちに向けて腕をのばし、いまにも襲いかかってきそうだから。アイリスとウェスのそばから離れられれば、おそらく……

いきなり手の甲でひっぱたかれ、踏んばる暇もない。耐えきれずに倒れこむ。頬が床を打ち、上下の歯がぶつかって鳴る。ウェスがここ何年も聞いたことがないようなどなり声をあげ、わたしの頭のなかは彼の叫び声と激しい痛みと耳鳴りでいっぱいで、口のなかは血だらけ。奥歯といっしょに血を床に吐きだす。くそっ。

「動くな」グレイキャップが言い、わたしは混乱した頭でまばたきを繰りかえしてから、相手が話しかけているのは自分ではないと気づく。銃口を向けられているのもわたしじゃない。

銃はウェスに向けられている。身体のでかいウェスが立って身構え、銃など眼中にないみたいに、いまにもグレイキャップに跳びかかろうとしている。

まわりのものすべてがグラグラと揺れ、わたしは咳きこんでさらに血を吐き、うなり声をあげる。「だめ」そう言って、血で汚れた不快きわまりないカーペットに肘をつく。立ちあがらなければ。「ウェス、やめて。らいりょうぶだから」口のなかにまだ血がたまっているから、最後の言葉は呂律《ろれつ》がまわらない。

「おまえ……」グレイキャップが唾を吐き、ありがたいことに銃口をふたりからわたしのほうへ向ける。目があうと、頬をひくつかせ、屈辱に燃えているやつのようすが見てとれる。

なにがあった？　こいつはなにを見つけた？　廊下の向こうでやつは誰を痛めつけた？

「おまえ、自分がなにをしてるか、わかってんのか？」グレイキャップが訊いてくる。

背後にレッドキャップはいない。溶接機を手に入れて、いまごろは地下室にいるのだろうか。つまり、いま対処すべきはグレイキャップだけってこと？

「答えろ！」

いずれかひとつを選ぼう。身をすくませてしくしく泣き、さっきの一発でわたしは身のほどを知りました、と思わせるか。または、直感に従うか。こっちの言うことやすることをグレイキャップは二度と信じないだろうと直感が告げているのだから、ここは立ち向かったほうがいいのかもしれない。

わたしは口から血を滴らせ、あごを引いて「血が出てる」と答える。

グレイキャップが力ずくでわたしを床から立たせ、肩の関節が抗議の悲鳴をあげる。

「おれがかわいがってやったら、もっと血が出るだろうよ」

それは悪手だと言ってやろうと思ったが、わたしは人が人を殺したいときの顔つきを知っている。小さなひと押しでそっちへ行ってしまうことも。

「彼女に触るな！」ウェスが叫ぶが、グレイキャップはかまわずわたしを廊下に放りだす。わたしは反対側の壁にぶちあたり、頭上に掛かっている絵画が衝撃でカタカタと鳴る。そのまま廊下の床に尻もちをつき、その間《かん》にグレイキャップはオフィスのドアの前にテーブルを引きずっていってウェスとアイリスをなかに閉じこめ、すばやくこっちへ戻ってくる。やつはふたたびわたしを立たせ、腋の下に指をきつく食いこませて、わたしを引きずるようにして廊下を進んでいく。

ロビーに戻る。レッドキャップはどこにも見あたらない。おそらく地下にいるのだろう。ほんの数秒でけりがつく？　それで終了？　わたしは死ぬ？　今回は床に放りだされずにすむ。グレイキャップはぴたりとそばに身体を寄せている。

近くにいられると、なおさら恐ろしい。だって、ほら、こいつはどこかにナイフを隠し持っているから。シャツについた大量の血はグレイキャップがナイフを持っていて、おそらくそれを廊下の向こう側にいる人質のひとりに使ったことを示している。いまは銃よりナイフのほうが恐ろしい。

こいつはなにを考えているのか。どうすればわたしはナイフから逃れられるか。

「この、くそビッチが」頬に細かい唾《つばき》が飛んでくるほど、こっちの顔に向けて力をこめて言う。

「あの子を傷つけたの？」と訊く。こいつが彼女を銀行の外へ送りだしたかどうか、たしかなことは知る由もない。でもリーはクラクションを鳴らした。つまりケイシーは無事ということ。少なくとも、それはわかる。

けれど、それでは充分じゃない。ほぼ充分でもない。悪が満ちる世界で、よいことを示す小さな点がひとつついただけ。ウェスとアイリスはまだあのオフィスに閉じこめられていて、それ自体はちっともよくない。

こいつからもっと情報を引きださなければ。

警備員を苦痛から解放したのだろうか。怖がっていた窓口係が死んだとか？　あの年配の女性は？

「いいや、あのガキはあっちに渡した。おまえの言ったとおりにな」グレイキャップが不機嫌そうに息を吐きだす。笑っているんじゃない。うなっているんでもない。吐きだされた息は空気中に怒りと苦々しさを拡散している。

「望みのものを手に入れたというのに、どうして人質を傷つけたりした？」自分の声がとまどっているように聞こえるのが腹立たしい。こいつは望みのものを手に入れた。そうでなければ、リーはクラクションを鳴らしたりはしなかったはずだ。

「おまえはおれがフレインのガキをさしだしたかったとでも思っているのか？」グレイキャップが訊いてくる。わあ、これはまずい。

大人の人質のうちの誰か。強盗犯に知られちゃまずい情報をうっかり漏らしているとも知らずに、その誰かはべらべらとしゃべったにちがいない。窓口係がケイシーはどうしているかと質問した？　しゃべったとしても彼女を責めることはできないだろうが、支店長とかかわりのある子どもについては口を閉じておくべきでは？

それでも、過度な反感を抱かないよう自制する。仮にうっかりしゃべったのが窓口係だったら、暴行を受けたのはおそらく彼女だから。

〝死人が出た〟とは考えられない。いまはまだ。それを示す証拠はなにもない。希望的観測？　それでけっこう。わたしはその考えにしがみついている。

「もうばれているんだよ」グレイキャップが言う。

無視したままでいると相手を怒らせてしまう。それは避けたい。ハメられたと思って憤っている感情をなんとかなだめなければ。こいつの自尊心は単に傷つけられただけじゃない。わたしにボコボコにされてしまった。だから八つ当たりしたがっている。

「〝いまごろ言っても、もう手遅れだよ〟と言ったら、またわたしを殴る？」これでもかというほど声を震わせて言うと、相手が口もとをゆがめる。

「おまえはおれを騙した」

「自分が誰か、自分でちゃんとわかってたからね」

グレイの手があがり、わたしはびくっとする。殴るふりでも練習でもない。百パーセント本気。また痛めつけられるかと思うと口もとがズキズキしだす。頰が腫れあがりはじめているとはいえ、さっき命中したのはあごのほうだったおかげで、視力にそれほど影響は出ていない。いまはまだ。

「誰を痛めつけた？」わたしはもう一度訊く。

「なんでそれがそんなに重要なんだ？」

わたしは頰の内側を嚙んで叫び声をあげるのをとめる。痛みのおかげで少し頭がはっきりする。こいつが憂さを晴らすために人質を痛めつけているとすると、かなりヤバい状況。銃をぶっぱなしはじめれば、保安官補たちが銀行内に突入する方法を見つけだすはず。もしくはリーが素手でレンガをひとつひとつ引きはがしてでも、わたしを救いだそうとするだろう。

「なぜそんなに気にする？」グレイキャップがさらに訊いてくる。

「重要人物があらわれるまえに、ここから出たいだけ」

「なにを気にしてるんだ」〝いいから吐け〟とでも言いたそうに、しつこく訊いてくる。

「おれをそそのかして、自分をおまわりにさしださせようとしなかった。おまえは口がうまいから、やろうと思えばできたはずだ。だがおまえはあのガキを守った」

「ほんの子どもだから」

「おまえみたいな完全無欠なビッチがそんなふうに考えるはずがない。おまえはフロリダで大暴れしたが、無事逃げおおせた。なぜ今回は逃げようとしない？」

　グレイキャップは真実のすぐそばを行きつ戻りつしている。いまはなんとか拘束から逃れたい――腕をつかみ、自分のほうへ引き寄せようとする理由はわかっている。こっちの目をのぞきこみたいから。目がなにごとかを語るだろうと、こいつは考えている。

「銃弾が飛び交うなかに出ていきたくないっていうのがそんなにおかしい？　外にいる保安官補たちが、ドライバーたちへの職務質問とマリファナ栽培摘発の合間に、銀行襲撃事件にそなえた訓練を受けているとはとてもじゃないけど思えない。それにあんたのお友だちはやたらと銃をぶっぱなしたがるし」

「おれは誰も撃っていない」〝まだ〟は付け加えられていないけれど、心のなかで思っているのはあきらかだ。形勢をひっくりかえすにはどうすればいいか、見当もつかない。すでにこいつがほしがっているものは渡してある。溶接機を手にしたというのに、なぜ支店長に対する切り札がそれほどまでに必要なのだろうか。

貸金庫の鍵。わたしが支店長のオフィスで見つけたもの。あれはいまだにわたしのブラのなかに押しこまれている。

グレイキャップは支店長が鍵を肌身離さず持っていると思っている。銀行内にあるとは考えていない。だから、こいつはケイシーのことでこれだけ頭にきているのだ。

唇をなめて一歩後ろにさがる。グレイキャップはつかんだ手を離さないものの、さりとて一歩前に出てくるわけでもなく、自然と肘がまっすぐになり、そのぶんこっちとのあいだにスペースができる。よし、よし、それでよし。

「誰を痛めつけた？」わたしは声を落として訊く。「窓口係《テラー》？」

「あの女はガキの身元をさっさと伝《テ》え《ル》るべきだった」グレイキャップは自分のつまらないダジャレに笑いそうになる。「それと、おまえ……」そこでふたたび握った手に力をこめ、こっちは歯を食いしばらずにはいられなくなる。せっかく口もとにうっすらと笑みまでたたえてやっているというのに。こいつは人が痛がるところを見たいのだ。やすやすと願いを叶えてやるものか。

「こっちは親切に助言してあげたのに」と言い張る。「子どもがなかにいるという情報が広まったら、サクラメントから屈強な男たちがすっ飛んできたはず。SWATが到着するまえにここから出ていくのが、そっちにとってはいちばんいいんでしょ」

「つまり、おまえはおれのためを思ってくれているってわけか?」

「ふつうは人のためを思ったりしない。わたしはいつでも自分のためを思っているから。残念ながら、それってあんたのことを気にかけなきゃならない、って意味になっちゃうんだけどね。だってあんなことを言うんだもん。なんだっけ? 〝銃を持った男は「すまない」なんて言う必要はないんだよ〟だっけ? そっちがわたしを撃たないたったひとつの理由はこう。あんたはちゃっちゃと計算して、地下室にどれほどの宝物が待っていようと、わたしを生捕りにしてフロリダに連れていった場合に、わたしの継父が払ってくれる七百万ドルには遠く及ばないと判断したから」

「おいしい取引だよな、まったく」とグレイキャップが言う。「しかし、おまえはなんだかんだと言って引きのばそうとしている。そんなことをしてもむだだ。じきにおれたちはここから出る」

こいつは自分とレッドキャップのことを言ってるんじゃない。〝おれたち〟がグレイとレッドをさしていないことにわたしが気づいているのを、こいつは知っている。いまグレイキャップが話しているのは、自分とわたしについてだ。

わたしは自分をエサにして食いつかせた。そういうふうに生まれついたせいで、その代償を払うことになった。でも、これで少なくともアイリスとウェスは安全だ。

「抵抗しないのか？」とグレイが訊く。

「また殴るつもり？」

「状況によるな」

「こっちも状況による」

しばらくグレイキャップは口を閉じる。腕をつかんでいる手の感触が変わる。はっきりわかるほど。しっかりとつかんでいるのは変わらないにしろ、握る感じがぜんぜん違う。

〝罰する〟という感じが消えている。

性的暴行を考えているのか。なにかを探ろうとする手つきに、わたしのなかのあらゆる感覚がざわつきはじめる。逃げ場所を求めて走る、闘うために突進する、その場から動かない。

「殴るだけが人をお行儀よくさせる手段じゃない」グレイキャップが言う。意図が見え隠れする。皺と皺のあいだに、舌なめずりするしぐさに。本物の脅威。

〝逃げろ。隠れろ。早く。いますぐ〟

だめ。落ち着いて。呼吸をして。こっちが恐れるのを相手は狙っている。銃ではわたしをとめられなかった。殴ってもだめ。だから次はこれ。しっかり呼吸をして。

〝逃げろ。隠れろ。それでもだめなら闘え〟

いや。口のなかにたまった唾を呑みこみなさい、ノーラ。しゃべって。そうすれば恐怖に気づかれることはない。

「わたしたち、とうとうレイプを脅しに使う段階に入ったわけだね。新規の脅し。〝いけないオヤジ〟のビンゴカードをどこかに隠してたの？」

恐ろしく早口になる。声が上ずる。これじゃだめ、だめ、だめだよ。

〝逃げろ〟

グレイキャップが肩をすくめ、そのしぐさが何気なくて逆に恐ろしくなる。そのあとで恐ろしさが倍増することを言う。「その点については、おまえは関係ない。関係あるのはふわふわしたドレスを着た娘だ。おまえとあの小僧が身体を張って守ってやってるあのお嬢さんだよ」

もはや自分の反応を制御できない。顔からすっと血の気が引き、それを見てグレイキャップは病的な喜びを感じたのか、ふいに息を吸いこむ。わたしは救いようのないばかだ。考えもしなかったのだから。そんなことは少しも……

グレイキャップが身を寄せてくる。

〝隠れろ〟

近い。近すぎる。

手がジーンズのウエストバンドに突っこんだはさみの柄を握りしめる。

闘え。殺せ。

37 ケイティ（十歳）：かわいい、元気、賢い
（三幕構成、逆まわし）

第二幕：元気
四十分後

ボタンダウンのシャツにシミがついている。わたしは足早に歩きながらシャツを隠そうとしてジャケットの前をかきあわせる。スニーカーが水たまりの水を跳ねあげる。街のこのあたりでは、通りの寒さは深夜の酔っぱらいなみに質《たち》が悪い。シアトルは冬の真っただ中で、わたしのジャケットはうすいけれど、冬用の厚手のコートを手に取る時間がなかったのだからしかたない。

なにかを手に取る時間はなかった。携帯電話は暖かいコートや血がこびりついていない服といっしょに家に置いたまま。

公衆電話を見つけなければならないけれど、ぜんぜん見つかりそうにない。それでもわ

たしは歩きつづける。足をとめたら、なにが起きたか思いだしてしまうから。

足をとめちゃだめ。歩きつづけるの。

六カ月間、わたしはケイティだった。ケイティはルーシーの娘。ケイティは十歳になったばかり。彼女はスポーツ選手。右の手首にローズゴールドのチャームブレスレットをつけている。チャームは小さなテニスラケットとハートとエッフェル塔。ケイティはカントリークラブのあこがれの的。着ているものはラルフローレンのキッズカタログから抜けてきたようなウェアで、ポニーテールにした豊かなブロンドの髪がいつでも跳ねている。ケイティはおとなしくない。少しのあいだも黙っていられない。つねに人の目を引く。ママがなりすますようにと命じたはじめてのタイプで、ここ数年でいちばん自分に近い癇癪《かんしゃく》持ちの女の子。

ケイティと自分がそれほど似ていなかったら、こんなことは起きなかったかも？

それについて考えちゃだめ。歩きつづけるの。

永遠に思えるほどのあいだ、わたしは歩く。二十四時間営業のコインランドリーに着くころにはびしょ濡れになっている。なかには人がひとりだけいて、ヘッドホンをはめた大学生くらいの歳のその女の人は、わたしがびしょ濡れのまま入ってきても顔をあげもしない。

奥のほうに公衆電話があるけれど、すぐにはそこへ行かない。かわりにうす汚れた洗面所に入る。たいていの公衆トイレと同じく壊れている。それでもとにかくシンクにもたれかかる。ジャケットの前があく。新品同様だった白いボタンダウンのシャツを見つめる。ボタンがひとつずつずれてとめられている。いまこのときまで気づかなかった。

大急ぎで逃げたから、ボタンを走りながらとめなきゃならなくて、指がボタンの上を滑ってしまった。鏡で自分の姿を見ているうちに手が震えはじめ、その手でシャツに触れて夢中になってボタンを正しくかけなおす。それがいちばんにやるべきこと。ボタンは正しくかけられていなくてはならない。そうしているうちに、あのときの恐怖や激しい感情の爆発がまざまざとよみがえってくる。脳裡に次々とあらわれ、自分ではとめることができない。

ようやくボタンを正しくかけなおしても、気分はちっともよくならない。

あそこへ戻ろう。その考えはすでに頭の隅に芽生えている。ママの腕のなかで丸くなって泣きたい。ママはもうすぐ帰宅するはずで、そうするとあれを発見し……困ったことになるだろう。警察がいるかもしれない。ママは騒ぎになるのが大嫌いなのに。

ママに言わなくちゃ。ママはわたしの味方だと信じなくちゃ。

でもわたしの味方なんかいないんだと思う。いるのはママの味方だけ。それをヘイリーが教えてくれた……それがほんとうだとたしかめるのは怖い。

ママがわたしを信じるかどうかわからないというだけじゃない。

ママがわたしを信じてくれるかわからないうえ、自分で解決しなさいと言われるかもしれない。〝世の中はそういうものなのよ、ベイビー〟

何回くらいママからそう言われただろう。世の中はそういうものだと。男とはそういうものだと。世の中はそういうふうに動くから、自分のために動かさなきゃね、と。

ママは世の中を動かせと言うだろうか。

〝それに対処できる？〟わたしがヘイリーだったときママからそう訊かれて、わたしは〝うん〟と答え、そのせいで血を流した。

わたしってすべてに対してイエスって言っていた？

すべてをあきらめて。

しかたないと思って。

ママは怪物なの？

わからない。ほんとうにわからない。

お姉ちゃんが言っていた遭難信号って、こういうときのものだ。ピンチのときの。姉がわたしを守りたがっているのは何年もまえからずっと理解していた。自分ではちゃんとわかっていると思っていた。

でも今日まではすべてをきちんとわかっていなかった。

ジャケットのジッパーを首まであげて、シンクで手を洗って乾かし、洗面所からコインランドリーのなかに戻る。

緊急用にジャケットに現金を入れてあるので、五ドルぶんのコインを公衆電話の投入口に入れる。もう何年ものあいだ、姉の電話番号を頭に入れてある。お姉ちゃんが番号を走り書きしてくれたカードはずっとまえに処分したので、番号はママには知られなかったはず。

電話機にコインを投入しながら、教わったあらゆることに背いていると考えないようにする。たぶん教わったことそのものが間違っているのだから。

長いこと呼び出し音が鳴りつづける。長すぎる。プー、プーと鳴るたびに鼓動が速くなっていき、ついに誰かが応答する。「もしもし?」

頭のなかで少しずつ描かれていた絵が形をなし、そこではじめて、助けてもらうときのようすが見えてくる。はじめて、助けてもらう必要があると考えているから。

姉ではない人が電話に出たとたんに、頭に描いていたものすべてが崩れ落ちる。即座に現実に打ちのめされ、わたしはショックのあまり眩暈《めまい》を覚える。

「もしもし？」姉ではない女の人がもう一度言う。その人の声はひと晩じゅう起きていたみたいに低くて嗄《しゃが》れている。「どちらさま？」

「誰と話してるの？」女性はスピーカーモードにしていたみたいで、姉の声がはっきり聞こえてくる。「ちょっと待って――この携帯、どこで見つけた？」

「どうして二台目の携帯を持ってるの？」女性が訊く。

「携帯をこっちにちょうだい」姉が言う。

「答えなさいよ！」

「携帯を寄こせって言ってんの！」姉が大声を出し、それからドスンという音ともみあっているような音が聞こえてきたので、わたしはたったひとつの命綱とでもいうように、公衆電話の受話器を握りしめる。

そのあとで荒い呼吸音が聞こえてくる。「わたしよ。わたし。あなたなの？　だいじょうぶ？」

お姉ちゃんはふつうの生活を送っている。自分の生活について話してくれないだろうけれど、わたしにはわかる。誰かといっしょに住んでるかもしれないとは、なぜかこれまで一度も考えたことがなかった。

もう長いあいだお姉ちゃんに会っていない。ママは〝仕事の最中〟は姉には会わないし、ヘイリーはママが仕掛けたペテンのなかでいちばん期間が長かった。お姉ちゃんは考えを変えたのかもしれない。わたしなんて助けてやる価値もないと思ったかも。姉がどんな暮らしを築いたにしても、わたしがそれを台無しにするかもしれないから。

わたしはいつでもすべてを台無しにする。

電話の向こうで、姉が一語一語に思いをこめるように、切羽詰まった声でわたしの名前を呼ぶ。

「なにか言って」と姉がささやきかけてくる。

とても簡単なはず。〝オリーヴ〟と言えばいい。そうすれば姉はやってくる。わたしの手を握ってくれる。わたしが泣くのを許してくれる。

お姉ちゃんの生活は変わってしまうだろう。わたしが変えてしまう。

お姉ちゃんはわたしに腹を立てるだろう。わたしはお姉ちゃんに借りをつくってしまう。ふたりともがんじがらめになる。自分が知っているなかでいちばん自由に生きている人をがんじがらめにはできない。

片手をボウルの形に丸めて送話口を囲む。「ごめんなさい」低い声で言う。「番号を間違えました」

お姉ちゃんがなにかを言うまえに電話を切る。一分後に公衆電話が鳴るけれど、わたしは〝もう行きなさい〟と自分に命じて、歩き去る。

38

午前十一時四十分（人質になってから百四十八分）

~~ライター一個、ウォッカのミニボトル三本、~~はさみ（いまは銀行強盗に突き刺さっている）、貸金庫の鍵二本

~~計画＃１：却下~~
~~計画＃２：失敗~~
計画＃３：刺す

この男をわたしが刺さなかったと思っている人がいたら、その人はきちんと注意を払っていなかったことになる。わたしはがっつり刺したのだから。

誰かを突き刺すには、はさみはあまり適していない。でもいまは持っているものでなんとかしなくてはならない。

「おまえ……おまえは……」グレイキャップは身体を折ってわたしの手に自分の手を近づ

け、よろめきながらも、はさみを握ったこっちの手を払いのけようとする。わたしは全体重をかけてはさみをもうひと押しする。深々と。手首をひねると温かいものが肌を濡らす。グレイキャップは痛みと闘いつつ一歩後ずさり、まずいことに全身に怒りをたぎらせている。目を怒りでぎらつかせ、離れていってほしいのにふらりとこっちに身体を寄せ、片手を喉のほうへのばしてくる。

衝撃で一瞬凍りついたあとに、喉もとにのびてくる手首をつかんで遠ざけるのはほぼ不可能。非常時には本能がものを言う。そう、爪を立てて、ひっかけばいい。ひとつ息を吸いこめれば、さらに反撃に転じられる。

ところが、いまのわたしははさみから手を離せない。しかたなくぐいっと引っぱる。グレイキャップは悲鳴をあげ、こっちの喉にかけた手を引っこめると思いきや、さらに指に力をこめてくる。周辺視野にぼんやりとした点がいくつもあらわれるが、相手の手からは逃れられない。顔全体が脈打ち、スピードに乗ったジェットコースターみたいに痛みと血が全身を駆けめぐる。はさみから血が滴り、蛍光灯の光を受けて自分の手がぬらぬらと輝いている。いまどうすべきかの選択権を持っているのは相手のほう。

グレイキャップに喉をつかまれたまま押され、軽々と床に放り投げられて、歯をがつんと床に打ちつけたちょうどそのとき、レッドキャップが目を丸くしてどなり声をあげながらロビーに走りこんでくる。そして手に持ったショットガンの銃口をこっちに向ける。

「はさみを捨てろ」グレイキャップに命じられ、用済みとばかりにはさみを放る。

「だいじょうぶか？」レッドキャップが訊く。

「この女、おれを刺しやがった」グレイキャップが脇腹を押さえながら言い、手を離すとそこにはべったりと血がついている。

「なんてこった、デュアン！」とレッドキャップ。よし、ようやく名前がわかった。レッドキャップがふたたび銃口をこっちに向けるが、グレイキャップ──デ、デュ、ア、ン──が銃床をつかむ。

「や、め、ろ」とデュアン。

「この女はあんたを刺したんだぜ！」レッドキャップが声を荒らげる。

「や、め、ろ」とデュアンが言う。

デュアンがわたしを守る──自分の資産を守る。喉にナイフを突き立てられたような痛みを感じないようになんとか息をしようとしながら、わたしは胸のうちで歓声をあげる。これでデュアンを手中におさめた。

「頭がイカれたんじゃないのか」レッドキャップが小声で言い、わたしのほうを向いて命じる。「両手を見えるところに出しとけ」

デュアンは預金伝票が置いてあるカウンターにもたれかかっている。こっちを険しい目で見つめ、肩で息をする。傷口がよっぽど痛むとみえる。はさみでグサッとやったときに、大切な臓器を傷つけていたらいいんだけど。

「ショットガンをこっちに寄こせ」デュアンがレッドキャップに言う。

レッドキャップがショットガンを手渡す。よっぽど相棒を信頼しているのだろう。ばかなやつ。

「地下のほうはどんな具合だ?」デュアンがレッドキャップに訊く。

「もう少しで通り抜けできそうだ。あと二十分ってとこかな」

「よし」デュアンは顔をゆがめ、脇腹をきつく押さえる。カウンターにもたれたまま、ずるずると床にへたりこむ。ずいぶん汗をかいている。胸が高鳴る。おそらく、健康な臓器が傷ついたにちがいない。

レッドキャップが悪態をつく。「タオルがいるな」そこでまわりを見まわす。「おい、おまえ、なにか血をとめるものを寄こせ」

「あんたの上着を使えば」とわたし。

レッドキャップが首を振って言う。「おまえのシャツ」わたしのフランネルのシャツを指さす。「それを寄こせ」

こんなやつらのためにお気に入りのフランネルのシャツを台無しにしなければならないとは。そう思いつつ、シャツを手渡す。

「こいつをほかのガキどものところに戻すか?」レッドキャップが低い声でデュアンに訊く。

デュアンは首を振る。「こいつは見えるところに置いておきたい」

レッドキャップが期待をこめた目でこっちを見る。「だとよ」そう言ってから、腰をかがめてデュアンを助け起こす。デュアンはレッドキャップにぐったりと身体をあずけているが、完全にはまいっていない。まだぜんぜん。そしていま、こいつの手にすべての武器が握られている。口がうまいのはわたしだけじゃない。

レッドキャップは使い勝手のいい召使い。デュアンがわたしをそばに置きたがる理由を誰かに耳打ちされたら、レッドキャップはどうするだろう。もしくはここから脱出するうえで、デュアンからどんな目に遭わされるかを耳にしたら。

結果はすぐにわかる。そろそろ不信の種を蒔く頃合いだ。

そのようすを見物するための最前列の席を、わたしは用意してもらった。

39

ケイティ（十歳）：かわいい、元気、賢い
（三幕構成、逆まわし）

第一幕：賢い
以前（以降）

最初にこう思う。ジョセフの笑顔は、イライジャが浮かべていたのと同じく、わざと陽気に見せるためのもので、ぜんぶ大げさな演技。なにしろ彼は車の販売代理店をいくつも持っているのだから。この人はセールスマンで、口がうまい。それなら、ああ、なるほどとうなずける。

ジョセフがこっちを見るたびに、わたしは彼の顔、彼の目に浮かぶ表情を見きわめようとする。なんで彼は笑っているのか。どうして彼は顔をしかめているのか。顔をしかめさせず笑わせるために、わたしは自分をどう変えればいいのか。

〝あなたはなにをほしがってるの？〟わたしにはそれを突きとめられない。

（あとになって、自分の愚かさを自分に言い聞かせることになる。さらに多くのセラピーを受けたあとは、わたしは愚かじゃなかったと知ることになる）

イライジャの件が首尾よく終わり、ママは自信満々になっている。二件つづけての大成功のあとすぐに次の仕事に乗りだしているわけだけれど、ことターゲットの選び方については、なぜかしらママを信じられなくなっている。

（永遠に疑問に思いつづけることになる問題：ママは知っていた？　どうやって知った？　知らなかったとして、それはどういうわけで？）

成功している実業家のわりに、ジョセフはあっさりと網にかかる。ママとデートしはじめてからほんの二カ月で、彼はわたしたちを自分の家に住まわせることにし、ママは鼻高々。わたしはもうジェイミソンの影に怯えることもなく、ヘイリーと、あのとき握った拳を忘れることができてほっとする。

ほんとうは拳を握りしめたままにすべきだったのに、手遅れになるまでわたしはそれに気づかない。

（わたしは何年もかけて、この件をセラピーで話題にしつづけた。ジョセフと暮らしていた四カ月と、すべてを変えてしまったあの日のことについて）

（いまわかっていること…

ジョセフは彼のような男――子どもを食いものにする者、小児性愛者――が〝やさしげ〟だと思っている方法でわたしを引きずりこもうとした。それ自体がかなり病的だよね？　やさしくすれば、子どもが言いなりになると思うなんて。とにかく、そういう男は性的な行為に及ぶことを目的として子どもを手なずけたがる。だから、子どもにはぼんやりで臆病、なにが起きているのかわからないくらいの状態でいてほしいと思っている。

これはまたべつの傾いた地面）

（いまわかっていること…

わたしは手なずけられる子じゃなかった。ほかの子より賢いからとか頭がまわるから、というわけじゃない。その反対…もうすでに手なずけられていたから。

アビーは自分みたいになるようにわたしを手なずけていた。だからわたしのなかには、ほかからの影響を受け入れられるだけの余地がなかった。アビーはわたしの世界を支配する絶大な影響力を持っていた）

（いまわかっていること：男たちが子どもをぼんやり、かつ、臆病にさせられない場合は、単に臆病にさせたがる）

（いまわかっていること：わたしに関して言えば、〝臆病〟とはどんなものかよくわからなかった。臆病な子がどんなふうにふるまうかも。

でもいままでは、わたしはすべて学んだ気がする）

40　午前十一時四十四分（人質になってから百五十二分）

キャンディ一個、ウォッカのミニボトル三本、はさみ、貸金庫の鍵二本
計画＃1：却下
計画＃2：失敗それほど失敗ではないかも。
計画＃3：刺す✓

レッドキャップはわたしを廊下へ連れていって先に歩かせ、自分とデュアンは後ろにつく。アイリスとウェスが閉じこめられているオフィスの前を通りすぎるときに、わたしは自分が生きていることをふたりに知らせようとして「いったいどこへ行くの？」と大声で訊く。喉は脈打つたびにズキズキと痛み、目は何時間もくだらない漫画を見せられたうえ、紙やすりでこすられたみたいな感じがする。

「黙れ」デュアンが言い、廊下のいちばん奥にある、左側のオフィスに向けて首をぐいっ

と振る。「ここだ」

三人でオフィスのなかに入り、ふたりはふたつあるオフィス用の椅子のうちボロいほうにわたしをすわらせる。わたしは腰をおろし、オフィスじゅうに目を走らせる。さっきまで閉じこめられていたオフィスとデスクとかの配置は同じだけれど、こっちのオフィスのデスクはもっと大きめで、ここで働いている人はマジで植物好きとみえる。ひと鉢、こいつらに投げつけて逃げるのもいいかもしれない。人工観葉植物《フェイクグリーン》のイチジクを投げつけられて死ね。

またしても希望的観測。そんなのはもうやめなくちゃ。

デュアンはいいほうの椅子にすわろうとするも、顔をしかめて床に倒れこむ。レッドキャップがデュアンを起こして、やつの身体を壁にもたせかける。デュアンが長時間、気絶していてくれれば、あとは間抜けなレッドをなんとかして、こっちは脱出できるのに。でも人生はそれほど甘くはないし、デュアンのような男はけっしてあきらめない。なにがあっても屈しない。わたしのフランネルのシャツは赤茶けてきているけれど、ぐっしょり濡れているというほどではない。デュアンの顔はどんどん血の気を失っているとはいえ、出血そのものは減っている。

首を狙うべきだった。

「地下に戻って、溶接機を使った作業を終えろ」デュアンがレッドキャップに命じる。

「しかし──」

「おれはだいじょうぶだ。こいつの両手をテープで固定して、作業に戻れ」

レッドキャップがわたしの手を身体の後ろではなく前でぐるぐる巻きにしはじめたとき、心のなかでは〝やった〟と思いつつ、形のうえでは抵抗する。手が前にまわっていれば、なおかつ十本の指がぜんぶ自由に動く状態なら、やれることはたくさんある。幾重にも巻かれているとはいえ、手を自由にする方法は見つかるだろうし、少なくとも足にはテープを巻かれていない。

腰をかがめたレッドキャップに傷の具合をチェックされているあいだに、デュアンは汗をかきはじめる。小声でなにごとかを言うも、こっちにまでは聞こえず、そのうちに声のボリュームをあげてイライラしたようすで「ああ、わかってる」と言い、レッドキャップにショットガンを手渡す。

「さっさと終わらせる」レッドキャップが言う。そしてこっちに「妙なまねはするなよ」と付け加える。

「わたし、ほんとうは銀行強盗をするつもりだったのに、あんたたちふたりに先を越された」と言いかえす。途中で声がかすれて、効果のほどはいまひとつだけれど。

廊下を行くレッドキャップの足音が遠のき、わたしはデュアンのほうを向く。具合は悪そうだけれど、いまにも死ぬといったふうではない。こっちに向けてかまえた銃は少しもぶれていない。

「それで、どういう計画？」と訊いてみる。「銀行のなかで相棒を殺すつもり？　それとも保安官補との銃撃戦になったときに人間の盾として使うとか？　念のためだけど、わたしは価値がありすぎて、人間の盾には使えないよ」

「おまえには口を閉じるってときがないのか？」

「ないよ。慣れてもらわなきゃね。フロリダまでの道のりは長いんだから」

「あとひと言でもしゃべったら、殴って気絶させてやる。先に言っとくと、おれの車のトランクのなかだと排ガスを吸って窒息しかねないが、ひとまずフロリダに着くまではそこでおとなしくしててもらう」

デュアンは〝トラック〟ではなく〝車〟と言った、と頭のなかにメモする。「あっ、そう」わたしは両脚をのばし、ブーツを履いた足を組む。「あんたがわたしを連れていくとなると、彼女は黙っちゃいないと思うなあ」わたしは小声で言う。

言葉が伝わるまで一瞬、間があく。相手が失血していることを頭に入れておかなくては。

「なんの話だ？」

「口を閉じていてほしいんじゃなかったっけ？」いまは精いっぱい生意気なガキで通すことにし、それが功を奏しているらしい。デュアンはイライラしはじめている。レッドキャップが戻ってくるころまでに、いらだちは最高潮に達しているだろう。

デュアンは脇腹にわたしのシャツを押しあてながらこっちを睨みつける。

「彼女、あんたになんて言った？」

「彼女……」デュアンの目がすっと細まる。自分の仕事に関して知らないことがあるのが気に食わないとみえる。あんたはすべての情報につうじていてコントロールしているわけじゃない、と思い知らせておく必要がある。怒りだして手がつけられなくなるおそれはあるけれど、反面でミスを犯すかもしれず、そうなればこっちに逃げるチャンスが出てくる。

「何度か電話でしゃべったよね。彼女をいったい誰だと思ってた？」そこで首をかしげる。小ばかにするような物言いにイラついてくれればいいんだけど。「自分は保安官補だって言ってた？」

「おまえ、あの女を知ってるのか」

わたしは椅子の上でふんぞりかえり、喉に痣をこしらえて顔を腫らしているくせに、いかにもくつろいでるって感じでリラックスしてみせる。「えーっと、まあね。彼女と住んでるから。あの人、連邦保安局に所属してる。ほらさっき、わたし、〝叔母さん〟って言ったでしょ。あれ、嘘。ほんとはクリアクリークに叔母さんなんかいない。レイモンドとのことがあったあと、FBIはわたしを証人保護プログラムに入れて、連邦保安局の人たちがわたしを彼女といっしょにここに住まわせたってわけ。あの人、マジでうんざりなんだよね」

「あの女は連邦保安局の人間なのか？」

「いかにも連邦政府の人間って感じがしなかった？　あんた、ほんとに刑務所に入ってたの？」

デュアンは壁にもたれたまま身じろぎし、顔をゆがめてシャツの上からわたしのフランネルをきつく押しあてる。シャツはさっきよりも赤くなっている。また出血しているらしい。わたしはテープが巻かれた手首を少しずつひねって、どれくらい動かせるかを確認する。

「あの女が保安官補じゃないことはわかっていた。口がうますぎるからな」

「そうそう、口がうまいんだよね。あんたがわたしを連れて逃げたら、あの人、かならず追ってくるよ。間違いなく。まあ、彼女にとっちゃ迷惑な話だろうけど。頭のなかはわたしを取りもどすことでいっぱいになるはず」

デュアンはこっちの言葉のなかに罠がひそんでいるかどうか考えているみたいだけど、

彼女が追ってくるというのは嘘じゃない。こいつがわたしをどこへ連れて逃げようと、この世でリーが追ってこられない場所なんかない。

デュアンの頭のなかにリーの人物像を刻みつけておかなくては。思いこんだら命がけの、キャリアを誇るビッチ。たぶんこいつはそれを信じこむだろう。リーから逃げるのに必死になり、それが失敗を誘う。わたしはただそこにいて、こいつがへまをするのを見ていればいい。

「おまえみたいなクソガキを見張る、クソどうでもいいポジションにいるんなら、連邦保安局員としての腕はたいしたことはないだろう」

「あんたはこんな強盗事件を起こして彼女の一日を台無しにしたわけでしょ。ふつうなら胸がスカッとするだろうけど、わたしさあ、なんかムカつくんだよね」

デュアンがまばたきをするたびに、ふたたび目を開くのに少しずつ時間がかかるようになっている。意識が朦朧《もうろう》としはじめているのだろう。痛みと失血、それに追い打ちをかけるようにアドレナリンの分泌が減っているとみえる。じきにショック症状を起こして倒れるかもしれない。そうなればこいつから銃を奪える。

「おまえがムカついてるって？」笑いだしたデュアンは長らく笑いやまず、あげくに歯をむきだしにしてなおも笑っている……唇についているのは血だろうか、それともただの希望的観測？

ふいに脇腹を押さえながら咳きこむ。さらに咳きこむと、口から赤い泡が飛びだす。それを手でこすり、目を見開く。

「えーっ、やだ、わたし、なんか大事なところを刺しちゃった？」墓穴を掘っているのはわかっているけれど、どこまで押せるか確認しておきたい。「脾臓とか、生死にかかわる臓器だといいんだけどな。どこの臓器が傷ついているのか、見きわめるのは難しいけど」

「おまえ――」立ちあがろうとしているのか、デュアンは前のめりになるが、痛みに驚いたらしくうめき声をもらす。さらに汗が顔を流れ落ちるけれど、口からはもう血は出ていない。どこを刺したにしろ、こいつをダウンさせるほどではなかったようだが、痛みが激しくなりだしたらしい。じっとしていれば、おそらくだいじょうぶなのだろう。

ということは、こいつを動かさないとならない。もっと、もっと。

わたしはふたつのことを頭のなかで天秤にかける。覚悟を決め、こっちがドアにたどりついて廊下へ出るのと、相手が銃を持ちあげ、狙いをつけて発砲するのと、どっちが早いだろうか。

デュアンはもう一度立ちあがろうとし、今度はかなり激しい痛みの波に呑まれたらしい。半分くらい立ちあがったところで、何度も悪態をついてから、いきなり白目をむいてバタン、やつが倒れた拍子に、床が自分のほうへ傾いてくる。

計画#4：銃を奪う。アイリスとウェスを救出する。脱出する。

~~ケイティ‥元気、かわいい、賢い~~
~~ケイティ‥怯える、性的暴行を受ける、心に痛手を負う~~
ケイティ‥しゃべる、学ぶ、癒やされる

41

ほぼ四年前

「今日はどういうふうに時間を使いたい？」

マーガレットはいつも最初にこう訊いてくる。わたしは嘘をつくこともできるし、何度そう訊かれたか覚えていないとうんざり気味に言うこともできるけれど、マーガレットなら、そういう態度は生産的ではないし、悪い習慣に陥っている証拠ね、と答えるだろう（この質問をされるのは今回で八十九回目。いままでの九十回のセッションで、初回には訊かれなかった）。

リリーがふたつの郡を越えてはじめてわたしをマーガレットのところへ連れていったとき、セラピーは順調に進まなかった。べつにわたしが反抗的だったわけじゃない。なにかについて、とりわけ自分についての真実をどう話せばいいのか、見当がつかなかったからだ。

嘘のつき方ならいくらでも知っていたけれど、それ以外はまったくわかっていなかった。

マーガレットは多くのことを知っているが、同時になにも知らない。わたしは目の錯覚を引き起こす一枚の絵で、ある人には年配の女性に見え、ほかの人には若い女性に見える。マーガレットはどちらの断片も見えるようになっているけれど、どっちも断片であって完全ではない。わたしからの信頼を勝ち得ているけれど、レイモンドの名前は知らない。わたしの母親について知っているけれど、彼女は死んだと思っている。わたしの安全だけでなく、マーガレットの安全も保つための、ささやかな嘘。

言葉を選びながら真実を話して、少しずつ癒やしを得るようになるまでに、いやというほど長い時間がかかった。こういうことがじょうずにできればいいのにと思う。わたしは真実を語るとか、心を開くとか、助けを求めるとかが苦手だから。

わたしがそう言うとマーガレットは〝あなたは助けを活かすのがじょうずよ〟と言う。

〝いったん助けを求めるという壁を乗り越えたら〟

求めるのがとても難しいときもある。

「彼はわたしとキスしたがっている」気づいてから何週間も頭のなかにあったことを話す。

「彼って誰？」

「ウェス」

マーガレットは上からの目線で下の者を見るといった印象を与えかねない、寛大な笑みを抑えようとしているように見える。おっと、こんなふうに彼女を分析してはいけない。リーはこう言っていたのだから。セラピーとはセラピストの話に耳を傾け、自分自身の問題を解決するものだと。彼女の問題ではなく。

「それはあなたの友だち？」

「わたしの親友」追加で真実を告白する。「おそらく唯一の友だち」

すかさずマーガレットが言う。「まえにほかの友だちについても話してくれたわよね」

「その子とウェスはちがう」

「どうして？」

「ウェスは知ってるから。えっと、そうじゃなくて、彼は知らない。ただ……」言葉に詰まる。ふいにセラピーを受けはじめたころに戻ったみたいに、とてもいやな気分になって顔がカッと熱くなる。「ウェスはわたしが暴力を振るわれていたことを知っている。彼は……彼も暴力を振るわれていた」マーガレットに告げることでウェスを裏切っている。現在のことなのに虐待について過去形で話すのも、なんだか嘘をついている気がする。

マーガレットは誰にも言いっこない。わたしは自分に言い聞かせる。彼女は絶対にほかでしゃべらない。

「彼とその事実をわかちあえたなんて、すごいことだと思うわよ」とマーガレットは言う。「大いに前進してるってことだから」

「ウェスは自分で気づいた」とマーガレットに言う。身に覚えのない賞賛を受けるわけにはいかない。「傷痕があって」とつづける。「泳いでるときにウェスがそれを見たわけ」

「傷痕がついた経緯は彼に話さなかったの？」

「見て、わかったと思うよ、ウェスは」

マーガレットは間をおく。そうされるとこっちはイライラする。この人はわたしを殻から引っぱりだそうとしてあらゆることをためしてきた。うまくいかない長い期間を経て、ようやく順調に進みだし、いまわたしたちはここにいる。微妙な信頼関係で結ばれて。マーガレットとわたしでそれを築いてきた。九十回のつらいセッションをとおして少しずつ。傾いてバランスを失った地面にマーガレットがレンガを置く手助けをしてくれたおかげで、わたしはしっかりと歩けるようになった。

でももう、しっかりと歩けそうにない。

「ウェスに嘘をつきたくなかった」わたしはようやく口を開く。「彼も傷を負っていた。傷痕が残った経緯について嘘をつくのは……」そこで首を振る。あのときは話してはまずいような気がした。神聖なものから離れ、べたべたして悪臭を放つもののなかへ入っていくような気がしてならなかった。

「それで、彼はたいていの人たちよりもあなたのことをたくさん知っている」マーガレットが言う。

わたしはうなずく。

「彼とキスしたい？」

マーガレットの顔を見られず、身じろぎもできない。イエス、もしくはノーと答えるだけでは回答にならない。もっと……

「誰かを好きになるのって、すてきなことよ」

「そんなに単純な話じゃない」自制するまえについ口からぽろりとこぼれだす。なんといっても微妙な信頼関係だから。ここでいろいろと話をするのは慣れているけれど、好んで話したくない話題もある。この件については一度も話したことはない。考えだすといつも恥ずかしさがこみあげてくるし、苦くて酸っぱいものが喉にせりあがってくるから。それでも、知らず知らずのうちに神経が高ぶって、いままで話したこともないのに、今日はマーガレットに話してみようかと思うときもある。「わたし、そういうことは苦手なんだ」心のなかでは必死に手足をばたつかせ、その話題から離れようとしている。泳ぎ方を習ったこともないくせに、いきなり深い場所に飛びこんだ子どもみたいに。

「そういうことって？」

「キスするとか。男の子といちゃつくとか。そんなふうなこと」

「じゃあ、〝そんなふうなこと〟に足を踏み入れたばかりだと考えれば、受け入れられると思わない？」

この問題は死んだ動物みたいにそこに横たわっている。具体的には車にはねられて死んだ動物。自分が訊きたいことをどうやってマーガレットに尋ねればいいかわからない。血が顔にのぼってきて、知りたいのに尋ね方がわからず途方に暮れる。

いったいどうやって受け入れるというのか。

「ウェスを傷つけたくない」

マーガレットは多くの時間――セッション九十回ぶん――をわたしと過ごしてきたから、言葉の下に隠された真実をわかってくれるだろう。

「どうして自分がウェスを傷つけると思うの？」

「わたしもウェスとキスしたいから」

マーガレットの眉がぴくっとする――静かな池みたいな彼女の穏やかな顔では、これが〝しかめっ面〟にいちばん近い表情なのだろう。「あなた、心の傷について話しているんじゃないわね、ノーラ」

マーガレットの顔を見られず、しかたなく自分の手を見つめる。人さし指と中指を親指の腹でこする。上から下へ、下から上へ。

沈黙がつづき、マーガレットはなにも言おうとしない。ふたりでつくりあげてきた信頼という名の小さなポケットのなかで、彼女はわたしが言葉を見つけるのを待っている。いまを逃したら、わたしは二度と自分のなかにある強さを見つけられないだろう。

「継父に出会うまえに、ひとり、ターゲットがいた。ジョセフっていう男。彼は車の販売代理店をいくつも所有していた。ママはジョセフをそそのかして、出会ってから二ヵ月後にわたしたち母娘を彼の家に住まわせるよう仕向けた。

ジョセフはいつもわたしを見ていた。そのうちに見るだけじゃなく、彼は……」そこで指と指をからめあわせ、どうしようもない恥ずかしさを指であらわし、言葉にできない思いをこめて肩をすくめる。百十七回目のセッションまでには〝彼に性的ないたずらをされた〟と言葉で言えるかもしれないが、いまは先のことはわからない。口に出して言えないということがわかっているだけで、もちろん救いの手をさしのべてほしいと思っている。いまだって自分がどうなってしまうか、考えるだけで恐ろしいから。心の準備ができないうちにウェスがすぐそばまで身体を近づけてきたら、自分がどう反応するかわからなくて、不安でたまらないから。「最初、わたしはただ凍りつくだけだった。自分の身に起きていることなのに、実際のこととは思えなかった。見えるし、触られているってわかるんだけど、動けなかった。悲鳴もあげられなかった。わたしは……そこにいなかった。ふいに、外で誰かの車のアラームが鳴った。それまでずっと死んだふりをしていたみたいに、その音で意識が戻った」

マーガレットは口をはさまず待っている。あいかわらずわたしは彼女を見られない。つづきを話したら、この人になんと思われるだろう。

〝この子はふつうじゃない〟わたしの闘争・逃走反応の結果を知らされた最後の女性はそう言った。

「わたしは突き放そうとした。でも彼はすごく力が強くて。ママの編み物かごがソファの横に置いてあった。近くにあってつかめるのはそれだけだった。わたしは彼の動きをとめなくちゃならなかった」

こっちの話を完全に理解すると、マーガレットは池のように穏やかな顔のマスクがずり落ちるのを防げなくなる。「あなた、編み棒で自分を守ったの？」

「それでジョセフの動きをとめられた。だって彼は脚から編み棒を引き抜かなきゃならなかったから」とわたしは答える。こう言ってしまうと、とても単純であっさりしているように聞こえるけれど、起きたことは単純でもないし、あっさりもしていなかった。あたりは血だらけで、ママがつくるニットの編み目はとても細かかったから、編み棒は細くて、でもそれでも編み棒は編み棒だった。棒の先は鋭くなくて、わたしにはそんなに力がなかった。だから、精いっぱい腕を遠くまでのばしたあとで彼の身体に突き刺したら、太腿に刺さって、いきなり血が噴きだした。彼は痛みのあまりすごい声を張りあげて、わたしは気持ち悪くて恐ろしくて、大量のアドレナリンのせいで、ほんとうなら〝逃げる、隠れる、闘う〟のはずが逆まわりの〝闘ってから隠れて、それから逃げる〟になっちゃった。

マーガレットは口を閉じたままで、でも今度は〝つづきを待って口を閉じている〟じゃない。彼女を驚かせてしまったのか、それとも彼女はこの話を〝ノーラの異常な記録〟ファイルに加えるつもりか、わたしにはわからない。

「これが異常な話だっていうのはわかってる」とわたしは言う。

「彼があなたにしたことが、ものすごく異常なの」マーガレットは答え、こっちが顔をしかめると、彼女は小さくため息をつく。「ほんとに、もう」その声からすると、憐れみと思いやりの心があふれでてくるのをとめられないらしい。

マーガレットは両手を組みあわせ、こっちに身を乗りだす。年配のエレガントな女性がするような、チェーンの先に大きな苔瑪瑙《モスアゲート》がついたペンダントを首からさげている。グレイのセーターにとてもよく映え、それを見つめずにはいられない。見つめていないと、心の準備ができていないまま、マーガレットの顔を見て真実を受け入れなくちゃならないから。

「あなたは自分自身を守ったのよ、ノーラ」マーガレットが静かに言う。

「わたしは暴力的なの」〝この子はふつうじゃない〟その言葉が頭のなかで木霊する。

「あなたに向けてなされた行為こそ、暴力なの」マーガレットが訂正する。「あなたは自分を守るために暴力に立ち向かった。ひとつも間違っていない」

こっちがなにも言わずにいると、マーガレットが言葉を継ぐ。「いままであなたから先に手を出して暴力を振るったことはある？ あなたが何度か暴力に巻きこまれたことがあるのは知っている。これまで過去にあった暴力について話しあってきたから」

わたしは首を振る。

「自分自身を、またはほかの誰かを守るため以外に、好んで暴力を振るったことはある？」

わたしはもう一度首を振る。

「学校でとか、癪《しゃく》に障《さわ》ったからといって、先に手を出したことはないわよね？」

「学校にはあまり行かなかったから……」

「それでもないわよね？」

「わたしはあなたが暴力的だとは思わないわよ、ノーラ。どうしようもないときに独特のやり方で切り抜ける、あなたはそういう人だと思う。凍りついちゃう人もいる一方で、あなたは闘う。どちらの反応も間違いじゃない」

言わなきゃならない。彼女に訊いてみなくちゃならない。だってすごく怖いから。ウェスにじっと見つめられたときに感じるとまどいが、身体が触れあう瞬間になにかほかのものに変わってしまうかもしれない。ウェスの手がウエストにのびてきたり、シャツの下に入ってきた瞬間に。うれしいと思えるようになりたい。心からうれしいと思いたい。昔ほかの女の子だったせいで、拒絶したり、嫌悪感を覚えたりしたくない。

「ウェスに対しておかしな反応を見せてしまったらどうしよう。キスしたときに、身体が拒絶して、キスはすばらしいものじゃなく、いやなものだと感じてしまったらどうすればいい？」

「ない」

「あなたとウェスがお互いにキスをしたいと思うんなら、まずはゆっくりはじめるのがいいと思う。最初は手を握りあうとか。デートに出かけるとか。町をただぶらぶら散歩するだけだっていい。近ごろの若い人たちがそういうやり方をなんと呼ぶのかわからないけれど」

「わたしたち、いつでもいっしょに町をぶらついている」

「よかった。それなら彼に話せるわね」マーガレットがつづける。「あなたが虐待に遭っていたことを彼は知っているって言ってたわよね。いま話していた部分についても知っているの？」

わたしは首を振る。

「どんな関係においても話をすることは大切よ。あなたたちはたくさんお話をするのよね？」

「もちろん」

「おそらくいちばんいいのは、キスしたいって自分から相手に話すこと。でも気持ちの整理がつくまで待ってほしいと付け加えて。そうしておけば相手はいきなりキスしてきたりはしないでしょうし、びっくりさせられることもない。少しは気が楽になると思うけれど、どうかしら？」

これまではこっちからキスしたいと言いだすなんて考えたこともなかったけれど、いまマーガレットは自分が主導権を握れ、自分で機会をつくれと提案してきている。そうすれば、いつそういう事態になるかと息をつめて待つこともなく、期待に胸を躍らせていられる。自分がその瞬間を選べるんだから。

「ウェスに笑われたらどうすればいい？」彼が笑うとは思えないけど。ウェスはそういう人じゃないから。でも、いままでちらりと考えるだけで言葉にできなかったことと率直に向きあうと思うと、とたんに怖くなる。テレビの前にすわっているふたりが、週が過ぎるごとに互いの身体が触れあうくらいまでどんどん近づいていくのを想像するのも。

「そのときは、彼がキスする相手としてはふさわしくないって、自然にわかるんじゃないかな」マーガレットが言うと、わたしは笑みを抑えきれなくなる。彼女は率直な人で、どうすべきかをずばりと教えてくれる。

ふいに沈黙が降りる。気まずいものじゃないけれど、重たい。嵐のまえの空気さながらに。風のなかに空気のにおいを嗅ぎ、大気中に雨が降る気配を感じ、そのあとで実際に嵐になり、空が割れる。

「日常をめちゃくちゃにせずに、ウェスとの関係をつづけるにはどうしたらいい？」とわたしは尋ねる。

「いまここで話しあっている内容をそのまま実行に移せばいいの」とマーガレットは答える。「自分自身に目を向けて、どんなふうに前に向かっているか見ていて。ウェスとの関係をつづけていても、あなたの日常がめちゃくちゃになることはないわよ、ノーラ。それどころか、きっと癒やしをもたらしてくれる。障害になりそうなものにしっかりと向きあって、バリケードになってしまわないようにしなくちゃね」

マーガレットを信じたくなる。目の前にあるのは単なる障害物であって、バリケードではないと。

わたしはすでに多くの人生を生きてしまった。多くの女の子になって。彼女たちひとりひとりから物ごとを学んだ。ケイティは恐怖というものを教えてくれた。男性に対する恐怖ではなく。わたしはとっくに男性は恐ろしいものだと知っていた。どこかの時点で、どんな女の子でもそれを学ぶよね？　わたしより遅くゆっくりと学ぶ子もいれば、早めにさっさと学んじゃう子もいる。

ケイティは新たな恐ろしさを教えてくれた。わたしはわたし自身を恐れるべきだということを。ノーラになるまえに演じてきたどの子よりも、ケイティは自分にいちばん近かった。つまり、ジョセフを引き寄せてしまったなにかが、自分自身のなかにあるということ。

ようやく質問すべき言葉が見つかり、マーガレットはわたしにはひとつも落ち度はなかったと答えてくれた。なにも間違ったことはしなかったと。ジョセフは少女を食いものにする男だったとマーガレットは繰りかえす。わたしはわたし自身を信じていたと。自分の直感を。自分のために、正しい反応をしたのだと。

なのに、なぜ自分は間違っていたといまだに感じるのだろう。

（この子はふつうじゃない）

答えはわからない。でもまだ探している。

これからも探しつづけるだろう。

第三部

自由……（最後の四十五分）

42　アシュリー（十二歳）：決着をつける（全三幕）

五年半前

第一幕：救出

わたしはホテルのスイートルームにいる。裏口を抜け、業務用エレベーターを使って姉がここまで連れてきてくれた。ドアが閉まったとたん、シャワーを浴びるようにと言われ、清潔なリネン類とホテルのスイートルームのにおいがただよう人工的な泡のなかに、わたしたちは引きこもる。

「ぜんぶ洗い流しなさい」姉が言う。「髪は二度洗って。身体は三度。爪のなかはこれを使って」まだビニール袋に入っている歯ブラシを手渡してくる。「服はこのなかに入れて」袋をさしだす。わたしは頭が真っ白になっていて、ただ姉の言うとおりにする。

でも、姉が部屋を出ていくのを待っていられないほど、真っ白でもない。わたしはようやく服を脱ぎ、砂まみれのジーンズのポケットからUSBメモリを抜きだして、姉が探しそうもないトイレットペーパーの山の後ろにそれを突っこむ。次に、言われたとおり、服を袋に押しこむ。

シャワーから出てローブ姿で部屋に戻ると、姉の姿はなかった。わたしの服が入った袋も。一瞬、ここに置き去りにされたかと考える。妹といっしょではなく、自分だけが脱出できればいいと最終的に姉は判断したのかと。

姉を責められる？　ビーチでも同じ考えが頭に浮かんだ。

しかしふいにホテルの部屋のドアが開き、姉が戻ってくる。ほっとして膝から力が抜け、姉にすがりつきたくなる。人生のなかで一度も人にすがりついたことはないというくらい激しく。でも、できない。

「だいじょうぶ。謝らなくていいから」と姉が言い、そこで自分の口からどんな言葉がこぼれていたか気づく。〝ごめんなさい、ごめんなさい〟

「ぜんぶ台無しにしてしまった。わたしたちの計画――」

「わたしたちが必要としているものをあなたは手に入れてくれた。事態がややこしくなってしまったけれど、それは気にしないで」

自分の口から出る言葉がヒステリックな響きを帯びる。姉の声がママにそっくりだから。

「ベッドルームに新しい服を用意してあるから。少し寝なさい。あとのことはすべてわたしがなんとかしておくから」

「でも――」

「大人にまかせてくれれば、計画をうまく進められる」ふざけたようすもなく、姉は事務的な口調でそう言うが、それでもまだわたしは動揺している。

「わたしはただの子どもじゃない」小さな声で言い、その事実が悪性腫瘍さながらに重くふたりにのしかかる。

「いまは単なる子どもに戻ってる。つまり、わたしが仕切るってこと、あなたじゃなく」

「ママみたいなしゃべり方」とわたし。傷ついて、その傷がまだヒリヒリしていて、この人も同じように傷つけばいいのにと思う。

「わたしはあの人じゃない」姉はとても穏やかに答え、わたしは辛辣な言葉が空振りに終わったことを悟る。そのあとで姉がわたしの名前を呼ぶ。ほんとうの名前を。とてもやわらかく。呼べば、心地よい気分にひたれるとでもいうように。

ちっとも心地よくなんかない。

「その名前でわたしを呼ばないで、お願い」

姉の顔に〝わかってる〟という表情が浮かび、わたしは逃げだしたくなる。「じゃあ、なんて呼べばいい？」

わからない。わたしは彼女じゃない。アシュリーでもない。誰でもない。反面でわたしはあらゆる女の子。女の子ぜんぶで、シェイカーのなかのカクテル用のお酒みたいにみんなまじりあっている。わたしは絶望的な気分でさっと頭をひと振りして言う。「寝る」

姉は目を光らせておく必要があると思っているのか、ベッドルームのドアを少しだけあけたままにし、わたしはベッドに横になる。

シャワー中にお湯を浴びたわたしの（アシュリーの？）つま先から血が排水溝へと流れていった。泡まじりのピンクのお湯が。なんてことだろう。ピンクを見て幸せな気分には二度となれそうもない。姉が言ったとおり、全身を三回洗って、ようやく流れていくお湯が透明になった。

いまごろ彼は死んでいるだろうか。砂にまみれて死ぬまで血を流して？　わたしは殺人者？

ベッドのなかで寝返りを打ってドアに背を向け、壁をじっと見つめる。なぜ姉は戻ってきたのか。ひとりで逃げられただろうに。こんな事態になるとは予想していなかったはず。幼い妹を自由にしてやろうと思っていただけなんだから。

でもわたしはもう幼くないし、いままで一度も幼かったことはないし、これからもないだろう。少なくともいまはちがう。

状況は変化している。リスク……ママでさえ引き受けたがらないようなリスクをかかえこんで。

第二幕：安全

ドアをノックする鋭い音が聞こえてきて、姉が応答するために立ちあがり、わたしは姉の意識がドアに向いている隙を逃さず、ベッドから抜けだして肘掛け椅子にすわる。こっちのほうが姉のいる部屋のようすがよく見える。背中に水滴が落ちてきて、まだ半分感覚を失っている肌に寒けが走る。わたしは冷静に話をしたのに、けっしてチームのメンバーとして認めてもらえなかった。今夜、誰にも見つけられそうにない方法をわたしは見つけた。そこまでしても同じテーブルについてはいけないの？

「イボンヌ、来てくれてありがとう」と姉が言う。

「アメリア、これは話しあったこととはちがう」

見も知らぬ人間が姉の本名を口にするのを聞いて、びくっとする。だってこれはルール違反だから。そう思った瞬間にハッとする。もうルールは存在しない。

わたしは単にルールを破っただけじゃない。ルールから解放された。両手でその事実を捧げもち、ぐしゃっとなるまで握りしめたい。指のむきだしの皮膚にうめこまれ、自分の一部となって分かつことができなくなるまで。

「ごめんなさい」姉がかすれた声で言う。

「アメリア」女性は手をのばして姉の肩をぎゅっとつかんだあと、急ぎ足で部屋のなかへ入ってくる。一歩進むごとにきっちり切りそろえたボブが揺れ、スーツはしわひとつない。午前零時をずいぶんまわったころに電話を受けただろうに。でも、よい弁護士というのはいつでも準備万端で、まさにこの女性はよい弁護士なのだろう。FBIを引きこむからには、姉は万全の態勢で臨んだにちがいない。腕利きの弁護士を見つけるというのもその一環。そして彼女がわたしたちのために闘ってくれる弁護士。

「この状況をふまえて、うまく交渉できると思う。あなたの気持ちが変わっていないのであれば、どうかとは思うけれど……」弁護士の声が途切れる。アメリアは足もとに視線を落として首を振る。

「もともとの取り決めどおりに進める」

「わかった。それでいいでしょう」イボンヌが言う。「これではっきりした。お互いに同意して正式にサインした条件どおりに進めないかぎり、われわれはこの部屋を出ない」

「わかった」

「初日からずっと彼女はわたしのあとを尾《つ》けているの」とイボンヌ。「で、いまはロビーで待機している」

「もちろんそうでしょうね」

「ロビーには少なくとも三人の覆面捜査官がいる。ほかの階にあと何人張りこませているかはわからないけれど」

「ほんと、芝居がかったまねをするのが好きな人だから」アメリアがつぶやく。

「準備がよければ、電話して上へあがってくるように言う」

アメリアがうなずく。

受話器をあげる音がする。「こちらは二〇六号室。お手数だけど、わたしのお客さんを上にあげてくださる？ ありがとう」そこでアメリアに励ますような笑みを向ける。「だいじょうぶ。あなたは彼らがほしがっているものを持っているんだから」

アメリアはうなずくが少し震えていて、わたしは心配になる。でも二、三分後にドアをノックする音が聞こえると、アメリアはすっと背筋をのばし、ひとつ息を吸ってからふいに自信と気力を取りもどしたように見える。

「こんばんは、ノース捜査官」イボンヌが言う。「わたしはミズ・ストライカー。デヴロー姉妹の代理人をつとめています。コーヒーはいかがですか？」

「けっこうです」女性は言い、部屋のなかに入ってくる。髪は短いブロンド、顔を曇らせている。「アメリア、あなた、弁護士を雇ったの？」

「確保した？」アメリアが訊く。捜査官と同じく無表情。

「あなたが教えてくれた場所に彼はいた、とだけ言っておく。心配しているのなら」とノース捜査官が答える。「まあ、そういうこと。彼は身体を引きずるようにしてビーチを五十フィートほど進んでいた。助けを呼ぼうとして。彼女が怪我を負わせた、あなたの妹さんが」

アメリアの口もとがゆがむ。

「わたしのクライアントは両者とも、あなたがなんのお話をされているのか理解していません」イボンヌがよどみなく言う。

「そうですか」ノース捜査官が嫌味っぽく返す。

「わたしのクライアントは――」

ノース捜査官が片手をあげる。「これはわれわれが話しあったこととはちがう」

「それはもうどうでもいい」とアメリア。「いまやこのゴタゴタはあなた方の手に移っているから」

「なんとも扱いにくい人よね」ノース捜査官がうんざりしたように言う。「ハードディスクくらいは持ってるんでしょうね?」

「免責協定を結ぶ?」

「アメリア……」

アメリアが立ちあがって足早にドアまで歩いていくと、女性は目を見開く。「それなら、出ていって」

「来週、彼らが休暇に出かけたときに、あなたは妹さんを呼びだすはずだった。計画どおりに進んでいたら、彼女は指紋採取キットを手にし、われわれは徹底した捜査のあとで彼の事業全体に踏みこむことができたはず。ところが現状では、わたしがレイモンド・キーンを入院させた。夜、現場にいたほかの人間はあなたの妹さんだけ。これはよい展開とは言えない」

「わたしが夜をどう過ごしたか詳細を知りたいなら、よろこんでお教えする」アメリアが言う。

「ええ、教えていただく」ノース捜査官が答える。

「昨夜、妹から電話がかかってきて、迎えにきてほしいと頼まれた。レイモンドとわたしたちの母親が喧嘩をしていて、妹がとめようとしたら彼に殴られたという話だった。いつものように。それでわたしは妹を迎えにいった。彼女は屋敷の玄関ホールで待っていた。わたしは家のなかには入らなかった。この話を検察や判事やあなたのお仲間のしつこい捜査官の方々にもしろと言ってくるほど、あなたって厚かましい人？ こっちは同じ話を繰りかえすだけ。ほかにもあなたや、たぶんあなたの上司から提案された内密の代案についても話そうかな」

「あなたの妹さんから事情を聴取してもいい？」

「ちゃんと取り決めたはずよね、マージョリー。そっちはレイモンドとアビー、それとふたりを刑務所に送るための証拠を手に入れ、わたしは妹を取りもどす」

「ハードディスクはないみたいだけど」ノース捜査官が言う。

「わたしの目の前で免責協定が結ばれるまで、あなたは残りのものを目にできません」とイボンヌが言う。

そこで短い間があく。ここで誰かがまばたきをして決着がつく。

それはノース捜査官。彼女は腰をかがめてブリーフケースから紙の束を出し、イボンヌに手渡す。

「彼女に例のものを見せてください」イボンヌはそう言って、眼鏡をかけて書類に目を通しはじめる。

アメリアは立ちあがり、金庫まで行って番号を打ちこみ、いくつかあるハードディスクのうちのひとつとノートパソコンを取りだす。ハードディスクをパソコンにつなぎ、パソコンを起動させたあとでフォルダーをクリックする。「これに入っているのはぜんぶ動画。レイモンドは動画を撮るのが好きらしい」

「すごい」ノース捜査官がパソコンをのぞきこみながらかすれた声で言う。「ほんと、嘘みたい」

アメリアは身を乗りだしてノートパソコンを閉じる。「協定が結ばれたとイボンヌから聞かされるまでは渡さない」

「こっちはいまこの場から彼女を連行することだってできるのよ」ノース捜査官が言い、ムカつくことに彼女の声には脅しの調子がまじっている。「そうする理由もあるし」

「妹に指一本でも触れたら、この部屋から生きて出られないから、そのつもりで」偽りをいっさい感じさせないアメリアの言葉が心のなかに温かい感情――よくわからないが、おそらく守られているという安心感――をもたらす。

「アメリア」イボンヌがあいだに入って言う。「ノース捜査官、彼女はべつに――」

「いいえ、わかってる」捜査官が返す。「彼女は本気で言ってる」

「そう、本気よ」とアメリア。そこで姉と捜査官は睨みあう。ドアの少しあいた隙間から見える。ふたりのあいだになにがあるにしろ、火花が散っている。

「ふたりだけで話したい」とノース捜査官。

アメリアが同意するとは思えないが、驚いたことに姉はうなずく。

「アメリア、強くアドバイスしておくと――」イボンヌが話しはじめるが、毅然とした笑みにさえぎられる。

「少しのあいだふたりだけにしてくれる？」アメリアがイボンヌに言う。「奥の部屋で協定に関する内容を確認して」

イボンヌは立ちあがり、ヒールの音を鳴らして部屋を出ていく。

わたしはドアの隙間からふたりをじっと見つめる。アメリアは首をかしげ、唇をかたく結んでいる。親指の腹で人さし指と中指をこする。上から下へ、下から上へ。神経がピリピリしているときに姉はいつもこうする。わたしたち姉妹に共通のこの癖は、思いもよらない形で姉とわたしを結びつけている。

「信じられない」ノース捜査官がプロとしての体面をかなぐりすてて甲高い声で言う。

「あなたは独断で妹さんに情報を引きださせたの？　計画は――」

「めちゃくちゃになった」アメリアが言葉を継ぐ。「ごめんなさい、殺人も厭《いと》わない頭のおかしな人間が妹を養育しているという点は、あなたの計画のなかでは考慮されていなかった」

「わたし相手にこんなまねをするなんて信じられない。ほんとに。最初からそうしようと思ってたんでしょうね。これでなにもかも台無し」ノース捜査官が小声で言う。「わたしは単純明快な事件だとまわりを納得させていた。もうそういうわけにはいかない」

「それはそっちの問題で、こっちのじゃない」とアメリア。

「このままだと裁判は厳しいものになるでしょうね。彼女に協力してもらえれば――」

「だめ」

「連邦保安局は仕事面では非常に優秀で――」

アメリアはいきなり歩きだし、早足で部屋を横切ってわたしの視界から消え、なにかがこすれあうような音が聞こえてくる。まさか姉が相手を殴ったのではないだろうけれど、ふたりが触れあったのはたしかで、その証拠に捜査官がふーっと息を吐きだす音がはっきりと聞こえる。

わたしはさっと目を伏せる。ふいに自分が邪魔者のような気がしてくる。〝気がする〟ではなく実際にそうなのだと気づき、頬が熱くなる。それでも首を傾けてふたりのようすをのぞき見る。

ふたりはとなりあうようにして立ち、捜査官のほうは手首をこすっている。アメリアにつかまれていたのを無理やり引きはがしたといったふうに。

「連邦保安局は買収されたり騙されたりする。わたしにはそういう手はつうじない。ここに至るまでにわたしがなにをしてきたか、あなたは知っている。六年を費やして取りもどそうとしてきたものを手に入れたというときに、あなたはぜんぶぶち壊したいわけ？　ようやくあの子を連れもどしたからには、もう二度とわたしのそばから離さない。あの子はわたしの妹で、彼女は……」そこで言葉を切る。姉は震えていて、その先をつづけられないらしい。それは理解できる。わたしもその先についてはほとんど考えられないから。

「証人保護プログラムはなし」アメリアがつづける。「連邦保安局も彼らが用意する隠れ家も、裁判も名前を出すことも。わたしたちは取り決めを交わした。証言はなし、今回の件であの子が果たした役割に言及することも、立件への協力も——ぜんぶハードディスクと引き換えに。あなたはこの内容を徹底的に調査すればいい。そうしないと彼らを有罪にはできない」

「いまはちゃんと勾留できてる」捜査官が自分に言い聞かせるみたいに、小さな声で言う。

アメリアは笑みを見せ、わたしははじめて姉のなかの冷酷な一面を目の当たりにする。

「わたしのこと、わかっているわよね、マージョリー。わたしがあなたをこの場に釘づけにしているあいだに、妹がハードディスクを修復不能なくらい粉々に破壊しているとでも思っているの？」

ノース捜査官は月を眺めるように姉を見あげ、この人を見るのははじめて、といった顔をしている。

ちがう。待って。わたしは身を乗りだし、ノース捜査官の表情をとらえ、彼女の秘密を読みとろうとする。はじめて相手を見るような目で姉を見ているんじゃない。

これが最後だとでもいうように、食い入るように姉の顔を見ているのだ。

「あの子はあなたがほしがっていたものを手に入れるために、もう少しで殺されるところだったのよ」アメリアが非難がましく言うと、捜査官はいらだったようすを見せる。

「あんなことをする必要は――」

「うるさい」アメリアが強い口調で言い放つと、ノース捜査官はびくりとする。「あなたも、あなたの仲間のＦＢＩも、こんなことに小さな子を巻きこむなんて、ほんとくそったれだわ。そもそもあなたのお仲間がキーンの組織にうまいこと潜入できなくて、二年間の潜入捜査のあいだに四人の捜査官が殺されたことが原因でしょ。あなたはわたしたちが必要だった。うちの妹はあなたのところの捜査官たちよりうんと有能だったから、わたしはあの子にリスクを負わせる取り決めに合意した。ハードディスクとともに去れば、そっちはレイモンドの企業活動を骨抜きにできて、そのご褒美にいくらでも昇進できるんでしょうけれど、あの子はね、やつが死ぬまで危険にさらされるのよ」

「それはいったい誰の責任？」とノース捜査官が訊く。「彼女のよ。あの子は正気の沙汰とは思えない危険をみずから冒した。こっちは彼女がそれほどリスクを冒さずに情報を引きだすためのしっかりした計画を立てていた。もしあの子が――」

「やめて。うちの妹はスパイでもなんでもない。あなたが何年もかけて転向させ、麻薬漬けの身体をクリーンにしてやった密告者とはちがうの。あの子は十二歳なのよ。まだほんの子どもなの」

　長い沈黙が降り、ノースはなにかを言うべきかどうか考えをめぐらせているかのように、姉をじっと見つめる。わたしはそっと影のなかに戻る。次に出てくる言葉がわたしを切り刻むだろうと、自分なりに悟っているから。

　真実はいつでもわたしを切り刻む。

「あの子が彼になにをしたか見た？」ノース捜査官が尋ねる。「この質問にはなんの意図もない、ただ訊いてるだけ」彼女がそう言うと、アメリアは顔をしかめる。「あの子が……どんなにひどいことをしたか、見た？」

アメリアはまだなにも言わない。わたしの姉は誰ひとり、人を信じていない。目の前にいるこの女性も。あなたの人生が綴られた物語には破りとられた章があるのを知っている、いまにも言いだしそうに姉を見つめているこの女性すら。

「見ていないなら」ノース捜査官は声をひそめてなおもつづける。「気づかなかったのも無理はないけれど……」そう言ってから、姉に向けて携帯電話を掲げる。

正直なところ、不安が頭をよぎる。これでもう、姉は背を向けてしまう？

でもその考えは浮かんだとたんに消える。姉はわたしが予想し、捜査官が望むような反応を示さず、いきなり笑いだしたから。「あの子が彼の顔をめちゃくちゃにぶん殴ったことくらいで、わたしがいやな気分になるとでも思った？」

「じゃあ、こっちは？」

アメリアは顔をしかめもしない。「ほかにどうやって貴重なハードディスクをあなたのために手に入れればよかった？　十二歳の女の子が意識不明の男をビーチから家まで引きずっていって、金庫のある二階まで連れていけばよかったの？」

「金庫をあけるのを待ってくれていたら、あの子はそのための装置を手にしていたはず」

「でもうちの妹は待てなかったし、待たなかった。それでもあの子はあなたが必要とするものを持ってきた。だから取り決めは生きている」

緊張を孕《はら》んだ間があき、わたしは歯を食いしばる。

「あの子はふつうじゃない」ノース捜査官がゆっくりと言う。「あの子がしたことは……こんなにむごいことを……あなたには見えないの？　そのまえにあなたを呼ぶことだってできただろうに……」

「そのまえにあの子に呼ばれたとしたら、レイモンド・キーンはいまごろは生きていなかった」とアメリアは言う。「あいつはワニに食われてたでしょうよ。頭から足までぜんぶ」

「戯言はやめて！」ノースの心痛がその声と美しいグリーンの目ににじみだす。

「うちの妹を危険人物みたいに言うのはやめて」

「ちがうの？」

「うちの妹はね」アメリアはゆっくりと、だが倍ほども険悪な雰囲気をかもして言う。「うちの母親があの子のそばに置いた男たちの手による家庭内暴力や性的虐待の被害者なの。そのうえ、ずっとそばにいた、たったひとりの親によって精神的虐待も受けていた。

あの子に安全と安全に暮らせる空間、そのほか生き延びるために必要なものをなんでも与えるのがわたしの仕事。だからね、あの男によって恐怖のどん底に突き落とされ、殴られっぱなしだったこの二年間の日々からあの子がようやく生還したってときに、そっちが被害者にムチ打つようなまねをつづけるなら、はっきり言っとくけど、あなたは手ぶらで上司のもとに戻ることになる。わたしはハードディスクを麻薬取締局《DEA》とアルコール・タバコ《AT》・火器《F》及び爆発物取締局に持ちこんで、あなたはチームからはずされる。もしくは、政府機関とは完全に縁を切るっていうのもありかも。いちばん高い値をつけたダークウェブに売ってもいい」

ノース捜査官が大きくひとつ息をつく。ここは一歩も退かないと覚悟を決めたのかもしれない。おそらく次は〝あの子はああいうことをするのが好き〟か〝おそらくあれがはじめてじゃない〟とわたしを非難するのだろう。後者については正しいが、前者については間違っている。

しかしノース捜査官は口論をやめ、すっかり気落ちしたようすで言う。「もう、エイミー」親しい仲特有の打ちとけた感じでニックネームが唇からこぼれる。「わたしは――」

「もうやめて」アメリアは相手の言葉をさえぎり、あごをあげ、腕を組んで身構える。一歩も退かないというボディランゲージ。そのようすから、姉が知らず知らずのうちにそういうポーズをとり、かつて一度は目の前の女性のせいで間違いを犯したけれど、もう二度と同じ失敗は繰りかえさないと心に決めているのが伝わってくる。「以前に同意したとおりにして」

「もともとの取り決めは生きている」お互いに見つめあったままの長い間があいたあと、ノース捜査官が言う。わたしは目をそむけたいのにそむけられない。どこにも偽りはないから。策略も……計算もきれいごとも、いっさいない。ふたりとも相手にそういうのを見せたくない反面、そこに逃げこみたいにちがいない。いま繰り広げられている光景はあまりに生々しく、どろどろした闘いの様相を呈しているのだから。

「イボンヌ、戻ってきていいわよ」アメリアが呼びかける。

「書類は納得できる内容だと思う」イボンヌが言う。

「ちょっと見せて」

アメリアが読むあいだ沈黙が降りる。チクタクと時が過ぎていく。「誰かペンを持ってる？」それから付け足すように言う。「金庫の番号は〇一九二」

ノース捜査官が番号を打ちこんで扉を開く音が聞こえてくるあいだ、わたしは頬の内側を噛む。「これでぜんぶ？」

「そう」アメリアが答える。姉が知るかぎりでは、それは真実。わたしはトイレットペーパーの裏に押しこんだUSBのことを考える。すぐにでもほかの場所へ移さなくては。

「確認させて」さらに沈黙が広がる。わたしはほとんど息ができない。彼女は取り決めを破棄するだろうか。わたしが隠したものを見つけてしまうだろうか。しかしそこでパチンという音が聞こえてくる。「以上。それでは」

「わたしを探しにこないでよ」アメリアが言う。それは警告には聞こえない。慈悲を乞う声。ノースは慈悲深くその願いを聞き入れる。

「さようなら、エイミー」

姉はお返しのさようならを言わない。言えないのかもしれない。もう二度と会わないつもりなら。

ドアが音を立てて閉まり、ノース捜査官の足音が遠ざかる。

「以上ね」とイボンヌが言う。「あなた、だいじょうぶ？」

アメリアがうなずく。「なにもかも、ありがとう、イボンヌ」

首をさらに横に傾けると、イボンヌが下唇を噛みながらドアの前に立っているのが見える。「アドバイスはいるかしら」

アメリアがうなずく。

「どこへ行きつくにしろ、目立たないように暮らしなさい。彼はあきらめないでしょうから。女の子にさんざんな目に遭わされたんだから、彼もその仲間もこのままではすまさないはず。だからここから消えるの。そして二度と戻ってこないこと」

一瞬の間があり、姉が言う。「ありがとう、イボンヌ」

「〝いつでもどうぞ〟って言いたいところだけれど、本音はこうよ。あなたとは二度と会いませんように」

「わたしもそう思う。でもあなたには借りがある。だからもしわたしが必要なときは……」

「そうなる日が来ないよう祈るばかりだけれど。でも必要なときは連絡する。くれぐれも無事でいてね、アメリア」

「そうします」

「あなたはいいお姉ちゃん。それを忘れないで」

イボンヌのヒールがドアの前の床を叩いたあと、ドアが閉まる音が聞こえてくる。わたしは目を閉じ、アメリアは部屋のなかを動きまわって、テレビをつける。部屋を満たすくぐもった声がなにを言っているのかよくわからない。わたしはぼんやり考えごとをする。姉にひとりの時間を過ごしてもらうために。

第三幕：ホーム

長いこと待ってからとなりの部屋へ行く。そこで姉はテレビに映る古い映画を見つめているけれど、顔をしかめているようすから映画を観てもいないし、音声を聞いてもいないことがわかる。わたしはソファにすわる姉のとなりに腰をおろして脚を組む。お互いの膝がこすれあう。姉のジーンズはあちこち破れていてテカテカし、まるで貧乏のどん底にいる人みたい。心臓が鼓動するたびに疲労が押し寄せてきて、昔観た映画のなかで姉妹がやっていたように、姉の膝の上に頭をのせ、顔にかかる髪をやさしく払ってもらいたくなる。わたしはそうしたい衝動と闘い、顔にかかった髪と同様にそれを払いのけなければならない。だって心地よさを味わえる立場ではないから。

「すぐにここを離れるの？」

「街を離れる途中であなたの新しい身分証明書を手に入れなきゃならない。だいじょうぶ、その筋の人を知ってるから」

もちろん、そうだろう。

「まえにお姉ちゃんが言っていたように、わたしたち、海外へ行くの？」

姉は首を振る。「あなたを家《ホーム》へ連れていく」

その単語が部屋のなかで奇妙に木霊する。姉が〝ホーム〟なんて言葉を使ったことは一度もない。ふたりで〈フロリダ・プラン〉をはじめるまえに、姉がどこに住んでいたのかは知らない。姉はこっちに与える情報をつねに慎重によりわけていた。そうする必要があった。女の子というのは、本来なら姉よりも母親を選ぶものだから。もしわたしが母親のほうを選んでいたら、結果はどうなっただろう。

アビーは彼を選んだ。この二年というもの、自分は彼を選んだのだと繰りかえし何度もわたしに言っている。わたしはそれを受け入れるしかない。ふたりが出会った瞬間に母の世界は彼に傾き、わたしは振り落とされたのだと思うよりほかない。地面に叩きつけられてもおかしくなかったけれど、姉が落下しないよう、手を貸してくれた。

ここまでたどりつくために姉はなにを犠牲にしたのか。いくつかは知っているが、ぜんぶはわからない。目の端で姉を見つめ、となりの部屋にいた姉とノース捜査官のあいだで火花が散っていたのを思いだす。〝わたしのこと、わかっているわよね〟と姉は言った。真実を語るときに姉がああいう口調になるのを、わたしは知っている。

「お姉ちゃん、あのＦＢＩ捜査官と寝てたんでしょ？」

この計画が動きだしてからはじめて、姉は声を立てて笑う。「なに生意気なこと言ってんの」そう言ってから、その笑いはわざとらしいものに変わる。

なにを言うべきかわたしにはわからない。なんだか気分が悪い。わたしの認識では、セックスや人間関係というのは、まったく心がこもらず、暴力的で相手を踏みにじるものだけれど、多くの本を読んでそれは正しくないとわかっている。自分の認識とはぜんぜんちがうものだと。

ほんとにそうなの？

「あなたを取りもどしてから六時間もたっていないというのに、もうこっちのプライベートな問題を分析しようとしてる」姉はそう言って首を振る。「おもしろい子」

「ごめんなさい」

姉は手をのばしてわたしの手を取り、ぎゅっと握る。「賢い面を見せて謝ることなんかない。たいていの人たちと比べて、あなたとわたしは物ごとをちがうふうに見る。ささやかなことや隠されたものを見抜く」

「ママのせいで」

姉がもっと強く手を握ってくる。それでもわたしはたじろがない。「いいえ、彼女はわたしたちのなかにあるそういう資質に気づいていただけ。だからあの人のせいというわけじゃない。彼女が利用していたとおりに、自分たちも利用すべきだというのでもない」

「でも……お姉ちゃんはあのFBI捜査官と寝てた」わたしは言い張る。ママのことはもう話したくないから。話せないから。いまはまだ。もう二度と。わたしにできる？　永遠に心にしまっておける？

「話は複雑なの」と姉が言う。

唇がひどく乾くのを感じる。なめる。「それってつまり……わたしのためにしたってこと？」

姉はわたしの名前を呼びかけて、やめる。まえに呼ばないでと頼んだから。答えはそれで充分。

「お姉ちゃん、彼女を騙したんだ」とわたしは言う。「ワシントン州から電話をかけたとき、彼女がお姉ちゃんの携帯に出た。あのときはずいぶん遅い時間だった。それってつまり……」

「わたしは――」姉は膝に肘をついてかがみこみ、深く息をする。うちのお姉ちゃんはちっともエレガントじゃない。でも荒削りな美しさはある。きっちり後ろでまとめた髪や高い頬骨、後悔の色を浮かべた大きな目からは魅力が感じられる。「わたしはあなたに子どもでいてほしいの」と姉は言う。「あなたをうちに連れていって学校へ通ってもらい、いままでのあなたにはなかった人生を、この先わたしには送れないような人生を送ってほしい。あと、言っておくけれど――」

姉の言葉をさえぎって言う。「わざわざ言われなくても、お姉ちゃんに借りがあるってことはわかってる」

姉がすっと背筋をのばす。「わたしが言おうとしているのはこういうこと。あなたはわたしになんの借りもない。あなたが小さかったとき、わたしは妹を探しだすと決めた。母親から自由にしてあげようと決意した。あなたのお姉ちゃんになることにした。決めたのはぜんぶわたし。だから貸しはなにもない。あなたとわたしは平等な立場。どんなことがあろうと」

「どうすれば平等な立場でいられるかわからない」姉と同じくらい冷静に話しているつもりだけれど、内容はガキっぽい。ほんと、恥ずかしい。目に涙がこみあげてくる。わたしってへんじゃない？　ここって泣くところ？　泣くんなら、もっとまえじゃない？

バスルームの明かりのせいで姉の顔の輪郭が際立ち、黄色い光を背景にした顔には疲れが見える。わたしたちふたりとも疲れきっていて、それでもやるべきことは山ほどある。遠くまで逃げなければならない。それでもわたしは知らなければならない。

姉がわたしたち姉妹に平等な立場を望むなら、姉がわたしのためになにをしたのかを知らなければならない。わたしの存在が姉にどう影響したのかも。

だから今回だけは正直にそれを姉に訊く。お返しに姉は正直に答えてくれる。

「あなたが三歳になるまで、わたしは妹の存在を知らなかった」姉は語りはじめる。「ママのもとから逃げたとき、二度と戻らないと心に決めた。結局LAにたどりついた。そして大都市のなかにまぎれこんだ。ここでふたたび詐欺に手を染めたら、ママのところに戻るのと同じになると思った。だから合法的な仕事をしようと考えた。それで私立探偵として働きはじめた。もちろんライセンスを取得して。長いあいだ、ママを探すのを自分に禁じていたけれど、とうとう探しはじめて……それで自分に妹がいることを知った」

「でも、わたしが六歳になるまで、お姉ちゃんは会いにきてくれなかった」

「行きたくなかったわけじゃない」そう話しつつも、姉はこっちを見られないらしい。残酷なまでに正直。わたしが頼んだことなのだけれど。「何年間か、妹はわたしとは関係ないと自分に言いつづけていた。ママのもとへ戻ったら、彼女はわたしを引き入れるためにあなたを使うとわかっていた」

「どうして考えを変えたの？」

「あなたは六歳になるところだった。わたしが六歳のころは――」そこで唇を震える指で押さえる。言葉をなかに押しとどめようとするみたいに。「わたしはあなたをほっとけなかった。ママから引き離さなきゃならないと思った。それで計画を立てた」

「お姉ちゃん、わたしに会いにきたよね」

姉はまだ指で唇を押さえているけれど、唇は横に広がり、思い出がよみがえったのか、笑みの形をつくる。「あなたはおもしろい子で、幼いくせにとても賢かった。でもかなり警戒していた。あなたが手首に輪ゴムをかけているのを見たら、もう……」そこで首を振る。

「それはママが考えだしたもので、娘にへまをさせないための手段だった。そう、へまをしたら、輪ゴムを引っぱって娘の肌にパチンとあてればいい。これから先もピシッと痛みを感じたり、ゴムのかすかなにおいを嗅いだりしたら、詐欺の片棒をかついでいた日々を思いだしてしまうだろう。

「あのとき、その場であなたを連れ去りたかった。でもママはあなたを探しだすまで絶対にあきらめないとわかっていた。あの人は娘なしではどうやって詐欺を仕掛ければいいかわからないから。あの人にはパートナーが必要だから」

「ママ、さびしくなっちゃうね」いまでもまだ、反射的にママをかばってしまう。

「ママのさびしさを癒やすのはわたしたちの仕事じゃない」姉が言う。

「なんだかセラピストみたいな言い方だね」

「セラピーを受けているからかもね。あなたも受けるといいよ。家で安全に暮らしはじめたら」

それら三つぜんぶがよく理解できない。安全、セラピー、家。言いかえそうとしたところで姉に先を越される。「さっさと話を終わらせてほしい？」

そう思うので、うなずく。

「最初にあなたに会いにいったあと、方法を考えなきゃと思った。あなたを連れだし、そのあとママが二度とあなたを取りもどせないような計画を。それにはママを殺すか、ママを刑務所に送るしかない。母親殺しを自分の犯罪リストに加えたくなかったから、わたしは後者を選んだ。実行するにあたってふたつ、必要事項があった。ひとつは、あなたにママのもとを離れたいと思ってもらうこと。もうひとつは、計画が動きだしたときのためにFBI捜査官をひとり確保すること」

「それがノース捜査官」

姉がうなずく。「じっくりと時間をかけたペテンになるとわかっていた。自分のところにあなたを迎えるには時間がかかるだろうと。まずはノースのもとで働きはじめた。彼女は大きな事案をかかえていて、証人のひとりが姿をくらましていた。わたしはその男のあとを追い、連れもどした。わたしたちは友だちになった」

「ただの友だち？　それとも特別な友だち？」

「ただの友だち」姉はそう言うが、わたしはそうじゃないと思う。「ときには情報を流したりもしてた」

「それで、彼女にアビーの存在を知らせた」とわたし。

「FBIではすでにアビーの存在をつかんでいたけれど、ノースは野心家でね。女性の詐欺師は男性をターゲットにするから、自然とほかのあらゆる犯罪とも関連してくる。だから女詐欺師には利用価値が大いにある。アビーを引き入れることができれば、彼女が長年にわたってターゲットにしてきた男たちを視野に入れられる。芋づる式に犯罪者を掘り起こせる。密告者に転向させれば、アビーは金脈になりうる」

「ノース捜査官はお姉ちゃんがアビーの子どもだって知ってたの？」

「ワシントン州に行くまでは知らなかった」

「じゃあ、まるまる四年間、彼女を騙してたんだ」

アメリアがうなずく。「そのあとで友情にもひびが入った。彼女にすべてがばれたから。それまでは……」

「ふたりの仲はうまくいっていた」姉が最後まで言いそうにないので、わたしが言い足す。言えない気持ちはわかる。ルールその一を破ったのだから。

姉はターゲットと恋に落ちた。手をのばして姉の腕をさすってあげたいけれど、そうしたらお互いにぎくしゃくしてしまうだろう。いまはありがた迷惑かもしれない。

「あなたとアビーがワシントン州を発ったあと、行方がわからなくなった。ようやく居場所がわかったとき、すぐにフロリダへ行ってあなたを連れだそうと思った。でもそんな杜撰な計画じゃだめだとも思った。だってママがあとを追ってきたら困るでしょ。ちょうどそのとき、結婚証明書を見つけたの」

「レイモンド・キーンをさしだす計画なら、ノース捜査官は絶対に食いついてくる」流れが理解できて、わたしは言う。

「というわけで、計画が再始動した。それでいま、わたしたちはここにいる」

「わたしが計画をぶち壊してしまった」

「あなたは立派に役割を果たした」と姉は言う。「その点が肝心なの。そしてあと数時間で、わたしたちは消える」

「彼はかならずわたしを探そうとする」

「相手の一歩先を行けばいい。公判のあいだ、彼はいい子にしてなくちゃならない。刑務所に送られたら、力をためるまで少し時間がかかるはず。あっちはきっとあなたが証人保護プログラムに入っていると考える。あなたを追うために誰を雇うとしても、まずはその点に注目するにちがいない。そのおかげでわたしたちには時間ができる」

「なにをするための時間？　うまく隠れるための？」

「バックアッププランをいくつかつくるための時間。準備するための時間。ちゃんと生きていくための時間。そのために今回のことを計画したんだから」

「お姉ちゃんはわたしにふつうの人みたいに生きていってほしいと思ってる」そこで首を振る。「ノース捜査官は正しい。わたしはふつうの子じゃない」

「ふつうの人なんかどこにもいない」姉が言う。「ふつうのふりをしている人がいっぱいいるだけ。簡単にふつうのふりができる人もいるし、苦労している人もいる。安全にもそれぞれ段階がある。最大のペテンはね、ふつうでいること。あなたのためにわたしが望むのは幸せと安全。それはわたし自身のために望むことでもある」

「ノース捜査官といっしょにいて幸せだった？」

姉が答えないので、もうひと押しする。

「あの人を愛していた？」

それでも姉は答えない。

「あの人、ちょっと意地悪だもんね」と付け加える。

「わたしが彼女にしたことは意地悪よりひどい」とアメリアが言う。

「つまり、愛してたんだ」そこで間をおく。「いまでも愛してる？」

「それはもうどうでもいい」と姉。まさにわたしが求めている答え。わたしは津波で、わたしが通ったあとはすべてが破壊される。

「ごめんなさい」

姉がもう一度手をのばして、わたしの手をぎゅっと握る。この行為がこの人にとっては大切なんだと気づく。心をこめて人に触れることが。こういうことに慣れていないと伝えてもいいだろうか。安心すると同時に、皮膚の内側がざわざわすると。

「いままでにやってきたことすべてが実を結んで、あなたを無事に迎え入れることができた」と姉が言う。「これからはまったく新しい人生を歩きはじめるんだよ」

「どこで？」

「カリフォルニア。北のほう」姉がもう一度わたしの手を握る。「クリアクリークって呼ばれてる小さな町」

「お姉ちゃんは？」姉が訝《いぶか》しげにこっちを見る。「お姉ちゃんはなんて呼ばれるの？」

ふたりのまわりの空気がピリピリしだし、姉の身体がこわばる、と思ったらすぐにもとに戻る。わたしたち姉妹にしみついた反応。アメリアは本来のお姉ちゃんで、デヴロー家の女性以外は誰も知らない女の子。姉はアメリアという名をさらして母をペテンにかけたけれど、今度はほんとうに、完全にほかの誰かになる。

わたしは姉を知っているようでいて知らない。いま、ほんとうの姉に出会おうとしている。

「リー」と姉が言う。「リー・アン・オマリー」

〝リー〟。短い名前。事務的とも言えるほど。姉によく似合っている。

次の質問を発する勇気を持ちたいけれど持てない。わたしは例の鏡の前に戻り、ママのあとから従順に名前を繰りかえすあいだ、ママの手がわたしの長い髪を結う……自分の声が震えるのがわかる。

「それで、わたしはなんと呼ばれるの？」

「それはあなたが選んでいい」リーが言う。〝選ぶ〟というのは〝安全〟〝助ける〟〝家〟などと同じくらい理解しがたい。「自分の名前をなににしたい？」

「わたしが選ぶの？」

姉の親指がわたしの手首の脈打つところに置かれる。どくどく。どくどく。

「あなたが選ぶの」

43 午前十一時五十七分（人質になってから百六十五分）

ライター一個、ウォッカのミニボトル三本、~~はさみ~~、貸金庫の鍵二本
~~計画＃１：却下~~
計画＃２：保留
計画＃３：刺す✓
計画＃４：銃を奪う。自由になる。アイリスとウェスを救出する。脱出する。

　デュアンは横向きに倒れた拍子に握っていたピストルを放し、わたしは動きだす。あわてるな、ためらうな、と自分自身に言い聞かせる暇もない。いつなんどき、こいつがガバッと起きあがるかもしれないから。
　テープが巻かれている手ではなかなかうまくいかないが、なんとか銃を拾いあげる。とはいえ、撃てないし、ちゃんと持つことさえできない。

銃をデスクに置いて、デュアンに向きなおる。息遣いは浅くなっている。たぶん失血のためだと思うけれど、痛みのせいで気絶したのだとすると、思いのほか早く意識が戻るかもしれない。さっさと両手に巻かれているテープを破らないと。

二本の指でデュアンのシャツの裾を引っぱりだし、ジーンズをはいたウエストをあらわにして、腰のところに突っこまれているナイフを見つける。それをつかんで刃を出し、何度か調整してから正しい位置で刃をひっくりかえし、ぐるぐるに巻かれたテープを切る。ナイフをポケットに入れて銃を手に取ると、腹にずしりとその重みが感じられ、身体じゅうの筋肉が銃を放りだせと叫んでいるが、いまはためらっているときじゃない。前へと動きだす。銃は奪った。自由は取りもどした。さあ、アイリスとウェスを救出する。それから脱出だ。

オフィスのドアをカチリとあけ、開いた隙間から廊下を見やる。人影はない。レッドキャップはまだ地下にいるのだろう。このぶんならレッドに遭遇せずにすむかもしれない。ドアを抜けて廊下に出て、さっきまでウェスたちと閉じこめられていたオフィスのドアをブロックしている、重いスチール製のテーブルのところへ急ぐ。テーブルの上に銃を置き、端を力まかせに引っぱる。

「そこまでだ」

銃をつかんでくるりと後ろを向く。さぞかし自信満々に見えるだろうけれど、内心はどぎまぎしている。こんなことはしたくない。でもわたしはレッドキャップに銃口を向ける。あっちもわたしにショットガンの銃口を向けているから。

「銃をおろせ」レッドキャップが命じる。

「そっちがおろしなよ」

レッドキャップが頭をさっと振るとアイリスが廊下に姿をあらわし、わたしはいったんは喜びに胸を躍らせるが、弾んだ気持ちはすぐにシューっと音を立ててしぼむ。

「おろせ」レッドキャップが再度言い、わたしは銃をおろす。ほかに選択肢はない。ナイフはまだポケットに入っているけれど、それに手をのばしたらレッドが撃ってくるだろうから、じっと動かずにいるしかない。アイリスが見つめるなか、レッドキャップがさっと近づいてきて銃を奪う。「今度はあいつになにをした？」レッドは問いただしつつ、デュアンが壁にもたれたまま気を失っているオフィスへとわたしたちを追いたてる。

デュアンの脇に放られているわたしの血だらけのフランネルを見て、アイリスの目が見開かれる。

「わたしはなにもしていない。この人は自分で気絶した」

レッドキャップが何度かデュアンの顔を軽く平手打ちするものの、やつはぴくりともしない。アイリスは床にうずくまる二人組からわたしへと視線を移し、もの問いたげな顔を向けてくる。

〝はさみ〟と声を出さずに口だけで伝え、刺す動作を付け加える。

刺したことを恐ろしがるよりも、なんでもっとしっかりやらなかったのかといった落胆の表情を浮かべてアイリスがわたしを見る。

「おまえ、運がいいな、おれの相棒はまだ息をしている」レッドキャップがこっちに声をかけ、デュアンの傷口にわたしのフランネルのシャツを押しあて、ようやく立ちあがる。

「目を覚ましてくれないと困る」

残念ながら、レッドキャップの発言は一理ある。わたしもデュアンに目覚めてもらわないと困る。というのも、レッドキャップはリーダーのタイプではなく、命令してくれるボスがいないと動揺してなにをしでかすかわからないから。

「わたしはなにもしていない」とふたたび言う。つい拳を握りしめるほど張りつめた空気のなかで、こいつがどんな行動に出るかと考えると気が重くなる。

「おまえはおれの相棒を刺した」

「女子には自分の身を守る権利がある」

「おまえの話はもういい」レッドキャップはそう言い放ち、ショットガンを握りしめる。

「わたし、トイレに行かせてもらう！」アイリスが甲高い声で言う。わたしとレッドキャップは同時に彼女のほうを向き、張りつめた空気がゆるむ。

「だめだ」レッドキャップのいらだった口調からすると、どうやらふたりのあいだで何度もこのやりとりがあったとみえる。いままでアイリスはどこでなにをしていたのだろう。

「わたしはあなたの言うとおりにしてた」とアイリスは言う。「ゾッとする地下室の床にすわって、溶接の煙を永遠に吸いこんでた。階上《うえ》に行くとあなたが言うから従った。なのにトイレに行かせてくれっていう、たったそれだけのお願いも聞いてくれないの？」

「我慢しろ」とレッドキャップが命じる。

「できない」とアイリスが返す。「おしっこをしたいんじゃない。カップを空にしなきゃならないの！」

その言葉でレッドキャップはさっとアイリスのほうを向く。すばらしい。顔に畏敬の念があらわれないよう自制しているあいだも、アイリスはつづける。「月経カップってわかる？」

アイリスが〝月経〟と言ったとたんに、レッドキャップの目が泳ぎはじめる。「煙《けむ》に巻こうったって、そうはいかない」

「もう、わからない人ね。わたしはね、いまひどい症状に悩まされているの」アイリスが両手の指を組みあわせて言う。ドレスを着たアイリスはお上品っぽくてとても美しい。そんな女性が頬をピンクに染め、顔をうつむきかげんにしながら、生理中の症状に関する話をするなんて、誰も想像できないだろう。「大量出血っていう症状。だからカップを空けなきゃならないの。もうずーっと待ってるの」

「さっきも言ったとおり、そういうわけにはいかないんだよ」

「月経カップがどれくらいの経血をためられるかご存じ？　あふれたら、血があたり一面に飛び散るのよ」

「おれには関係ない」

アイリスは水色のドレスの不規則な曲線を描くスカートの部分をレッドに向けて振る。

「これは一九五〇年代のジーン・ダレル（ダラスに拠点を置いていたローチ・ウェストウェイ社の婦人服ブランド）のドレスよ！」

レッドキャップが天井を仰ぐ。「おまえのドレスのことなんか知るか」

アイリスはいまにも足を踏み鳴らしそうな顔をしている。「トイレに行かせてよ。カップを空にさせてくれないと、四十ミリリットルの経血がわたしのドレスを赤くするし、脚にも伝い落ちて、外にいる保安官補はあなたがわたしを撃ったと思うはず」

レッドキャップが顔をしかめる。

「トイレでの十分か十五分の時間と、わたしのバッグを要求します」

「この女をうちの相棒とふたりっきりにさせておくわけにはいかないんだよ」レッドキャップが親指でわたしを指して言う。

「それならだいじょうぶ。彼女にはトイレまで付き添ってもらうから」アイリスがそう言うと、レッドキャップはさらに顔をしかめる。

「ばか言うな」

アイリスがいらだつ。「洗浄と処理の一連の行為をあなたといっしょにやらなきゃならないわけ？」微妙に震える声でアイリスが訊く。「恥ずかしいにもほどがある！　あなたにタンポンの現代版を取りかえさせてくださいってわたしに言わせる気？　なんでそんな仕打ちをするの？」さらに目には涙がたまりはじめている。涙は本物にちがいない。ふつうの日でもアイリスはあちこち痛がるが、いったん生理がはじまると、もう手のほどこしようがない。彼女のと同じくらいひどい生理痛に見舞われたら、すぐにでも床の上で身体を丸めるだろう。

「なんでこいつといっしょじゃなきゃならないんだ？」レッドキャップが訊く。

「じゃあ、あなたは、さっきも言ったけど、一連の行為をあなたといっしょにやれって言うの？」アイリスが目を見開いて言う。いかにも純粋に怒っていますといったふうで、わたしのほうが動揺してしまう。演技だとしたら見事なものだ。「インターネットは使わないの？　妹さんかお姉さんはいる？　ガールフレンドは？　もしかして、生理は気持ち悪いと思ってる男どものひとり？」アイリスは矢継ぎ早に質問を投げかけ、レッドキャップのほうはそれが気に入らないようで、経血についての彼女の話に困惑し、いらだっているのか、だんだん顔が赤くなってくる。

〝わたしたちはあなたが自覚しているより、もっと似ている〟とまえにアイリスから言われたことがある。わたしは心にその言葉を刻んだ。ペンダントのロケットになった自分が、紙に書かれた秘密のメッセージに姿を変えたアイリスをつつみこむように。女の子がこれは本物なのかと宝石をためつすがめつして見るみたいに、何度も心のなかでそのことについて考えをめぐらせた。

そしていま、真実を見せつけられている。アイリス・モールトンは天才だ。

その証拠に、不快感にさいなまれたレッドキャップが、〝経血〟とアイリスが連呼するのをとめたい一心で彼女のバッグを探しだしてきて、なかをいったん確認してから押しつけるようにして渡し、いまわたしたちは銀行の奥にある女性用の洗面所にいる。

「ドアに鍵をかけたらドアノブを撃つからな」とレッドキャップがアイリスに告げる。

「さっさとすますから」アイリスは曖昧な笑みを浮かべて約束する。

「おれを出し抜こうなんて思うんじゃねえぞ」レッドキャップが今度はわたしに言う。

「なにかを企もうとするなよ。おまえらふたりはここに缶詰だ。終わったらドアを叩いて知らせろ」

ドアが閉まると同時にアイリスがくるりとこっちを向く。苦闘の果てにようやくふたりきりになれる。それほど時間がないなかで、言うべきこと、説明すべきこと、赦しを乞うべきことがたくさんあって、やらねばならないことも山積みのうえ、わたしたちは行動する必要があり、計画を立てる必要があり、そして――

アイリスがキスしてくる。こっちを洗面所のドアに押しつけ、殴られていないほうの頬をてのひらで包みこみ、もう二度とチャンスはめぐってこないと思っているかのようにキスしてきて、こっちはこれが最後になるかもしれないといわんばかりにキスを返す。アイリスはわたしの首筋の産毛に触れ、さかんに小さな円を描いていたかと思うと、ふいに身体を離して額と額をくっつける。

「わたしはあなたにものすごく腹を立てている」とアイリスがささやく。

彼女と自分の声にまじる痛みに目を閉じる。「わかってる」

「あなたのプランはうまくいってる？」

わたしは首を振る。

アイリスが息をつく。「わかった。それなら次はわたしのプランでいきましょう」

44　アシュリー：はじまり

誰も詐欺師を騙せない。これってことわざかなんかじゃなかった？　かつて、それは真実だと思っていた。その言葉といっしょに母親からの教えをお腹いっぱいに詰めこまれて。でもこのことわざは間違っていた。いちばんの詐欺師から教わった。ううん――ママじゃない。

彼。

七年前

ワシントン州を離れたあと、ケイティを脱ぎ捨てたものの、まだ次になりすます新しい女の子が見つからず、なにもかもがあわただしくて重苦しい。わたしたちは大急ぎで逃げる——そんな必要に迫られたことはいままで一度もなく、ママは怒り狂っている。ママの沈黙のなかに、口には出さずにいることのなかに、たまにぽろりとこぼれる言葉のなかに、それが感じられる。ママの言葉にされない言葉が、わたしのなかでやむことなく脈打っている。〝これはあなたのせい、なにもしてはいけなかったのに、適当にあしらうべきだったのに〟

フロリダに着いてもママは新しい名前をくれず、新しいヘアスタイルで髪を整えてもくれず、それは息抜きではなく罰のように感じられる。自分のなかのなにかをママに奪われてしまったみたいに。だって、べつの女の子になりもせず、なりすます準備もしないのなら、ほかになにが残るっていうの？　こんな気分は大嫌い。ホテルの部屋にひとり置いてけぼりにされている長い時間に抱く、ナイフの先で首の皮を切られているような気分は。

ケイティは消えてしまったけれど、起きてしまったことは消えず、自分のなかの深いところにある箱にその出来事をぜんぶ押しこめる以外、どうすればいいかわからない。泣きたいのに泣けない。だって……いまのわたしは泣き虫の女の子だっけ？　わからない。どんな女の子でいればいいのかわからない。ママは糸口となるものをなにも与えてはくれない——その女の子にとって気持ちが落ち着く髪型も、いつもは三つの言葉で表現される特徴も、念入りに選ばれた服も、ターゲットの弱みにつけこむためにどんな女の子になればいいかのアドバイスも。

ある日のこと、夜遅い時刻になってもママは戻ってこない。わたしはできるだけ遅くまで起きて待っているけれど、待ちくたびれて午前三時ごろには眠ってしまう。ふいにベッドの足もとのあたりに重いものが放られるのに気づく。目覚めて見てみると、ママが服の入った袋をもうひとつ放っている。

「起きなさい」ママが言う。「バスルームへ。仕事よ、仕事」

ナイキの袋を見て目をぱちくりさせていると、ママが急《せ》かすように手を叩き、わたしは急いで身体を起こす。できるだけ袋と、その中身に近づかないようにして。それからママのところへ行く。だってほかにどこへ行けばいい？

バスルームに入るとママは鼻歌をうたっていて、鏡の前でママに髪を梳かしてもらうと鳥肌が立ちはじめる。ほんとうならほっとするはずなのに、この二週間、ママに避けられていたことでわたしはどうにもこうにもママの気を引きたくてしかたがなく、だからママがすぐそばにいる状況にすっかり落ち着きをなくしてしまう。ここ二カ月は〝そんな子に育てた覚えはない〟とママに言われてもしかたないくらいに、わたしはつねにびくびくしていた。自分はママの指示に従って動く存在。言ってみれば、わたしの髪はママのもの。ママが髪型を選ぶのだから。わたしの着るものも、名前も、未来も。身につけているもので自分のものはひとつもない。身体だって自分のものじゃない。

なにひとつわたしのものじゃない。

ママはわたしの頭のまんなかにまっすぐな線を引くみたいにして髪をわける。それからてきぱきときつく編みはじめるけれど、鏡のなかでわたしと目をあわせようとはしない。

ママにはわたしが見えないの？　わたしはそんなにいやな子？

ママは三つ編みをミニゴムでとめ、手をのばしてカウンターに積まれた山のなかからヘアピンを取りだす。「今週の午後はどの日もクラブのコートを予約したから」そう言いながら頭を囲むようにして三つ編みをアップさせ、ピンで固定していく。「次のターゲットについて調べる時間がなかったの。だから今回はあなたのためのレッスンにしようと思って。どうやって適切なターゲットの目星をつけるか、そのあとでどうやってその人をわたしのもとに連れてくるか、それを学ぶの。〝困難〟についてわたしはどういうふうに言ってる？」

「賢い人の場合、困難に立ち向かうともっと賢くなる」

ママは三つ編みの先っぽをアップさせた髪の後ろに押しこみ、そこもピンできつくとめる。

「このまえの仕事だけど」とママが言う。「あれは失敗だった」一瞬わたしの心臓はびくんと跳ね、そのあとでママが鋭い言葉を放つ。「自分の失敗からあなたが学習したってことをわたしに証明してちょうだい、いいわね、ベイビー」

その言葉が宙に浮く。自分の失敗。

情けない気持ちが押しこめたはずの箱からこぼれでてくる。当然のようにママに断定されたから。あれはわたしの失敗だと（ちがう、ちがう、でもわからない。だってママがわたしのせいだと言うから。いまここでママはわたしを騙して、あれはわたしのせいだと思わせようとしている。そのほうがママにとっては楽だから）。

「わかった」わたしは小さな声で答える。

髪を整えると、ママはわたしの肩に手を置いて、ようやく、この数週間ではじめて鏡のなかでわたしと目をあわせる。ママと目があうと気分が悪くなる。同時に心が躍る。そして次の言葉を聞くとほっとした気持ちが押し寄せてきて、頭がくらくらするあまり洗面台をつかんでしまう。

「アシュリー」とママが言う。「あなたの名前はアシュリー」

「アシュリー」わたしは繰りかえす。従順にならなきゃいけないから。ケイティはちがった。だからあんなことが起きた。

ママが微笑む。「さてと」そう言って、きっちり編んだ三つ編みをなでる。「今度はうまくできるわよね？」

わたしはうなずく。もちろんうまくやる。

今度こそうまくやり遂げたいと心の底から思う。

わたしはまるまる一週間、ママが狩り場としているカントリークラブのテニスコートで汗をかく。

今回、ママはハイディで、わたしはアシュリー。アシュリーの髪は女王編み（三つ編みにした髪をアップさせ、頭を囲むようにしてまとめるヘアスタイル）。頭皮のすぐ近くで三つ編みがたくさんのピンでとめられているせいで頭が痛い。アシュリーは自宅で教育を受けている子ども。いつも元気いっぱいでテニスの練習に励み、ウェアはナイキ一択。〝十七歳まではウインブルドン〟滑稽に聞こえるのは承知のうえで、ハイディはクラブに集まる親たちにそう言う。わたしはけっこうテニスはうまいけれど、天才的にうまいのはたったひとつのことだけ。

わたしは見世物の踊るクマみたいにテニスをする。ママと自分をこんな状況に追いこんだ責任をお腹のなかに石をかかえているみたいにずしりと感じながら。でも打ったボールがネットを越えるたびに、自然と身体が本来の自分のものに戻ったみたいに歌いだす。そこそこのレベルまではいっている。でもまだ充分とはいえない。そんなふうになりすましてみる。

ママはシルクの袖なしブラウスにスカートという装いにサングラスをかけ、編み物をしながらサイドライン上に置いた椅子にすわっている。これがいつものパターンというふうに。ボレーの練習をしている週はずっと、サイドライン上のママのもとを男がかわるがわる訪れて、クラブに新しく入った者です、と挨拶しにくる。ママはにっこり笑って肩にかかった髪を払うが、注意はすぐに練習にいそしむ娘に戻る。真っ先に自分に近づいてくる男にはママはまったく関心がない。自分と娘の両方に興味を向けてくる男を待っている。

罠を仕掛ける相手を探す、いわば下調べの仕事というのは退屈きわまりないとわたしは思いはじめている。コートに立って二週目に入り、二球出るごとにガタガタ鳴る自動球出し機相手に練習するのはイライラの極みだと感じているからかもしれない。シュッ、シュッ、ガタガタッ、にイラつくあまり調子を狂わされる。四球連続でミスしたあと、わたしはいらだった声をあげる。

「ドンマイ、ベイビー」ママが励ましの声をかけてくる。

「ほんと頭にくる」わたしは文句を垂れる。「誰かこの機械を直せる人、いないのかな」

「そんな音をいちいち気にしてちゃだめ」ママが言う。「自分なりに工夫してやってみなさい」

ママは編み物に戻るまえにサングラスを頭の上にずらす。それは〝わたしたちを見ている者がいる〟という合図。わたしは観察者の目を引きつづけなければならない。この一週間半のあいだにやったことといえば、人びとの財布からものを抜きとることだけ。ママの手持ちのお金では、いまの状態をそう長くはつづけられないから。ママの金遣いの荒さではなおのこと。

わたしはボレーの練習をつづけ、二十分で三度目のミスをすると、口もとをひきつらせてラケットを放る。

「ちょっと、ちょっと、マッケンローみたいなことをしないの」とママ。

「そんな大昔のこと、誰も知らないよ、ママ」わたしが返すと、ママは頭をのけぞらせて笑う。このしぐさは、ママの目にとまった男がじっとこっちを見ている、という意味。

「歳を思いださせてくれてありがと」ママがウインクしてくる。

「すみませーん」

わたしは肩ごしに右のほうを見る。すぐとなりのコートにいる男がわたしたちのやりとりを聞いてニタニタ笑っている。

「ガタガタいう音で調子が狂うのかい？」彼が訊いてくる。

わたしは笑顔を向ける。自分の本来の笑みじゃない。アシュリーの笑み。なんのためらいもない、明るい笑顔。アシュリーは警戒するということを知らない。「そうなの」

「機械を見てくれるようメンテナンス係に頼めるか、あとでたしかめてみるよ」男は自分を見つめているママに視線を向け、それからにやりとしながらまたこっちを見る。「その球出し機のことでマッケンローの名前を出したりすると、もっとうるさくなっちゃうぞ、きっと」

「賢者の言《げん》には耳を傾けなさいよ、ハニー」とママ。顔よりも声に笑みがはっきりとあらわれている。まだ男に笑顔を向けるつもりはないのだろう、それに見あう男だとわかるまでは。なんともうまいやり方。それから〝ありがと〟とわたしの頭ごしに男に向けて口だけで伝え、娘をのけ者にしてふたりで小さな秘密をわかちあう。男はこれでまたほくほくする。

彼はさよならのつもりか、ラケットを掲げ、パートナーが待っている自分のコートのまんなかへ小走りで戻る。

わたしはもう二十分ボールを打ちつづけ、機械のガタガタいう音と、男がセットの合間にちらちらとママとわたしに向けてくる視線を無視する。

ようやくママが時計で時刻を確認し、手を振ってわたしを呼び寄せる。「わたしはサウナに行くから、あなたはランチを食べてきなさい」ママはそう言い、三つ編みから飛びだしているヘアピンを抜きとって、もとの場所にとめなおす。「ガーリック味のフライドポテトだけでお腹をいっぱいにしちゃだめよ。お願いだから、全粒穀物《ホールグレイン》か新鮮な野菜か、もしくは新鮮な二種類の野菜もいっしょにオーダーしてね」あごの下で両手を握りあわせる。目の端でまだこっちを見ている男に向けてのデモンストレーションだとわかっているものの、数週間をかけて透明人間から見られる存在に変わった身としては、ほっとして母の腕のなかで溶けてしまいたいと思わずにはいられない。

以上がわたしたちがいま取りかかっていること。わたしは自分にはできると信じている。ママに指摘されたとおり、ケイティのときにミスを犯してしまったとはいえ。かならず埋めあわせしてみせる。

しなければならない。

「約束する」そう言ってテニスラケットをしまい、転がっているボールをぜんぶ拾ってかごのなかに入れたあと、ママがわたしの肩に腕をまわし、ふたりでクラブのロッカールームへ向かう。

「用意はいい？」シャワーを浴び、スコートからサンドレスに着替えおわると、ママが訊いてくる。わたしはうなずく。わたしたちはロッカールームのドアのところで別れ、わたしはクラブのレストランへ、ママはその反対側の、レストランのなかを見渡せるバーへ行く。隠れるにはちょうどいいヤシの木だかなんだかのグリーンの陰にいて、こっちからはその姿はよく見えない。

わたしはふたり用のテーブルにつき、ガーリック味のフライドポテトの大盛を注文する。携帯をスクロールしているうちに――アシュリーはインスタグラムのテニスの動画を見て、ファイルには子猫のGIFをたくさん保存してある――食べ物が運ばれてくる。

席についてからずっと誰かの視線を感じている。携帯を置き、フライドポテトにアイオリソースをたっぷりつけてもぐもぐ食べ、待つ。

声が聞こえるまえに彼の存在を感じる。右側の空気がほんのかすかに動いたかと思うと、彼がテーブルの向こう側に腰をおろす。

「ガーリック味のフライドポテトだけをオーダーしちゃいけないんじゃなかったかな？」と彼が言う。

わたしは目をまんまるにする。後ろめたさを演出し、皿にフライドポテトを落とす。

彼はにやりとし、わたしの皿のポテトを取って、食べる。「全粒穀物よりもおいしいな。まあ健康的とは言えないが。きみはテニスがなかなかうまいね」

ポン、ポン、ポンと繰りだされる言葉は飛んでくるテニスのボールみたいで、ふいに背中に警戒しろという信号が走る。すばやく、さっと。了解。ちょっとした非難とさりげない褒め言葉に騙されちゃいけない。

ママから教わったとおりの駆け引きを相手が仕掛けてくる。なんだかイラつく。

「ありがとう」と答える。「あなたはコーチなんですか？」

彼は首を振る。「わたしはマイアミにいくつかのジムを所有している。きみのお母さんは……」言葉が途切れる。ママのことを持ちだして話題を変えようとしているみたい。

「ハイディです」こういう場面ではこうするというお手本のように、助け船を出す。ターゲットがわたしをつうじてママに近づこうとするときには、かわいい女の子としてふるまわないといけない。相手が適切な言葉を探して困っている場合は、ここぞというときにニコニコ、またはクスクス笑って助け船を出す。

「ハイディ」と彼が言う。その口調が引っかかる……

いつの間にかあごが痛むほど歯を食いしばっている。理由はわからない……直感のせいなのか、ケイティの身に起きたことがトラウマとなって〝逃げろ、走れ、いま〟が頭に渦巻いているせいなのか。網にかかった魚さながらに、ジタバタすることも深く息をすることもできず、どうしようもない状態にとらわれている。

「で、きみは？」と彼が訊いてくる。

「ああ、ごめんなさい」少しだけ芝居がかった感じで手をさしだす。女の子らしく礼儀正しく。「アシュリーです」

彼がさしだした手を握る。「わたしはレイモンド」

「どうぞよろしくお願いします」失礼にならない程度にできるだけさっさと彼の手を離す。

「わたし、アボカドつきのグレインボウルもオーダーしたんです」秘密めかして声を落としながら言う。「ママの命令には逆らえないんで」

「絶対に？」

「ママはなんでもお見通しなんで」明るい声で言う。

「きみはとてもじょうずだね」

「〝なかなかうまい〟くらいだと思ってましたけど」とめる間もなく口からこぼれでて、ごまかすために笑顔を付け加える。

「わたしはテニスの話をしているんじゃないよ。財布からクレジットカードを抜きとる手際のことを言ってるんだ。ほら、昨日ゴルファーとぶつかったときにしていただろ」

全身からさっと血の気が引く。昨日掏《す》ったブラックカードを使って、すでに千ドル相当のギフトカードを購入してしまった。クレジットカードを盗んだのは、追跡されたくない場合には銀行のカードより安全だから。

「目にもとまらぬ速さだったよ」彼がつづける。「きみはカモを選ぶのもじょうずだ。ああいうたぐいの男は、月々の請求書が何回か来てようやくカードがなくなっていることに気づく。お母さんから教わったのかい？」彼はこっちの頭上に目を向けてからレストラン全体にざっと視線を走らせ、そのあとでまたわたしを見る。

かたまったり、顔を赤くしちゃだめ。絶対に。そうはいっても、いままでこんな目に遭ったことは一度もない。見つかってあたふたしたことも、ましてやこれほど早くに見抜かれたこともない。きわどい問題への対処法を頭のなかに並べてみる。だんまりを決めこむ。嘘をつく。しゃべり倒す。真実を告げる。

もうひとつフライドポテトを口に放りこんで、鼻に皺を寄せる。「ふーん」彼のへんな話よりも携帯のほうがよっぽど重要だとでもいうように、さっと視線を画面に向ける。

彼は笑みを浮かべる。わたしは目の端でそれをとらえる。「才能も技術もあり、母親にそっくり。お母さんはさぞかし鼻高々だろうな。きみは申しぶんのない人材だ」

まるでこれから買う車だとでもいうみたいに、彼はわたしの頭からつま先までじろじろ見て、それでわたしは踏ん切りがつく。あんまり頭にきたんで、無関心を装ったり不安になったりするのがばからしくなる。あとから自分にとってこの男が〝敵〟や〝父親〟に定義づけされるとは、そのときには知る由もないが、このふたつは頭のなかですでに関連づいている。とにかくいま自分にわかるのは形勢不利ということだけ。この男から離れなければ。

まずはママを見つけよう。

そこで携帯から意識を引きはがし、困惑気味の笑みを彼に向ける。そのまま笑みを顔に張りつけ、数をかぞえる。一、二。よし。できるだけすばやく、しかもいきなり、顔から笑みを引っこめ、そこではじめて、ほんとうの意味で目と目をあわせる。

「そう」わたしは同意する。「わたしって申しぶんのない人材なの。だから手出しはしないほうがいいよ」

「きみたちふたりはもうわたしの家に入ってるじゃないか」彼はふたたび上のほうに視線を向け、レストランを見渡す。ママを探しているのかもしれない。どこにいるのだろうと考えながら。ママはどこ？　この人がわたしをどんなふうに見ているか気づいた？　この人は知っていると察した？

「あなたが所有しているジムのリストのいちばん上に、このカントリークラブがあるの？」彼の意味するところを知りつつも、なに食わぬ顔で訊く。家とはつまりシマのこと。わたしたち母娘《おやこ》はいわば不法侵入しているのだ。「それって、すごい」

「きみは〈ペーパー・ムーン〉のアディ・ロギンスそのものだな」

「大昔のことに関して、うちのママといい勝負だね」よく考えもせぬままそう言い、相手が目にうれしそうな色を浮かべて笑いだしたとたん、間違いを犯したことに気づく。

さらに興味を持たれてしまった。

彼が立ちあがる。「贈り物を気に入ってもらえるとうれしい、とお母さんに伝えてくれ」

こちらがなにもできないうちに彼は立ち去り、わたしはじっとすわりつづける。耳のなかで血が沸きたち、全身が〝逃げろ〟と叫んでいる。じゃあ、そうしよう。椅子から勢いよく立ちあがって身体の向きをくるりと変え、とにかくどこへでもいいから〝逃げよう〟と決め、一歩踏みだした矢先にママに衝突する。

「どうしたの？」そっと押しかえされ、椅子にもう一度すわるよううながされて、わたしはあえて反抗せずに従う。

「ママ、あの人は知っている」小声で言う。「彼は――」そこで口を閉じる。わ、わ、わたしのせいで彼にばれた。あれはわたしのミス。ま、ま、またしても。ママは怒るだろう。「どうやってかはわからない」嘘をついているせいで声がかすれるけれど、ママは気づいていないようだ。

「でも、彼は知ってる」

ママの肩がこわばり、彼がさっきしたようにレストランのなかにざっと視線を走らせる。でもさっきのママと同じように、彼の姿はどこにもない。こっちを見ているにしても。

「彼はなんて言ったの？」ママが訊く。「もう、ほら、水を飲みなさい。顔色がシーツみたいに真っ白。自分の顔をコントロールすることについて、わたしが教えたことを覚えてる？」

「彼は知ってる。わたしたち、逃げなきゃ」水の入ったグラスを持つ手が震える。ママは目を見開いたあと、自分の両手でわたしの手を包む。

「自分を抑えなさい」ママが小声で命じる。

いまはとても無理で、しかたなくママはわたしを車まで連れていき、ホテルまで戻るあいだにわたしはようやく、途切れ途切れだけど、勢いこんでさきほどのいきさつを話す。

ものすごく動揺しているのでママの目が輝いていることに気づけない。あるいは気づいたとしても、腹立ちのためと思いこんでいる。ホテルのフロントへ行き、そこにママ宛ての花束が届けられているのを知り、わたしは彼が〝贈り物〟と言っていた意味に思い至る。彼はわたしたちの滞在先を知っている。これは脅しにちがいない。〝逃げろ。走って逃げろ。今回は編み棒はないから、逃げるしかない〟

花のなかの一本をママがなでる。「これはいつ届いたの？」とコンシェルジュに訊く。

「十一時半ごろです」コンシェルジュの女性が答える。

「そう」ママは大理石のカウンターに置かれた封筒を手に取り、封をあけて小さなカードを引き抜く。わたしはママの肩ごしにのぞきこんで読む。

書かれているのはひと言だけ。〝ディナー？〟

「係の者にお部屋までお花を運ばせましょうか？」

ママは首を振る。「娘が持っていくからだいじょうぶよ。ありがとう」

そんなものには触れたくないと思いつつ、言われたとおりにする。エレベーターに乗りこんでもママはまだカードを手に持っていて、心地よい秘密が隠されているものみたいに指のあいだにはさんでなでている。わたしはボタンを押し、ドアがゆっくり閉まるのを待ってからママのほうを向く。

「どうして笑っているの？」厳しめの口調で訊く。

ママはわたしが手に持っている花々を見やり、カードをはさんだままの指を唇に押しあてる。「それ、ジギタリスよ」

自分の顔が少しずつ赤くなるのがわかる。わたしが知らないジョークにママが笑っているみたいに感じるから。ふたりだけが知っているジョークに。

「花言葉は〝不誠実〟」そう言って花束のなかから一本を引き抜く。それから、笑う。つくり笑いじゃない。本物の笑い。驚いていて、少しだけ警戒しているけれど。〝信じられない〟とでもいうような。

エレベーターのドアがあく。ママが先にさっさと降りる。わたしはその場にかたまっている。

ママは娘が降りてこないことにも気づかない。

45

午後零時二分（人質になってから百七十分）

ライター一個、ウォッカのミニボトル三本、~~はさみ、~~貸金庫の鍵二本、ナイフ一本

~~計画＃１：却下~~

計画＃２：保留

計画＃３：刺す✓

計画＃４：銃を奪う。アイリスとウェスを救出する。脱出する。

計画＃５：アイリスのプラン

アイリスのバッグの中身：二十三ドルと運転免許証が入った財布、ナイロンのスカーフ一枚、木綿のハンカチ一枚、ヘアスプレー一本、水のペットボトル一本、タンポン二個、セルロイドのブローチ一個、口紅六本、ヘアピン一パック、ゴムの髪どめ二個、アルミホイルに包まれたブラウニー一個、ピルのボトル三本、除菌用ローション

洗面所のドアがあくかどうかアイリスがためす。どうやらレッドキャップがなにかでブロックしたらしい。このぶんだとドアをあけるのは無理。個室のドアをふたつ、押しあけてみるものの、どれにも窓はついていない。すっかりお手上げ状態。

「レッドキャップは外にはいないみたい」アイリスがドアに耳を押しあて、小声で言う。

レッドキャップはデュアンが目覚めるのを期待して、ようすを見にいったのだろう。さっさと動かなくては。

「あいつはわたしがいないあいだ、アイリスを地下室へ連れていっていたの？　ウェスも？」

アイリスは首を振る。「わたしだけ。知るかぎりでは、ウェスはまだオフィスにいる」

「アイリス、だいじょうぶ？」

アイリスはうなずく。「あいつが鉄格子を溶かしているあいだ、わたしはすわっていたから」

「鉄格子を通り抜けられたの？　目当ての貸金庫にたどりついた？」

「通り抜けたけど、奥に進もうとしなかった」

「どうして奥に進んでいって、貸金庫をあけようとしないんだろう？」

「目当ての貸金庫がどれなのか、赤の野球帽は知らないんじゃないかと思う」とアイリス。

「グレイの野球帽の男が教えていないのか、それとも……」

「どっちも知らないか」とわたしが引き継ぐ。

「だから、支店長の不在で面倒くさいことになってるんだね」

「やつらの計画についてもっとなにかわかれば、もっと妨害してやれるかも」とわたし。

「それでもまだやつらのほうが優勢」とアイリスは言って、シンクにバッグを置く。「冗談でカップを空にしなきゃと言ったんじゃないよ」わたしを押しのけて、個室のひとつに入る。

「シンクの下の物入れを見てみて」アイリスが個室のなかから言い、わたしは腰をかがめて物入れの扉をぐいっと引っぱる。

「あるのはトイレットペーパー、詰め替え用の手洗い石鹸、トイレブラシ、吸着カップがついた吸引具」もう少し先まで手をのばし、奥にある大きなボトルを引っぱりだす。「手の除菌用ローションのガロンボトル」

「あとは？」アイリスは個室から出てきて、月経カップをすすいでから、また個室のなかへ戻る。

「ちょっと待って」わたしはガロンボトルを脇に置く。「えっと……漂白剤のスプレー、消臭剤のボトルが二本、それとドレイノ（排水口・パイプ用洗剤）」

「完璧。ぜんぶそろってる」カチリという音とともに個室のドアがあき、アイリスがペーパータオルで手を拭き、バッグから除菌用ローションを取りだして手に吹きかける。「気持ち悪いことしてごめん。あとトイレも流してない。強盗犯に水を流す音を聞かれて、用がすんだと思われたくなくて」

「ラッキーなことに、外にいるまぬけとちがって、わたしは経血を怖がらないよ」

「もう、やだ、いまは笑わせないでよ」アイリスが甲高い声で言う。「さて、集中しなきゃ」そう言うと、ドアの近くにあるゴミ箱をつかんでシンクのそばまで運び、蓋をはずしてなかをじっと見つめて中身を確認していく。それから物入れの前にいるわたしのとなりに膝をつき、バッグを床に置いてキラキラした四角いものを取りだしたあと、アルミホイルをはがしてなかのブラウニーをむきだしにする。次に、ブラウニーを脇に置いて、アルミホイルをこっちに投げてよこす。

「小さいボールがいくつか必要なの。ビー玉くらいの大きさの」

アイリスは熟練のトイレット・ペーパリング（家やまわりの木をトイレットペーパーまみれにするいたずら）マニアならではの要領のよさでトイレットペーパーを引きだしていく。トイレット・ペーパリングの具体的な方法は知らないけど。そのあとで、ロールからはずれたトイレットペーパーをゴミ箱のなかに重ねていき、そこに手の除菌用ローションと、さっきオフィスの引き出しのなかから見つけたウォッカを注ぎ入れる。わたしがアルミホイルのボールをつくりおえるころには、ゴミ箱はいっぱいになっていた。

ドアのほうを見てからアイリスに視線を戻すと、彼女は空になったばかりの手の除菌用ローションのボトルにアルミホイルのボールを入れ、そこにバッグから取りだしたヘアピンを加えていく。さらにドレイノのボトルの蓋を、自分でヴィクトリーロール（一九四〇年代に流行した髪型。前髪をアップにして大きく巻き、ボリュームを出すのが特徴）ができる女の子のがっしりした手でひねりあけ、アルミホイルのボールの上に液体を注いでいく。

「具体的にはなにをやっているの？」

アイリスは長い息を吐きだし、ボトルの蓋をきつく閉める。ボトルをはさんでわたしたちは膝をつき、わたしの問いに答えるアイリスの顔には恐怖以外になにも浮かんでいない。

「爆弾をつくってるの」

46

アビー：彼は彼女をとりこにする

ママはレイモンドとのディナーに出かけていく。彼とデートする。彼と恋に落ちる。ママはレイモンドが求めることをなんでもやる。それはママが求めることと同じだから。でもわたしが求めることは……

まあ、それはどうでもいいけど。

「わたし、もうゲームには飽きたのよ、ベイビー」ある夜、ママの外出の支度を手伝っているときにママが言う。「ずいぶん長いことゲームをしてきたでしょ。それに歳をとるごとに若くなっていくわけじゃないし」

たしかに、ずっと若いままではいられないだろう。ママはいつも鏡の前でイラついては、ボトックスのおかげであるはずのない皺を探し、おおむね美しいと言える顔に一度もついたことがないシミについて文句を言う。

「ママは完璧だよ」わたしは言う。そう言わなきゃならないから。

三回目のデートでレイモンドからママに贈られたダイヤモンドのイヤリングを手渡し、ママがそれを耳につける。彼はわたしにもイヤリング——金持ちの女の子が金持ちのパパからはじめて贈られるみたいなダイヤモンドつき——をくれ、ママはなんて気がきいたプレゼントなの、と何日も褒め、わたしはなんでママのことを頭がいいだなんて思ったんだろうと首をかしげた。だって、こんなのは基本的に愛の押し売りだから。それを教えてくれたのはママなのに。

なにもかもが間違っている。ケイティ以来ずっと間違っているけれど、自分がもっとうまくやれると証明できれば、事態はもっとよくなるだろうと思っていた。でもいまの自分にはそれを証明する方法はない。詐欺を仕掛ける相手がいないのだから。

ママの髪をブラシで梳かし、その一定のリズムに没頭しようとするなかで、ママは首筋や手首に香水を吹きかける。

「わたし、思うのよね……」ママは顔を伏せて両手を見つめる。そして左手の薬指をなではじめる。最初はフレンチネイルの先の部分を、最後には指輪がはまるあたりのところを。

「わたしたちふたりにとって、これはいいことかもしれないって」

「これって?」

「レイモンド」

「どうして?」信じられない思いでイラッとして、つい言葉が口からこぼれでる。

「彼はわたしたちの面倒をみたがっているの」

「自分たちの面倒は自分たちでみろって、ママが教えてくれたんだよ」

「それで自分がどこに行きついたか、見てみなさい」ママがぴしゃりと言う。

手がママの頭から滑り落ち、指がブラシの柄を握りしめる。

「あなたには父親が必要なの」とママが言う。「あきらかに」

ママがなにを言いたいのか、考えたくもない。いまになって、ママの言葉には裏の意味があるのかもしれないと推測している——ママはケイティのかわりにわたしに対して腹を立てているのではないかと。あれはわたしの落ち度だと思っているのではないかと。

自分の頭に熱くて重いものがのしかかってきて、その重みで首がよじれるような感じがする。

「ちょっと考えてみて」ママがつづける。「あなたはずっとすばらしい娘を演じてきた。だから、実際にすばらしい娘になるなんてわけないでしょ」

ママが言っていることを理解できずに一点を見つめる。「わたしはもうすでに娘だよ」ママに思いださせるように言う。「わたしはママの娘だもん」

「もう、この子ったら。わたしが言っている意味をわかっているくせに」ママは笑いながら立ちあがり、鏡に映る自分の姿をふたたび見つめる。「わたしはものわかりがいい子が好きよ」そう言って、頬と頬を触れあわせてからわたしを払いのける。「起きて待っていなくていいから」

わたしは起きて待たない。部屋でママを待ちもしない。

いちばん近くの店まで歩いていき、いままでためていたギフトカードを使って使い捨ての携帯電話を三台と、スクリュードライバーを一本、それとダクトテープを買う。

部屋に戻る。何年ものあいだ頭に叩きこんでいる番号に電話をかけるのはやめておく。携帯電話の一台を通気口に隠し、もうひとつをごちゃごちゃといろんなものが入っているテニスバッグに、三台目をプラスチックのケースに入れて、トイレのタンクの蓋にテープでとめる。

万が一のときのため、と自分に言い聞かせる。

万が一のときのため。

47　午後零時七分（人質になってから百七十五分）

ライター一個、ウォッカのミニボトル三本一本、はさみ、貸金庫の鍵二本、ナイフ一本、化学爆弾一個、火元となる発火装置一式、アイリスのバッグの中身
計画#1：却下
計画#2：保留
計画#3：刺す✓
計画#4：銃を奪う。アイリスとウェスを救出する。脱出する。
計画#5：アイリスのプラン：ドカーン！

「触っちゃだめ」ボトル――爆弾――を見つめるわたしにアイリスが警告する。
わたしは目を見開く。「もちろん、触らないよ！」早口で返す。視線がさっとドアのほうを向く。「なんでこんなもんのつくり方を知ってるの？　インターネットで知ったとか

言わないでよ！」

「わたしの検索履歴を国家安全保障局《NSA》かどっかが興味を持つかもね」アイリスがあざ笑うように言う。「でも、わたしは放火について調査したいのであって、放火犯として調査されるのはいや。わたしのバッグを取ってくれる？」

バッグを渡すとアイリスはなにかを探しはじめ、化粧ポーチを取りだしてさらにそのなかを探り、小さなハートがふたつついたピンでとめるタイプのブローチを見つけだす。アイリスが持っているあらゆるものと同様に、古めかしいもの。みんなが服にピンでブローチをとめていた時代のもの。ハートには〝キスタイマー〟との文字が書かれ、ハートとハートのあいだに砂時計がくっついている。アイリスが砂時計をひっくりかえすとキラキラした砂が上から下へ落ちはじめる。「薬品がアルミホイルのワックスを剝がすまで少なくとも十分はかかる」とアイリス。「あなたにはホルダーからペーパータオルをぜんぶ引きだし、それを撚《よ》って導火線をつくってほしい」

「爆弾はどうやって爆発するの？」アイリスが砂時計に目をやっているあいだ、わたしはペーパータオルのホルダーをあけて中身を引っぱりだす。

「化学反応が起きる。ドレイノとアルミニウムが反応すると圧力が生まれる。それでボトルが爆発する……」アイリスは砂時計のブローチを持っていないほうの手を〝ドカン〟といったふうに広げる。

「それで、ヘアピンは？」

「爆弾に仕込む金属片のかわり」アイリスが顔をゆがめて言う。「赤の野球帽の男に爆弾が命中する直前に爆発しちゃったときのためのもの。爆発するまでにほんのちょっと間があくから。まともに浴びたら指が吹っ飛ぶ」

ふたりのあいだに彼女の才気の結晶たる爆弾をはさんでアイリスはわたしを見つめ、こっちは職人にでもなったつもりでペーパータオルの導火線を撚っていく。

「それで、ゴミ箱は？」

アイリスが砂時計をひっくりかえす。あと九分。

「ゴミ箱は火元となる発火装置。わたしたちはここから出なきゃならない」とアイリス。「同時に人質のみんなをこの建物から脱出させなきゃならない。人が詰めこまれている状況のなかでは煙は恐ろしいものになる」

ペーパータオルを撚る指がこわばる。「火事になったら、いやでもみんな外に出る」アイリスが考えていることが、自分の考えさながらに頭のなかに流れこんでくる。

アイリスの口もとがゆがむ……ほとんど笑っているみたいに。「基本的に、人間は火事になったら本能的にすべてを捨てて逃げる」

「煙で強盗犯をおびき寄せて、赤の野球帽の男がドアをあけたら、ドレイノ爆弾で身動きできないようにする」

アイリスがうなずく。「グレイの野球帽の男がまだ意識不明の状態なら、わたしたちでみんなを脱出させられる。たとえグレイが意識を取りもどしていたとしても、煙のせいで人を撃つのは難しくなる」

アイリスがブローチをひっくりかえす。また一分が落ちていく。わたしはドアのほうを見る。まだなんの動きもない。

「それで、あなたはあと八分のあいだになにをしたい?」アイリスが訊いてくる。

どう答えればいいかわからない。いつなんどきレッドキャップがあらわれるかわからず、来るのが早すぎた場合には、わたしたちは確実に死ぬ。デュアンがずっと意識不明のままでいたら、事態がどう転ぶかわからなくなる。

アイリスのプランは危険に満ち満ちている。破壊をもたらす。マジで危険で、死ぬかもしれない。

その渦中にわたしたちがいて、そう考えると鼓動が激しくなる。だってそうだよね?ウェスはひとりきりでどこかにいて、アイリスともこれが最後の数分になるかもしれない。

「真実には真実を、やる?」そう提案すると、こわばっていたアイリスの口もとがやわらぐ。

「真実には真実を」アイリスは同意し、ブローチのハートを親指でなでる。

「怖い」わたしは小さな声で言う。

アイリスが空いたほうの手でわたしの太腿をぎゅっと握る。「わたしも」

「ここから出られるかどうかわからない」アイリスが言う。

「出られる。わたしはもっとひどい事態を切り抜けてきた」

アイリスは黙っている。砂時計がもうすぐ落ちきる。

「わたし、彼についての記事を読んだことがある。あなたについても」アイリスが言う。

「アイリスが読んだのはアシュリーについての話」

「同じことなんじゃないの？」

これって真実じゃなくて質問だよね？

「なにが知りたい？」わたしは訊く。

きっと詮索するような質問をしてくるだろう。真実を見つけようとし、深掘りする、不愉快な質問を。デュアンがしたのと同じ質問をしてくるかもしれない。〝世間でおまえがやったと言われていることを、ほんとうにやったのか？〟

ところが、アイリスはいつもどおりのアイリス。驚いたことに。

「あなたはだいじょうぶ？　たいへんなことを切り抜けてきて……あなたはだいじょうぶなの？」

簡潔な質問——だから答えも簡潔に。アイリスが最初にこう訊いてくれたことで、わたしは理解する。わたしを大事に思ってくれているのだと。

アイリスがハートのブローチをひっくりかえす。あと七分。

「ううん」わたしは答える。アイリスは真実を知るにふさわしい人だから。「だいじょうぶじゃない」

たぶん、いつの日か、だいじょうぶになるだろう。

48　アシュリー：選択

ママはレイモンドと結婚する。わたしにはママをとめられない。レイモンドはわたしたちをフロリダキーズの大きな家に連れていき、わたしには来いと言われた場所に行くしか選択肢はない。

わたしは母親の仕事のパートナーから、母親のロマンスのなかで端役を演じる人間に変わる。やるべきことはなにもない。行くべき場所も。レイモンドの事業――詐欺をはたらいたり、ジムをとおして資金を洗浄したりするよりずっと規模が大きく、より複雑でカバーする範囲も広い――の詳細を知る立場にもいない。とつぜんわたしはなんでもない人間になる。ただの娘に。ただのふつうの女の子に。いい子に。

わたしはそのどれでもない。彼らがそうなってほしいと望む人間にはなれない。

〝彼はいまやあなたの父親〟結婚式のあと、ママが目に涙をためてそう言う。すばらしいことのように。それを聞かされてわたしは最低だと思うのに、ママのほうは娘に父親ができて、ゾッとするよりもほっとしているらしい。

男を誘いこむためのやり口には決まった組み合わせみたいなものがあるのをわたしは知っている。自分の仕事は、ターゲットがどう反応するかを学ぶことだから。どんなことで笑うかによって、相手がなにに対してうれしがるかがわかる。どんなことで顔をしかめるかによって、相手がなにを不安に思っているかがわかる。どういったことを聞き入れてもらえるかによって、相手の支配欲がどれくらいか見当がつく。

わたしの知るかぎりでは、これこそ父親の本質そのものだ。そう、支配欲。こっちの心だけではなく、身体も支配したがる。わたしがヘイリーだったときのイライジャは、こっちの機嫌をとろうとしてやさしい声で話しかけ、支配欲を満たそうとした。わたしがケイティだったときのジョセフも、こっちが阻止する直前までわたしを支配しようとした。

でもわたしはレイモンドをとめることはできない。どうやってとめるべきかもわからない。彼がわたしの父親になると決めているのなら、そのとおりにするだろう。

レイモンドはほかのことも決めている。すべてを。わたしは学校へは行かなくていいと彼は決めている。わたしと同じ歳の男子は頭のなかで〝あること〟を考えていて、彼はそういう子たちがいるところにわたしを近づけたくないから。結果として、わたしには家庭教師がついている。

また、ママは慈善活動に打ちこむべきだとレイモンドは決めている。〝まあこれも一種の詐欺みたいなもんだよ、スウィートハート〟と彼はママに言い、ママは笑って彼の腕をなでる。

自分が不在のときや出張に出ているときは、何人もの男たちを家に置くと決めている――警備のため、だそうだ。わたしたちには護衛がいて、運転手がいて、家政婦がいて、彼らに常時、監視されている。

レイモンドはわたしたちが出かける理由、出かける選択肢をつぶし、いっさいわたしたちを外出させようとはせず、〝家族の世話をし、家族を守る〟というお題目のもと、驚くべきスピードでわたしたちの自由を剥奪していく。というのも、自分の仕事は危険きわまりないものだし、わたしと同じ歳の男子はひとつのことしか頭にないし、〝慈善活動は一種の詐欺みたいなもんだよ、スウィートハート〟だから。

そしてママは……ただ彼の好きにさせている。

うちのママに育てられたら、ふつうなら知ることのない、男をしのぐ力について知ることになる。そういう力をどのように手に入れるか。どんなふうに使うか。どうやって保持するかを。

でもいまやママはそんな力をなくし、〝愛している〟という理由でそれを銀の皿にのせてレイモンドにさしだしてしまい、その姿にわたしは動揺する。だって、それこそ詐欺みたいなもんだから。ほとんどの時間、わたしたちは犯罪者であるという事実を隠してうわべを取り繕い、ステップフォードの家族として暮らしている（アイラ・レヴィン『ステップフォードの妻たち』より。家事にしか興味のない、夫に従順な妻ばかりが暮らす町を描いたSF小説）。でも実際には屋敷に網がかけられているみたいで、毎日レイモンドがその網をぎゅうぎゅう締めつけている。

最初のうちは、ママが屈服するはずがないと自分に言い聞かせる。かならずレイモンドを打ち負かす方法を見つけるだろうと。

しかし、日々がたつにつれ……

たしかにママは屈服はしない。同時にレイモンドを打ち負かす方法を見つけもしない。ママは変わりつづけている。

そしていきなりわたしを変えようとしだす。

ビーチでのふつうの日のこと。いまはビーチにいることが〝ふつう〟になっている。午前中はママといっしょにビーチでくつろいだあと家庭教師に勉強を教わり、午後からは部屋にいて本を読む。静かに過ごすようにしている。余計な注意を引かないように。注意を引くと痣をつくるはめになり、癒えるまでに時間がかかる。たいていのときはそれほど難しくない。ふたりはお互いに夢中で、気持ちが悪くなるほどべたべたしているから。何年ものあいだ身元を隠して生きてきたあとだけに、ママは幸せな自分を目いっぱいひけらかすのを楽しんでいる。

でもときどき、レイモンドの日程が変更になって、彼がわたしたちといっしょにビーチに出ることもある。そういう日に彼の前を駆け足で通りすぎると、彼は顔をしかめる。こっちはそれに気づくけれど、彼がなにも言わないのでそのまま走りまわる。べつに問題はないんだなと思って。

ママはパラソルの下にいて、持ってきたガラスの容器からフルーツを手に取る。ふたりが食べさせあってもわたしは呆れ顔をしないようにする。こっちはこっちでタオルの上に寝そべって本を読み、だんだん暑くなってくるとシャツを脱いで、それを脇に放る。

「あなたもフルーツをいかが、ハニー」

「だいじょうぶ、ありがとう」

わたしは本に夢中になっているからはじめは気づかないけれど、そのうちにビーチのざわめきや波の音の合間になにかが聞こえてくる。甲高い口笛と、笑い声にまじる〝あれ見ろよ〟と呼びかける声。三人のティーンエイジャーがわたしたちの前を通りすぎてもまだ聞こえてくる。わたしは顔もあげず――九歳のころからこういうのには慣れているから――次のページをめくる。

でもレイモンドはすぐさま顔をあげる。「あいつら……」

「まあ、ダーリン、気にしないで」とママ。「男の子は女の子が気になるものよ」

わたしは肩ごしにふたりを見やり、また本に戻る。

「アシュリー」とつぜんレイモンドが吠える。

「はい？」レイモンドが〝なに？〟と訊かれるのを嫌っているのはすでに学習済み。彼は若い女性は投げやりな物言いをすべきではないと考えている。〝はい？〟のほうが前向きっぽいし、投げやりな感じはしない。

「ハニー、なにか上に着なさい」とレイモンドが言う。

わたしはためらいもせず、しらばっくれる。「心配しないで、家を出るまえに日焼け止めを塗ったから」

ママがすっと目を細める。わたしがなにを考えているか正確にわかっているから。

「アシュリー、シャツを着なさい」とレイモンドが言う。言うとおりにしなければ惨事が起きると告げるような調子で。

言われたとおりにすべきだとわかっている。〝はい〟と言うべきだと。彼はそれを望んでいるのだから。

でもいまは暑いし、あの男の子たちが口笛を吹いたのはわたしの落ち度じゃない。

「いや」

「ベイビー」ママが言う。「お父さんに言われたとおりにしなさい」

わたしはふたりを無視して本に戻る。

レイモンドが腋の下に手をぐぐらせてわたしをビーチからぐいっと引っぱりあげ、こっちは彼につかまれてたじろぐ。

「ちょっと話をしなきゃならんな」レイモンドが言うと、ママは抗議の声をあげるものの、彼にひと睨みされて黙りこむ。

わたしは彼につかまれたままビーチを歩かされ、家へ、そして自分の部屋へ連れていかれる。

「机に向かって椅子にすわりなさい」そう命じると、レイモンドはわたしのクローゼットの扉を勢いよくあける。「なんだ、これは」ママが買った服は自分に対する侮辱だといわんばかりにつぶやく。

「いったいなにしてるの?」わたしは尋ねる。彼は服を引っぱりだし、ベッドに次々と放っていく。

「おまえの服を適切なものと交換する」

「わたしの服はママが選んでくれるのに」半分ぼんやりしながら言う。だってまったく理、解できないから。その次にわたしを殴り、そうしながらもしゃべりつづけ、おまえに向かって口笛を吹く男どもは悪人だ、と説教じみたことを言う。どうして彼にはわからないのかがわたしには理解できない。

わたしはこの人が恐ろしい。いままでは人も出来事も含め、あらゆることをなんとか乗りきってきた。でもこの人と対決してどうやって乗りきればいいかわからない。この人を負かすことはできない。万が一負かしたとしたら、ママは絶対にわたしを許さないだろう。付け加えておくと、前回わたしがへまをした件を、ママはまだ許してくれていない。

「おまえの母親が知っているのは、どの服を着れば目的にかなうか、ただそれだけだ」

「ちょっと！」

「口答えをするんじゃない」レイモンドがこっちに向けて指を振る。わたしは黙りこむ。手がのびてきたら、殴られるのは必至だから。彼に蹴られたお尻の痛みがようやくとれたばかりなのだ。いまでもそこには傷が残っている。鏡で見ると、ほんとうにいやな気分になる。

彼はすでに服の半分ほどを放りだしている。クローゼットにあったテニスウェア、スキニージーンズやレギンス、それにサンドレスは一枚残らず。

出しおわって服の山をじっと見つめる。燃やすかなにかしてやろうと考えているのだろうか。わたしは唇をなめ、ドアのほうを見る。ママはまだビーチにいるのだろうか。娘が彼に引きずられていったというのに、どんな仕打ちを受けるかと心配しないのだろうか。「お訊きしますけど――」やだ、唇がひび割れている。「その服のなにが悪いんですか？」

険しかった目つきが少しだけ穏やかになる。どうやら質問に答えてやろうという気になったらしい。これだ、こういうアプローチをすればいいんだ。

「おまえはもう、母親のペテンに協力していた小さな詐欺師じゃないんだ」ぐっとなにかをこらえているような口調で言う。「おまえはわたしの娘で、だからこそきちんとした服を着て、適切な行動をしなくてはいけない。これから大人になるというときに、ほとんど裸みたいな恰好でビーチに寝そべったり、テニスコートで跳びはねたりすると、ある結果を生じさせる。つまり、男子の目を引きつけることになる。馬を買ってやるから、今度から乗馬に励みなさい」その考えが気に入ったのか、レイモンドは笑みを浮かべる。「そのほうがずっといい」ご満悦のようす。「もっと早くに思いつくべきだった。厩舎に女の子たちが集い、馬娘《ホースガール》たちはつねにひとつのことだけを考える。自分たちの馬のことを。異様な子ども時代を送ってきた少女にとっては、過去よりもずっと健康的な生活を送れるはずだ」

レイモンドはさくっとわたしの人生設計を語り、彼が話しおえてから〇・五秒のうちに、わたしはその情報をすべてちゃっちゃと処理する。彼はまだベッドの上に放りだした服の選別に忙しく、彼の手を見つめているうちに、わたしは彼の言葉が意味することに気づき、愕然とする。

「なに？」その言葉を避けようと思いつつも、ついぽろっと出てしまう。レイモンドはこう返されるのを嫌っているのに。ああ、ちょっと待って、ここは〝はい〟というべきだったんだよね。彼は〝はい〟のほうが好きで、でも〝はい〟じゃ意味が通らず、そう、〝はい〟じゃだめなの、だっていまは〝なに？〟が唯一の返す言葉だから。叫びだすことができないんなら、そう返すしかない。ママが彼にしゃべってしまったから。シアトルのことをママはしゃべっ
てしまった。

「ふたりでなにをしているの？」頭のなかで渦巻いている呆然という名の雲を突き破って、ママの声が聞こえてくる。

「いろいろと変えていこうという話をしているんだよ」とレイモンドが言う。「たとえば、テニスのかわりに乗馬はどうかとか。口笛を吹かれるような服はもう着てはいけないとか、そういうことを」

アビーは愛情のこもった笑みをレイモンドに向ける。「ハニー、この子はビーチが似合

う子なのよ、そういう子には口笛のひとつやふたつ――」

「それなら、この子をビーチへ行かせるのは禁止だ！」

レイモンドが声を張りあげたことに反応し、ママの目が見開かれる。

「階下《した》へ行って、あなたが適切だと思う服のリストをつくりましょう。すぐに買いにいけるように」いつもわたしがやっていたように、ママがなだめモードに入り、穏やかな口調で提案する。「まずは服を寄付する準備をしてから階下に行くわね。それでいいかしら？」

「いいだろう」とレイモンド。「だが、付き添いなしでこの子をビーチへ行かせないようにしろ」

ママは部屋を出ていくレイモンドを見送り、その顔にふたたび笑顔が浮かんだかと思うと、ふいに身体の向きを変えてベッドの上に散らばる服を見やり、舌打ちをする。レイモンドが娘をビーチから引きずってきて、ベッドの上にクローゼットの中身をぶちまけたのはやりすぎだといわんばかりに。

「紙袋を何枚か持ってきてくれる？」とママが言う。こっちが動きもしゃべりもしないでいると、肩ごしに振りかえり、急かすように「ベイビー？」と言う。

「彼にしゃべったでしょ」とわたしは言う。

「なんの話――」もう二度と着てはいけないサンドレスをかかえ、ママは一瞬、眉根を寄せる。

「彼にしゃべったでしょ」

ママは目を瞬かせもしないし、恥じ入る表情も見せない。「彼はわたしの夫だもの」

裏切り者とののしることもできずにただじっと見つめ、跳びかかりたい気持ちを抑える。あの目をえぐりだしてやりたい。その一方で抱きしめてほしいとも思う。だいじょうぶだからと言ってほしい。

この人はぜんぶ彼にしゃべったのだろうか。自分がしてきたこと、すべてを？

「この一年はわたしにとってもたいへんだったのよ」とママが言う。「すべてを犠牲にしたんだから。ベイビー、あなたのために。だから、お願いだからお行儀よくして。ムスッとするのはやめて。父親に対して尊敬の念も抱けないような子に育てた覚えはありません」

「ママはわたしを父親を持つような子に育ててないでしょ」

ママは唇がほとんど見えなくなるまでぎゅっと口を閉じる。心臓が耳のなかでドクドク鳴るけれど、わたしはしゃべりつづける。

「ママは最初からこれが最終目的だったみたいにふるまっている。そうじゃなかったのに。

ママはね、わたしをあるひとつのものになるように育てたんだよ」

「だからいま、ほかのものになってと言ってるの！　そんなに難しくないでしょ！　あなたは賢い子なんだから。適応力だって抜群なんだから。どうして順応……できないの？　あなたのお姉ちゃんはけっしてこんなんじゃなかった、彼らが……」そこでママは口をぴたりと閉じ、わたしの目は見開かれる。

その瞬間にわたしの全世界はバラバラになる。真っ暗闇のなかにいて、ほんの少しの隙間からわずかな明かりがもれてくるみたいに。だってお姉ちゃんが……

姉はいままで出会ったなかで最強の人で、強い女の子はわたしみたいに傷つかないとママは言っていた。だから、あなたはもっと強くならなくちゃいけないと。わたしがヘイリーだったときみたいに、うまく折り合いをつけなきゃいけないと。

「なんの話？」

ママは片手をあげて首を振り、後ずさってドアのほうへ向かう。わたしは急いでベッドからおりる。廊下へ出てママを追うつもりで。もし必要なら大理石の階段を転げ落ちてでも。

「ママに話しかけてるの！　なにを話そうとしたのか教えて！」

「おしゃべりはおしまい」

「〝彼ら〟って誰？　その人たちはお姉ちゃんになにをしたの？」

〝それで、ママはその人たちも殺したの？〟

　ママがいらだたしげに息を吐く。「やめなさい」

「やめない」

「もう、いいかげんにして」ママはわたしから顔をそむけ、床を見つめてつぶやく。「いいでしょう」そう言ってこっちを向いたママの目には、ターゲットにしか向けられたことがない冷酷さが宿っている。そんな目で見られたことは一度もない。「わたしがまだ詐欺の技術を磨いている最中にあの子の身に起きたことは、あなたに起きたことよりもずっとひどかった。わたしはあの子の安全を守ろうとしていた。自分ではちゃんとできていると思っていたし、彼らは絶対に近づけないと思っていた……」そこでもげろといわんばかりに首を振る。「詳しい内容を知りたいんなら教えてあげる。でもね、話をすっかり聞いたらあなたは感謝するはずよ。あなたがパートナーになるまえに、わたしが失敗から学んで詐欺の手口を変え、ターゲットには犯罪者しか選ばなくなったことを」

「そうじゃなかったら？」

　ママは口を閉ざす。

「まえのターゲットって、どんな人たちだったの？」

でもわたしにはわかっている。痛いほど。知りたくはないのに、もちろんわかっている。ママの沈黙が真実を語っていて、わたしはいますぐこの場で死んでしまいそうな気がしてくる。この真実をかかえて生きていくのは不可能な気がして。

「わたし、ママを殺すかもしれない」わたしは母に言う。言葉が口から自然とこぼれでて、だからそれは真実以外のなにものでもないと思う。心からそう感じているのだと。

ママは笑う。面と向かって、声を立てて。「ベイビー、あなたってほんと芝居じみてる。お姉ちゃんのことは心配しなくてもいいのよ。彼女は大人だし、元気に暮らしているから。たしかにわたしはミスを犯してあの子を傷つけたけれど、ミスの代償を払った。ふつうの娘とはちがって、あの子がわたしのもとから去ったという代償をね」

そう、お姉ちゃんはママといっしょにはいない。逃げたから。いまやわたしはその理由を知っている。お姉ちゃんは自由。そう考えると自分のなかでなにかが弾ける。

「とにかく、わたしはあなたのお姉ちゃんとともに、自分の失敗から学んだ。だからあなたはいままでのような人生を送れた。そういう人生をわたしが与えているかぎり、あなたはいつまでもちっちゃな女の子でいられたの。そうできるように、わたしは懸命に働いた。でもね、ベイビー、長いこと生きていると悪いことがいろいろと忍び寄ってくる。それが人生というもの。あなたもそのことを学んだうえで人生を渡っていけばつまずくことはないはず。だってあなたは賢いもの」ママは言う。声が穏やかになっているけれど、わたしは穏やかではいられない。「あなたはお父さんの言うことをちゃんと聞かなきゃいけない。彼はあなたを守ろうとしているんだから。それが父親のつとめだから」

ママは部屋にわたしひとりを残して去り、服はまだベッドの上に散乱したままで、わたしは閉まったドアにもたれて床に腰をおろす。いまやベッドは汚れているように感じられる。

涙が頬を伝い落ち、わたしは両手で口を押さえる。嗚咽《おえつ》をこらえられないから。こらえきれないものが口からこぼれるなか、ただじっと動かずにいる。口は心よりもうんと正直だ。

血だらけの使い捨ての手袋と、ママの見開かれた目を思いだす。ママは自分の失敗から学んだのだろうか。それとも失敗をどこかへ埋めてしまうすべを学んだのだろうか。

(ママはわたしのために殺した)

(ママが彼を選ばなかったら、殺さずにすんだかもしれない)

わたしは彼女のことを考える。姉のことを。姉の強さや、頻繁にわたしたちに会いに戻ってくることについて。そして新たな事実を知り、そのふたつが意味することを考える。

ずっとまえに頭に叩きこまれた電話番号について考える。

これまでではじめて、自分がなにを望んでいるかを考える。おそらくこれから先もずっと考えるだろう。

ひとつ、深く息を吸いこむ。もう一度。心の準備が整うまでに、千五百回くらい繰りかえすかもしれない。

でもそのときはもう来ている。心の準備は整っている。ゆっくりと確実に、誰に入れ知恵をされるでもなく、自分で考えて心を決めはじめている。

ママがレイモンドの誕生日にプレゼントとして新しい包丁セットを買ったら、その数日後にキッチンから古い肉切り包丁を盗むことにする。新しいピカピカのおもちゃが手に入れば、古いものを恋しがりはしないだろう。

リネン用の戸棚に突っこんであるのをまえに見つけた拳銃を盗むことにする。本来なら金庫にしまっておかれるはずなのに、置きっぱなしで忘れられている銃を。なにかが起きたときのことを考えて。

ここに連れてこられた最初の週に桟橋の下に埋めた〝まさかのときの箱《ランチボックス》〟を掘りかえすことにする。

そこに保管してある使い捨ての携帯を取りだすことにする。

姉に電話をかけることにする。

逃げることにする。姉と同じように。もはや知っているから。
強くなりたい。自由になりたい。
お姉ちゃんのようになりたい。

49

午後零時十分（人質になってから百七十八分）

ライター一個、ウォッカのミニボトル三本一本、はさみ、貸金庫の鍵二本、ナイフ一本、化学爆弾一個、火元となる発火装置一式、アイリスのバッグの中身

計画#1：却下
計画#2：保留
計画#3：刺す✓
計画#4：銃を奪う。アイリスとウエスを救出する。脱出する。
計画#5：アイリスのプラン：ドカーン！

「ごめんなさい」とアイリスが言う。

わたしは肩をすくめる。いまはなにかを受け入れるのは無理そうだから。とくに自分を愛してくれる人がふいに発する謝罪の言葉は。

声で話す。

「わたしもだいじょうぶじゃないときがある」アイリスが砂時計を見つめながら、小さな声で話す。

わたしは黙って待つ。

「ママとパパが別居しているのはわたしのせいなの」

「そんなことない」わたしは即座に返す。その考え自体がまったくおかしいから。アイリスのお母さんは彼女を愛している。彼女はけっして……

そのとき、頭が心に追いつく。ようやくこっちを向いたアイリスが、かなりためらっているように見えるから。

アイリスはハートのブローチをひっくりかえす。あと六分。

「去年、引っ越すまえに、わたし、連鎖球菌性咽頭炎になっちゃったの」とアイリスが言う。

「えっ？」

「医者は抗生剤を処方した。タイミング的には抗生剤を服用してもピルの効果は落ちないと思ってた。そのときつきあっていた元彼のリックは、もうとにかく自分勝手なやつで、コンドームをつけることにいっつも文句たらたらで、それで……わたしは単純にだいじょうぶだと思っちゃった。ほんと、ばかだった。そもそもコンドームをつけることに文句をつける男子と寝るべきじゃなかったんだけど、あとの祭りだった」

「あとの祭りだったんだ」わたしは繰りかえす。話がどこに向かうかわかる気がする――いや、気がするんじゃなくて確実にわかって、自分のなかでなにかがふくらんでいく。

「わたし、妊娠しちゃったの」アイリスが言う。彼女の目はわたしに向けられていて、その両目はこっちの鼓動が速まるくらい、不安らしきもので燃えているけれど、彼女から伝わってくるのは痛みではなく、触れてほしい、〝だいじょうぶだよ〟と安心させてほしいという強い気持ち。「わたしって〝もしそうなったら〟って考える人間なんだよね。ノーラ、あなたは知ってると思うけど。わたしは計画を立てて詳細を詰めるのが好きで、十二歳のときに生理が来るたびに痛みで吐くようになってから、自分の身体、とくに子宮に関しては、ずっと自分でなんでも決めてきた。だからクリニックに電話した」

黙ってただ待つだけで、アイリスの真実がシルクのようにわたしを包みこむのを感じている。

「中絶手術のためにお金が必要だった」アイリスはつづける。「それでヴィンテージものの服をオンラインのショップに出したんだけど、わたしの投稿を見ないようにママをブロックするのを忘れていた。それで、おばあちゃんからもらったリリアンのコートをどうして売るのかって訊かれたとき、口実を用意していなかった。ママには見透かされていて、わたしは泣きだした」そこで下唇を噛む。「ママは必要なことをぜんぶしてくれた。クリニックまで車で送ってくれて、手術代を払ってくれて、手術後にわたしが吐いたときは髪の毛を押さえてくれた。なのにわたしはママをひとりきりにしようとしている」アイリスは心臓が裂けるのを防ぐとでもいうように、胸のあたりに手をあてる。「ママはひとりきりになってしまう。だってわたしはここでみんなといっしょに死ぬだろうから」

「わたしたちは死なないよ」

アイリスは唇を震わせている。ふたつ大きく息を吸って、なんとか涙を押しとどめる。彼女がなにをどういうふうに感じているか、わたしにはわかる。お母さんのことを考えだしたら、喪失感にさいなまれて倒れてしまうかもしれない。とてもよく理解できる。わたしだっていまはリーのことを考えちゃいけない。考えたら、とたんに弱気になるのは目に見えている。集中力も途切れてしまう。

「見つかっちゃったの」アイリスがぽつりと言う。「パパに。パパっていつだって、えーっと、過保護？　支配したがり？　もちろん、わたしたち家族のことを考えて、なんだけど」天井を見あげて、腹立たしげにまばたきを繰りかえす。わたしはアイリスが考えていることに気づく。恐怖によって植えつけられたものと闘い、自由になったいま、学びはじめていることがほんとうに真実なのかと考えている。頭のなかにアイリスの声が響きわたる。〃わたしたちはあなたが自覚しているより、もっと似ている。わたしたちはあなたが自覚しているより、もっと似ている〃わたしは真意を受けとめていなかった。でも、いまならわかる。わたしたちふたりの骨に詰めこまれているのは、かたい成分ではなく、秘密なのだ。わたしたちがマグネットみたいにぴたりとくっつきあうのも当然。ふたりとも、同じものでできているのだから。

「日頃からパパはよく大声を張りあげていた。壁やそのへんのものに殴りかかってた。でもけっしてわたしには手をあげなかった」アイリスがつづける。「ほんとうのことを見つけてしまった日までは」

　そこでキスタイマーをひっくりかえす。あと五分。わたしはガラスの底を見つめ、腹にわだかまる、怒りと仕返しをしてやりたい気持ちがまざりあった感情を抑える。

「パパはわたしを平手で叩いた」アイリスが言う。彼女が〃そんなのどうってことなかった〃と思おうとしているのもいやだし、自分がそれに気づいてしまうのもいやだ。「ママの目の前で叩いた。わたし、人があんなにすばやく動くのを見たことない。ママはさっとわたしの前に立ちふさがって大声を出した。そうしたらパパは飛びだしていった。ママは伯父夫婦に電話をかけた。ふたりとも電話がかかってくるのを待っていたみたいだった。だって、二時間後にはうちにママとわたしを迎えにきてくれたから。それ以来パパには会ってない」

わたしは撚って長い導火線にしたペーパータオルを握りしめる。

「わたし、ママをひとりきりにしたくない」アイリスがささやく。

「そんなことにはならないよ」

「あなたにだってわからないでしょ。これって危ない橋もいいところなんだし。すごく危険なんだし」

「これは生き延びるための手段」とわたしは返す。

アイリスがブローチをひっくりかえす。あと四分。「はじめなくちゃ」

「どうするの？」

そのあとキスタイマーを二回ひっくりかえし――残りはあと二分――わたしたちは準備を終える。除菌用ローションをたっぷりしみこませたトイレットペーパーが詰まっているゴミ箱をいちばん大きな個室のなかへ引きずっていき、ペーパータオルでつくった導火線をそのなかに慎重に仕込んでから、あとの部分を床に這わせる。次に、アイリスがウォッカの残りを導火線に吸わせる。

「わたしのバッグのなかにハンカチがある。濡らして、自分の口を覆うようにして」とアイリスが指示を出す。

わたしは言われたとおりにし、アイリスのほうはスカートの部分の裾を濡らして、自分の顔の前に持ちあげる。準備が整うと、ポケットを探ってライターを取りだす。

「導火線に火をつけて、洗面所のなかに煙を充満させる。それからドアを叩いて、用がすんだことをあいつに知らせる。あいつがドアを開いたら、直後にわたしがボトルを投げつける。おそらく胸のあたりにあたって、運がよければそれで相手をノックアウトできる。可能なら、あなたが銃を奪う。次に、ふたりでウェスとほかの人質のみんなを救出する。わかった?」

頭のなかで一度再現させてからうなずく。「わかった」

アイリスはライターの底を親指でこすり、ブローチの砂時計と導火線に交互に目を向ける。そのあとでだしぬけにこっちをじっと見つめ、わたしはその場に釘づけになる。

「あなた、ほんとうは誰なの?」とアイリスが訊いてくる。「あなたのほんとうの名前を知らずに死にたくない」

真実には真実を。いまこそ、そのとき。

しかし、火をつける三十秒前になっても、自分のほんとうの名前を言う気にはなれない。

それでも、アイリスに真実を告げることはできる。わたしの真実を。わたしが何者であるかを決定づけている真実を。

「わたしはもう彼女じゃない。いままで彼女だったことがあるかどうかもわからない」

「それじゃ答えになってない」とアイリス。まあ、そう言われればそうだけど。

「わたしはリーの妹。わたしはウェスの親友」声が震えているのは気に入らないけれど、そのまままつづけろと自分に言い聞かせる。彼女にひとつ、真実を語らなければいけないから。「わたしは生き延びる者。わたしは嘘つきで泥棒で詐欺師。それでもまだ、アイリスが愛してくれる女子でいたい。わたしはほんとうに、心の底からあなたを愛しているから」

「もう、ずるいよ、ノーラ」とアイリス。ふたたび彼女の目に涙が浮かぶ。「それじゃあ、死ぬに死ねない」

ライターを持ったアイリスの手に自分の手を近づける。「言ったでしょ。わたしは生き延びる者だって。わたしたち、いっしょに生き延びるんだよ」

アイリスのもう片方の手のなかで、最後の数粒が砂時計の底に落ちる。

時間だ。

50 レイモンド：彼を仕留める（全四幕）

第一幕：回転

五年前

夜、ことは屋敷で起きる。その日、レイモンドは使用人全員を早い時間に帰らせた。〝われわれにとっての家族の日だから〟と彼はママに告げる。最初ママはよろこんでいる。レイモンドの意に沿おうとし、彼のコロナビールの細い首にライムを押しこみ、肩にのった髪を優雅に払うが、レイモンドのほうは携帯電話をチェックするたびに機嫌がどんどんと悪くなっていく。どうかしたの、とママが尋ねると、仕事のことでどうのこうのとぶつぶつ言い、わたしにもう一本、ビールを持ってこさせる。

わたしはリビングルームに残る。レイモンドの機嫌が悪くなっているときにママを彼とふたりきりで残していったらどうなるか、わかっているから。最初のときわたしは逃げ、それが最後とはならなかった。でもわたしがいちばん多く悪夢を見るのは最初の夜の場面。悪夢のなかで、ママは〝彼を許してやってね〟と言うために二階にあがってこない……レイモンドがママを殺すから。

わたしはふたたびママを見捨てる。ソファで眠ってしまうから。

目が覚めると、外は暗くなっている。身体にブランケットがかけられていて、リビングルームにふたりの姿はない。コマーシャルがかかっているテレビはミュートになっていて、明かりがコーヒーテーブルに置かれた空のビール瓶の形をくっきりと浮かびあがらせている。

ドスッ。

拳が肉を叩く独特な音が聞こえてくる。一度そういう音だと知ったら、二度と忘れられなくなる音。

身体を起こしてソファから離れるとブランケットが滑り落ちる。そのときはわからないが、そのブランケットはママが示してくれた最後のやさしさになる。レイモンドの家――わたしたちの家ではなく、家庭とも呼べず、マックマンションの形をした檻以外のなにものでもない――は全面が冷たいタイル張りで、長い廊下にもどこにもカーペットは敷かれていない。レイモンドの書斎へ歩いていく途中で足が冷たくなり、一歩進むごとに足音があたりに響く。

少しだけ開いているドアを押しても、ふたりともわたしには気づかない。レイモンドはママを床に這いつくばらせ、あたりには血が飛び散っていて、ママは泣きながら懇願している――あのママが、わたしがレイモンドに殴られても、けっして懇願などしないママが。

「レイモンド、お願いだから話しあいましょう。わたしの話を聞いて。あなたがなんのお金のことを言っているのか、ほんとうにわからない――」ママはレイモンドに言い聞かせようとしているけれど、人をつねに下に見ている人間に言い聞かせることはできない。

「きみは金を盗めた唯一の人物だ。ほかの者はみなわたしが調べた。ほんとうのことを言わないと……」レイモンドは手を後ろに引くのではなく、いきなり前に突きだす。

ちょうど影が動いたとき、レイモンドが手に持った拳銃をママに向けているのが目に入る。

どうすべきかわからない。考えることができない。動くことも。恐怖に包みこまれ、鷲づかみにされて、あげくに骨がバラバラになるような感覚に陥り、わたしはわれを忘れてしまう。

ここから逃げたい。

しかし気持ちとは逆に、わたしはレイモンドのほうへ、ママのほうへ向かい、そしてどういうわけか、弾がこめられているとわかっている銃のほうへ向かう。いままでしてきたなかでいちばん勇敢な行為。いちばん愚かな行為とも言える。一秒後には銃はわたしに向けられ、レイモンドはママに真実を吐かせる切り札を手に入れる。

ママは嗚咽をもらし、マスカラが頬を流れ落ち、膝はこすれて痣になっている。レイモンドに殴り倒されたにちがいなく、わたしは精いっぱい身じろぎするのを我慢して拳を握りしめ、睨みつけてくる彼の視線を受けとめる。

「なにしてるの？」自分がしゃべっているとは思えない。声は吐息まじり。甲高い。わたし、息を切らしている？　すべてがすごい速度で動くと同時に、ひどくスローテンポにも感じられる。これはパニック発作というものだろうか。いや、そんなものを引き起こしている場合ではない。ママからは強くなりなさいと言われているのだから。

「出ていけ」レイモンドがどなる。「これはわたしとおまえの母親の問題だ」

でもわたしは動かない。ママはわたしを見ようともしない。膝から血を流して床にくずおれ、そんなママが一瞬、子どものように見え、こっちが大人のような気がしてくる。

わたしは大人じゃない。完全に怯えきっている。しかしその刹那、心を決める。

ママがペテンを仕掛けてこの場を切り抜けられないなら、機知と能力を総動員したうえで、こともなげに金の指輪をはめた指のひと振りで人を煙《けむ》に巻けないなら、わたしがやる。

「あなたのお金を盗《と》ったのはママじゃない」そう言うと、レイモンドは完全にこっちを向き、ママに背を向ける形になる。〝逃げて!〟わたしは心のなかで叫ぶけれど、ママは動かない。もうすっかりあきらめてしまったのだろうか。

でもわたしはあきらめない。

「わ、わたしが盗った」

ほんとうは盗ってない。彼が言っているお金がどういうものか見当もつかない。でもそんなのはどうでもいい。この人をママから引き離せるなら、なんでもいい。

「嘘をつくな」

われながら驚いたことに、わたしはうんざり顔を張りつけたまま肩をすくめる。「いいよ。それなら信じなければいい。現金は預かっとく。八万七千ドル、だっけ?」金額まで言うなんて愚かにもほどがあるけれど、さっきレイモンドが電話で誰かと話していたときにその金額を小耳にはさんでしまったんだからしかたない。それに、こんなギャンブルに打ってでたからには、こっちの言い分を信じこませるなにかが必要だ。

というわけで、本来ならけっして、絶対にやっちゃいけないことを、やる。

わたしはレイモンドと拳銃に背を向ける。

「こら、勝手に出ていくんじゃない!」

安堵が押し寄せてくる。ありがたいことに、わたしは正しかった。レイモンドが発する言葉は不明瞭で、まだ少し酔っぱらっているのだとはっきりわかる。酔っているときは注意力が散漫になる。あとはママから引き離せばいい。

わたしは肩ごしに振りかえって言う。「あなたは自分のお金を取りかえしたがっていると思ってたけど」

わたしは震えながら書斎から廊下へと歩き去る。

彼はあとを追ってくる。

51　リー・アン・オマリーとクリアクリークの保安官補の会話記録

八月八日　午後零時十七分

レノルズ保安官補：ビュート郡の保安官補たちが約五分前に事務所を出発した。このまま動きのない状態を維持できれば、じきに彼らが——

オマリー：動きがないわけない。

レノルズ保安官補：そんなこと、あなたにはわからないでしょ。

オマリー：なにかが起きるはず。

レノルズ保安官補：あなた、手になにを持っているの？　さっき隠していたもの？
オマリー：ノーラがあの子にわたし宛てのメッセージを託したの。
レノルズ保安官補：それで、いまに至るまでわたしには見せようと思わなかったわけ？
これって、どういう意味だろう——〝犯人にはいざというときの奥の手がある〟
オマリー：わからないのよ、ジェス。いま解読しているところ。
レノルズ保安官補：ほんと、信じられない。
オマリー：いま話しているじゃない。
レノルズ保安官補：煙。いやだ、煙よ！
オマリー：えっ？　うわっ、どうしよう。

レノルズ保安官補：ヘイ！　ヘイ！　消防！　無線に応答して。

［もみあう音］

レノルズ保安官補：まったくもう、リー！

オマリー：うちの子たちがなかにいるの！

［もみあう音］

オマリー：行かせて、ジェシー。行かせて！

レノルズ保安官補：火がついている建物のなかに行かせるわけにはいかない！　あなたは——うっ！

［どなり声］

レノルズ保安官補：リー！　リー！

［会話記録終了］

52　午後零時十六分（人質になってから百八十四分）

ライター一個、ウォッカのミニボトル三本、はさみ、貸金庫の鍵二本、ナイフ一本、化学爆弾一個、火元となる発火装置一式、アイリスのバッグの中身

計画#1：却下
計画#2：保留
計画#3：刺す✓
計画#4：銃を奪う。アイリスとウェスを救出する。脱出する。
計画#5：アイリスのプラン：ドカーン！

最初はアイリスの説明どおりにうまくいっている。彼女が導火線に火をつけると、火がゴミ箱の発火装置までちりちりと進んでいく。そして炎があがる。除菌用ローションをたっぷり吸いこんだトイレットペーパーはつんと鼻を突く黒い煙で洗面所を満たし、わたし

はハンカチで口を覆って息が苦しくなる。ドアを激しく叩く。十五秒から二十秒くらいのあいだ、心臓がとまるような時間が過ぎ、そのあと呼吸が困難な数秒を経て、ようやくレッドキャップがドアをブロックしているものを動かす音が聞こえてくる。

アイリスはボトル爆弾を手に取って勢いよく振る。彼女の手のなかでプラスチックがふくらみだし、なかでは化学反応が起きて圧力が増しているのに、彼女はまだ振っている。ドアが開き、煙が外へ流れでて、レッドキャップが咳きこみはじめる。アイリスが音のするほうへボトルを投げると、すぐに叫び声があがり、〝シュー〟という音が聞こえたかと思うと、次には〝ボン!〟直前に〝ヒュッ〟と鳴って爆弾は爆発し、さらに煙が広がる。レッドキャップの叫び声には背筋がゾクッとするけれど——黒板に爪を立てる音といい勝負——そんなものにかまっていられない。洗面所の外に流れていく煙のなかに突っこんでいくと、三フィート先の廊下にレッドキャップがひどいありさまで倒れているのが見える。どうやら爆弾がちょうど腹のあたりにあたったようで、両手は〝血だらけ〟という言葉じゃぜんぜん足りない。皮がはがされたみたいに肉が見えている。

銃はどこ? レッドキャップが持ってる? 最後にこいつを見たときにはショットガンを持っていた。床に放りだされている? 煙が背後からどんどん流れてきて、わたしは咳きこんでしまう。涙目になった目から水気をこすって払い、身体の向きを変えてアイリスを探す。

見えるのは煙と炎ばかり。クソッ。クソッ！　火はゴミ箱から天井にまで届く勢い。

「アイリス！」わたしは混沌と煙が渦巻くなかを駆けだしてアイリスのもとへ急ぐ。アイリスは激しく咳きこみながら、こっちにもたれかかってくる。

「天井板！」アイリスがあえぐ。「あれ、すごく古いやつ。たぶんアスベスト。そこまでは考えて――」

「い、行くよ！」

わたしはアイリスを押しだし、同時に床に目を向けて銃を探す。いったいどこにある？　絶対にレッドキャップは持っていたはず。

「行くよ！」うめき声をあげているレッドキャップの脇に腰をかがめながらも、もう一度言う。やつのジャケットはジッパーがきっちりあげられている。なかにピストルが押しこまれているかもしれない……

アイリスの小さく息を呑む音と〝ドン〟という音が警告として耳に入ってくる。目をあげると、煙の向こうに血まみれで怒り心頭のデュアンが見えてくる。そのとき、ショットガンの床尾板が顔に迫ってきて、遅ればせながらはっきりと思う。〝さっさと立ち去るべきだった〟

53　レイモンド：彼を仕留める（全四幕）

第二幕：バン！
五年前

　どこへ向かえばいいかわからない。レイモンドがしっかりものを考えはじめれば、なくなったと騒いでいたお金をわたしが盗れるはずはないと気づくにちがいない。だからわたしはただ動きつづけ、唯一、自分にできることだけに考えを集中させる。〝まさかのときの箱《ランチボックス》〟が頭に浮かぶ。あそこに行って〝あれ〟を使うはめには陥りたくない。

　もう、ほんとにあれを使わなくちゃならないの？

「どこに連れていく気だ？」彼をママから引き離し、キッチンを通って裏口のドアへ向かい、そこからビーチへおりる階段がついたデッキへ出る。

　いちばん難しいのは、銃口を向けられていることを意識せずに淡々と動きつづけ、ドアノブをまわすこと。けっしてもらしてはいけない、捨て鉢な叫びが身体の内部でふくらんでいく。外にもらしたら、彼に気づかれる。

「もうわかってると思うけど、埋めてあるの」無礼な物言いはけっしてしない。女の子は無礼なふるまいをしてはいけないから。本来の領域に踏みこんじゃだめ。完璧な娘なんだから。

　でもわたし、完璧じゃない、よね？　たぶん完璧なまねは完璧にできるけれど。

デッキを横切って、砂でざらつく階段を慎重におりていく。レイモンドはあとをついてくる。これでよし。彼をママから引き離さなくちゃ。

「どこだ」ビーチへ出て砂に足をとられながら彼が訊いてくる。今回にかぎりピンでとめずに乱れているフレンチブレイドの髪に風が吹きつけてくる。アシュリーは束縛から解き放たれた。レイモンドはまだその事実を知らない。

　わたしはビーチの向こうの桟橋を指さす。

「桟橋の下」

「こんなまねをした子は懲らしめてやらないとな」とレイモンドが言う。「さあ、行って、取ってくるんだ」

　彼はわたしの腋の下をつかんで——男と腋の下についてだけど、彼らはここをつかまれると痛いことを知っていて、わざとつかんで引きずっていくんだろうか。学校でそう教わるの？　それとも生まれながらに知ってるの？――わたしを引っぱるようにしてビーチを進んでいく。いまや怒りのあまり考えがまとまらないようすでしゃべりつづけている。おまえはいい子だと思っていたのに、じつはしたたかなガキで、わたしはほんとうにがっかりしている、なんでもほしいものを与えてやったのに、どうしてこんなまねをするんだ、と。

こっちは答えないけれど、彼はそれには気づかない。ほんとうのところ、わたしなどは目に入っていなくて、わたしに向けてしゃべっているわけじゃないから。彼が目にしているのは目的地の桟橋だけ。

それはわたしも同じ。

桟橋にたどりつき、レイモンドは腰をかがめ、砂と木のあいだのスペースに目を向けて顔をしかめる。彼のサイズでは狭すぎて入りこめないだろう。

「わたしが取ってくる」それが自分の義務みたいに言う。ふと気づくと、砂のなかの例の場所にいる……夢じゃなく。レイモンドには〝あれ〟は見えない。恐ろしすぎて認めたくなくなるけれど、たしかにここにある。わたしは〝あれ〟がある場所にいる。

もぞもぞと桟橋の下を這っていき、シャツがめくれあがってむきだしになったお腹に砂が張りつくけれど、ここにいれば安全という気分になる。レイモンドはあとを追ってこられないから。

でも雲行きがあやしくなっていて、好むと好まざるとにかかわらず、わたしは準備に入らなくちゃならない。

「早くしろ」とレイモンドが言う。その声が木の板にあたって反響する。

わたしは肘をついて前へ進み、耳の奥では心臓がドクドクと鳴っている。桟橋の下にこのままずっといたいと思うものの、指が砂のなかに埋めた箱の縁に触れると同時に、それは無理な話だと思いなおす。

両手で箱を掘りだし――箱は思ったよりもかたい。ここに埋めたときはシャベルを使ったことを思いだす――汗が胸のあたりを這って砂の上に落ちたあと、ようやく箱をねじりながら砂から出す。

音が鳴りませんようにと祈りながら掛け金をはずす。よかった、音は鳴らない。〝それ〟を取りだすときに手がブルブルと震えないよう腕に力を入れると、腕の全筋肉がピンと張る。

〝それを使う。使わなきゃならない〟

両手で箱をかかえて桟橋の下から這いでて、急いで立ちあがり、広々としたビーチでできるだけレイモンドから離れる。

「それをこっちに寄こせ」レイモンドが箱を指さして言う。拳銃は手にはなく、ベルトに突っこまれている……どうやらすっかり安心しきっているらしい。「ゲームはなしだ」

「ゲームはなし」わたしは同意する。完璧。話し方も完璧で、声はちっとも震えていない。

自分の全人生はこの瞬間につながっていた。わたしはどこから見ても恐ろしいほど理想的な母の愛弟子。〝まばたきはしない——笑って、一杯食わす〟

レイモンドが箱のほうへ腕をのばす。

わたしは箱を渡そうとするみたいに前へ出る。

〝それを使え〟

でも最後の瞬間に、箱を落として彼を撃つ。

〝使わなきゃならなかった〟

54 リー・アン・オマリーとクリアクリークの保安官補の会話記録

八月八日　午後零時二十五分

レノルズ保安官補：わたしを殴るなんて信じられない。

オマリー：手錠をはずして。お願いだから、ジェシー……

レノルズ保安官補：わたしを脅すのはやめて。アダムス保安官は保安官補に対する暴行容疑であなたを逮捕したがっている。

オマリー：この手錠をはずして。いますぐ。うちの子たちがなかにいるのよ。なかでは火災が起きている。鍵を寄こして！

レノルズ保安官補：消防隊がこっちに向かってる。落ち着いて。
オマリー：あなたを殺してやる。
レノルズ保安官補：リー、気が動顚しているのはわかるけど、そういう態度はやめたほうがいい。
オマリー：わたしは――
［叫び声］
レノルズ保安官補：ったく。
オマリー：手錠をはずして！　誰かが出てくる！

レノルズ保安官補：保安官の命令で、わたしはあなたといなくちゃならない。

オマリー：ジェシー──

［悲鳴］

オマリー：あれはノーラよ。

［もみあう音］

レノルズ保安官補：あなたに銃を向けさせないで！

［聞きとりにくい叫び声］

レノルズ保安官補：あれはあの子の声……？

オマリー：ジェシー！　手錠をはずして！

［会話記録終了］

55

午後零時十九分（人質になってから百八十七分）

~~ライター一個、ウォッカのミニボトル三本、はさみ、貸金庫の鍵二本、ナイフ一本、化学~~
~~爆弾一個~~（爆発済み）、~~火元となる発火装置一式、~~（発火の最中）、~~アイリスのバッグの中~~
身（こちらも発火中）

~~計画＃１：却下~~
計画＃２：保留
計画＃３：刺す✓
~~計画＃４：銃を奪う。アイリスとウェスを救出する。脱出する。~~
計画＃５：アイリスのプラン：ドカーン！✓

　いままたやつに廊下を引きずられていて、三度目となる今回はだいぶきつい。意識は朦朧、気絶はしていないものの頭はズキズキ痛み、ガツンとやられたことに加えて、あたりには煙が充満していて、もうどうにもならない。でも今回は抵抗する。失うものはなにもない、じゃなくて、ここで抵抗しないと失いたくないものを失ってしまう。アイリス。彼女はどこ？　彼女の姿が見えない。そうだ、彼女はどこかへ連れていかれたんだ。びっくり箱から飛びだす殺人鬼さながらに、あの男がドアの近くにいきなりあらわれて、アイリスをどこかへ連れていってしまった。やつはもう血を流していない。レッドキャップが目覚めさせて、応急処置をしたにちがいない。まったく、あの間抜け、いらないことをしてくれたばか男。

火災。火はどんどん広がっている。パチパチと燃える音が聞こえ、洗面所から吹きだしてくる煙が見える。壁の塗装は泡立ち、熱が渦巻いている。じきに廊下全体が熱と煙に覆われるだろう。なんとかとめなくては。ウェスが閉じこめられているのだから。

ウェスの名を大声で呼ぶと、壁をバンバン叩く音が聞こえてくる。拳でドアを叩く音と意味のよくわからないくぐもった言葉が。わたしは姿勢を低くしろと叫ぶ。少しでもあいているドアを閉めろとか、そのほかの火災時の安全確保について、本人が閉じこめられているときに言っても意味のないことを叫ぶ。ウェスは閉じこめられている。閉じこめられている場合じゃないのに。そんなのありえないのに。火災時には。こんなときには。あんなことや、こんなことがあったあとには。

両手首をつかんでいるデュアンの手を払いのけようとしつつ、引きずられたままレッドキャップのそばを通りすぎる。ドレイノ爆弾でひどい怪我を負ったレッドはまだうなっている。デュアンは火がすぐそこに迫っている廊下の端にわたしを放り投げ、レッドキャップに向きなおる。わたしはなんとか立ちあがり、触れるだけで火傷しそうな空気にいきなり包まれてよろめく。

それはあっという間の出来事で、はじめてふたりのやりとりを見たときからやがてこうなるのはわかっていたけれど、たいていの人はこの場面をこんなにも間近に見るのは耐えられないだろう。さっきまでレッドキャップは皮がはがれてうめき声をあげていたのに、二発の銃弾をつづけざまに食らって無言になる。何者でもなくなってしまったから。

一瞬、吐息をもらす。それでも叫びつづけなければならない。ウェス。アイリス。わたしは——

なんてことだろう、彼は実際に、ほんとうに死んでいる。ふいに世界が煙にすっぽり覆われる。

「そこにいろ」デュアンがうなるように言う。それから身体の向きを変える。つんと鼻を突く煙は息が詰まるほど濃い。炎が洗面所の戸口付近を這い、肌が熱で赤くなる。立ちあがらねば。いや……這う。いまは這わなくては。姿勢を低く保って。ウェスがいるオフィスのドアをブロックしているテーブルのところまで行かなくては。彼を救いだす。アイリスも。みんなで脱出する。

動きだすまえにデュアンが戻ってきて、消防士が担《かつ》ぐ要領でアイリスを肩にだらりと乗せている。

「それって……」質問が喉に引っかかる。言葉を絞りだすこともできない。息ができない。嘘。だめ。嘘でしょ。

「気絶させただけだ」デュアンが笑う。「この女には人間の盾になってもらう。何層にもなっている服を着ていることだしな」そう言ってスカートとペチコートの裾をめくる。こっちから煙の向こうにそのようすが見える。

炎にあぶられるよりももっと頬が熱くなり、拳を握りしめて、かならずこいつを痛めつけてやると心に誓う。

「さあ、行くぞ」デュアンが銃で動けと合図してくる。

「だめ。あの男子といっしょじゃなきゃ行かない」ほかの人質のみんなを残していくのは、われながらひどいやつだと思う。でもいまは気にしていられない。アイリスは視野に入っている。あとはウェス。それから脱出する。ほかの人たちを残して。なんにしろ、わたしは自分の母親を置き去りにした。人を置き去りにするのがわたしという人間なのだ。

デュアンの目がこっちの肩の向こうを見る。炎が大きくなっているにちがいない。わたしは立ちあがって足を踏んばる。相手が折れるのを待つ。度胸くらべなら負けない。

「さあ」デュアンが言う。

わたしは首を振る。

デュアンが発砲する。なんの前触れもなく。頭上の漆喰《しっくい》があたりに飛び散り、そのかけらがわたしの腕にあたる。

「動け、さもないと次はこの女だ」

生き延びるためには動かなければならない。でもウェスを置き去りにしたらわたしは死んでしまうだろう。それでもアイリスを守らなければならない。同時にはウェスを守れない。デュアンに前へと押しだされるあいだに、さまざまな思いが混乱した頭をよぎっては消える。

話を引きのばすすべはなく、いま誰かにおまえは誰だと訊かれても、わたしはこう答えるだろう。〝怖い、怖い、怖い〟

デュアンはわたしがこの世で大切にしているすべてのものの三分の二を手中におさめている。実際にも、比喩的にも。彼にはその自覚があり、それを利用しようとしている。

地下室は金属的なにおいと、レッドキャップが鉄格子に溶接機でむだにあけた穴あたりからだよう焦げたにおいがする。デュアンは貸金庫のほうは見もしない。ほかの金ヅルを手に入れたのだから――わたしを連れて脱出すればいいだけ。

これは自分のプランのなかで計画されていた幕切れとはちがう。予測していた出来事でもない。アイリスがカールした髪と脚をだらりとさせて、ぬいぐるみみたいにこいつの肩に担がれるなんて予想していなかった。ウェスが上の階でたったひとり、流れこんでくる煙を避けてうずくまるだなんて、まったくの想定外だ。そう、ウェスはひとりきりのまま。ありえない。こんなふうになるなんて。こんなのはありえない。

デュアンに銀行の外へと押しだされながら叫び声をあげる。わたしは野獣と化し、頭のなかは煙と〝ウェスはあそこに閉じこめられたまま〟という思いでいっぱいで、この場を切り抜けるうまいアイデアなどひとつも浮かんでこない。

デュアンは人間でできた防弾ベストを身につけているみたいに、アイリスの身体を自分の身体の前面に垂らし、前を行くわたしの背中にショットガンを押しつけているけれど、そんなことでわたしをとめることはできない。わたしはウェスの名前を叫びつづけ、待機している保安官事務所の面々に〝彼を助けて、なかへ入って彼を救出して〟と大声で呼びかける。しかし彼らはパトロールカーの陰にうずくまって銃をこちらに向けたまま動かず、わたしには彼らの顔に浮かぶ表情からその心情が読みとれる。〝これでは撃つに撃てない〟という心のうちが。リーの姿はない。〝リーはどこ？〟

視界がぼやけるなかで、煙が立ちのぼり、デュアンがわたしを前へ押しだす。銃口が背中に食いこみ、こいつの意のままに動く以外に道はない。踵《きびす》を返すことはできない。そのうちに誰かが発砲するだろう。そのあとは……

デュアンのジャケットの端っこに目がとまり、瞬間的にハッと気づく。ジャケット。こいつはまえはジャケットを着ていなかった。

いまはレッドキャップのジャケットを着ている。なぜ？

疑問がニュートンのゆりかごよろしくカチカチと鳴り、小さな銀の玉みたいにひとつの考えがほかの考えにぶつかり、頭のなかでつながって原因と結果があらわれる。

レッドキャップは、それを言うならふたりともだが、なんでもないことのように、つねに武器を相手に渡していた。わたしはそれをお互いに信頼しあっている証だと思っていた。愚かなことだとも。

でもそうじゃなかった。

レッドキャップは武器を手渡してもなお、きっちり武装していたのだ。

〝犯人にはいざというときの奥の手がある〟わたしはリーへのメモにそう走り書きした。考えうるかぎり、リーに渡すもっとも有益な情報。でもそれはデュアンに関しての直感だった。もうひとりに注意が向かないほど、自分の頭がかたいとは思いもしなかった。

デュアンがジャケットのポケットを探る。こっちは動悸が激しくなり、頭のなかで玉がカチカチとぶつかりあう。カチカチ、カチカチと。銀色の小さな玉同士が。ひとつがぶつかると、ひとつが弾かれる。

デュアンがそれを取りだすまえに、自分の口が勝手に開いて大声をあげる。

「手榴弾！」

56

午後零時二十六分（人質になってから百九十四分）

ライター一個、ウォッカのミニボトル三本、はさみ、貸金庫の鍵二本、ナイフ一本、化学爆弾一個（爆発済み）、火元となる発火装置一式、（発火の最中）、アイリスのバッグの中身（こちらも発火中）

計画＃1：却下
計画＃2：けっこううまく進行中
計画＃3：刺す✓
計画＃4：銃を奪う。アイリスとウェスを救出する。脱出する。
計画＃5：アイリスのプラン：ドカーン！✓
計画＃6：死なない

わたしの警告は間にあわなかった。デュアンはすばやい。保安官補たちはのろい。

デュアンは手榴弾を宙には放らず、ゆえに手榴弾は優雅な曲線を描くことはない。やつは転がっていくようにとアンダースローで放り、手榴弾はまんなかの警察車輛の下にするすると入っていく。

保安官補たちはクモの子を散らすようにちりぢりになるが、それほど遠くまでは行けない。〝ドン〟という音とともに警察車輛が跳びあがったかと思うともとの場所に落ち、その隙にデュアンはわたしの腕をつかんで強く引っぱり、わたしはたまらず悲鳴をあげる。あたりは煙と炎と混乱した叫び声に包まれ、デュアンは銀行の裏手にとめてあった車の後部座席にわたしとアイリスを押しこむ。保安官補たちが再度態勢を整えるまえに車はタイヤを鳴らして駐車場から出ていく。

放牧地を走るハイウェイに向けて走りながらデュアンは歓声をあげる。誰もまだ追ってこない。やつはすこぶる上機嫌で、こっちが刻々と死へ向かっていることなど気にするはずもない。とにかく、大手を振って帰れるのだから。

バックミラーで互いの目があうと、やつの笑顔が邪悪な色を帯びる。わたしはアイリスの腕をきつく握り、それで目覚めてくれればと願う。しかし彼女は意識をなくしたまま。額にできた痣はひどく痛そうだが、少なくとも出血はしていない。その点はいい。ほんとうに？　内出血していなければ、だけど。

「ようやく静かになったな」とデュアンが言う。

自分には残されたものはひとつもなく、行く場所もない。ポケットにナイフが入っているけれど、このスピードで車を運転している相手を刺すことはできない。それに刺したりしたら、わたしかアイリスを撃つかもしれない。残念ながら、この男が恐ろしいほど頑丈なのはすでに証明済み。なにしろ刺されても〝仕事〟をつづけたくらいだから。

それでもあきらめきれず、どこを刺せばいいか考えてみる。やっぱり首のあたり？ でもほんとうに刺したら、こいつは反射的にブレーキを思いっきり踏むかもしれない。そうしたら、このスピードだと車はひっくりかえるだろう。古い車だからエアバッグはない。わたしたちはシートベルトすらしていない。

世界が霞《かす》み、解決策を見つけようとして思考があちこちに飛ぶ。必死に考えているのは、たとえ遠くからでもサイレンがまったく聞こえてこないから。保安官事務所の面々は追ってこない。おそらく事件現場での救助活動などで手いっぱいなのだろう。

デュアンがスピードを落とす。警戒して身体がこわばる。〝出口を見つけろ、相手を騙してこの場を切り抜けろ〟手が自然とアイリスの手首を握りしめる。目覚めてもらわなきゃならないけれど、とてもじゃないが無理そう。どれだけ強く殴られた？

車は二車線のハイウェイを降りて、町のはずれへとのびるいくつかの脇道のひとつに入る。どこまでも丘とオークの林がつづく道をスピードを落として走るあいだ、タイヤが砂利を踏む音があたりに響く。デュアンはどこへ向かっているのか。

砂利道がカーブしたところで、納屋が目に入ってくる。デュアンは車をそこに隠すつもりなのだろう。そうなったら保安官補たちに見つけてもらえなくなる。こいつはきっとアイリスを殺す。夜まで待って、わたしを州外へ連れだす。保安官事務所の人員ではあらゆる場所に検問所を設けることはできない。あたりには切りだした木材を運搬する田舎道や、忘れられた鉱山の採掘跡地につうじる道が何本かあり、正しい道を選べば、かならず海岸へ出ることができる。

行動を起こさなければ。いますぐ。

アイリスを見る。彼女を置き去りにはできない。でも置いていくしかない。わたしたちに少しでもチャンスがあるなら、まずはデュアンをアイリスから引き離さなければ。切り札となるものから遠くへ。あの男はわたしを追ってくるはず。アイリスを車に残したままで。そうするよりほかないから。

わたしはこの茶番劇の最後にデュアンが手に入れた唯一の価値あるもの。あいつにはわたしが必要。

納屋がどんどん近づいてくる。デュアンは車のスピードをあげている。

いまやるか、あきらめるか。

勢いよく車のドアをあけて身体を外へ投げだし、心の底から、この瞬間に自分のフランネルのシャツを使えればと思う。車から砂利道へ転がりでたら、ふつうはTシャツは破れ、肌は擦り傷だらけになる。実際にやってみると、散弾を食らったみたいに痛みが腕や肩のあちこちに散らばる。即座にデュアンが悪態をついてどなり、車を急停止させる音が聞こえてきて、さっさと立ちあがれと自分に命じる。

いいよ、いいよ。車は開けた場所にとまっている。保安官補たちがヘリコプターを出動させればきっと車を発見できる。走れ。逃げろ。やつがアイリスを殺すまえに、わたしを追うように仕向けろ。

わたしは納屋のほうへ走りだす。武器となるものがあるかもしれないから。干し草用のフォークがあるかもしれないし、トラクターがあればそれでやつを踏みつぶしてやる。もうなんだっていい。武器を見つける。それを使う。必要とあらば、やつを殺す。

殺さなくちゃならない気がする。

57 レイモンド：彼を仕留める（全四幕）

第三幕：切り落とす

五年前

レイモンドを撃ったものの、彼は死ななかった。それははっきりしている。話をつくることもできるだろう。彼には死んでほしくなかったと言うことだってできるだろう。だからわざと脚を狙ったのだと。

まったくの嘘っぱちだけど。正直に言うと、両手が震えていて、しかもまわりは暗く、そのうえわたしは射撃がへたくそだった（この先、撃つことはもうないはず）。二発目の引き金を引いてすべてを終わらせなかったことをいまでもたまに後悔する。あのときビーチから歩き去ってそのまま足をとめず、レイモンドを砂の上に、ママをマックマンションに残して……誰にも見つからない場所へと消えていたら、いまごろ自分はどこにいただろうかと、ときどき考える。

姿を消す方法は知っている。ママは人目につきにくくて、誰の関心も引かない女の子たちを生みだした。新しい子に生まれかわるときには、ドラッグストアで買える染髪剤で髪を染め、魔法の呪文みたいに新しい名前を何度も唱えながら鏡に向かってにっこり笑った。

でもわたしはべつの選択をした。逃げるのをやめるために。人の目にしっかり映る存在になるために。詐欺と縁を切るために。

痛みやペテンや欲求を捨て去って、本物の誰かになる方法を学ぶために。

引き金を引いたあとはものごとがめまぐるしく展開していく。レイモンドは倒れはするけれど、気を失ってはいない。彼が手をのばしてきて、わたしはさっきと同じ反応をする。いまなにをすべきかわかっている、というような反応を。今度は狙いをはずさないけれど、使う武器がちがう。金属製の箱の角でレイモンドのこめかみを殴ると、彼は砂の上に顔を伏せるが、まだ気絶していない。だからもう一度殴る。さらにもう一度。

さらに殴りつけようと思って箱を高く掲げたとき、レイモンドはようやく気を失う。心臓の音が波の音よりも大きく耳のなかで鳴り響き、わたしは逃げだしたくなる。

でもここで逃げてはいけない。まだぜんぶ終わっていないから。

計画があって、準備万端整っている。姉がわたしを連れだす計画。本来なら八日後に決行のはずだったけれど……

計画は変更。もう、どうしよう、わたしがぜんぶ変えてしまった。

わたしはビーチに立ちつくす。裸足で、足の指のあいだで砂がギシギシと鳴る。世界がどんなふうに動くかはわかる。とくに、密告者になると世界がどう変わるかは。それがいま、わたしがやろうとしていること。密告者になって、ＦＢＩに母親とレイモンドを刑務所送りにしてもらう。そうすればわたしたちはもう安全だ。でもＦＢＩは動かぬ証拠を求めている。それがうちの姉と彼らのあいだで交わした取り決め。彼らに証拠を渡したあと、わたしは永遠に手の届かないところへ行く。

切り札となる証拠がいる。だからレイモンドの金庫をあけなくちゃならない。箱に腕をまわしてしっかりとかかえる。なかには銃のほかにふたつのものが入っている。姉がわたしと連絡をとるために使う、使い捨ての携帯電話。それと包丁。

レイモンドの金庫は生体認証機能を備えている。あけるには指紋がいる。姉から指紋を採取するためのキットをもらう予定になっている。でもわたしは、すべてを台無しにしてしまった。身体にはたくさんの痣があって、時間はほとんどなく、気持ちはざわついている。彼を撃ったから。彼を撃ち、気絶させたからにはもう後戻りはできず、手には包丁が入った金属製のランチボックスを持っている。これからどうするか、もうわかっている。

後戻りはできない。前に進むのみ。

わたしは彼の金庫をあけなければならない。

砂の上にランチボックスを置き、包丁を取りだす。

58 リー・アン・オマリーとジェシカ・レノルズ保安官補による人質犯追跡時の会話記録

八月八日　午後零時三十分

レノルズ保安官補：ゴー！　ゴー！

オマリー：あなた犯人を見た？

レノルズ保安官補：こちらレノルズ保安官補。病院搬送用のヘリコプターか消防のヘリコプターの出動を要請します。容疑者は現在ハイウェイ三号線を北上中、白のセダンを探してください。ただちに三号線と五号線に検問所の設置をお願いします。

[三分五十六秒間、録音が途切れる。出動記録は保安官による報告書の3Aの部分を参照

のこと」

レノルズ保安官補：病院搬送用のヘリコプターが出動して、上空から目視してくれる。

オマリー：急ぐように言って。

［四分二十一秒間、記録なし］

［警察無線の声、聞きとれず］

レノルズ保安官補：オーケー！　オーケー。そのエリアに出動可能な警察官をすべて投入してもらいたい。こちらレノルズ保安官補。追跡中の白のセダンはキャステラ・ロード一七二三の無人のウィリアムズ農場で目撃された。人質犯は武装していて危険。人質としてティーンエイジャーの女子を二名、拘束している。充分に警戒して捜索を進めてください。

オマリー：行くわよ。

レノルズ保安官補：リー、現場に到着したときにどうするか、話しあっておかなきゃならない。

オマリー：手錠をはずして。

レノルズ保安官補：あなた、わたしを殴ったのよ。

オマリー：ごめんなさいって言えば、わたしに銃を寄こして、いっしょに行かせてくれる？

レノルズ保安官補：こっちの命令に従う？

オマリー：わたしがついてるからだいじょうぶ。

レノルズ保安官補：返事になってないわよ、リー。

［二分十六秒間、音声がゆがむ］

［車のドアが閉まる音］

［会話記録終了］

59　午後零時三十二分（人質になってから二百分）

貸金庫の鍵二本、ナイフ一本
計画#6：死なない

デュアンの車から逃げた。いまは隠れるとき。

納屋の扉を急いで抜け、バタンと閉じる。でもなかから扉をブロックするものはなにも見あたらず、同時にやつがこっちに興味を失ってアイリスのもとへ戻ったらどうしようと考える。扉の板と板のあいだから納屋に向かって歩いてくるデュアンが見え、このまま逃げろと叫びかけてくるみたいに血がたぎるのを感じる。相手の動きはそれほどすばやくはない。初期の痛みはうすれても、刺された箇所がまだうずくのだろう。だから慎重に動きたいはずだ。わたしを連れて国を横断するからには、できるかぎり体調をベストにしておきたいはず。飛行機にわたしを乗せるのは無理だろうけれど、もしかしたらわたしをこっそり船に乗せてくれる知り合いがいるかもしれない。でもあいつにそんなお金があるだろうか。

直感はノーと言っている。なぜならレッドキャップといっしょになってあんな無謀な計画を立てたのだから。すっからかんで追いつめられ、危険を承知のうえで、わたしをつかまえようとするだろう。これがいまのやつにとってはいちばん金になる仕事なのだから。

納屋のなかは暗く、かつては馬を飼育していたと思われる仕切りのついた区画には、防水シートをかぶせた機械類が並んでいる。顔をあげて上を見てみる。屋根裏があって梯子がついているけれど、梯子は木製で重そう。上にあがったあと、自力では引きあげられないだろう。

でも上にあがってやつを罠にかけることはできるかもしれない。こっちはできるだけ長く相手の注意を引き、車が発見されるまでの時間を稼げばいい。ただそれだけ。

わたしは自分をごまかそうとしている。うまくいくわけがないのだから。でもやるしかない。腰をかがめてひと握りの土をつかんだあと、梯子をのぼる。屋根裏の干し草置き場は広く平らで、納屋の面積の半分くらいはあり、仕切りのついた区画や入口からの通路を見渡せ、奥の大きな窓からは日の光がさしこんでいる。

まわりを見まわして、離れたところにいる相手にも使える武器を探す。自分でもよくわかっているとおり、ナイフで立ち向かっても勝てる見込みはほとんどない。一度くらいは刺せるかもしれないが、すぐにつかまってしまうだろう。もっと大きなものがいる。熊手とかシャベルとか、農業従事者が使う、けっこう危険なものが。

納屋の扉が甲高い音を立てて開き、わたしは屋根裏でかたまる。

そのあとは物音ひとつしない。デュアンは無言。こっちをなじりもしない。あいつのくだらないおしゃべりを聞いているほうがマシな気がする。もうそれに慣れてしまったから、で、この沈黙は……

怖い。ほんとうに、心の底から恐ろしい。

聞こえるのは相手の足音と、自分の鼓動と呼吸音で、息遣いが苦しげなのが自分でもわかる。これではやつの思うツボだ。やつはわたしが内部から崩れるのを望んでいる。デュアンはほんとうのわたしがどういう人間か、まだわかっていない。だからいまの状況があるのだろうけれど、少なくとも、わたしは自分になにができるかはわかっている。警告したけれど、やつは聞く耳を持たなかった。これから思い知らせてやる。

干し草置き場の手すりのところまで静かに移動して、デュアンが奥のほうへと歩いてくるのを眺め、やつがいちばん奥側の仕切りつきの区画を通りすぎるまで待つ。そのあとで防水シートの上にひと握りの土を落とし、土がビニールにあたるカサッという音がするまえにすばやく引っこむ。

デュアンが音のするほうを向いたときには、わたしはもう動きだしていて、屋根裏を横切り武器になるものを探す……なんでもいい……

箒《ほうき》を見つける。かたい毛のところは腐っていて、柄の部分は太くて短いけれど、武器は武器だ。やつを叩くのに使える。最初の一撃で相手の頭をぼーっとさせられれば、顔とかほかの部分も叩けるし、そのあとでナイフを使えば逃げられるかもしれない。そうすればもう追ってこないだろう。逃げるときに梯子を倒して、やつを屋根裏からおりられないようにすれば、ますます追うのは不可能になる。

なんとも大ざっぱな計画だけれど、いまのところはこれしかない。屋根裏への梯子が軋み、わたしは箒の柄を握りしめる。

大きな窓からさしこんでくる日光を避け、できるだけ影になっているところに後退して隠れるものの、それにも限度がある。屋根裏の床から頭をのぞかせるとすぐに、やつがこっちを向く。

じっと待っているうちにデュアンが干し草置き場の床に足をかけて梯子から離れ、その時点でこの作戦はだめだと気づくが、時すでに遅し。思ったよりも相手の動きが速く、こっちから攻撃を仕掛ける時間がない。右側にすっと身をかわすも、相手は目標を定めて動いている。その目標とは、こっちが壊れるまで徹底的に痛めつけること。身体だけではなく、わたしという人間ぜんぶを。

絶対にそうはさせない。

上のほうを狙って箒の柄を振るが、こっちの攻撃はあっさりブロックされる。古い木はデュアンの腕にあたってふたつに折れたが、その隙に相手の肘を打ち、やつはうめき声をもらす。そこでこっちには二、三歩、後ろへさがる余裕ができ、相手につかまる危険が去ったところでナイフを取りだす。刃を出して突きだしたとたんに既視感《デジャヴ》に襲われる。ふたたび同じ場面に出くわす。少女と刃物と悪いやつがそろう場面に。けっして変わらない情景に思えるけれど、わたしが変えてやる。

右側に二歩、移動する。梯子まで行きつければ……

そこで相手が跳びかかってきて、こちらはナイフをひと振りする。本能的にではなく。訓練の賜物《たまもの》で。ナイフを使うときには、しっかり体重をかけて踏みこむこと。ぐっと強く。そしてすばやく。いまは練習どおりにはいかない。ナイフはデュアンの腕に長めの傷をつけるが、それほど深くない。悲鳴をあげた相手に腕を払われ、ナイフが手から飛んでいく。デュアンは血が出ている腕を手で押さえ、歯のあいだから荒い息を吐きながら近づいてくる。ナイフは遠くに落ちる。相手に傷を負わせて生じたこの間《ま》を唯一のチャンスととらえ、わたしは梯子のほうへ飛びだす。

半分ほどおりたところでデュアンが梯子をつかみ、ぐいっと前へ押しだしたせいで、昔のゲームにあったみたいにわたしは梯子から後ろ向きで放りだされる。どうするか決めるまでに一秒。〝頭から落ちるか、背中から落ちるか〟わたしは宙を舞いながら膝を胸のあたりに引き寄せ、身体をひねり、同時に両手で頭をかかえる。車から飛び降りたときの衝撃がまだ生々しいせいか、今回はすぐに痛みが襲ってこないのは不幸中の幸い。激しい音とともに納屋の床に手ひどく叩きつけられ、それでもありがたいことに頭を打たずにすむ。少しして脳と心に受けた衝撃に追いつく形でやってきた痛みが全身をさいなみ、わたしは息も絶え絶えになりながらもなんとか空気を吸いこむ。

肺が震え、その原因が落下した衝撃で肺のなかの空気がぜんぶ外に出てしまったためなのか、肋骨が肺かどこかに突き刺さったためなのかと、一瞬考える。なんだか前者ではなく、後者のような気がする。動くのが怖い。痛みが襲ってきそうだからではなく、動こうとして動けなかったらどうしようと思うから。ゆっくりとまばたきしながら納屋の天井を見つめる。立ちあがらなくてはならない。デュアンがいまにも屋根裏からおりてきそうだ。このままではやつのなすがままになってしまう。

それでも動けない。気持ちを集中させることもできない。トンボが水辺をかすめて飛ぶように、うすれていく意識が記憶をかすめて飛んでいく。

ウェスと、いじめっ子の目の縁にできた痣と、わたしの拳。わたしたちが出会った日。〝すごくいいパンチだった〟という称賛と腕に置かれたウェスの手……生まれてはじめて、触れられてもびくりとしなかった。

アイリスと、彼女のスカートの金色の渦巻き模様。歩道の上でくるくるまわるアイリス。〝もうこういう服はつくられていないんだよ、ノーラ〟……彼女の笑みがこっちの笑みを誘い、わたしの世界が輝きだす。

リリー。こげ茶じゃなくてハニーブロンドのリリーの髪。腰をかがめて自分と同じ青い瞳をのぞきこむ。笑っても、口の両端がとても悲しそう。〝わたしはあなたのお姉ちゃんよ〟

リリー。紙きれ。走り書きされた番号。それをさしだす手。〝いつでも電話してきていいからね〟

リリー。暗号。ささやかれた約束。まぎれもない真実。〝ママはあなたの味方になってくれない〟

リリー。夜遅く。ひとり怖がっている女の子。血だらけのビーチ。〝すぐそっちへ行く〟

リリー。リリー。リリー。

リー、わたしのなかの鼓動と同じ、わたしのお姉ちゃん。強さとはなにかを教えてくれた人。

自由とはどんなものかも。

リーはわたしを救ってくれた。今回もうまくやってくれるかどうかはわからない。自分がうまくやれるとも思えない。

でも、やってみる。

つま先をくねらせる。それから足首をまわす。よし、いけそう。

〝ズシ、ズシ、ズシ〟デュアンが梯子をおりてくる。

立ちあがる時間だ。

リーに誇りに思ってもらう時間。

60　レイモンド：彼を仕留める（全四幕）

第四幕：逃げる

　屋敷に戻ってみるとなかはまだ暗い。明かりはつけずにおく。難しいパートはすでに終えたから、あとは二階にあるレイモンドの金庫まで行き、自由と引き換えにするものを手に入れるだけ。

　用をすませたあと、わたしは〝それら〟を氷の上に置いた。どうしてそうしたのかはわからない。でもその件についてはあとで時間をかけて考えることにする。レイモンドには〝どんでもないことになっちゃったね〟と言いたいところ。彼は酒を飲むと〝どんでもない〟話をしたがるから。でも現実は、自分の身体の隅々にまで、流れた血による衝撃と恐怖が駆けめぐっている。

　意識を取りもどして、〝それら〟が永遠になくなっていることに気づいた彼が、わたしにどんな報復をするかと考えただけで、さらに恐怖が駆けめぐる。むごいことをされたばかりなのに、レイモンドが裏口から入ってきて、いいほうの手でわたしの腕をつかむかもしれないと考えながら動く。

あまりにも恐ろしくてそれらを氷の上に置いたままにし、レイモンドの書斎に入る。もう怖がってばかりはいられない。動きつづけなければ。ママが床に倒れている。レイモンドがママを置き去りにしたときのまま。

「ママ、さあ、起きて」

ママはわたしの手を払いのける。細い膝をついていたところには、カーペットの上に小さくて丸い血のあとがついている。

ママが邪魔をする。かぎられた時間しかないのに。

「彼はどこ？」レイモンドが恐ろしいのなら訊かないはずだけれど、ママには彼が必要だからママは尋ねる。こんな仕打ちをされても、レイモンドになぐさめてほしいのだ。わたしにはその気持ちはけっして理解できないだろう。母がそういう気持ちを抱くことをいつまでも憎むだろう。

でもいまはその考えを脇におく。

「さあ」できるだけやさしくママを立たせ、二階のベッドへ連れていく。レイモンドはどこかとママが再度訊いてくる。

わたしは答えない。

ママを置いていくのはつらいだろうか。

そうでもない。

夢を見ているみたいな気分で階下《した》におりる。わたしにはかぎられた時間しかない。レイモンドの書斎は暗いけれど、明かりはつけずに、彼のベッドルームの金庫から取ってきたハードディスクを机の上に置く。そこで使い捨ての携帯電話を取りだし、リーの番号にかけながら、最初のハードディスクを彼のパソコンに接続して、キーを押す。

呼び出し音が二度鳴る。かすれ気味のリーの声が聞こえてくる。「もしもし？」

〝さあ、言って。言うの。言わなきゃだめ〟

「オリーヴ」

姉が一瞬、息を詰まらせる。「すぐそっちへ行く」

別れの言葉はなし。そうするよう言われたとおりに電話を切る。

かぎられた時間しかないのだから。

ハードディスクをひとつひとつ確認していく――四つのハードディスクはパスワードが暗号化されている。けれども、金庫の奥のほうに押しこまれていて、もう少しで見過ごしそうになったUSBメモリをさしこむと、コードがずらずらと画面に表示されはじめる。コードの表示が終わると、赤いカーソルが点滅しはじめる。なにかを入力しろということなのだろう。

USBをじっと見つめてからエスケープキーを押し、USBを引っこ抜いてポケットに突っこむ。大きなハードディスクのほうはランチボックスに入れる。

使い捨て携帯が鳴る。姉が外にいるという合図。さあ、いよいよだ。

ドアまでどう行けばいいのか一瞬わからなくなる。ドアをあけて姉の顔を見るまで、自分がどんなにひどい恰好をしているか気づかない。

「あちこちに血がついている」こちらに近づきながら姉が言う。

わたしは後ずさる。触れられるわけにはいかない。いまはだめだ。じゃあ、いつならいいの？　もはやよくわからない。「わたしの血じゃない」まあ、ほとんどは、という意味だけど。

姉の顔はまた変わっていて、ほんとうなら動揺するはずだけれど、いまはなにも感じない。神経が麻痺しているみたいに。わたしは役目を果たした。ハードディスクを手に入れた。いま、自分が消えかけている。わたしはわたしじゃない。わたしはアシュリーじゃない。

じゃあ、いったいわたしは誰？

わたしは何者？

アシュリー。わたしはアシュリー。わたしはアシュリーでいなくちゃならない。

継父を撃ったりしない完璧な娘。包丁に触れたりしないし、使い方なんか知るはずもない完璧な娘。継父が必要とするものを渡す完璧な娘。この子は彼に自分を殺させようとしていた。

「なにがあったの？　ママはどこ？　彼は？」

「ママは上階《うえ》。彼は……彼は……」言葉がぐるぐる回転する。膝を曲げちゃだめ。

「わたしを見て」姉の指にあごをはさまれ、いやでも目が姉の目とあう。回転がとまる。

呼吸をする。息が姉の顔にかかる。息が臭かったらどうしよう。「あなた、なにをしたの？」

それなら答えられる。自分がしたことならわかる。「彼を撃った。そうしなきゃならなかったから。彼はママに銃を突きつけた。だからわたしは彼をママから引き離して、それから撃った」

「こっちをちゃんと見て」姉がわたしの顔の前で指をパチンと鳴らす。わたしはふたたび動揺する。「彼はどこにいるの？」

よかった。この質問にも答えられる。答えがわかる質問は好き。「桟橋の下に引きずっていった」

「彼は死んでるの？」

わたしは首を振る。「撃ったのは脚だから」

姉の身体全体に変化があらわれ、たとえば肩を怒らせて、警戒しているようにも、ピリピリしているようにも見える。「銃はどこ？」

わたしは金属製のランチボックスを持ちあげる。

姉がうなずく。「さあ、行きましょう。いますぐ。あなたはもうここへは戻ってこない」

わたしは反論しない。自分のものを取りにいこうともしない。さようならを言うつもりもない。ママをいっしょに連れていけるかどうかも訊かない。

ただ姉についていく。それが楽だから。

そう、それが楽な道。だって自分の後ろにはなにが待っている？　いいことはひとつもない。じゃあ、自分の前にはなにが待っている？　望むものすべて。

わたしの背中の肩と肩のあいだを姉が押し、わたしは動きはじめる。一歩、二歩、三歩、四歩。その先は数がわからなくなる。姉とわたしは車に乗りこみ、通りを走り去り、ビーチは見えなくなる。姉の手がハンドルをしっかり握り、わたしの手はランチボックスをしっかりかかえる。

「だいじょうぶ？」長い沈黙のあとでようやく姉が訊いてくる。

「ハードディスクを手に入れた」答えるかわりにそう言う。「四つともぜんぶ」

嘘をついたのに、皮膚の下でなにかが〝それでいい〟とささやいている気がする。秘密のUSBメモリがポケットのなかで熱くなる。わたしの切り札。わたしの新しい〝まさかのときの箱〟

わたしは姉を愛しているし信頼している。でも、限度はある。これまでの人生で〝限度がある〟とはつまり、終わりがあるという意味だと学んだ。

姉の唇が引き結ばれる。「よくやったわね」少ししてからそう言うけれど、その言葉がわたしにとってどんな意味を持つか姉にはわからないだろう。いつか、気が向いたら姉に教えるかもしれない。

でもいまは窓の外を見つめる。目はぼやけ、たったひとつの持ち物の服はシミだらけで背中には砂がつき、〝自由〟とつぶやくと血と塩みたいな味がする。

61　午後零時三十六分（人質になってから二百四分）

貸金庫の鍵二本
計画＃６：死なない

「おまえはトランク行きだ」デュアンが梯子の最後の段からおりながら言う。息にはあきらかにうめき声がまじっている。

「またわたしに刺されると思うと怖いんでしょ？」身体がやめてくれと言うのを無視して、なんとか背筋をのばす。もう無理、となるまで身体を動かしつづける。さもないと、ほんとうにトランク行きになってしまう。

こっちが納屋の扉のほうへ後ずさると、デュアンはぶつぶつと不満をもらし、ウエストバンドから銃を抜く。

「覚えているだろうけど、死んでるより生きてるほうが、わたしはうんと価値が増すんだからね」

「さんざんな目に遭わされてからは、死体で連れていってもおまえの義理パパは気にしないんじゃないかという気がしている。おまえがどんなにお転婆だったかを話したら、義理パパさんはおそらくおれに同情してくれるんじゃないかな」

「あんたはわたしほどあの人を知らない。それは彼が望んでいることとは絶対にちがう」

デュアンに意識を向けて脱出する方法ばかり考えていたため、もう少しのところで干し草置き場での動きを見逃しそうになる。希望的観測のなせるわざかと一瞬、思う。だって、脱出するすべはひとつも見あたらないから。でもそのあとで希望的観測じゃないと思いなおす。だって、アイリス・モールトンが干し草置き場を這いすすみ、スカートの下から引きちぎったらしき巨大なペチコートを武器のように握りしめているから。こっちは胃がトランポリンでダブルバウンスをしているみたいにひっくりかえる。くそ忌々しいことに、わたしが悲嘆にくれる乙女で、救出される側だから。アイリスは空いたほうの手にライターを持ち、わたしは即座に彼女の意図するところを理解する。すばらしい。彼女はまったくもってすばらしいのに、目の前の阿呆と身に迫る危険のせいで、いまこの瞬間に自分がどれほど彼女を愛しているかを心ゆくまで味わえない。

「もうおしゃべりは終わりか?」そう話すデュアンの声は震えている。ただの震えじゃない。こいつをぶちのめし、出し抜き、刺し、そしてようやくそうなってほしいと思う状態になっている。体力の限界の状態に。

アイリスは手すりのところにいる。デュアンはアイリスには気づいていない。こいつの意識と怒りと不満はぜんぶわたしに向いているから。

「最後にひとつだけ」アイリスがペチコートに火をつけるときの、ライターがカチッと鳴る音をかき消そうとして、わたしは言う。「あんた、上を見たほうがいいかも」

デュアンは笑う。上は見ない。「おれがそんな手に引っかかると思ってんのか？」

「そうだね」わたしは首を振り、アイリスのほうはレースに火がついてシューと鳴っているチュールのペチコートから手を離して下に落とす。「ところで、着るものに関しては、わたしのガールフレンドはあんたよりもずっとおしゃれだと思うよ」

こっちの言葉に盛大に眉根を寄せて困惑顔を見せた次の瞬間、デュアンは火がついたチュールに包まれる。いくつもの層になっているチュールがやつの頭を覆い、火が生地を貪り食っていく。本能について洗面所でアイリスが言っていたように、デュアンは動物の本能むきだしで叫びつづけている。ペチコートを引きはがそうとして銃を落としたあとも、依然として燃えるペチコートに肩を覆われ、なすすべもなく地面に倒れて土の上を転がり、助かりたい一心で、さっきまでのさめた態度をかなぐりすてている。

拳銃が地面に落ちるのを目にし、〝銃を、急いで、ほらほら、早く〟と心が急くなかでかたい土の上に膝をつき、手が銃をつかもうとする刹那、わたしは泣きたくなる。こんなものを手に取りたくない。こんなところにいたくない。

ふたたび彼女になりたくないと思いつつ、安全装置がはずれているのを確認して銃口をデュアンに向けたとたん、アシュリーが人をイラつかせるようにハミングしはじめる。めちゃくちゃ壊れていて、おまけにびくついているくせに、悪い癖でやたらと銃を撃ちたがるアシュリーが。

デュアンは土の上を転がり、しだいに火は消えていく。さかんにあちこち引っぱって身体にくっついている残りかすをはがそうとするも、頬には溶けたレースが光沢を放って張りついている。ついにあきらめたのか、その場に横たわり、腹立たしげなうめき声をもらして、顔面の火傷がピクピクひきつるたびに顔をしかめる。

わたしは拳銃が震えないように両手で持ってデュアンに向ける。「だからふわふわしたドレスを着た女の子をばかにしちゃいけないんだよ、デュアン」そう言っているうちにアイリスが急いで梯子をおりてきて、横になっているデュアンをまわりこんでくる。彼女がとなりに来るまでは心が落ち着かない。

「あなたは――」アイリスが息を切らす。

「うん。アイリスは？」

アイリスがうなずく。

「いったいどうやって――」

「裏側に梯子があるの」アイリスが指をさす。「窓は鍵がかかってたから割った」

「それって……」思わず言葉をなくす。「それってすごい。わたしはちっとも……アイリスはわたしを救ってくれた」

「やつらがあなたを連れ去ろうとしたら火をつけてやるって言ったでしょ」とアイリス。

「わたし、本気だったんだよ」

「くそビッチどもめ」デュアンがうなる。とにかくなにか言わないと気がすまないらしい。

「口を閉じてなさい！」アイリスがぴしゃりと言う。そのあとでとつぜん声をあげて泣きだし、そのようすを見てデュアンは笑い、笑うデュアンをわたしは撃ちたくなる。マジで撃つべきかもしれない。

アシュリーなら撃つかもしれない。レベッカはきっと撃ち方がわからない。サマンサは考えこむだろう。ヘイリーなら確実に撃つ。ケイティはわたしになにができるかを最初に示してくれた。

それで、わたしはどうする？

「アイリス」わたしは呼びかける。このあとどこへ向かうべきかわからないから。いまわたしは人に銃口を向けている。今日はひどい一日。ウェスが無事かもわからない。アイリスは爆弾をつくって、ペチコートで男の顔を溶かした。彼女はわたしを愛している。彼女はすばらしい。わたしはアイリスをいつまでも愛しつづけるだろう。彼女はこちらの心のうちを読んでいるみたいな顔をしている。つまり、卒倒しそうな顔ってこと。いまこの場では、名前を呼ぶくらいしかしてあげられない。

アイリスが洟《はな》をすすり、頬をぬぐって、ひとつぶるっと身体を震わせてから近づいてくると、額に広がる紫色の痣がいやでも目に入る。デュアンは動かないが、目をこっちに向け、反撃するチャンスをうかがっている。

そんなものを与えるつもりはさらさらない。

「あれ、聞こえる？」アイリスが屋根を見あげる。「ヘリコプター」

わたしも声をあげて泣きたくなる。助けが来る。こっちへ向かっている。

指が銃を握りしめている。これは罰だろうか。罰ならすでにここにある。

「道路に着陸するはず」アイリスに言う。「外に出て、手を振って合図してくれる？」

「あなたを置いていきたくない」アイリスが言い張る。

「わたしはこいつを見張ってなきゃならないから」

　それでもアイリスはためらっている。

「アイリス、見落とされたら困るよね」彼らは車を見つけるはずだとわかっていても、もうひと押しする。

「わかった。すぐに戻るね」

　アイリスが行ってしまうと、デュアンが笑いだす。血が歯の隙間に入りこみ、白い歯がピンクになる。

「おまえ、ほんと、口がうまいな」遠くのほうでサイレンが鳴るなかでデュアンが言う。

「彼女にこんな場面を見せる必要はないから」

　そう言うとデュアンはさらに笑う。

「チャンスが来たときにおまえを撃っときゃよかったよ」とデュアンが言う。

「あとの祭り」指を引き金のすぐ右に置くが、引き金には触れない。いまはまだ。

「おまえもそうなるんじゃねえの？」

　一理ある。あとの祭りになるようなことをするかもしれない。そうならないよう、いますべきなのはこいつを撃つこと。デュアンにもわかっている。〝やっぱりあとの祭りだ〟とこいつは言うかもしれない。

　これのためにアイリスを外に行かせたんだよね？

でも指は引き金のほうへ動いていかない。遠くでサイレンが鳴るのが聞こえる。いますぐにも到着するだろう。

火傷が痛むはずなのに、デュアンの顔に笑みが広がる。「おまえはおれを刑務所にぶちこむつもりなのか」そこで息をつく。そのあとでバンシーの叫びみたいな声であざ笑う。わたしはイラつく。こいつの言っていることが正しいから。「ばかなガキだ。まあ、おれにとっちゃ、ラッキーだがな」

「あんたなんか撃つ価値もない」負け惜しみと真実がまざった言葉。わたしは確実に生き残る道よりも、なんと呼ぶべきかわからないものを選ぼうとしている。

サイレンがさらに大きくなる。

「おまえはうまく隠れていた」デュアンが言う。「しかしもう隠れることはできない。おれはぜんぶ知っている。おまえの見てくれも、おまえがどこに住んでいるかも、おまえが誰を気にかけているかも。彼もじきに知ることになる」にやりと笑ったせいでレースが溶けてくっついた火傷が広がり、ますます大きく見えてゾッとさせられる。「彼はかならずおまえを見つけるだろう」

わたしの人生の行く末ではなく、神の啓示を告げるみたいにデュアンが言い、今度はわたしが笑う番になる。

「彼はずっとわたしを見つけようとしていた。わたしにとって、今日はなにが起きても自分は対応できるんだってことを確認した日になった。彼を相手にしても対応できると。だから感謝しなくちゃね。わたしはいままでずっと不安ばかり感じていた。でもいまはわかっている。彼から逃げおおせたのはただ運がよかったからじゃない。わたしが優秀だから」そこで笑う。相手が気味悪がるような挑戦的な笑み。「わたしってね、すごいんだよ」

「おまえはもう死んだも同然だ」デュアンはそう言うが、口調からは負けを自覚しているのが感じられる。そうこうしているうちにサイレンがすぐ近くで鳴り、砂利が納屋の壁にあたり、ブレーキが甲高い音を立てる。

わたしは首を振る。「ちがう。わたしの人生はまだはじまったばかり」そのとき彼女たちが勢いこんで納屋に入ってくる。ジェシーもリーも、この五年間で見たこともない険しい目つきをしている。

〝助かった〟

ほっとすると同時に闘争心が消えていき、力が抜けてへなへなとならないよう地面に足を踏んばる。ほかの保安官補たちも到着してあたりは騒然となっているはずなのに、なんだか妙に頭がぼんやりし、耳のなかで物音が大きくなったり小さくなったりし、車から飛び降りたときの傷から出血して血が脇腹を伝い落ちていく。保安官がデュアンに手錠をかけているのを横目に見て、わたしはジェシーに拳銃を手渡し、そのあとでリーが正面にぬっとあらわれる。

「ウェスはどこ?」とリーに訊く。

「ウェスならだいじょうぶ。人質のみんなを脱出させる手助けをしてくれた。全員、無事」

安堵のあまり天井を仰ぐ。リーにもたれかかって一瞬、膝から力が抜けるが、すぐに背筋をのばしてアイリスを見つけようと視線をめぐらせる。彼女はどこにも見あたらない。保安官補たちに引っ立てられながらもデュアンはまだ笑っていて、その声が上のほうへただよっていって納屋の梁に引っかかり、幸運を呼び寄せるはずの蹄鉄にひびが入るみたいに、なにやら不吉な雰囲気をかもしている。

リーがあんまりきつく抱きしめてくるので、わたしは痛さのあまり甲高い声をあげる。するとリーは大声で救急隊を呼び、片手をあげて指をパチパチッと鳴らす一方で、もう片方の手でわたしをがっちりとつかむ。かすかに身体を震わせているのが、目に見えないけれどわたしには感じとれる。

「アイリス」と呼ぶけれど、声は無視されてジェシーとリーに両脇をかためられ、支えられつつ納屋の外へ出る。救急車の回転灯が遠くのほうでまたたいていて、救急救命士がこっちに向けてストレッシャーを転がしてくるのを目にし、わたしはぴたりと立ちどまる。

「やだ」とわたし。

「やだ、はなし」リーが言いかえしてきて、わたしはもっと抵抗しようと思っていたのに、結局リーに押されてストレッチャーに乗るはめになる。しかたなく言うとおりにし、ふと気づくと両脚の感覚がまったくなくなっていた。こんなことになっていたとは。

世界が少しずつ消えていくなかで、ずっとリーの声は聞こえていて、おかげでわたしは安心していられる。目を閉じる。一瞬だけ。そのあとで身体を起こして周囲のようすを確認しよう。

でも結局、身体を起こさない。リーがそばにいてくれるから、意識が遠のいてもだいじょうぶだろう。アイリスも。ウェスも。みんな無事。

世界がふたたび鋭さを増すときにわたしは知る。逃げつづけてきた真実と向きあわなければならないことを。いままでもけっして安全ではなかったという事実を。

これからもけっして安全ではないという事実を。

傾いた地面をまっすぐに戻さないかぎり……今回こそ永遠に。

第四部

……またひとつ、失うもの（八月八日－三十日）

62

午後一時二十分（解放されてから三十八分後）

貸金庫の鍵二本（ジーンズのポケットに隠してある）

車から飛び降りたときの傷を病院で看護師が消毒しはじめると、とたんにわたしは現実に引きもどされる。局所麻酔薬のリドカインが効いていても、傷はヒリヒリ、ズキズキと痛む。看護師が肩と脇腹から砂利と土と破片を取りだし、リーがこっちの手を握っているあいだ、わたしはアイリスとウェスのようすを見てきてくれと頼みつづける。〝ふたりを見つけて、ようすを見てきて。お願い、リー、お願いだから〟ふたりがどこにいるのか、知っておかなくては。

「お願い」と頼みつづけても、リーはかたくなに首を振る。

「それなら自分で見つけにいく」そう脅して看護師の手を振り払おうとすると、彼女は身体ではなく、視線でわたしをベッドに釘づけにする。迫力満点のひと睨みは、小うるさい北カリフォルニア気質の人びとが集まる緊急治療室でのみ修得できるのだろう。

「傷口から感染症を引き起こしたいの？」と看護師が訊く。

「友だちに会いたいの」看護師ではなくリーに向けて言う。

「彼女、いつもこんなふう？」看護師がリーに訊く。

「彼女、なかなか手ごわくて」リーが答える。声には誇らしく思う気持ちがまじっている気がする。

わたしはイラついて口をはさむ。「〝彼女〟はいまここにいるんだから、その子がいないみたいな話し方はやめてくれる？」

「ごめんなさいね」看護師がにっこり笑って言う。「あなた、今日は大活躍だったんですってね。保安官補たちが話しているのを聞いちゃった」

「お願いだから、ウェスとアイリスを探しにいって」とリーに頼む。

「しつこいよ、ノーラ」リーが言い、わたしは舌打ちで不満を表明して口を閉じる。本気のとき以外、リーはこのフレーズを使わない。そのうえ、まだ顔が青白い。たったいま呼吸の仕方を思いだしたとでもいうように。

「だいじょうぶ？　リーも診てもらったほうがいいんじゃない？」言ったとたんにまずかったと気づく。きゅっとあがった眉毛が回答のかわりで、人に有無を言わせぬリーの表情を目にし、こっちはすぐさま黙りこむ。

「もう少しガーゼを持ってくるわね」看護師が言い、彼女が病室を出るとすぐにリーは肩を怒らせる。

「わたしたち、逃げたほうがいい？」リーが訊いてくる。

リーは親指でほかの指をこすっている。それはめったに目にすることのない、姉が落ち着きを失っているサイン。ここでうっかり余計なことを言ったら、言い訳する暇もなくわたしは海を渡るはめになるかもしれない。

わたしは首を振る。「わたしたちはだいじょうぶ。なにもかも」

リーが安堵の息をつく。ほんとうなら、わたしはひどい気分になってもおかしくない。わたしはまったくちがう安堵を覚えている。リーに隠して積みあげてきた秘密の山に、またひとつ秘密を加えるのはよくないとわかっていても。いつか文字どおりリーに取り押さえられるかもしれないし、取りかえしがつかない事態になるかもしれない。

とにかく、それは今日ではない。今日は充分ひどい一日だった。このままひと月ほど眠っていたい。二度と目覚めたくない。まったく、ほんとに口と肩の痛みをどうにかして消してほしい。

「わたしのかわりにウェスとアイリスのようすを見てきてくれる？」とリーに頼む。

「ノーラ」リーはわたしの名前を呼んだまま、いきなり泣きだし、わたしにとってそれは今日一日の出来事のなかでいちばんの驚きになる。ふいに涙の原因がぱっと頭に浮かぶ。リーはわたしのそばにいたいからウェスとアイリスを探しにいくのを拒んだわけじゃない。どちらかが、もしくは両方がひどい怪我を負ったから、いやがったのだ。ウェスだ。ウェスが怪我を負い、リーはそれをわたしに告げようとしているにちがいない。いま病室にふたりきりで、わたしはすでに身体を起こしていて、世界じゅうに明かりがひとつも灯っていないみたいに先の見通しはまったくきかなくても、しっかり呼吸をして、覚悟を決めて真実を聞こうとしているのに、リーは泣くばかり。〝泣いていないで、いますぐに話を聞かせて〟

「おーい、どうした、おまえ、リーになにをした？」

わたしは彼の名を小さな声で呼ぶ。

彼はドアロに立ち、ここからでも彼の肌とシャツについた煙のにおいを嗅げる。腕に包帯を巻いているが、それだけ。わたしはベッドから飛びだそうとするけれど、点滴の管に引きもどされる。胃がむかむかして、〝ウェスは閉じこめられている〟から〝ウェスは大丈夫〟〝最悪の事態を免れた〟へと気分がめまぐるしく変わる。いつだって最悪の事態は起きるものだから。でもそれは今日じゃない。

「おふくろから逃げだしてアイリスのようすを見てきたとこ」ウェスは言う。「アイリスはだいじょうぶだ。あといくつか検査を受けるだけだって。で、リー？」

リーは懸命に涙を押しとどめようとするも、むだな努力に終わっている。

「ノーラ？」とウェスが訊いてくる。リーが泣くなんて、これは救命ボートが必要だ、とでもいわんばかりに。それはそうだろう、誰ひとりとしてこんなシーンは一度も見たことがないのだから。

わたしは痛む首を振り、涙を必死にこらえようとする。

それでもやっぱり涙が頬を伝い落ちる。正直なところ、目の前でふたりの人間が泣いているところに遭遇したら、わたしだったら逃げだすだろうに、ウェスはそうせずに病室に足を踏み入れてくる。それからベッドの端に腰をおろし、ここは痛まない場所だと確認済みだから触ってもだいじょうぶといったふうに、わたしの足をそっとつかみ、そこにリーも加わって、愛と映画の夜と森をめぐるハイキングと、傷口に絆創膏を貼りあい、本を共有し、やったことをけっして後悔しない脅迫作戦でがっちり結びついている、壊れてもかならず修復される小さなユニットのメンバーの輪ができる。もうバラバラになってしまったと思っても、家族はふたたびひとつになるものだから。

外は厳しい世界で、わたしも青息吐息。でもここにこうしてふたりといれば、泣いてもだいじょうぶ。

63　午後三時（解放されてから百三十八分後）

貸金庫の鍵二本（ジーンズのポケットに隠してある）

看護師たちが肩と脇腹の消毒をすっかり終え、このぶんなら意識不明には陥らないと確信したあと、わたしはようやくアイリスと会わせてもらえる。退院の許可もおり、医師は歯医者の電話番号を手渡してくる——奥歯を治してもらうために、急いで明日の午前中の予約を入れる。

わたしはアイリスの病室へ行き、そのあいだにリーは抗生剤をもらいに薬局へ行き、ウェスはひとまず両親の不安をやわらげにいく。そういうわけで、わたしはひとり、アイリスの病室の入《はい》り口でうろうろしている。

アイリスは病院のガウンをピンクのレーヨン製スリップの上にはおるローブとして使っている。スリップの襟に沿って刺繍されている小さな青い花はよく知っている……つまり指で触ったことがある。アイリスの服の層を通っていくのは――比喩的にも装飾的にも――ゆっくりと時間をかけてていねいにおこなう作業になる。

最初、アイリスは寝ていると思っていたが、こっちが病室に足を踏み入れると同時にパチリと目をあける。

「ノーラ」アイリスが吐息まじりに言う。

「ヘイ」わたしはそばに寄る。脇腹がズキズキし、すぐには痛みはおさまりそうもないが、ひとまずそれをなるべく無視する。

「あなた、だいじょうぶ？　さっきウェスには会ったけど――」

「わたしも会った。こっちはだいじょうぶ。リーがいま、わたしの薬を取りにいってくれてる。アイリスは、だいじょうぶ？」

どうやら病院とは泣くための場所のようで、その証拠にアイリスの目が潤みだす。

「お願いだから、わたしを病院から出して」アイリスの茶色い目が大きく見開かれ、涙がたまって悲しげになり、〝お母さんが撃たれたあとのバンビ〟の領域に入っていく。「お願いだから。わたしは病院が大嫌いなの。医師たちは頭には異状ないって言ってた。痛み止めもくれた。なのに退院させてくれないのは、ママがまだニューヨークにいるから」

「お母さんと連絡がついた？」

アイリスはうなずいてから顔をしかめ、手をさっとあげて額の大きなこぶに触れる。まえよりも濃い紫になっている。こう言ってはなんだけど、けっこうすさまじい外見。青白い顔には痣があり、あちこちに煙によるシミがついている。それでもアイリスは美しく、生き生きと息を弾ませていて、〝わたしは彼女のもので、彼女はわたしのもの〟という思いがつのる。ベッドにもぐりこんで彼女のとなりで丸くなり、痛みをすべて取り除いてあげたい。

「ママはいま飛行機に乗ってる。でも戻ってくるのは明日の朝。わたし、病院にいるのはいや。お願いったら、お願い。ここから出て、温熱パッドを貼ってくだらない映画を観て、ぼーっとしたい。ノーラ、お願い」

アイリスがこっちの手を取り、銀行のなかでつかんでいたときよりももっと強く握りしめてくる。

「わかった」とわたしは言う。アイリスがこっちを見る目が切羽詰まっていて、喉の奥が苦くなってくるから。「リーになんとかしてもらう」

「ほんとに？」

「ほんとに」

電話が二本かけられ、看護師長からの反対意見があがり、アイリスの主治医とママとの声をひそめた電話でのやりとりののち、ようやく彼らはアイリスを退院させてリーの保護下におくことに同意する。最終的に看護師が病室にやってきて点滴の針を抜き、服を着替えなさいと告げると、何マイルもの雪原に日の光が降りそそぐみたいに、アイリスの顔に輝くばかりの笑みが浮かぶ。

アイリスは看護師たちに車椅子に乗せられても異を唱えない。「ウェスはどこ？」とアイリス。「戻ってくるはずだったんだけれど」

「階下《した》にいるのを見たわよ」とリーが言う。

「ウェスもいっしょに帰るよ」そうアイリスに言うと、リーがちらりとこっちを見て首を小さく振る。

「ウェスはご両親といっしょにいるのよ、ノーラ」それがわたしにとって重要なことみたいにリーが言う。

「ウェスもいっしょに帰るよ」わたしはもう一度言う。姉が疲れ果てているときに我《が》を通すまねをしちゃいけないとわかっているものの、ほんとうならドーナッツと傷ついた心ではじまって、フライドポテトと許しあう心と完全無欠な友情で終わるはずだった日がこんなとんでもない一日になったとあっては、ウェスをひとりにするなんてできない。

ふと今日一日を振りかえってみると、数分のあいだに何度も考えを変え、よくない選択、いい選択、生き残れなくなるかもしれない選択のあいだで揺れ動いた一日だったと実感する。

ウェスはリーが言っていたとおりの状態で受付エリアにいる。両親が両脇に立ち、本人はというと、父親からではなく、世界から守ってほしいといったようす。

「落ち着きなさいよ」エレベーターを降りて受付エリアへ向かう途中でリーが小声で言う。

「ノーラ」ミセス・プレンティスが近づいてきてハグする。短いけれどやさしげなハグで、本人はよかれと思ってやっている。わたしは歯を食いしばってハグされながら、ウェスのママはいつでも善意で動いている、と自分に言い聞かせる。「それと、アイリス、あなたたち、ふたりともだいじょうぶ?」

「だいじょうぶです」とわたしは答える。「みんなで家に帰るところです」彼女の肩ごしにウェスを見やる。

「おれも行く」ウェスが少しの間もおかずに言うと、すぐ目の前にいるミセス・プレンティスが後ずさりはじめる。身体がこわばっているのがわかる。

「ウェス」ここではじめて町長が口を開き、わたしはすっと目を細めて厳しいまなざしを向ける。

「ハニー、あなたにはいっしょに家へ帰ってほしい」ミセス・プレンティスが言う。彼女のすがるような声は本物。ウェスはあと数カ月で十八歳になり、息子がここ何年も自宅を避けている件に関して、母親として打つ手も、なんとかする時間も、ほとんど残されていない。

「リー・アン、お願い」ミセス・プレンティスは声を低くし、どんな母親にとっても耐えがたい屈辱で頬を赤く染める。

ウェスは身を乗りだして母親の頬にキスをする。「愛してる。明日の朝食には戻る。そのあとはみんなで保安官事務所に供述しにいかなきゃならない」

ウェスのママは震える手で息子の腕をなでる。「わかった」面目を保とうとするけれど、すでにゲームには負けている。彼女の背後で町長は押し黙り、失望感をあらわにしている。おそらく、わたしが撃たれるか焼け死ぬことを望んでいたにちがいない。そうなれば彼にとっては物ごとがうんと簡単になるはずだから。

リーはアイリスの車椅子を押して病院を出て、ウェスとわたしはまだ互いを守らなきゃいけないみたいに、身体を寄せあってすぐ後ろをついていく。

太陽が輝くなか、わたしたちは駐車場を横切り、リーのトラックへ向かう。すべてが変わってしまったのに、外はまだ明るくて一日が終わっていないことに驚く。

リーは運転席の後ろのスペースに、それぞれ一カ所以上、痣ができたり皮がむけたりしているわたしたち三人を慎重に乗せる。出発するまでに時間がかかっているのは、わたしの場合、医師が投与した痛み止めが効きはじめていて、シートベルトをなかなかきちんとはめられないから。

「ったく、もう」リーは言い、わたしの手をやさしくどかしてシートベルトをカチリとはめる。「ずいぶんとクスリを盛られたみたいね。ほかのふたりはだいじょうぶ?」

「病院では酸素吸入と火傷用のクリーム以外はなんの処置もなしだった」とウェスが言い、アイリスは関心を示すでもなくただ手を振り、リーはそれを〝イエス〟ととったようだ。

「きみはお目付け役なんだからね」リーがウェスに言う。「家に帰って、あとのふたりがプールに入ろうとしたり、なにかやらかしそうになったらとめてよ」

「しないよ」とわたし。

「わたしも」アイリスが窓にもたれながら言う。「横になりたいだけ」

「すぐだから」リーはそう言って、運転席に乗りこむ。それからハンドルに指をかけ「みんなにひとつ言っとくけど」とトラックのエンジンをかけながら小声で言う。「あんたたちといると、わたしの人生、退屈知らずだわ」

「リーはおれらを愛してるからな」ウェスがこともなげにあっさり返す。わたしとリーにとってはなにひとつ〝あっさり〟とはいかなかったのだけれど、たぶんだからこそ、わたしたちふたりは欠けている材料を補充するみたいに、家族のなかにウェスを迎え入れたのだろう。

「うん」とリーが言う。「心の底からね」

64　午後七時二十五分（解放されてから四百三分後）

貸金庫の鍵二本（自分の部屋に隠してある）

　太陽は沈み、わたしたちはまだ生きている。

　わたしたちはプールサイドに置かれた木製のパレットでできた長椅子の上に寝そべっている。一年のこの時期は暑く、火災が頻発する季節に向けて乾燥が危険なまでに進んでいる。でも今晩は穏やかで、日が暮れていくなかで空はオレンジ色の熱を帯びて揺らめいている。

　アイリスはわたしのパジャマを着て、ウェスが着ている〈カレッジ・オブ・ザ・シスキュース〉のシャツは、リーが通ったこともないのにずっと持っていたもの。わたしは皮がむけて肉が見えている肩にTシャツが触れるのは考えただけでも背筋が凍るので、ローブを身体に巻きつけている。頰に氷囊《ひょうのう》をあて、あとで割って使う二回ぶんの氷がテーブルの上に置かれている。

リーは家のなかからこっちのようすを見ているけれど、もうそろそろ寝なさいとは言わない。アイリスは長いことプールに映る星を見つめ、ウェスは部屋から持ってきたトランプでソリティアをしている。アイリスが口を開くと、カードを持つ手をとめる。

「彼には死んでほしくなかった」

一瞬、考えたあと、レッドキャップのことを言っているのだと気づく。この先どこかの時点で、わたしたちは彼の本名を知ることになるだろう。彼には友だちがいるのだろうか。家族は？

「アイリスが彼を殺したわけじゃない」とウェスが小さな声で言う。「彼のパートナーが殺したんだ」

「でも、わたしがドレイノ爆弾なんかつくらなければ、たぶん……」

「デュアンは最初からパートナーを殺すことを考えていたんだよ、アイリス」穏やかとは言えない口調で言う。こんな恐ろしげな事実を前にして、とてもじゃないけど穏やかではいられない。「ずっとひそかに脱出の計画を立てていた。そこには生きて銀行を出るレッドキャップの姿はなかったはず。アイリスが爆弾をつくらなかったら、わたしたちだって生きて脱出できなかった」

アイリスは罪悪感を振り払おうとするように首を振る。お腹を温めなさいとリーから渡された湯たんぽをかかえこんで、ダンゴムシみたいに身体を丸める。

「過ぎたことは考えない」わたしは自分のモットーを言う。「しまいこんでおくだけ」

「もしくは、話したければ話せばいい」ウェスはこっちをじっと――諭すような目で――見つめながら言う。どうやらわたしは間違った答えを返してしまったらしい。〝この子はふつうじゃない〟という声が頭のなかで木霊している。この言葉はレイモンド自身と同じで、わたしに一生まとわりついてくるだろう。

「明日、保安官にどんなことを話す？」アイリスが訊いてくる。

「ほんとうのこと」とわたし。「おとなしくしていて、洗面所でふたりきりになれたときにようやく行動を起こすチャンスがめぐってきたと。わたしたちはチャンスを活かしたけれど、結局のところ犯人のほうが優位に立った。そのあと、納屋で犯人を打ち負かした」

「それっておおまかな概要でしょ。彼がほかのことをしゃべったらどうなると思う？」

わたしは首を振る。「デュアンはしゃべらないよ。すでに前科があるから、どんな情報をさしだそうと長く刑務所にぶちこまれるのは本人もわかってる。わたしの正体を知っていること……そっちのほうがこれから行く場所ではうんと価値がある」

「逃げる？」

訊いてきたのはアイリスじゃない。ウェス。

長椅子ごしにウェスを見て、彼が知っている真実、ともに、そして別々にふたりが耐えてきたことの深さに呑みこまれそうになる。

「ううん」とわたしは答える。「でもだからこそ、わたしたちは慎重にふるまわなきゃいけない。リーのためにも。だめ、だめ。リーのほうを見ちゃだめ」と反射的に家のほうに視線を向けるウェスに言う。おそらくリーはまだ家のなかからこっちを見ているはず。

「リーに知られたらまずい」わたしはつづける。「わたしの偽装は完璧で、誰にも見破られていないとリーは思ってる。そう思っててもらわなきゃ困る」

「偽装が見破られているとリーに知られたら？」アイリスが訊いてくる。

「こいつは消える」ウェスが言い、アイリスがそんなことはないと言って、というような目でこっちを見つめ、わたしはどうしようもなく肩をすくめる。

「アシュリー・キーンがノーラ・オマリーになってるのがレイモンドにばれたかもしれないとリーが考えたら、リーはわたしを気絶させて、意識が戻らないうちに飛行機に乗せちゃうと思う」

「レイモンドにばれるまでに、どれくらい時間がかかると思う？」とウェスが訊いてくる。

さらりと訊いているけれど、彼の声にはどこか含みがあって、目は異様に輝いている。彼はわたしと秘密を共有しているだけじゃなく、互いに〝後遺症〟をかかえていることも知っている。廊下をはさんで向かいの部屋に陣取っているから、寝ているわたしの叫び声を耳にしていて、同じようにわたしも自分の部屋から、不眠症のウェスが悪夢を見ないようにと、夜遅くまで部屋のなかを行ったり来たりする足音を聞いている。

どうしてウェスの目が輝いているかはわかっている。わたしはこの世で愛したたったひとりの少年を傷つけた悪人を、比喩的な意味で窒息させた。ウェスはわたしを傷つけた悪人を実際に窒息させたがっている。でもウェスは列に並んで順番を待たなくちゃならない。

「そう、準備するための時間はどれだけある？」アイリスが身体を起こして背筋をのばす。いまにもパジャマかなにかのポケットから手帳を取りだしそうな感じ。

わたしはふたたび肩をすくめる。「レイモンドはもうすでに知っているかもしれない。六カ月後に知るかもしれない。どのくらい時間がかかるかは、刑務所のなかでデュアンがレイモンドにつながる人を見つけ、その人物がどれくらい速くレイモンドに知らせを届けるかによる」

そうは言っても、一カ月以上かかるとしたら驚きに値する。デュアンはすでに心を決めているだろうし、レイモンドは情報を待ち焦がれているはず。ふたりは〝アシュリー／ノーラにしてやられた〟仲間として仲よくなるかもしれない。デュアンがしゃべり、レイモンドはついに詳細をつかみ、わたしは姉がもっとも恐れているものになる。そう、狙いやすい標的に。

「保安官に供述したあとに起こりうる事態についてもっと話しあわなきゃ」とわたしは言う。「でも計画を立てるまえに、明日、どんな話に持っていくか確認しよう」

わたしたちは完璧を目指して、三度、どう供述するかのリハーサルをする。そのあとウェスはいったん家のなかに戻り、アイリスは長椅子の上で伸びをしてから枕の位置を調整する。戻ってきたウェスはアイリス用に新しくお湯を入れてきた湯たんぽを、三人のためにブランケットを持っていて、アイリスはもうすでに半分眠っている。まつ毛が目の下の紫色っぽくなっているクマに触れ、わたしは手をのばして髪の毛を耳の後ろにかけてあげる。触れられて少しもぞもぞしたあと、アイリスは本格的に寝入り、ウェスとわたしは彼女の両側でそれぞれ身体をのばす。

「寝られそう？」ウェスが訊いてくる。

「だめそう」全身がビリビリ痺《しび》れるような感覚が出はじめている。このぶんなら明日まではなんとか乗りきれそう。保安官と話したあとは倒れてしまうかもしれない。

ウェスが水のペットボトルを手渡してくる。「これをちゃんとおまえに飲ませるってリーに言った」

「あちこちを癒やすには、水分をとっておかなくちゃだね」ウェスからボトルを受けとり、膝の上に置く。

「まあ、そういうことだな」ウェスが肩をすくめる。

ウェスの携帯が鳴る。両親とではなくわたしといっしょに病院を出て以来、携帯はずっと数分おきに鳴っている。

「彼、それとも彼女？」

「彼女」ウェスが答えると、こっちの胸が罪悪感でうずく。ミセス・プレンティスは悪い人じゃない。ウェスを愛している。でも彼女は町長を見限らず、わたしはそのことで彼女を嫌いにならないようにするけれど、たいていは失敗している。彼女に対して怒りがたぎるのはどうしてだろうと考える。彼女がぜんぶ悪いと思ってしまうのはなぜだろうと。責めを負うべき人物はたったひとりのはずなのに。

彼女だって被害者だ。頭の一部はそれを理解している。

でもわたしのなかの大部分は、彼女の幸せより息子の幸せのほうを優先している。誰かがそうする必要があるから。

「家に帰る？」

「どこにも行かないよ」ウェスが答える。アイリスを見つめ、目のあたりに皺を寄せて笑う。「火がついたペチコートをアイリスがあのクソ男の頭に向けて放るところを見たかったな」

「すごかったよ」

「アイリスはすごい」ウェスはこっちと視線をあわせ、ふいにまじめな口調で言う。「先月、アイリスはノーラを好きみたいだとおれが言ったとき、おまえのせいで自分は見る目がないやつだと思ってしまった」

「ごめん」とわたし。ウェスに見る目がないやつだと思わせるんじゃなく、もっとほかにいいごまかし方があったはず。

「話してくれればよかったのに」

「なんとなく話したくなくて」バターナイフみたいに切れ味の悪い答えだけれど、それが真実で、こっちがそう言うとウェスは黄色いクッションの山にもたれかかり、アイリスを起こさないよう、小さな声で笑う。

「わたし、臆病者みたいに真実を話すのを避けてきた。アイリスとの件はうまくコントロールできると思ってた。アイリスがわたしについてなにを見つけようと。ウェスがわたしたちについてなにを見つけようと。それなりの話をすれば……受け入れてもらえると思ってた」わたしはウェスの顔を見られず、腫れていないほうの口の内側を嚙んでつづける。

「子どもじみてたんだよね、自分の過去について適当な話を聞かせて、それでオーケーだと思うなんて。ちっともオーケーじゃないのに」

「でも、おまえはおまえだ」ウェスはいとも簡単に言い、短い言葉でわたしをばっさりとなぎ倒す。ふたりが十五歳のとき、壊れる、癒える、友だちにおさまる、をいっぺんに味わったときにウェスが言った短い言葉よりも、いまの言葉はわたしを激しく揺さぶる。

でもほんとうなの？　わたしはオーケーなの？　わたしはだいじょうぶなの？

「わたしはデュアンに銃口を向けてた」小さな声で言う。「保安官はまだ来てくれなくて。わたし、きっと撃てた――」

「いや」ウェスが小さな声で言う。「おまえは撃てなかった」

そう。

わたしは撃てなかった。

「彼女なら撃った」いま話しているのが自分の母親のことだと、わざわざはっきり言う必要はない。ウェスはほかの誰にもできないやり方で、こちらの話の行間を読んでくれる。彼はわたしという人間をつくっている女の子たちの話をすべて知っている、たったひとりの人だから。「彼女なら躊躇《ちゅうちょ》しなかったはず。相手が男でも女でも。簡単に始末したと思う」

「そうだね、知ってるね」暗くて見えはしないけれど、ウェスが笑っているのを感じとれる。

「おれはおまえを知っている」

「それはウェスにはわからない。ウェスは彼女を知らないから」

「おまえは彼女じゃない」


「そして、おまえはおれを知っている」

「うん、知ってる」

「おまえのためなら、おれは世界を引き裂いてやる」ロマンチックなはずなのに、ちっともロマンチックじゃない。あくまでも淡々と、ふたりのあいだにいままさに芽生えた、人には言えない真実を語るみたいに。わたしの名前やわたしの髪の色やわたしの傷に隠された物語も、ウェスだけが知っている、人には言えない真実。

「じゃあわたしはウェスのために世界を焼きつくしてやる」

「おまえは今日、ほんとにおれのまわりの世界を焼きつくすところだった」ウェスが指摘すると、ふいにふたりのあいだでアイリスが「じつのところ、それをやったのはわたし」と寝ぼけ気味に言う。おかげでわたしは肺が痛くなるほど笑い、高らかな笑い声があたりに不自然に響く。

「誤りを認めます」笑いをこらえつつウェスが言う。

「火をつけた手柄をノーラに横取りさせるわけにはいきませんから」枕の山とウェスとわたしに押しつぶされているというのに、アイリスはとりすまして言う。「さあ、ふたりとももう横になって寝なさい。来週になったら、中世の騎士みたいにお互いに忠誠を誓いあうといい。わたし、花の冠を編んで、そういう場にふさわしいドレスを着る」

「おれはポピーがいいな」とウェス。

「了解」

「アイリスのドレスはどれもすてきだよね」とわたし。

「そのとおり。さあ、お願いだから、少しは寝ましょ。うちのママの飛行機があと数時間で到着するから、じきにママが思いの丈をビュンビュンまき散らしながらあらわれるはず」

「リーが空港でアイリスのママを出迎える。車でこっちに向かうあいだに気持ちも落ち着くんじゃないかな」やさしくそう言ってもアイリスは首を振る。

「わたしは銀行強盗の人質になったのよ。ママは絶対に気持ちを落ち着かせたりはしない。ほら、よちよち歩きの子に背負わせるリードがついたバックパックがあるでしょ。ママはわたしのサイズにあったあれを買ってきて、わたしに装着させる、きっと」

ウェスは唇が見えなくなるほどきつく口を閉じて、必死に笑いをこらえている。

「アイリスはもう退院してきてるんだし、なんたってみんなを窮地から救ったんだし」わたしは笑うに笑えない。アイリスのママは過保護だ……でもいまはその理由がわかる気がする。

「ママの件はどうにもならない」

「じゃあ、なんだったらどうにかなるんだ?」ウェスが訊く。

「寝ること」とアイリスが返す。まぶたがふたたび垂れさがってくる。「すでにセットされている、脳震盪《のうしんとう》を起こすギリギリのモーニングコールまで、少しは寝とかなきゃならないの」

ウェスがアイリスの右側で、わたしが左側で、それぞれ横になる。

わたしたちは記号のカッコみたいにアイリスを囲むようにして身体を丸める。アイリスはカッコで閉じられた金言で、わたしとウェスの曲げた膝と横向きの顔に添えられた手が、言葉がこぼれ落ちないようにガードしている。三人でつくりあげている空間を縫って寝息が滑るように流れていく。あかされたものも、そうでないものもひっくるめた、それぞれの秘密とともに。

世界がふたたび傾いている。でもいまのわたしにはしがみつける仲間がいる。この人のためなら闘ってもいいと思える仲間が。自分自身のために闘うのとはわけがちがう。

わたしは眠らない。眠らずにふたりを見ている。かつて自分がなりきっていた女の子たちと同じくらい、わたしの中心に陣取る存在になった仲間たちを。そして失う運命にあるものについて考える。

多すぎるほどある。失うのを防げるほど、わたしは強くない。

でもどうにかして、わたしは強くならないといけない。

65

八月十八日（解放されてから十日後）

貸金庫の鍵二本（自分の部屋に隠してある）

ネットのある種のサイトがアシュリー・キーンの話題を取りあげるまでに十日かかる。とはいえ、具体的な話はひとつもない――いまのところはまだ。一年のこの時期に突出して目立つほど多くは語られていない。でもそこそこの情報量はあって、必要な内容を確認できる。ネットの情報によると、彼はわたしの居場所を知っている。

頭のなかで警戒警報がやかましく鳴りはじめた朝、朝食のあとにウェスが姿を見せる。ママにいっしょに家にいてくれと頼みこまれていて、ここのところずいぶんとご無沙汰だった、ウェスをめぐる綱引きがはじまっている。「見たか？」とウェス。

わたしはうなずくけれど、指を一本、唇にあてる。リーがまだキッチンにいて、わたしがつくったオートミールを食べているから。今日は仕事に出かけるらしい。

「ドライブに行こう」わたしが提案する。

ウェスのトラックで町のはずれの、雲に向かってうねうねとのぼったところにある展望台のひとつに行く。ウェスが駐車するとわたしはさっさとトラックから降り、テールゲートを引き倒して荷台によじのぼる。

ウェスが片側に落ち着き、わたしは反対側に腰をおろして、積んであるホイールのまんなかにもたれかかる。

「またアシュリーについての噂が飛び交っている」とウェス。「もっと時間がかかると期待していたんだけどな」

「でも、具体的な内容とか場所はまだ出てきていない。もっとも、彼はほぼたしかな情報を握っていると思うけど」

「おれらはどうすればいい？」ウェスが訊いてくる。

トラックの荷台のふたりのあいだに、ぱっくり口をあけた深い裂け目がいきなり出現する。ウェスだけがわたしに投げるロープを持っている。自分の正体をウェスに語ったとき、わたしはすべてを話した。リーも知らない、わたしだけの安全装置についても。

ウェスは以前、ウサギの穴に落ちて出口の見えないトンネルに迷いこむのはやめろと言ってきたけれど、わたしを説得するのは無理だと気づいてからは手を貸しはじめた。でも今回、〝こういう形〟で応戦するのはあまりにも無謀ではないかとわたしは逡巡している。あまりにも危険すぎるから。闘う相手にとって爆弾となるのはもちろんだが、わたしたち全員にも危険が降りかかる。

たぶん、わたしは姿をくらますべきだろう。声に出してそう言うと、ウェスは彼にできる唯一の反撃作戦に出る。

「なに言ってんだよ、ノーラ」〝マジかよ、こいつ〟というウェスの思いをひしひしと感じて、こっちの自己嫌悪が吹き飛ぶ。「これから先の人生を逃げつづけて過ごしたいと、本気で思ってんのか？」

「結局のところ、わたしたちみんな、なにかから逃げてるんじゃない？」

「マグカップとか、くねくねした道の写真のポスターとかにそういうのが書いてあったら、胸にずしんとくるかもしれないけど、まあ、ちょっとおれの話を聞け」

いかにもウェスらしい発言。いままでウェスは誰よりもわたしの戯言《たわごと》を大目に見てくれた。それがいまは、吐きだされた戯言を聞くに堪えないものと認定し、二度と耳を貸さないつもりらしい。

「おまえは逃げないとおれに言った」ウェスがぼそぼそとつづける。「アイリスにも言った。おまえが〝誓う〟と言わないかぎり、アイリスは納得しないだろうけどな。おまえの真実ってやつはどことなく疑わしいから」

「ちょっと」抗議しようとするが、言葉は唇から出たとたんに消え、空気のなかに散っていく。こっちが〝誓う〟と言わなかった件に関して、ウェスは正しい。万が一にそなえて、言わずにおいた。ウェスはちゃんと見抜いていた。一方のアイリスは見抜く必要があることにも気づいていなかった。次回の〈ノーラがついた嘘について考える会〉の定例ミーティングで、ウェスはアイリスにご注進に及ぶだろう。

「わたしは逃げない」あらためてウェスに言う。「誓う」

ウェスの目に温かみが戻ってくる。表情の変化を隠すつもりはないにしろ、本人としてはわざわざ言われたくないはずで、だからわたしは無視してつづける。「リリーに見つからないかぎり、という前提つきで、安全装置を切り札にする計画を立ててる。危険だし失敗するかもしれないけど、これはほんのわずかながら死なずにすむ可能性がある、唯一の作戦」

「話してみろ」

話して聞かせる。考えていたことすべてをウェスに伝え、話しおえたところでウェスは黙りこむ。衝撃を受けているのか、考えこんでいるのか、判断がつかない。

「切り札を使うことになると、お互いにわかってたはず」とわたしは言う。ウェスの沈黙が長すぎて、ウェスの顔が渋すぎて、とにかく、さっさとなんとか言え、と思う。

「ＦＢＩに――」ウェスがようやくそう言いかけるけれど、こっちが首を振ると言葉を呑みこむ。ため息をついて片手で髪をかきむしり、それで少しずつイライラを解消しているらしい。ＦＢＩについてはまえに話しあって、もう決着がついている。

「ほかにどうすればいいかわからない」

しばらくは答えが返ってこないだろうと思ったけれど、すぐに同意する旨が伝えられる。

「おれにもわからない」

「わたしだって、こんなことやりたくないよ」ウェスにはそのことを知っておいてもらいたいし、同時に声に出して自分にも言い聞かせたい。わたしは大胆不敵でも、すばらしく頭がキレるやつでもない。ものすごく恐ろしい。十二歳のころから封印してきたことに向きあっているのだから。結論がものすごいスピードで迫ってくる……攻撃に出るよりほかに選択肢はない。

「わかってる」ウェスが頭をのけぞらせて空を見あげると、日の光がウェスを金色に輝かせる。「アイリスに言うのか？」

「わたしが言わなくても、ウェスが言うでしょ」

ウェスが眉根を寄せる。「女子同士でなんとかしろ」

「そういうの、苦手なの？」やさしげでいて辛辣なひと言に、ウェスの口がゆがむ。

「家族《ファミリー》だから。おれがずっとほしかったもの」ウェスが答える。辛辣な響きはどこにもない。あるのはやさしい響きだけ。場合によっては皮肉な感じがこもったりするのだろうけれど、そんなものは少しもない。

いま感じている気持ちをそのまま返したら泣いてしまうかもしれないので、わたしはブーツの足でウェスの足を蹴り、「なに言ってんの」と言って互いのために逃げ道をつくり、ウェスはそれをよろこんで受けとって、お返しにわたしのブーツを軽く蹴ってくる。わたしたちはふたりとも、感情を爆発させる地雷を避けて通るのがとてもうまい。

「彼女は気に入らないだろうな。アイリスは。あいつはおまえといっしょに行きたがるぞ、きっと」

一瞬あいた間にわたしができるのは、ウェスのジーンズにアイリスが当てた継ぎを見つめることくらいで、デニムにアイリスが縫いつけた小さな黄色の素材からどうしても目が離せない。「わたしはひとりで行かなきゃならない」

「わかってる。でもアイリスはおまえを守りたがっている。おまえが守る側にいることに気づくまで、しばらくかかると思う」

「それって悪いことかな？」訊かずにはいられない。

「いや。守るのはおれの仕事だって考えていたときもあった。いまは、守護神はおまえだと考えるのがいちばん自然だと思う」

「もともと、ウェスに守ってもらう必要はなかった」小さな声で言う。

「そうだろうな」

「ちがうよ、ウェス」ここで手をさしのべたりしない。指をからませあうことも。でもこっちの声の深いところにあるものを感じとって、ウェスはすわりながら身じろぎする。

「守るとか、守ってもらうとか、そういうのはどうでもよかった。いままで会った男性のなかで、ウェスはね、相手から自分の身を守る必要のないはじめての人だったんだよ」

こういう話をウェスにしたことは一度もなかったのだと察しがつく。怪訝《けげん》そうにしげしげと見つめてくるから。わたしはこういうウェスが大好きだ。人生のなかで、これほどいろんな角度から人を愛したことはない。最初に友だちになったとき、いっしょにいるとすべてが発見だったから、友人としてのウェスを心から愛していた。ウェスと恋に落ちたあとで、互いに過去をどうやって生き延びてきたかを知り、そしていまはつぎはぎだらけの友だち同士になった。ファミリーに。

「いつ行くつもりだ?」ウェスが言い、わたしは話題の変化についていく。ウェスもアイリスも、こんなふうに話題を変えることで気まずさを帳消しにしてくれる。そういうふたりの思いやりをわたしは学ぼうとしている。

「次にリーが仕事で町を離れるとき。直前の連絡になると思う。出かけたことがばれないようにしてほしい」

「リーが気づかないうちに、さっさとやれよ」

「行って、すぐに帰ってくる」

ポケットのなかで鳴りはじめた携帯をウェスが引っぱりだす。

「また、きみのママから？」イラつかないように自分を抑えながら訊く。

ウェスが首を振る。「アマンダから」

わたしはにやりと笑い、ウェスは恥ずかしそうに笑う。

「強盗事件の二、三日後に彼女からメッセージが来た。おれたちが死にそうになりながらもなんとか生き延びた話を、テリーのやつが知り合いのみんなにペラペラしゃべって広めていたころに」

「事件からだいぶたってからってところが驚きなんですけど。事件直後からテリーはあちこちでベラベラしゃべってたのに、アマンダは反応なしだったわけだ。で、彼女とちゃんと話をしてる？　ウェスのこと、彼女は心配してた？　なんて言ってきたの？　見せてよ」

ウェスは携帯を胸に押しあてる。「見せるかよ！」

わたしは顔をしかめる。「アイリスには絶対に見せるくせに」とぶつぶつ言う。

「アイリスはおまえなんかよりもずっと的確にデートのアドバイスをしてくれるからな」

「わ、わ、わたしはウェスのデートの相手だったんですけどっ！」

ウェスが笑い、わたしは我慢できずにまたウェスに蹴りを入れる。

太陽がはるか真上で輝いている。わたしたちはともに笑い、このひとときがもうすぐ盗まれてしまう気がして、わたしは息を吸いこむ。明日、みずから盗みをはたらくことを知りながら。

66

八月十九日（解放されてから十一日後）

貸金庫の鍵二本、偽の出生証明書一通

煙がすっかり消え、建設作業員たちが出入りしはじめ、銀行がもはや犯罪現場ではなくなるまで、わたしはずっと待っていた。当然まだ閉まっているけれど、偵察として二度、前を通りすぎるときに、窓口係のオリヴィアの車が駐車場にとまっているのを確認する。そこで行動を開始する。

「銀行はまだ閉まっているよ」建設作業員がなかに入ろうとするわたしに声をかけてくる。オリヴィアが仕事中のデスクから顔をあげ、こっちを見る。彼女は三角巾で腕を吊っている。事件当日に銀行内で切りつけられた結果だ。そのせいで、あのとき廊下全体に悲鳴が響きわたったのだった。でも、少しずつ回復しているように見える。

「いいんです」オリヴィアが作業員に言う。「あなた、ノーラよね？　そういうお名前よね？」

わたしはうなずく。「前回、お互いにちゃんと自己紹介していませんでしたね。お元気ですか？ 傷の具合はどうです？」

「まだ少し痛むの」オリヴィアはそう言い、痣や腫れはほとんど消えているこっちの顔に視線を走らせる。「あなたのほうはだいじょうぶ？」

彼女とこんなふうにいっしょにいるのが奇妙に思える。前回わたしたちは同じくらい怖がっていたのに、受けたダメージの程度はちがった。それにいま彼女は大人に戻っているけれど、わたしは子どもでいなくちゃならない。でも実際にはわたしは子どもではないし、彼女は大人かもしれないけれどターゲットでもある。

「だいじょうぶです。あの、とつぜんうかがったりして申しわけありません。この支店が営業していないのはわかっています。ですが、わたしの姉が、数年前に山火事が発生して以来ずっと、大切な書類をここの貸金庫に保管しているんです」そこで鍵を取りだす。「じつは奨学金給付の申し込みの締切が二日後に迫っていて、申請のために出生証明書が必要なんです」

「まあ、困ったわね」オリヴィアが顔をしかめる。「わたしにはお客さまを地下にお通しする権限がないの」

「いいんです。承知しました。もともと奨学金が給付される見込みはあまりなかったんです。だめなら、学生ローンがありますから」

　これで正しい場所にナイフが突き刺さる。なぜそれがわかるかというと、わたしはオリヴィアについて徹底的に調べて、彼女が子どもの大学進学資金を調達するために〈ペアレントプラス・ローン（保護者を対象とした連邦学資ローン）〉を利用した事実を知っているから。

「鍵を持っているなら」彼女がおずおずと話す。「問題ないと思う」

「ほんとですか？」心からほっとしたという笑みを浮かべる。「あなたのおかげで助かります。直前まで申請を延ばし延ばしにしていたことがばれたら、姉にめちゃくちゃ叱られます。ほんとのところ、三カ月もあったんです。もっと早くに出生証明書を取りだしておくべきでした」

　オリヴィアは子どもを持つ母親ならではの、寛大でやさしげな笑みを向けてくる。「わたしね、娘たちのために申請までの日程や手順をスプレッドシートで一覧表にまとめなきゃならなかったの。ほんと、忙しかった」

「それ、いいアイデアですね」とわたし。オリヴィアは銀行の内部へ案内してくれる。切りとられたカーペットのところを通るときは、ふたりとも口を閉じる。どうやら血痕をきれいに拭きとりきれなかったらしい。

「ケイシーと話をしましたか?」と訊いてみる。

「彼女のママと話したわ」とオリヴィアが答える。「あなたたち三人はあの子の面倒をよくみてくれた。なんというか……」そこで言葉が途切れる。「あなたたちはとてもいい子ね」感情が高ぶったのか、声を詰まらせてようやくそう言う。

わたしは彼女の肩に手を置き、騙すつもりの嘘ではなく「ここで仕事をつづけるのは勇気がいりますよね」と告げる。

オリヴィアは震える笑い声をもらす。「ハニー、わたしには選択肢がないの。食べさせなきゃならない子どもたちがいるし、払わなきゃならないローンもある」ひとつ咳払いをして、貸金庫室につうじる鉄格子の扉を解錠する。「用がすんだら呼んでね」

「わかりました」

オリヴィアの足音が遠ざかるのを待ってから足を踏み入れ、さらに奥へ進む。そして目当ての場所へ向かう。リーが〈緊急時対策プランその三〉(全十二個)を保管している金庫へではなく、四十九番の金庫へ行って、フレインのオフィスで見つけた鍵をさしこむ。扉をあけるとなかの箱が見え、それに手をかける。

なにが入っているのか予想もつかないが、中身が重すぎて少し引っぱっただけでは引きだせないと気づき、その重さからおおよその見当をつける。かなり価値があるものだというのはわかった。まず頭に浮かんだのは、現金。それか古いコイン。株券か、もしくは美術品。ダイヤモンドがちりばめられた大量の宝石。そういった、かなりの価値があるもの。箱を少しずつ引きだしていって中身が見えてきたところで、予想もしなかったものが目に飛びこんでくる。『たのしい川べ』の古い版の下に金《きん》が押しこまれている。しかも、小さな金のかたまりが瓶に入っている、とかではなく――目の前にあるのは、四百オンスの金の延べ棒が六本。

間違いなく、銀行を襲う充分な動機となりうるもの。どれくらいの値打ちがあるのかと携帯ですばやく調べ、得られた情報が正しければ、およそ三百万ドル。

しまった。いつ時間が尽きてもおかしくないと気づいて、後ろを振りかえる。〝出生証明書〟を取りだすのにあまりにも長い時間をかけたら、オリヴィアがどうしたのかとようすを見にきてしまう。

ざっと調べたところによると、貸金庫の借主であるハワード・マイルズは妻に先立たれ、家族も遺産相続人もいなかった。だから金の延べ棒を渡す相手もいなかったし、金の存在を知る者もいなかった。ミスター・フレインは年寄りの男から鍵を盗んだのだろうか。それとも、鍵がミスター・フレインに預けられていた？　わたしは尋ねるつもりはないし、ケイシーのパパだってすぐには話そうとはしないだろう。疎遠にしていてもきちんとした弁護士を雇っているならば。でも結局のところ、そんなことはどうでもいい。いまはわたしが鍵を持っているのだから。

うずくような感覚が背中を走る。誘惑、だろうか。そう、誘惑……逃げなければならないなら、お金があったほうがうんと都合がいい。べつの選択として、お金があれば反撃するチャンスも生まれる。

思わず箱を握りしめる。わたしったら、なにを躊躇してんの？　こういうときのためにメッセンジャーバッグを持ってきたんじゃないの？　鍵を持っているのを誰にも言わなかったのは、こういうことがあるかもって思ってたからでしょ？　ウェスは気に入らないだろう。アイリスは……彼女がどう反応するかはわからない。〝わたしたちはあなたが自覚しているより、もっと似ている〟アイリスは理解してくれるだろうか。

今回ここへ来たのは、好奇心を満足させるためじゃない。自分がほんとうは誰なのか見きわめるためだ。わたしはひとりの女の子で、自分に向けて飛んでくるあらゆるものから身を守る方法を、かならず見つけだすと心に決めている。

二本、いただいていく。ぜんぶ持っていかないのは、重すぎるからだけじゃなく、人としてのモラルをなくしたくないという気持ちに襲われたから。わたしは金の延べ棒と本をバッグに滑りこませ、箱を壁のなかに押しもどし、鍵をかける。こうしておけば安心。いま中身がどうなっているか、誰にもわからない。鍵を持っているのはわたしだけ。階段をおりてくるオリヴィアのヒールがコツコツ鳴る音が聞こえてくるころには、家から持ってきた出生証明書を胸にかかえ、鉄格子のすぐそばに立っている。

「ご親切にありがとうございます」感謝をこめて言うと、オリヴィアはふたたび笑顔を見せる。「奨学金の給付を受けられたら、ディナーをごちそうしますね」

「お手伝いできてうれしい。十日ほどまえにあんな目に遭ったんだもの、少しくらいほっとできる出来事があったってバチはあたらないわ」

「そうですよね」たしかにほっとできたと思いつつ答える。

バッグの重みで片方の肩がさがらないよう注意しながら、オリヴィアにつづいて階段をあがる。

「ほんとうにありがとうございました」そう告げると、オリヴィアは手を振り、もとの場所に戻ってデスクにつく……わたしは人生で最大級の盗みをはたらきながらも、なにごともなかったように銀行を出る。

手が震えることもなく駐車場から車を出し、そのあとはアクセルを踏みしめ、牧草地を抜けていく長くてまっすぐなハイウェイを猛スピードで走り、目的地を目指す。

すでに頭のなかで計画はかたまっている。

ステップ１：飛行機の席を予約する。
ステップ２：闘いを挑む。
ステップ３：なんとかして、生き延びる。

67 八月二十五日（解放されてから十七日後）

前髪のついた長いブロンドのウィッグ一つ、古風な格子柄のスカート一枚、黒のカシミアのカーディガン一枚、変身用の化粧道具一式

アイリスの指がわたしのじゃない髪を梳いていく。ウィッグをとおして指の圧を感じる。アイリスがこっちと同じ目の高さになるよう腰をかがめ、唇をすぼめながらウィッグの後ろを引っぱり、次にまっすぐになるよう微調整を加える。

それから一歩さがる。櫛で腕をピタピタと叩きながら、自分の仕事ぶりをチェックする。

顔の腫れが引くのを待ってから、アイリスに変身の手助けを頼んだときと同様に、緊張のあまり胃がチクチク痛みだしている。振り向いて鏡に映る自分の姿を見たくない。十二歳のとき以来、こういう外見にしたことはない。いや——これまで一度もない。いまここにいるのは女の子たちが大人の一歩手前に成長した姿で、この子が世の中を歩きまわった

ことは一度もない。わたしは鏡を見るかわりに、期待をこめてアイリスを見る。

「どうかな？」

「本音を聞きたい？」

わたしは唇をなめてから顔をしかめる。リップグロスがべたべたしているのがいやだし、グロスをアイリスの唇からこすりとるんじゃなく、自分の唇に塗りたくっているのがいやだから。「うん」

「わたしはショートのほうが好き。Tシャツとブーツ姿のノーラが好き。いまノーラはすごくおかしなふうに見える。えーっと、ちがうな。〝おかしい〟じゃない。ただ……ノーラっぽくない。ぜんぜん。ほんとのところ、ブリジット・バルドーにそっくり」

眉根を寄せて目を細めたいところだけれど、そうするとマスカラがにじむかもしれない。

「誰、それ」

アイリスはわたしの右側の、さまざまな古い映画の女優とヴィンテージファッションの広告のコラージュを指さす。アイリスのママは娘の部屋を見ただけで〝アイリスは女の子が好き〟のほんとうの意味を簡単にわかってしまうはずだけど、異性愛者は真実に向きあうよりも、女友だち同士、仲がいいのはよいことだ、と思いたがる——壁に貼られているものを見ればあきらかなのに。

アイリスが指さした女優を見てから、化粧台の鏡に映る自分をじっと見つめる。見えるのは自分の母親と思い出だけ。それにともなう痛みに呑みこまれるまえに、アイリスの部屋のドアが大きく開かれる。

「アイリス、あなたとノーラ――」ミセス・モールトンがノックもせずにアイリスの部屋に入ってきて、わたしたちを見るなり言葉を失う。「ノーラ！　あなた、まるで……」「まあ」ミセス・モールトンがわたしを見て眉根を寄せる。あまりの変化に面食らったらしく、そこで口ごもる。期待どおり。目的地に着いたときに、ノーラらしく見られたくないのだから。

「四年生のミュージカルに出るのに、メイクとヘアメイクに凝ってみようと思って」アイリスが言う。「ノーラが練習台になるって言ってくれて。ノーラのお姉さんは私立探偵だから、ウィッグをいくつも持ってるの。ママ、どう思う？」

「ブリジット・バルドーにそっくり」とミセス・モールトン。

「わたしもそう言った！」

母娘は共謀者めいていながらも温かい笑みを浮かべあう。

「あなたはいつ見てもきれい」ミセス・モールトンが笑顔を向けてくる。「でもこういうスタイルもすてき。アイリス、あなた、いい仕事をしたじゃない。演劇部はあなたがいてラッキーだったわね」

「ありがとう」とだけアイリスは答える。自分がついた嘘ではじまった会話に即座に対応できなかったのかもしれない。

「ふたりとも、なにか食べる？　ピザをオーダーしようと思ってたところ。ベジタリアン用とペパロニのハーフ・アンド・ハーフでいい？」

「いいと思う」とアイリスが言う。「ノーラは？」

「おいしそうですね。ありがとう」

「来たら呼ぶわね」ミセス・モールトンはそう言ってドアを閉める。

しばらくのあいだふたりとも黙り、アイリスはわたしに着せたカシミアの黒いカーディガンの襟もとをいじっている。ほどなくしてようやく鏡のなかのわたしと視線をあわせる。

「ああいう会話に即座に対応できるなんて、すごいね」とわたし。〝嘘をつくのがうまいね〟と言わないように注意する。たとえさっきのが嘘そのものだとしても。

アイリスが肩をすくめる。「いっつもパパのルールをかいくぐる口実を探していたから」手がぴたりととまる。父親の話を持ちだしたことに、わたし同様、本人も驚いているのかもしれない。

銀行の洗面所でアイリスが語った話について、これまでお互いに話題にあげなかった。

話してとアイリスに無理強いしたくないけれど、ふたりのあいだにアイリスお手製の爆弾がないときにその話をしておかないと、あの日に語られた事実が本人にとってはまたべつの爆弾になって、爆発までのカウントダウンに入りかねない。でも、そんなことはないかもしれない。アイリスは強かったし、いまも強い。それはわたしが彼女を愛する理由のひとつでもある。

コンドームをつけたがらなかったクソ男の元彼氏をぶん殴ってやりたいし、アイリスの父親の息の根をとめてやりたくてたまらない……でも、それはまたべつの話だ。

「わたしにも従わなくちゃならないルールがたくさんあった」切りだすのをためらう自分を自分でいやになるけれど、ほんとうにためらっているのだからしかたがない。ウェスとは、尽きることがないと思えるほど、怖いくらいに次から次へと伝えたいことが口からこぼれでていたのに、あるときとつぜんネタが尽きて、そのあとふたりのあいだにぽっかりあいた沈黙の時間をどうにか持ちこたえなきゃならなかった。

アイリスとはちがう。ぽつぽつと話すうちに、べつの話題になって返ってくる。ウェスといっしょのときは、こっちには伝えたい真実があり、相手にはなかったから、地面がわたしのほうに傾いていた。でもアイリスとだと平らな地面に立っていられる。わたしたちはひとつひとつ、お互いを知ることができる。知り得た情報を積み重ねていける。

「わたし思うんだけど」とアイリスが言う。「ノーラは怖がってる？」ふたたびこっちの襟もとをいじったあと、わたしの怪我をしていないほうの肩に手を置く。触れられて肩の力がすっかり抜け、後ろに反りかえって体重を彼女にあずけると、アイリスの息遣いが少しだけ途切れがちになる。アイリスは指でこっちの肩をなで、わたしは彼女のお腹のやわらかいところに頭をもたせかける。

「怖がってはいられない」とアイリスの問いに答える。

アイリスは前かがみになって、巻いてウェーブをつけた髪を肩の上で揺らす。わたしの額にキスをし、それから鼻のてっぺん、その次はリップグロスを塗ってベタベタした唇に上下逆さまの形でキスする。

身体を引いたあと、懸念と不安を焼き払い、もっと前向きな気持ちを抱かせてくれる言葉をアイリスは口にする。もっと力強い言葉を。

〝わたしの前では怖がってもいいよ〟

68

八月三十日（解放されてから二十二日後）

真実

フロリダ州ローウェル矯正施設

個別の面会室に通されても驚かない。彼女はここで友だちをつくり、看守のひとりやふたり、いや大勢をたらしこんだのだろう。母が知っていることがひとつあるとすれば、それは人やシステムの動かし方だ。だから、刑務所にいる母親をわたしはそれほど心配しなかった。

一分か二分、ひとり待たされているあいだ、心は少しも動揺しない。リーはここを訪れる件についてけっして語らないけれど、戻ってきたあとの何日間かだけ、夜にふだんは飲まない酒を飲む。ワインを何杯も飲みほしたあとはふらふらになって、わたしがベッドまで運ばないとならなくなる。一度、ブランケットをかけてあげたとき、ブランケットの下で丸くなったリーの〝ママ、わたしはやりたくない〟という寝言が聞こえて、そのあとの数日間、心臓が喉もとにせりあがってきて熱を帯びているような感覚にとらわれていた。わたしは知っているから。

そう、わたしは知っていた。

待ち時間を使って面会室を観察する。テーブルと椅子二脚がボルトで床に固定され、鎖を通す金属製の輪がテーブルの上と床に取り付けられている。

母はここで鎖につながれるのだろうか。当然、そうなるだろう。そういう心配をするなんて世間知らずの子どもじみている。そんなことを考えている場合じゃない。わかりきっているんだから。

ウィッグをつけているせいでうなじのあたりがチクチクして、ここ何年もロングにしていないために肩にかかる髪の重さになじめない。深呼吸を繰りかえし、彼女が入ってくるドアに背を向けたままでいると、足音のあとに錠をあける音、母の鎖がガチャガチャ鳴る音が聞こえてくる。わたしは世間知らずの子どもじゃないから、母の鎖の音だとわかる。子どもじゃない、じゃないから。

母が椅子に腰かける物音とつぶやくような看守の声、そして看守がわたしたちふたりを残して去っていく足音が聞こえる。あきらかな規則違反。取り立てて驚くほどのことじゃない。

それでもわたしは振り向かない。母に背中と本物に見える長い髪を見せたまま、待つ。

「ナタリー」

それを耳にすると不思議な気分になる。わたしの名前。でもわたしの名前じゃない。もう、いまは。ナタリーはわたしという人間をあらわすものだった。永遠にわたしがかかえる秘密になるはずだった。自分の胸に秘めていた名前。家族のほかに知る者はいない。ほかの女の子たちよりも長く、わたしはナタリーだった。ノーラよりもずっと長いあいだナタリーだったけれど、いつの日かそれは事実ではなくなるだろう。

ナタリーという存在はわたしが永遠にかかえるもうひとつの秘密。女の子たちや彼女たちの名前と同様に。

母はその子を愛しているのだろうか。わたしだと思っているその女の子を。ナタリーという名前はもう誰かをあらわしてはいない。わたしが彼女を解き放った。ノーラが生きていくために、彼女は消し去られるべき存在となった。

彼女の一部を血で染まった砂のなかに置き去りにし、うす汚いモーテルで染髪剤を使うことで彼女のかけらを追いだした。彼女の存在をレイモンドは知らないし、告げるつもりもない。そしてウェスの愛に助けられてわたしは彼女の残りをすべて消し去った。だから、母の娘は誰かから愛されることも、知られることもない。

ナタリーは消えた。ノーラは本物になった。さらなる秘密が生まれた。しかし、それはわたしだけの秘密で、かかえているわたしだけがほんとうの意味を知っている。

ようやくわたしは振り向く。母が息を呑んだ理由はわかっている。わたしが彼女にそっくりだから。彼女が見ているのは、十七歳のころの写真に写っている彼女自身にちがいなく、わたしが見ているのは、逃げだすために闘っていなかったら、おそらくこうなっているだろうという自分の姿。

「ずいぶん大人になったわね」

わたしは歩を進め、彼女の正面の椅子に腰かける。ドアに取り付けられている小さな窓ごしに、廊下に立つ看守が見える。面会時間はどれくらいあるのだろう。両手を組みあわせてテーブルの上に置く。まっすぐに彼女の視線をとらえるが、沈黙を保つ。

母の視線がこっちの顔じゅうを走り、ほかの誰かが彼女のようすを見たら、長いあいだ生き別れになっていたわが子をなめるように見つめている母親と考えるかもしれないが、わたしにはよくわかっている。この人は手がかりを探している。ヒントとなるものを。集めて使えるなにかを。

「ずっと心配していたのよ。おそらく……」

「死んでいると？」

「つらい日々だった」さすが、心から言っているように聞こえる。彼女は指をしっかり組みあわせてそう言うけれど、そんなものに絆《ほだ》されるつもりは毛頭ない。わたしはガラス。光だってなんだって反射させる。なかに取りこむんじゃなく、すべてを跳ねかえしてやる。

「わたしね、あなたを探してたのよ。ここでできるかぎり、精いっぱい」

「そうだろうね」

片方の眉――眉は昔ほど美しく整えられていなくて、わたしのと同様に、それほどお手入れがされていない――がかすかにぴくりと動き、こっちの返事にイラついているのがわかる。

「証人保護プログラムを適用されていると思ってた。あなたのお姉さんもあなたを探していたのよ。証人保護プログラムを受けているの？　政府に保護されている？　プログラムからようやく逃げてきた？」

胸に安堵が広がる。デュアンに仕掛けた罠が功を奏した。リーの正体はまだ見破られていない。母はわたしがどうやって脱出したのかを知らない。いまだにわたしを逃がしたのはＦＢＩと連邦保安局だと考えている。

「初日に保護官のもとから逃げだした」とわたしは答える。「いままで面倒くさいこととは無縁だった」

「それで、ベイビー、あなたはここでなにをしているの？　助けが必要なの？　あなたはだいじょうぶ？」

彼女の目は涙のなかで泳いでいるけれど、その涙はけっして流れることはない。涙する理由は情報を得るためであって、感情に流されているのではないから。

「わたしがここにいる理由なら、わかってるでしょ」

テーブルから手を引っこめ、椅子の背にもたれかかり、まばたきもせずに彼女を見つめる。彼女の息遣いは落ち着いているが、視線はふたたびこっちの顔じゅうをさまよっている。

彼女もテーブルにつながれた鎖が届く範囲で椅子の背にもたれかかる。まばたきひとつでさっきの涙はどこかに消え、今度は笑みらしきものが口もとに浮かんでいる。

いい、これこそわたしのママ。

「そのウィッグ、すてきじゃない」うすら笑いを浮かべながら彼女が言う。「髪を短くしてるって聞いたわよ」

相手が揺さぶりをかける作戦に出てきたので、こっちは沈黙を長引かせる。教本どおりのもっとも単純なワザ。ターゲットに沈黙をうめさせろ。彼女が相手の場合には、それはもっとも簡単なワザにもなる。とくにこれだけ沈黙を引き延ばしたあとには。彼女には訊きたいことがいくつもあるはずだから。

でも、やすやすと答えをさしだすつもりはない。答えは彼女の手のなかで武器に変わるだろう。どんな回答であろうと。

「あなたは彼と離婚していない」事実を淡々と述べる。いや、そうなっていない。淡々とさせたいのに。淡々とさせたぶんだけ、強いインパクトを与えられるのに。これじゃあ非難の言葉みたいだ。

「彼を愛しているから」と彼女が言う。まさにそのとおりなのだろう。言葉として語られたことはなかったと思うけれど。まさか、ほんとうに、この人は彼を愛しているのだろうか。ねじれて、壊れたのではなかったのか――わたしが知っている愛とは、びっくりハウスの鏡に映っているようなものだから。でもこの人が抱いている愛は本物なのかもしれない。本物だからこそ、嚙まれるとわかっていながら、ワニの口のなかに突進していった。実際に嚙まれたとき、娘もいっしょに水のなかに引きずりこんだ。望みのものを得るための撒《ま》き餌として。

「彼はあなたを殺そうとした」

「でも、殺さなかった」声が小さくなる。「あれは単なる意見の相違だったのよ。そのあとあなたが出てきて、まんなかに立ち……」

「わたしは銃の真ん前に立ちふさがった」

彼女の唇が引き結ばれ、口もとの皺が深くなる。刑務所にはフィラー注射（ヒアルロン酸やコラーゲンなどを注入する施術）はない。

「あなたはわたしのおかげで生きている」と彼女に言う。一度は言いたかったことを。事実としてちゃんと認めてもらいたい。

「わたしはあなたのせいでここにいる」と彼女。まさにそのとおりだから、きっぱりと投げつけるように言う。

わたしは肩をすくめ、同じように無慈悲になってやろうと心を決める。「わたしはあなたからやれって言われたことをやったんだよ、アビー。おかげで腹黒い人間になった」

「ベイビー、あなたは間違った人に嚙みついたようね」

「彼があなたの男だから、かな」

「あなたが愚かだからよ。あなたがこの部屋から立ち去ったらすぐに、会いにきたことをわたしが彼に知らせるとわかっていながら、あなたはここに来た。わたしはね、ベイビー、彼への報告を遅らせて、あなたが一歩先に行けるようにしてあげる。だってあなたを愛しているんですもの。それでもね、彼には報告しなくちゃならない」

頭を垂れて、足もとを見つめる。心のなかではあきらめてもいないし、傷ついてもいない。ただ、永遠に希望をしまいこむ、カチリという音が鳴っただけ。

この人は夫にわたしを殺させたくないと思っている。でも同時に、彼の敵側にまわりたくないとも思っている。

〝両方を成り立たせることはできないんだよ、アビー〟

「あなたはここでなにをしているの？」もう一度そう質問してくるが、今回はほんとうに訊いてきていて、その裏には本物の困惑がうかがえる。

頭を垂れたまま身を乗りだし、目を潤ませて、唇をわななかせ、ふたたび顔をあげる。彼女は眉根を寄せ、顔からは怒りが消えて、こっちを気遣う本物らしき表情が浮かんでいる。

「お願いがあるんだけど」彼女が少しのあいだ希望を抱いていられるよう、一拍おく。希望を持たせたぶん、相手を叩きのめす言葉を伝えたときのダメージは絶大だろう。「一度くらい考えてみてほしいの。あなたは自分が知っていることをぜんぶわたしに教えた。すべてを」

唇をなめたい。すっかり乾ききっているから。でもそれは胸のうちの不安をあらわすサイン。「あなたはあの夜と、その後に起きたことの全貌を知ろうとした。そのあいだずっと、自問していた。〝ナタリーならどうしただろう〟と。でもそれは適切な問いかけじゃない」

彼女がごくりと唾を呑む。喉がすばやく上下したからわかる——痛いところを衝かれたサイン。こっちはさっと目をそらし、それでわたしが見ていたことを彼女は知る。彼女の口が一直線に引き結ばれる。ママは怒っている。

わたしはとどめを刺しにいく。

「あなたならどうした？」と彼女に訊く。「彼がターゲットで、命をかけた恋の相手じゃなかったら？　あなたのママが男を煽ってあなたに手を出させるよう仕向けたとしたら、自分の技術と才知をぜんぶ注ぎこんで、あなたならなにをした？　詐欺を仕掛けるという名目ではなく。お金のためでもなく。重要だとしてあなたがわたしに教えこんだことのどれにもあてはめず。実際のあなたは、自分を殺そうとし、いま現在わたしを殺したいと思っている虐待男への愛のために行動した。だから、ナタリーならどうしただろうと自問しなくていい。アビーならどうしただろうと自問して。娘を育ててやったあげく、その子に噛みつかれた女はどうする？」

彼女は身を震わせ、わたしはこの場面で笑顔を浮かべる人になりたいと思う。それくらい厳しい人間に。全身で勝利を感じとりたい。

でも、いまは悲しいだけ。

わたしはただ生き延びようとしているだけ。彼女から逃れて。彼からも。誰だかよくわからない自分自身からも。

「あなたならどうした？」もう一度、彼女に尋ねる。

今度は、ようやく答えを寄こす。

「わたしなら計画を立てて仲間を集めたでしょうね。それと、ちゃんと逃げ道を見つけておいたと思う」

彼女の頭のなかで思考がカチカチと音を立てているのがわかる。ドミノのピースが順に倒れ、わたしが素手《すで》で掘ったトンネルの奥深くへと進んでいくようすが見える。

「つづけて」

「武器を手に入れたでしょうね……隙あらばいつでも行動を起こせるように。あとは逃げて、けっして振りかえらない。どんな手段を使ってでも、逃げきる」

「わたしがやったのはそれ」とわたし。「どんな手段を使ってでも」

そうほのめかすと、いきなり彼女の肌に鳥肌が立ち、それで自分が向かいたいほうへ確実に掘りすすんでいるのがわかる。

飛行機で、ホテルのバスルームで、刑務所までの車で、百回はこの場面を頭のなかで繰りかえしおさらいした。進め方の台本を用意し、いま彼女は彼女の役を演じている。まさに台本どおりに。

ここでためらっちゃだめだよ、ノーラ。ホームストレッチに入って、ゴールを迎え、家に帰る。みんなのもとへ。

〝お願いだから、みんなのもとへ帰らせて〟

「アビー、いちばん大切なことはなに？」声を高めにして言う。それぞれちがう名前、髪型、性格のわたしに彼女が答えを教えこんだ質問を、今度はわたしがする。本人の目の前で声音《こわね》をまね、そっくりな顔を向けると、彼女の首もとまで鳥肌が広がる。

「つねに脅しの切り札を用意すること」彼女がささやき声で言う。

わたしは微笑む。今度のは冷酷な笑み。冷酷にならなければならない瞬間にたどりついたから。

「あなた、なにをしたの？」彼女に訊かれ、わたしはついに話す心づもりをする。長いあいだ胸のうちにかかえていた秘密を。

「彼の金庫のなかにハードディスクといっしょにUSBメモリがあった。それはほかのものとはまったくちがう形で暗号化されていた。わたしはFBIにハードディスクを渡し、それで捜査官たちは彼を刑務所送りにすることができ、わたしは必要な保護を得ることになっていた。彼らはＵＳＢメモリの存在を知る必要はなかった」

「だから、あなたが保管した」

それを聞き流し、先へ進む。「あれこれ学んで暗号を解けるようになるまで何年もかかった。でも、あきらめずにやりとおした。わたしが見つけたのは……」そこで笑みを浮かべる。発見したものは笑ってすますことができるもんじゃない――非常に不快で、浅ましい秘密と汚れたおこないの、吐き気がする宝庫――が、同時にわたしが勝利をおさめる拠り所となるもの。

みんなを守る手段となるもの。

「彼は目を覆いたくなるような下劣な情報を入手しては、ターゲットとなる相手とやりとりしていたんでしょ？　似た者同士だよね、あなたたちふたりは」じっと見つめて相手に気まずい思いをさせる一方で、髪に指をからませてくるくるまわすのは我慢する。跳びかかられるのはごめんだから。

とはいえ、彼女はわたしに手を出したことは一度もない――必要がなかったから。つねに、娘の一部――娘の自己、娘の身体、娘の純潔、娘の安全――をさしだして懐柔すべき相手……つまり、彼女のターゲットや、彼女の人生を一変させた愛する人がいたから。

しかし、いまここにいるのはふたりだけ。ターゲットもいない。レイモンドもいない。わたしたちのあいだには真実しか存在しない。こんな状況ははじめてだ。かつてはいつでも嘘やごまかしばかりだった。もはや彼女は逃げ隠れできない。

わたしができないようにした。

「あなた、彼が脅迫に使ったファイルを持っているの?」

「開いた中身はごちゃごちゃしていた。ほとんど整理されていない状態。でも注意深く見てみた。色別に内容がわけられていた。政治家に関するやつは赤。汚職警官のは青で、麻薬の売人のは緑という具合に」

「ナタリー……」彼女の声には警告の響きが含まれている。母親らしい気遣いのかけらも。それが本物か嘘かの判別はつかない。だって、目の前にいる彼女のどこが本物でどこが偽りかもわからないから。「あなた、逃げなさい。遠くへ。急いで」

「逃げない」

「ベイビー、彼は来年、再審請求するつもりでいる。かなり難しい闘いだろうけれど、彼にはこの国でも指折りの弁護士がついている」

「あなたは彼を応援するんでしょ」そう言うと、彼女はこっちを見られなくなる。刑期はあと六年、残っていて、彼女が出所するときに彼が自由の身になっていたら、彼女はめくるめく時を過ごすことになるだろう。二十四時間のうちに、ふたりは諍《いさか》い、ファックし、叫びあい、ものを投げあって失った時間をうめ、ふたりの甘い生活をぶち壊す。そのサイクルが何度も繰りかえされて、ある日とつぜんなにかが彼女を殺す。でもわたしはそばにいて彼女を救うために地面を傾けはしない。彼はかならず彼女を殺す。腹立ちをどうにかするにはそれしかないから。彼女はそれを知っている。わたしも知っている。でも彼女にはとめられない。わたしはそうさせるしかない。

再審請求の件は夏のはじめから知っていた。リーとわたしはそれについて激しく言い争った。リーはすぐにでも逃げだそうと言った。わたしは待って、ようすを見ようと言った。いや、正確にはそうじゃない。わたしは待って、闘うつもりでいる。自分は闘うことを選ぶ人間になったのだから。

ウェスを愛し、いったん失ったあとで家族として迎え、わたしは強くなった。アイリスを愛して守って、わたしは強くなった。希望はないかもしれないが、心は決まっている。

「ナタリー、彼はかならずあなたを殺す」

「あなたは彼に手を貸すんだよね？」予想がはずれていますようにと願いながら、彼女を見つめる。「これまでのことを考えると、あなたは彼に頼まれればなんでもやるだろうから」

彼女が目をそらす。縮んでしまった胸が、深く息をするたびにあがったり、さがったりする。カーキ色の囚人服で覆われていても、鎖骨が浮きだしているのがわかる。収監されてからずいぶん痩せた。わたしが子どものころ、彼女はほっそりした体形を維持するためにジムに通っていたが、それとはまったくわけがちがう。〝食事がクソ、ベッドもクソ、なにもかもクソ〟の環境のせいだ。

「ベイビー」声が割れていて、本人としては遺憾だろうけれど、それが答えになっている。ふたつに引き裂かれた女性、それがいまのわたしの母親。娘と夫、善と悪、真実と嘘、愛と痛みのあいだで、どちらに傾くか決めかねている。境界線がぼやけ、悪手を悪手と思えなくなり、危険なほうへと引きずられていく。いまでも彼女のなかにわたし自身が見えるのがいやでたまらない。

でも彼女の愛情は、どんなにそうあってほしいと願っても、わたしには向けられていない。そしてわたしの彼女への愛情は、どれほど彼女が腕のなかに娘を取りもどしたいと思っても、彼女には向けられていない。

「わたしは生き延びなくちゃならないの。あなたの仕打ちのせいで、ここに長いこと入れられているんだから、なおさらに」

わたしは思わず笑いをもらす。「あなたは自分のおこないのせいでここに入れられている。彼のためにいくつものダミー会社に名前を貸して、そこで資金洗浄をさせていた。銃口を向けられたあとでさえ、彼に盾突こうとはしなかった」

「あなたはいつでも彼に反抗して――」

「ふざけないで」リーとそっくりの声音で吠える。彼女はびっくりしているのか、椅子のなかで身じろぎする。「もうあなたのペテンには引っかからない。あなたから教わることはもうなにもない。十二歳の娘に出し抜かれただけじゃなく、追い抜かされていたと気づいて、いまどんな気分？」

「これ以上ないくらい、誇らしい気分でいっぱいよ」彼女はぴしゃりと言う。それはわたしたちのあいだに打ちこまれた真実であり、わたしたちの怒りをまっぷたつに引き裂くものでもある。「あなたはこうなってほしいと願った、まさに希望どおりの子になっている。こう育ってほしい、きっとこうなると思った子に。でも逃げないのなら、この先、何者にもなれずに終わる」

「くだらない」きっぱりと言い放ちたいのに、涙声になっている。彼女はたったいま、こちらが聞きたかったすべてを語ったが、それはもはやなんの意味も持たない。彼女は彼のもとへ行こうとしているのだから。わたしが語ったすべてを彼に伝えるつもりだから。そして彼が出てきたら……

そこでおしまい。以上、終わり。

「あなたとわたしは同類なの」彼女が言う。「だから、わたしのすることも、その理由も理解できるはず。あなたもわたしも生き延びる。人生がどんな試練を与えてこようと。わたしたちは道を見つける。かならず道を見つけるってわかっている。わたしがいままでしてきたように」

「試練を与えたのは人生じゃない、あ、な、た、だ。あなたのせいでわたしはこんなふうになった。あなたがわたしたちの人生に彼を連れてきた。わたしたちの人生にあらゆる災厄を招き入れた。わたしたちは同類なんかじゃない。あなたがしてきたことを、わたしは絶対にしない」

「でも、もうやったじゃない」と彼女は言う。「それも、ベイビー、自分から選んで。わたしを置き去りにし、そのうえFBIを引き入れた。わたしだったらあなたに対してそんなまねは絶対にしなかったはず」

「そうだね。あなたがしたのは、これも愛情だと言ってわたしが殴られるのを放置し、詐欺の成功のためにわたしを性的虐待の餌食にしたこと」

鎖がテーブルの輪にこすれて音を立てる。わたしはこんな言葉を声に出して言ったことは一度もなかった。少なくとも、彼女に対しては。セラピストには話した……でも、それだけ。マーガレットに語っただけ。リーは知っている。同じことが自分の身にも起きたから。ウェスはまことしやかに世間で語られている話の行間を読み、アイリスには女子同士の打ちあけ話みたいな軽いノリでさらりと話したことはある。けれどもむきだしの真実はこんなふうに……声に出して言いにくいものだし、わたしは黙っているようにと教えられた。あまりにも厳しい内容を口にするときは、言葉をやわらげるようにと諭された。激しい言葉は人を傷つける。自分自身を、彼女を。

「気づいたらすぐに――」彼女の立ち直りは驚くほど早く、ずっとまえから準備していたかのようだ。

「やめて」とぴしゃりと言う。彼女が話しつづけたら、言葉に呑みこまれてしまいそうで怖い。色仕掛けで男を騙すまえにやっていた詐欺について、リーから聞かされた数々の話。いまは聞けない。わたしが体験したこととはまったく次元のちがう話。いまこの面会室で、彼女がそのことについてしゃべりだしたら、わたしはこの人を殺してしまうかもしれない。だから、聞けない。絶対に（頭のどこかでは聞きたがっている。リーのために、自分自身のために）。

「ワシントン州から脱出するためにわたしがなにをしたか、あなたも知ってるでしょう」彼女が甲高い声で言う。

「いまさら聞きたくない」

「あれは――」彼女の口が一直線に引き結ばれ、唇がほとんど見えなくなる。肌が粟立ち、恐ろしさのあまり背中に震えが走る。彼女は怒っている。後悔するでもなく、罪悪感を覚えるでもなく。わたしがこの話を持ちだしたことに、ただただ腹を立てている。

アイリスに手をきつく握っていてもらいたい。彼女の手を感じられるほど、心から欲している。目を閉じて、アイリスの手がわたしの手を握ってくるところを想像してみる。でも、いまは覚悟を決めるとき。

「今日ここへ来たのはメッセージを届けるため」とわたしは言う。「わたしの言葉をレイモンドに伝えてほしくて」

彼女はなにかを期待するように片方の眉をあげる。

「もしわたしの身になにかあった場合、USBに保存されている情報はFBIに送られる。確実に送信してくれる人がいるんだけれど、手配済みなのはそれだけじゃない。自分が死んだら情報が拡散されるプログラムも書いた。レイモンドが膨大な時間をかけて集め、恐喝に使っていたネタは、すべて世の中に流出する。十中八九、彼がネタを売ったように見えるはず。そうなったら、刑務所のなかにいようが外にいようが、彼は長生きできると思う？　あなた、あなた自身は？」

その問いかけに、彼女の唇がきつく結ばれる。彼女は、よくぞ母親と継父を出し抜いた、とわたしを誇りに思ってくれるかもしれないけれど、同時にわたしを憎むはず。この人がいま刑務所にいるのは、腕によりをかけて娘たちを詐欺師に育てたことが原因だからしかたないんだけれど。よもや娘たちが反旗を翻して嚙みついてくるとは、思いもしなかっただろう。もっとも、こちらにはほかの選択肢がなかったわけだけど。

しかし、自分が娘の世界の中心ではなくなるのがどういうことか、いまだにアビーはわかっていない。娘の世界の中心にある軸――彼女のネットワークのなかにいるすべての人たちの軸も――が自分にとって都合のいいほうへ傾いていないときに、どう生きるべきかがわかっていない。わたしは傾いていた地面を持ちあげてまっすぐにし、一方で彼女は、いま足もとがおぼつかなくなっている。

「〝相互確証破壊〟だよ、アビー。彼がわたしのところに殺し屋を送りこんだ場合、最悪のシナリオでは、彼は再審請求を申し立てるまえに、歯ブラシの柄を尖らせたもので死ぬことになる。最良のシナリオでも、再審請求が受け入れられて出所したら、秘密を暴露された人たちがいっせいに押し寄せてくることになる。わたしは自由になってから何年もかけてＵＳＢメモリのすべてのファイルに目を通し、からまった糸をほどいて、どす黒い秘密をかかえた人物を探しだしてきた。ＵＳＢのなかには権力を持った人がたくさんいるし、悪事の記録もたくさんある。わたしはダラスについて知っている。ワイリカ（カリフォルニア州北部のシスキュー郡の都市）についても」

「ワイリカでなにがあったの?」彼女が訊く。なんとも不注意な質問。自分はダラスについては知っている、とあかしているようなものだから。彼が強請《ゆす》りに使っていたダラスの秘密を。なんだか胃がムカムカしてくる。冷静さを失うまえにここから出なくては。ここに来た目的はもう果たした。

「彼に訊いておいて。どちらを選択するか。内容はいたってシンプル。わたしが死ねば、彼も死ぬ。わたしが生きていれば、彼も生きていられる」

「彼はあなたが汚いまねをするのを許さないわよ。ＦＢＩを抱きこんでいるようだけれど――彼らは情報を使えない。あなたが意図しているようには……」言葉が尻すぼみになる。そこで首を振る。「なにがあろうと、彼はあなたの命を狙う。だから、逃げて。遠くへ。すべてを変えて。ほかの女の子になりなさい。あなたならできるわよね、ベイビー。いつだって自然にほかの子になりすましていたんだもの。あなたなら彼から隠れていられる」

彼女の声は、あの夜、彼に懇願していたときのと同じ。いまはわたしに懇願している。わたしのために、というように。でもわたしにはわかっている。これは彼のため。

成長し、彼女の手に負えない辛辣な人間に変わったことで、わたしは彼女を恐れさせ、動揺させた。

「わたしは隠れたくなんかない」

「これは、あなたがどうしたいとかいう話じゃないの！」

「いや、これはそういう話」わたしは言う。そこには自力でつくりあげた真実がこめられている。「これはまぎれもなく、わたしがどうしたいかについての話。だってわたしには切り札があるんだから。当時のわたしはあなたより賢かった。いまはあなたより腕のいい詐欺師。あなたに教わったことすべてと、自分で学びとったことすべてで武装して、わたしは堂々と生きていく。彼が自由の身になり、愚かにもわたしのところに姿をあらわしたら？　彼を切り刻んで、再起不能にしてやる」彼女は息を呑み、わたしは強気の姿勢を保ってじっと動かない。〝この子はふつうじゃない〟頭のなかにノースの声が聞こえる。母の顔にもそう書いてある。

たぶん、わたしはふつうじゃないんだろう。でも、ふつうの子になりたいなんて思わない。

「これはあなたがプレイすべきゲームじゃない」母が首を振る。「ベイビー、あなたはたしかに隠れるのはじょうず。でも闘うのはうまくない」

「わたしがなにがじょうずかなんて、知りもしないくせに」わたしは立ちあがる。前回、彼女を残して立ち去ったときと同様に。母親を置き去りにするのなんて、拍子抜けするほど簡単。

そして必要なことでもある。

ドアロへ行くと、看守が進みでてわたしのためにドアをあける。そのとき、彼女が大声で叫ぶ。「ナタリー！」

わたしは振りかえる。最後に一度だけ、彼女を見る。最後に一度だけ。わたしが勝つにしても、彼が勝つにしても、わたしはもう振りかえらない。これが最後。彼女にも知っておいてもらいたい。

「それはもう、わたしの名前じゃない」と彼女に告げる。

そして、わたしは立ち去る。

69　ノーラ：妹、生き残りし者？

　わたしは強気のまま、金属探知機を通り抜け、ガタのきた椅子が並ぶ受付エリアに出る。椅子に腰をおろしたときに顔が濡れているのに気づくが、看守はこっちには注意を払わない。そういうのに慣れているんだろう。

　泣く。刑務所の面会者用のロビーで身体を震わせて激しく泣きじゃくる。逆境を乗り越えるティーンエイジャーを描いたつまらない映画の登場人物みたいに。でもわたしはなにも乗り越えるつもりはない。いま、乗り越えてきたばかりだから。

　ついに、やり遂げた。まあ、やり遂げたんだと思う。ドアと、その先の駐車場のほうに目を向ける。飛行機に乗って、リーが戻ってくるまえに家に帰らなければ。

　その考えで頭がいっぱいになる。家《ホーム》。頬をぬぐい、大きくひとつ深呼吸するけれど、いつまでもしゃくりあげていて、肺が震える。

　わたしのような女の子たちは、いつでも嵐を迎えうつ準備ができている。

十二歳のとき、わたしは選択した。彼女か、自分か。彼か、自分か。生き延びるか、虐待されつづけるか。

アビーは正しいのだろう。彼はわたしのもとにあらわれるかもしれない。たとえそれがわたしと刺し違える、みずからの死刑執行令状だとしても。でもわたしはもう逃げ隠れはしない。

必要ならば、闘う。

わたしのもとを訪れたとしても、頭の回転は速いが相手をまっすぐに撃てず、恐怖に戦《おのの》いてパニックになったアシュリーを見つけはしないはずだ。見つけるのは、わたしだった女の子すべて。レベッカは嘘のつき方を教えてくれた。サマンサは隠れ方を教えてくれた。ヘイリーは闘い方を教えてくれた。ケイティは恐れることを教えてくれた。アシュリーは生き延びることを教えてくれた。

ノーラは教えてもらったすべてを実行している。

深く息を吸う。

〝レベッカ。わたしの名前はレベッカ〟

立ちあがる。

〝サマンサ。わたしの名前はサマンサ〟

涙を払う。

〝ヘイリー。わたしの名前はヘイリー〟

胸を張る。

〝ケイティ。わたしの名前はケイティ〟

足を一歩、もう一歩、前に出す。

〝アシュリー。わたしの名前はアシュリー〟

ドアを押しあける。

〝ノーラ〟

光のなかへ歩きはじめる。

〝わたしの名前はノーラ〟

資料

『詐欺師はもう嘘をつかない』のほとんどは、虐待を生き延びる行程についての物語が中心となっている。もしあなたが闘っているとしたら、あなたはひとりぽっちではないことを知ってほしい。あなたが虐待されていたら、誰になんと言われてようと、それは絶対にあなたのせいではないことを知ってほしい。左記のホットラインが手をさしのべてくれる。

ナショナル・ドメスティック・バイオレンス・ホットライン
1-800-799-SAFE（7233）
テキスト電話：1-800-787-3224
thehotline.org ではオンラインでのチャットも可能

ナショナル・デイティング・アビューズ・ホットライン
電話：1-866-331-9474
ラブイズへのテキスト電話：1-866-331-9474
loveisrespect.org ではオンラインでのチャットも可能

ナショナル・セクシャル・アソート・ホットライン
電話：1-800-656-HOPE（4673）
rainn.org

ナショナル・チャイルド・アビューズ・ホットライン
電話：1-800-4-A-Child（422-4453）
childhelp.org

ウィミン・オブ・カラー・ネットワーク
電話：1-844-962-6462
wocninc.org

ナショナル・インディジェノス・ウィミンズ・リソース・センター
電話：1-855-649-7299
niwrc.org

カーサ・デ・エスペランサ
24 時間スペイン語対応の緊急電話：1-651-772-1611
casadeesperanza.org

デフ・アビューズド・ウェミンズ・ネットワーク（DAWN）
テレビ電話：1-202-559-5366
テキスト電話：1-202-945-9266
Emal:hotline@deafdawn.org
deafdawn.org

ザ・NWネットワーク・オブ・バイ、トランス、レズビアン、ゲイ・サバイバーズ・オブ・アビューズ
電話：1-206-568-7777
nwnetwork.org

テスからの注釈

43章の、アイリスとノーラが洗面所でふたりきりになるためにレッドキャップを説得する件《くだり》で、アイリスが子宮内膜症に関し〝大量出血っていう症状〟があると語っている箇所について。

月経時の大量出血は、子宮内膜症の数ある深刻な症状のひとつであるけれど、子宮内膜症が単なる症状ではなく、慢性的な痛みを引き起こす病気であるという点、さらに作中ではわざとアイリスに〝症状〟と言わせている点をここであきらかにしておかないと、わたしは調べものを怠った者とみなされてしまうだろう。

推定で、シスジェンダー（生まれもった性別と心の性が一致している人）の女性の十人にひとりが子宮内膜症であり――この統計は子宮内膜症を患っているすべての人を対象としているわけではない。というのも、子宮がある、もしくは生理があるのがシスジェンダーの女性、とは単純には言いきれないから――生理痛や生理時の不調は深刻な事態とはみなされないか、もしくは〝ふつう〟のこととして片づけられてしまう。

生理痛でお悩みの方で、子宮内膜症についてもっと知りたい、医学的にどのような対処法が推奨されているか確認したい方は、endowhat.org のサイトをのぞいてみてほしい。

わたしと同じく子宮内膜症とともに生きているみなさんへ、わたしから愛と強さとたくさんのエネルギーを送る。

——T S

解説

ミステリ書評家
若林踏

これは奪われた人生を取り戻すために戦う少女の物語である。

他人に押し付けられた生き方を拒み、自分の手で道を切り開くことを選んだ人間の物語、と言い換えても良いだろう。もしも、本書『詐欺師はもう嘘をつかない』を手に取ったあなたが人生を誰かに支配されている、あるいは過去に支配されていたと感じるならば、この物語の主人公に必ずや心を動かされるだろう。そして、こんな声が聞こえてくるに違いない。「抗え」と。

本書は〝わたし〟こと十七歳の少女ノーラが、親友で「元カレ」のウェス、現在の恋人であるアイリスとともに、チャリティの基金を預けるために銀行を訪れる場面から始まる。「元カレ」と「今カノ」の間で何やらぎくしゃくした様子を見せるノーラ。甘酸っぱい青春ドラマのような出だしだが、そうした印象がすぐに吹き飛んでしまうような出来事が起こる。ノーラたちの前に並んでいた男がとつぜん銃を取り出したのだ。銀行強盗だ。

行内に現れた強盗は二人、レッドキャップを被った男とグレイキャップを被った男でともに銃で武装していた。銀行強盗たちは支店長を出せと喚き、「おれたちは地下室に用がある」と行員たちを脅して警備員を撃つ。行内にいた誰もが恐怖を感じていた。ところが語り手のノーラはなぜか他の人々より落ち着いているように見える。銀行強盗たちの行動を観察し、周りの状況を見渡しながら、次に彼らが何をしようとするのか頭の中でめまぐるしく計算しているのだ。それどころか、強盗たちの目を盗んで携帯電話を取り出し、姉のリーにSOSのメッセージを送るのだ。

なぜノーラは危機的な状況においても、ここまで冷静かつ大胆な行動を取ることが出来るのか。それは彼女の生い立ちに秘密があった。ノーラの母親はすご腕の詐欺師であり、「わたしは生まれついての詐欺師だった」と告白するように、彼女は母から人を騙す技術を幼い頃より叩き込まれていたのだ。ある理由から過去を封印していたノーラだったが、ウェスとアイリスを人質に取られたことで決意する。母親から受け継いだテクニックを使って、親友と恋人を助けるのだ、と。

本書は銀行強盗の人質となったノーラたちの現在と、ノーラが詐欺の技術を受け継いでいく過去の模様がカットバックする形で進行していく。それぞれのパートが様々なジャンルの魅力を備え、それらが鼎《かなえ》のように支え合い成り立っているのが『詐欺師はもう嘘をつかない』という小説の特長だ。

まず一つは、現代パートにおける活劇小説としての魅力である。前述の通り、ノーラは母親仕込みの詐欺の技術を応用して窮地から脱する計画を立てようとする。だが、いかにノーラが大人も顔負けの能力を持っていたとしても、相手は武装した強盗である。武器も持たない少女が真正面から立ち向かうには、あまりにも危険が過ぎる。そこでノーラは頭脳を回転させ、身の回りのアイテムを集めながら強盗から逃れるための計画を立て始めるのだ。面白いのは、そうしたノーラの行動が各章の前後にリストのような形で書き込まれていく事だ。例えば「4　午前九時十九分(人質になって七分)」の章では、脱出の手がかりになるかもしれないとノーラがライターを拾った後に、「隠し財産#1：ライター」という具合に収拾したものが書かれていく。さながらロールプレイングゲームのような遊戯性を掻き立てる記述だが、同時に活劇小説や冒険小説の基本骨法に則った高揚感も生まれる。弱い立場にいるものが知恵と工夫をこらすことで、場を支配する強者を倒そうとする構図に胸のすくような思いを抱くのだ。

では、そうしたノーラの行動力や発想力はどこから生まれたのか。それを解き明かす過去パートは、教養小説としての読み応えを備えている。ここで描かれるのは詐欺師であった母とノーラの関係、そしていかにしてノーラが詐欺の技術を身に付けていったのかという成長の記録だ。「わたしはママを黙らせることができる人間を見たことがなかった」とノーラがいう程、彼女の母親は人をとりこにする能力を有しており、それをノーラにも受け継がせようとする。母親はいう。「あなたとわたしはチームなのよ、ベイビー。わたしたちは立派な人になる」。ここでいう〝立派な人〟とは無論、犯罪者のことである。つまり本作は生まれながらにして負の遺産を受け継がざるを得なかった子供の悲劇を描いた物語でもあるのだ。

こうした反社会的な能力を持った親に人生を支配された子供を主人公に据えたミステリを、近年ではよく見かけるようになった。二〇一八年にバリー賞を受賞したカレン・ディオンヌの『沼の王の娘』（林啓恵訳、ハーパーBOOKS）や、ヤングアダルト《YA》分野における話題作だったバリー・ライガの『さよなら、シリアルキラー』（満園真木訳、創元推理文庫）などが代表例だろう。本書のノーラもそうした作品群の主人公たちに含まれるのだが、ひとつ、ほかの作品の登場人物にはない明確な特徴がある。それは自分というものを完全に消し去ることを強制されてきた事だ。詐欺とは自己を消し去り、偽りの身分で着飾る行為である。自分を持たないことがノーラの人生だったのだ。「わたしは嘘の外にある人生を知らなかった」というノーラの言葉が刃《やいば》のように突き刺さり、物悲しさを誘う。

このようにがらんどうの人生を歩んできた主人公が、目の前の大切な人を守るために戦うという図式が胸を熱くするのだ。本作におけるノーラの戦いは、空っぽだった人生を奪い返すための闘争でもある。その思いは、ノーラの過去パートが進んで、さらに彼女の置かれた過酷な運命が暴かれたときに、より一層強くなるだろう。

そして、もう一つ大事な要素は青春小説としての豊かさである。本作でノーラが自らの力を開放し、銀行強盗へ立ち向かう動機の一つにアイリスとウェスの存在がある。「非の打ちどころのない運命の出会い」を果たした、放火捜査員になりたいという少し風変わりなアイリス。ノーラと別れてもなお大切な親友であろうとするウェス。彼らの間に生じた微妙な三角関係を織り交ぜながらも、アイデンティティを喪失したまま育ったノーラにとって宝物のような存在である友情と愛情が描かれ、胸を打つ。ここで重要なのは、アイリスとウェスが単に「強烈な力を持ったヒロインに庇護される脇役」として書かれているわけではない、ということだ。ノーラが体験したことは壮絶ではあるが、そこで抱えた悩みや不安は彼女自身だけのものではない。本書は複数の若者を配して、普遍的な問題を炙り出した青春群像劇としても読むことが出来る。同時に、力の無い者たちがかけがえのない他者を見つけ、紐帯《ちゅうたい》することの大切さを描いた話でもあるのだ。解説の冒頭で本書からは

「抗え」という言葉が聞こえてくると書いた。ノーラとアイリスとウェスの姿を見ると、もう一つ別の言葉が聞こえるだろう。「あなたはひとりじゃない」という言葉だ。本書は特別なヒロインを描いた物語ではない。弱く、傷ついた全ての若者にとって自分事であると感じることが出来る物語なのだ。

青春小説としての魅力については、翻訳の功績によるところも大きいだろう。本作の訳者である服部京子氏はカレン・M・マクナマス『誰かが嘘をついている』やホリー・ジャクソン『自由研究には向かない殺人』（いずれも創元推理文庫）など、二〇一〇年代におけるYAミステリの話題作を翻訳している。例えば本作冒頭における「わたしが最初に思ったのは〝ヤバい！〟次に思ったのが〝伏せろ〟三番目に思ったのが〝ベーコン・ドーナツを待っていたせいで、みんな死んじゃう〟」など、重苦しい中にもどこか軽妙さも漂うのが服部氏の訳文の特長だ。ぜひとも訳業にも注目しながら、本作を味わっていただきたい。

テス・シャープの邦訳は二〇一八年に刊行された『ジュラシック・ワールド0――悲劇の王国』（坂野徳隆訳、小学館ジュニア文庫）以来、二冊目となる。著者自身のホームページ（https://www.tess-sharpe.com/）に書かれたプロフィールによるとテス・シャープは北カリフォルニアの田舎で生まれ、現在は犬と野良猫たちに囲まれながら僻地に住んでいるという。作家としてのデビュー作は二〇一四年の*Far From You*だ。これは薬物中毒の少女が親友を殺害した犯人を追うミステリで、謎解きとともに一〇代の若者が抱える種々の問題を詰め込んだ青春小説でもある。続く第二作*Barbed Wire Heart*（二〇一八）は麻薬帝国を築き上げた大物犯罪者の娘であるハーレー・マッケンナが主人公を務め、自身の生き残りを賭けて危険な仕事に挑むという犯罪小説だ。社会から疎外された存在である親から受け継いだ力が武器であり、自身を縛る枷でもあるという点では*Barbed Wire Heart*のマッケンナと『詐欺師はもう嘘をつかない』のノーラは共通項が多い。また、テス・シャープは作家のジェシカ・スポッツウッドとともに*Toil & Trouble*（二〇一八）を編纂している。これは魔女を題材にしたアンソロジーだが、これまで恐怖の対象として見なされてきた魔女の物語を、少女たちが自分の力を受け入れ運命を取り戻す物語として捉え直すことをコンセプトにしたものらしい。ここにも「普通の子供たちとは違う力を手に入れてしまった少女が、自らのアイデンティティのために戦う」という図式に対するテス・シャープの並々ならぬ拘りが浮かび上がっている。

このような拘りはいったいどこから生まれたのだろう。それを知る上で格好のテキストとなるのが*The Guardian*に掲載された*Far From You*刊行時のインタビュー（https://

www.theguardian.com/childrens-books-site/2014/jun/17/interview-tess-sharpe）だ。この中で「作家になりたいと思ったきっかけは何か？」「もともと一〇代向けの小説を書こうと思っていたのか？」という質問を受けたテス・シャープは、次のような内容を述べた。シャープは一〇代の時にうつ病や自傷行為に苦しみ、一五歳になるまでに二度、自殺を試みたという。そんな彼女を救ったのは一冊の本との出会いだった。その本とは、ローリー・ハルツ・アンダーソンの『スピーク』（金原瑞人訳、主婦の友社）。高校生になる直前の夏、夕自宅のパーティーで痛ましい体験をした主人公メリンダが、孤独で息苦しい学校生活を送りながらも徐々に自分を取り戻していく物語だ。マイケル・L・プリンツ賞をはじめ数々の文学賞に輝き、米国のティーンエイジャーから絶大な支持を得た『スピーク』を読んだテス・シャープは「トンネルの終わりに光を与えてくれた」ような思いを抱き、残りの人生を自分と同じ苦しみを持つ人々を救う本の執筆に捧げる決意をしたという。テス・シャープが運命に向き合いながら己を取り戻すための戦いに身を投じる主人公に拘るのは、現在進行形で悩み苦しむ一〇代の子供たちが共感し、明日を生き抜く糧として欲しいという切実な願いが込められているのだ。

The Guardian のインタビューでは他にも興味深い話が載っている。例えば *Far From You* に同性愛者の人物が登場する事に寄せて、テス・シャープは自身がバイセクシュアル

であることを公表し、バイセクシュアルが登場するYA小説をあまり読んだ事が無かったので、作品内でバイセクシュアルの登場人物を描くことは自分にとって重要な事だった、と述べているのだ。エッセイストで洋書レビュアーの渡辺由佳里氏は『詐欺師はもう嘘をつかない』の原書レビューにおいて「数年前にはYA小説でLGBTQの恋愛がまだ特別扱いだったが、この本ではバイセクシュアルのヒロインが普通に描かれている」（コスモピア刊『洋書コンシェルジュ渡辺由佳里が選ぶ 新・ジャンル別洋書ベスト500プラス』より抜粋）と指摘しているが、テス・シャープ作品はYAジャンルにおける作り手と受け手側の変化を表していると言える。

近年の翻訳ミステリの状況を見ると、YA分野における優れた作品が紹介され、支持を集めている事に気付く。特に『嘘の木』や『ガラスの顔』（いずれも児玉敦子訳、東京創元社）のフランシス・ハーディングのように、立場の弱い者が自己のアイデンティティのために持てる力を尽くして戦う物語が多くの読者の心を揺さぶっている。謎解きや冒険心を他人から押し付けられた運命に抗うための武器とし、己が己であることの証を立てる戦いへと身を投じる幼き者たちの姿が、そこにはあるのだ。テス・シャープ作品に登場するヒロインもまた然り。かつてシャープが『スピーク』によって人生を救われたように、本作のノーラが誰かにとって「トンネルの終わりに光を与えてくれる」存在になることを切に願う。

二〇二二年一二月

紅《あか》いオレンジ

BLOOD ORANGE

ハリエット・タイス
服部京子訳

法廷弁護士として活躍するアリソンは、念願かなって殺人事件の弁護を担当することになる。被告の女性は夫の殺害を自白するが、何かを隠しているようだ。いっぽうアリソンは、夫と娘を愛しながらも情事をやめられずにいた。ある日、謎の人物から不倫を咎めるメールが届きはじめ……。迫真のリーガル・サスペンス

ハヤカワ文庫

嘘は校舎のいたるところに

The Lies You Told

ハリエット・タイス
服部京子訳

夫に家を追い出され、故郷ロンドンに戻ったセイディ。娘ロビンと暮らすため、母校・アシェイムズ校に娘を通わせることになる。法廷弁護士に復帰し注目の裁判にも関わっていくセイディだったが、アシェイムズ校に通う生徒の母親同士が起こす狂騒の渦に呑まれてしまい……学校と法廷で幾重にも展開するサスペンス

ハヤカワ文庫

女には向かない職業

An Unsuitable Job for a Woman

P・D・ジェイムズ
小泉喜美子訳

探偵稼業は女には向かない——誰もが言ったがコーデリアの決意は固かった。最初の依頼は、突然大学を中退して命を断った青年の自殺の理由を調べるというものだった。初仕事向きの穏やかな事件に見えたが……可憐な女探偵コーデリア・グレイ登場。第一人者が、新米探偵のひたむきな活躍を描く。解説／瀬戸川猛資

ハヤカワ文庫

くじ

The Lottery : Or, The Adventures of James Harris

シャーリイ・ジャクスン
深町眞理子訳

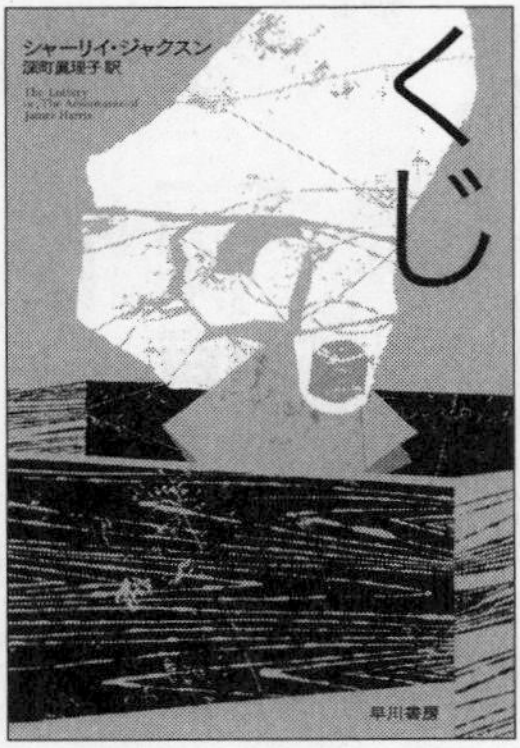

毎年恒例のくじ引きのために村の皆々が広場へと集まった。子供たちは笑い、大人たちは静かにほほえむ。この行事の目的を知りながら……。発表当時から絶大な反響を呼び、今なお読者に衝撃を与える表題作をふくむ二十二篇を収録。日々の営みに隠された黒い感情を、鬼才ジャクスンが容赦なく描いた珠玉の短篇集。

ハヤカワ文庫

ブート・バザールの少年探偵

Djinn Patrol on the Purple Line

ディーパ・アーナパーラ
坂本あおい訳

〈エドガー賞最優秀長篇賞受賞作〉インドのスラムに住む、刑事ドラマ好きの九歳の少年ジャイ。突然行方不明になったクラスメイトを探すため、友だちと共に探偵団を結成し夜のバザールや地下鉄の駅を捜索するが、その後も子どもの失踪事件は続き——少年探偵の無垢な眼差しに映る、インド社会の闇を描いた傑作。

ハヤカワ文庫

もう終わりにしよう。

I'M THINKING OF ENDING THINGS

イアン・リード

坂本あおい訳

田舎町をドライブするカップル。付き合いたてのふたりは、今から彼氏の両親の家に挨拶にいくところ。一見、幸せそうにみえるが、実は「わたし」は別れを切り出そうと考えている。冷え切った関係が導いた驚愕の答え――。チャーリー・カウフマン監督の映画化で話題を呼んだ、孤独がもたらす心理に迫るスリラー。

ハヤカワ文庫

ありふれた祈り

Ordinary Grace

ウィリアム・ケント・クルーガー

宇佐川晶子訳

〔アメリカ探偵作家クラブ賞、バリー賞、マカヴィティ賞、アンソニー賞受賞作〕フランクは牧師の父と芸術家肌の母、音楽の才能がある姉や聡明な弟と暮らしていた。ある日思いがけない悲劇が家族を襲い、穏やかな日々は一転する。やがて彼は、平凡な日常の裏に秘められていた驚きの事実を知り……。解説／北上次郎

ハヤカワ文庫

解錠師

スティーヴ・ハミルトン

The Lock Artist

越前敏弥訳

〈アメリカ探偵作家クラブ賞最優秀長篇賞／英国推理作家協会賞スティール・ダガー賞受賞作〉ある出来事をきっかけに八歳で言葉を失い、十七歳でプロの錠前破りとなったマイケル。だが彼の運命はひとつの計画を機に急転する。犯罪者の非情な世界に生きる少年の光と影をみずみずしく描き、全世界を感動させた傑作

ハヤカワ文庫

訳者略歴　中央大学文学部卒，英米文学翻訳者　訳書『ミラクル・クリーク』キム，『正義が眠りについたとき』エイブラムス，『紅（あか）いオレンジ』『嘘は校舎のいたるところに』タイス（以上早川書房刊）他多数

HM=Hayakawa Mystery
SF=Science Fiction
JA=Japanese Author
NV=Novel
NF=Nonfiction
FT=Fantasy

詐欺師《さぎし》はもう嘘《うそ》をつかない

〈HM⑤⓪①-1〉

二〇二三年一月二十日　印刷
二〇二三年一月二十五日　発行
（定価はカバーに表示してあります）

著者　テス・シャープ
訳者　服《はっ》部《とり》京《きょう》子《こ》
発行者　早川　浩
発行所　株式会社　早川書房
郵便番号　一〇一-〇〇四六
東京都千代田区神田多町二ノ二
電話　〇三-三二五二-三一一一
振替　〇〇一六〇-三-四七七九九
https://www.hayakawa-online.co.jp

乱丁・落丁本は小社制作部宛お送り下さい。
送料小社負担にてお取りかえいたします。

印刷・株式会社亨有堂印刷所　製本・株式会社明光社
Printed and bound in Japan
ISBN978-4-15-185251-0 C0197

本書のコピー、スキャン、デジタル化等の無断複製は著作権法上の例外を除き禁じられています。

本書は活字が大きく読みやすい〈トールサイズ〉です。